这是我生命中，所拥有过的，
最强大的幸福。无以匹敌。

Chunfengburuo
Niurixiao

折火一夏
/著/
ZHEHUOYIXIA

春风不若你微笑

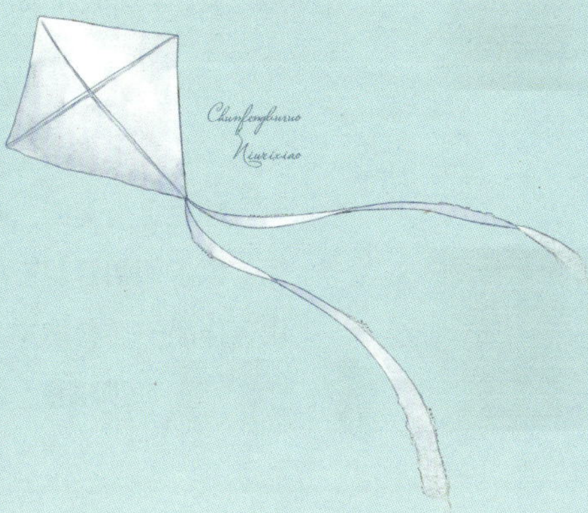

花山文艺出版社
河北·石家庄

折火一夏

Zhe Huo Yi Xia

北方人，工科女，
却当了十余年语文课代表。
钟爱金玉美满，唯愿岁月静安，
但求朝朝暮暮皆是人间好时节。
代表作品：《奢侈》《纵然世界都静止》
《归期》《小恋歌》

ZUOZHEJIANJIE

目录

Contents

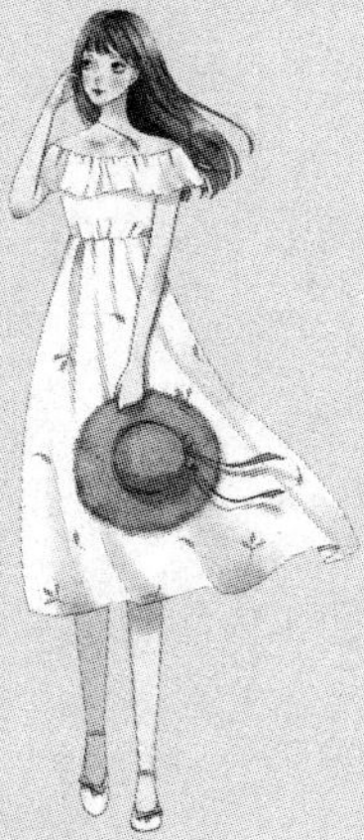

目录

Contents

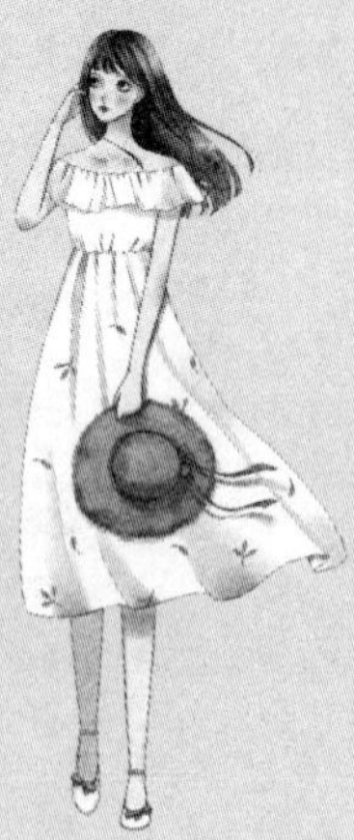

楔 子

XIEZI

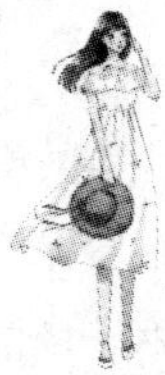

“骨癌。”鄢玉手中捏着我的诊断书，眼镜后面的神色没有波动，连声音都非常冷静，“并且是晚期。配合治疗的话，最多还有四个月。”

最后一个字被他清晰吐出来的时候，我终于死心。

鄢玉医术精湛，确诊的病例中从未有过误诊先例，连预测的死亡时间也总是准确得堪比死神日记。更何况，这一次他谨慎复查了两遍，从头到尾未假手他人，亲自上阵全程参与。

诊室里是没有过的安静。片刻后，他问道：“害怕吗？”

我连挺直腰杆的力气都已消失殆尽，深呼吸了一次，摇摇头，过了一会儿，又轻轻点点头。

鄢玉的手指点在桌面上，沉默了一会儿，说：“打算什么时候告诉顾衍之？”

我比他沉默的时间还要久。漫长之后，我才低声说：“我要再想想。”

我的这个答案显然无法让他满意。然而他不再发言，只送我出诊所。

诊所前面的桃花树到了凋谢期，有些掉进泥里，有些落在台阶上，一地的深红浅红。鄢玉迟疑了许久，还是建议我尽快做出决定，最迟要在两天之内。

他刚刚说完这些话，我口袋里的电话便响了。

屏幕上显示的来电人被鄢玉瞥到，他看向我的眼神顿时变得复杂。

我深吸一口气，接起电话。

电话那头似在沙沙翻着纸张，很快一个好听的男低音不紧不缓地传进来：“绾绾？”

我死死咬住唇，眼泪在一瞬间模糊一片。

半个月前的这个时候，我午睡醒来，蓦地发现院中几棵海棠树下，多出来一副秋千架。当时一听管家说是衍之特地叫木匠新做好的，马上打电话过去。彼时的电话那头也如现在这般，伴着沙沙翻纸张的背景音，说得轻描淡写不紧不慢：“嗯？听管家说，最近似乎有人很喜欢在那里晒太阳。”

曾经在杂志上看到过有关顾衍之的评价，说他手腕强硬极有远见，有着天赋一般的决断力。可在我看来，他明明总有些漫不经心的样子，仿佛什么事情都气定神闲，偶尔兴致上来，还很喜欢行为恶劣地捉弄人。却又总是可以妥帖地做好所有事。我想到的和没有想到的，他都早已在不动声色之间置办周到。印象里，仿佛只要有顾衍之在，就足以抵得上一个世界。

这样的一个人，我喜欢他喜欢了十一年。曾经专心致志地琢磨怎样才能嫁给他，从未想过会在实现愿望不过两年的时候，我即将离开他那么漫长的时间。

我几乎想立刻大哭出声，却竭力抑制了声音中的颤抖，紧紧握着电话，小声说：“我想你了。”

顾衍之在电话那头停了一下，轻轻地笑了一声。

我想我可以猜到他此刻的小动作。必定是搁下了手中的钢笔，单手撑着额角，眉眼舒展开，仿佛有些温柔的意味，面容带着些微浅笑的模样。

我甚至还可以想象到他接下来要说什么。声音里肯定也会带着笑意，应该还有一丝浅浅嘲笑的意味。三天前我在离开T城的时候同他赌气说过的话他未必会重复给我，却一定要让我自己想起来。明明他年长我十岁，明明别人还都说他什么睿智沉稳，可明明他总是这样喜欢欺负人。

“那么，要怎么办？”他说，“我给你订今天晚上的机票，回来好不好？”

“……”

“不想回来？”他又笑着说，“那我飞过去？”

“……”

“绾绾？”

“……你不要过来。”泪水在脸上淌得毫无章法，说出话来却分外平静，我又重复了一遍，“你不准过来，三天后我再回去。我才不要做小狗呢。”

挂断电话，有片刻的寂静。鄢玉扶了扶鼻梁上的眼镜，淡淡地开口：“来这里之前，你究竟怎么和顾衍之说的？”

我一时没有回答。过了一会儿，眼泪渐渐干涸，我抬起头来：“鄢玉哥哥，帮我一个忙好吗？”

他看着我，镜片后面的眼睛不动声色：“你想让我帮什么？”

我紧紧抿起唇，再开口时，声音被风吹得微微发紧：“你还记得在以前，你给叶寻寻提过的心理控制吗？”

CHUN FENG BU RUO NI WEI XIAO

第一章 / 画地为牢

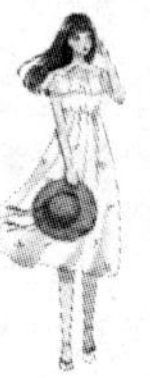

假如以遇见顾衍之的那一年为分水界，我至今二十二年的生命恰好可以分为对称的两半。

在我遇见顾衍之以前的十一年里，我都住在中国西部，大山深处的一座村寨里。在这十一年中的前十年，我的生活都一成不变。当然，如果一定要认真讲，不可否认在这十年中我的身高每年都在增长，我弃掉了勺子渐渐学会用筷子吃饭，我开始每天背着书包步行两小时去镇上的小学读书，以及我慢慢学着跟随母亲在早春和深秋的季节去山中挖药草。

但这样的变化和我十岁那年发生的地震比起来，就显得太过平淡无奇，甚至这十年中发生的泥石流加起来都可以忽略不计。

那年正好是暮春时，外面的日头轻暖，晒得人懒洋洋的。我坐在镇上小学的教室里，耳朵半开半闭，心不在焉地听同桌燕燕站起来读课文。我其实很有些昏昏欲睡，但这所希望小学唯一的语文老师兼数学老师兼半吊子英语老师兼校长的我的父亲，有个很无奈的毛病，那便是对别的学生很宽容，对我则总是格外严厉。这就导致我即使已经困得东倒西歪，并且眼睁睁看着前桌和后桌都已经酣然入睡，我也仍然不敢真正趴到桌子上睡着。

当燕燕把六段课文念过一半的时候，我突然觉得脑袋像被塞了石块，然后在使劲儿摇晃一样的头晕。

等我抬起头，才发现已经眩晕到看不清头顶的天花板。有泥块从头顶簌簌落下来，讲台上的老师，或者说我父亲的面孔竟也变得模糊不清，只听到他突然打断了课文的朗诵，声音里变得有些焦急意味：“地震了，大家快醒醒！赶快跑出去！跑到操场那里去！不要慌！一个一个排成队跑出去！快！”

得知发生地震的那一刻，我如我刚刚被怀疑为骨癌时的表现一样，显得格外茫然。因此，我很感谢我有一个反应机敏而且心地善良的好同桌。在我还没有搞清楚状况的时候，她已经拽起我的袖子带我飞奔到了教室外面去。

然而，在这间教室里坐着的二十几个孩子里，我和燕燕只是个例。这所希望小学只有父亲一个老师，他已经来这里支教了十多年，在这里娶妻生子，还兼职镇上的赤脚医生，教书的时间很有限，导致一个教室里的孩子最大最小年龄差可以达到五岁。因此，在有几个孩子已经机灵地往外逃窜的时候，更多的孩子都是呆呆地根本没有反应过来，甚至还有几个年龄更小的孩子在摇摇欲坠的教室里开始惊慌地抱头乱窜。

我隔着灰蒙蒙坏了一角的玻璃窗，看到他们在摇晃的土坯房里蒙头乱跑的狼狈模样。然后有一个被父亲一把揪住后衣领，从门口丢了出去。父亲把孩子们一个一个往外轰，轰到最后只剩下一个躲在桌子底下不肯出来的小孩子，他伸手去拽的时候，脆弱不堪的教室开始剧烈摇晃。

我突然产生了不好的预感，着急着要往里面冲，被父亲一声大吼镇住脚步：“带他们去操场！”

这是他同我说的最后一句话。他怀里还抱着最后一个小孩子，躬起身正要往外面冲的时候，教室终于不堪重负，轰然倒下。

那年的震中并不在镇上小学那边，反而离我家的村寨更近一些。母亲向来有午睡的习惯，地震发生时，她在我看不见的另一端，同样没有来得及跑出房子。

我花了一整年的时间，才慢慢消化下来父母双亡的事实。镇上花了同样的时间来灾后重建。恢复迅速，并且取得的成绩要比我快得多。一年后，有盘山公路修得离镇上近了些，许多村寨被搬迁到一起，许多楼房拔地而起，包括一座新的希望小学。希望小学在原址上重新建起，这次有着漂亮

的红白围墙，刷了淡橙色油漆的两层教学楼房，以及干净明亮的玻璃窗。

我十一岁那年的初夏时节，顾衍之以捐资人的身份来希望小学参观，顺便带来新的一批图书文具。镇长隆重地接待他的时候，我正和我的同桌燕燕等人玩捉迷藏。

我一直是孩子里面的孩子王。即使是一个小小的蒙眼捉迷藏游戏，规则也得我说了算。我制定了严酷的捉迷藏规则，初衷是想大家通完口风以后一起捉弄一下七个玩游戏的孩子里面的一个，整个镇上所有孩子里最胖最呆的孙荣。然而事实证明，“命运捉弄”四个字，它不只是讲我在最猝不及防的前提下得了绝症，它还指我在宣布完规则之后，因为一个小孩子的临时叛变，到头来剪刀石头布最后输掉的人正好是我自己。

我只好在孙胖子幸灾乐祸的眼神底下咬牙认命。

先是拿红领巾蒙住眼，然后弯下腰，燕燕把我往左转了十圈，又往右转了十圈，再往左转了十圈，最后他们欢呼着一哄而散。我像个陀螺一样被转得头晕目眩摇摇欲坠，到底没撑住跌倒了两次，摸得手里全是土块。然后再从一数到十，开始毫无规律可循地到处乱抓。

有胆大的孩子上来摸我一下，又很快嬉笑着退开，我伸手抓空数次，渐渐不耐烦。然而，越不耐烦越没有条理，更加抓不到，我急得额头冒汗。过了好久，终于听到有清晰的脚步声，并且坚持不懈地越走越近，就像青蛙看中了昆虫，直至昆虫落到它可以舌尖一弹够到的范围内。我在心中计算好了时间，然后快速跑过去两步，再合身一扑，把人死死抱住。

——在这发生后的十年，一次吃晚餐的时候我突然想起，抬起头问事件的另一位当事人：“话讲回来，你当时有没有因为我弄脏了你的衣服，所以就觉得我太可恶了，简直就是罪不可赦，一定要把人大卸八块掉才解气呢？”

“为什么会到那种程度？”氛围很好的餐厅内，落地窗边，顾衍之的衬衫袖口露出西装小半管，他正把牛排切成小块，使用餐具的姿势慢条斯理，而他的回答漫不经心，“就是有些担心当时小姑娘是不是都给转傻了，不然怎么会看起来傻呆呆的，抱着我半天没有回过神来。”

“……”

然后，他将切好的牛排递过来，搁在我面前，又将我面前的牛排端到他那边，一切之后，想了想，又补充了一句：“不过，看在长得还算美丽的份上，什么也都是可以被原谅的，不是吗？”

“……”

——那天将近黄昏的时候，连绵的远山深处，与天相接的地方，有云蒸霞蔚浓浓淡淡。我抓住的人在原地站定，一动不动。我紧紧环住对方的腰身，仍然不肯放心松手，一面将蒙在眼上的红领巾一把拽下。

眼前被我抱住的人身材修长挺拔，二十岁左右的青年模样。一件深色风衣挽在手里，身上的浅色衬衫早已被我攥得不像话。脸上却带有一丝笑容，仿佛含着两分温柔意味，垂下来瞧着我的眼睛沉黑，而睫毛密长，丰神如玉，远远不是我口中大声念出的“孙胖子”模样。

陪着站在一旁的镇长大叔双手捂眼，无比绝望地抹了一把脸，抹完脸又冲我使劲儿使眼色。我终于意识到我是犯了怎样的大错误，然后一眼看到被我攥得脏兮兮的衬衫，脸腾地红了一大半。

我立刻松手，往后退了两大步，站定时脸颊还有些火烧火燎。偏偏身后孙胖子发出一声不怀好意的桀笑，我顿时恼羞成怒，回头狠狠瞪了他一眼。

孙胖子不服，立刻指向我：“镇长，你看她还瞪我！”

镇长气得嘴唇直哆嗦，挨个把我们指过去，最后手指头落到我头上，吹胡子瞪眼：“还不赶紧道歉！”

总归错在我身上，我便不得不舔了舔嘴唇，小声说：“对不起。”

镇长本来就不太灵光的普通话因为气愤而更加不灵光：“你道歉看着

我干什么？看着这位哥哥道歉！大声点儿！给人家鞠躬道歉！快点儿！”

“……”我顿时不情愿了，拿眼神跟他老人家无声商量，“为什么还要鞠躬啊？不鞠躬只道歉难道不行吗？”

而藏在心里没表露出来的话是，这里要是只有我一个人，你让我鞠躬我也就鞠了，可是现在我身后还杵着六个小跟班，你让我在他们面前给这个人鞠躬，以后我的颜面该往哪儿搁啊？

然而镇长显然没有要通融的意思。他的眼珠因为年老而变得混浊，发起脾气来却总是格外的活灵活现，以至于我被迫捕捉到了他想表达的话语：全镇的脸面都要被你一个人丢光了，你那点儿小破孩的自尊还在乎个什么啊？你这回冲撞的可是咱们镇上的贵客！全镇孩子以后的课本文具衣服全都指着他一人给送来！他这次来还带了十万块钱！还没给呢！要是因为你弄砸了这尊财神，你大叔我跟你没完！

我：“……”

视线僵持十秒钟。我默默转过脚尖三十度，对上眼前袖手旁观好整以暇笑而不语的青年，不情不愿地一鞠躬。然后看一眼旁边的镇长，又不情愿地二鞠躬。再看一眼镇长,实在不想继续下去,然而镇长却比我还要生气：“你看我一眼才一个鞠躬是什么说法！你当我是咸菜下饭哪！三鞠躬赶快给我鞠满！”

我简直无奈到顶点，正要秉言执行，眼前的人忽然扑哧一声笑了出来。

他慢条斯理地开口，是字正腔圆的普通话，有着超出那个年纪男子的低沉声线，话却相当调侃：“好了，夫妻对拜才要三鞠躬呢，小姑娘你只是弄脏了我一点儿衣服，就打算以身相许了吗？”

全场静寂刹那，后面的小孩子迸出哄然大笑。

我的脸在瞬间涨到通红。

我简直要讨厌死这个人了。如果没有他，我还是最权威的，一直是我说了算。我从来没在同辈的孩子们面前丢掉气场，却在这时候不得不哑口结舌半天，最后只憋出气壮山河的一声吼：“……我才不想嫁给你呢！”

这句话冒出来，又引得镇长狠狠瞪我。我这次打定主意拒不认错，把头扭得狠狠的。镇长指着我的手一直哆嗦，无奈之下转头去跟顾衍之求情：“唉，顾先生，你不要跟这孩子一般见识。”

顾衍之随口嗯了一声，似笑非笑地看着我。

镇长又说：“这孩子叫杜绾，去年地震那会儿她才十岁，爹娘就全没了。她爹是我们镇上以前的赤脚医生，我们要是去城里看病，以前那都得翻两座大山，最少两天两夜才能到医院。有个小病小灾都是她爹给看好的。杜思成，也就是她爹，以前还是我们这儿希望小学的老师，我们这里学校破，又穷，整个镇上就他一个老师，在这儿待了十几年没走，教会镇上很多孩子读书，连我认识个斗大字都是他教的，那可真正是个好人啊！”

顾衍之的神色仿佛微微一动，镇长又接着说：“去年地震，杜绾她爹要不是为了救几个学生，人也不会走，都是为了救老熊家那个孩子，最后房子给塌了……唉，留这么个孩子吃了一年百家饭，身上穿的这件还是我家里婆子给缝的……”

镇长说这些话的时候，我站得笔直，忍住眼里的一泪水，没有哭出声来。

去年地震后，镇长亲自为父亲立碑。今年忌日，他带我去墓前，同我说，父亲生前我能自豪地和任何人讲“杜思成是我的父亲”，父亲去世后我依然戴着他的光环。这是父亲留给我一辈子的荣耀。所以每次不管伤心还是高兴，我都要挺直脊梁，不能哭，更不能忘。

镇长一边说，一边使眼色让我走。我心里憋着一口气离开，一直走出很远，燕燕还在往回看。

我说：“你在看什么？”

燕燕呼出一口气，小声说：“天啊。”

旁边另一个女孩子点点头，说：“是啊。”

很快连向来眼高于顶的孙胖子都开始感慨："是吧？"

我忍不住说："你们一个个都是个头啊！"

燕燕说："你不觉得刚才那个人长得特别好看吗？"

我冷冷地说："不觉得。"

孙胖子在一边搭话："而且一看就穿得特别好，比我在外面打工的叔叔穿得还好，跟刚才那个人比起来，咱们镇长简直就是个烂在地里的矮冬瓜。"

我狠狠瞪他："你才矮冬瓜！你也不看看你自己那张冬瓜脸！你知道矮冬瓜长什么样吗，呆子！"

要是搁在平时，这句挑衅的话一出口，孙胖子必定要跳起脚指着我鼻子骂回来。镇上就孙胖子家一家还算富裕户，一枝独秀的结果就是他家的人个个出门都拿鼻孔看别人。我之所以能成孩子王，就是因为在其他孩子面前树立起了孙胖子这么个公共敌人，然后以此为中心，拉拢煽动无所不用其极，最后才达成我在今天以前的地位。

然而，今天孙胖子根本不理会我，兀自在那边扬扬得意地炫耀："而且你们看见停放在镇长家前面的那辆汽车了吗？那个人还带了司机过来，而且听见镇长说了没有，他一出手就是十万，十万块啊，他肯定特别有钱！"

晚饭过后，村寨里逐渐亮起灯光。这里的电源很不稳定，像是深冬山沟里的水，时断时续，且干涸的时候远比丰沛的时候多得多。然而要是和一年前比起来，已经是天翻地覆一般的区别。

震后曾有劫后余生的老人说，地震后活下来的人，都是踩在那些死去的人的脊背上。说这话的时候还带着敬畏。这句话我那时不懂，多年后直至现在回想起，才终于明白。

曾经不曾留意过，或者即使看到了也不会懂。地震后我们的村镇，总体都比以前富裕了许多。同样是通电的山区，同样是深山区，四座山以外免于地震倾覆的村寨，通电的时间比我们晚了整整四年。可我们在地震一年后就接起。甚至当时因为太新鲜，我和燕燕还一起做过蠢事，偷偷拿一根火柴去点玻璃泡，结果被孙胖子从窗外看到，狠狠嘲笑了一场。

吃完晚饭后，我就没有事做了。今天本来应该住在镇长家里，然而他家来了贵客，我就很有自知之明地只在房子外面游荡。那晚的月亮慢慢爬上天，很薄很细，像一瓣梨花，有两三点萤火虫扑在草丛中。夜里风寒，山中的冷意更是穿透脊背。我游荡了不知多久，抱着肩在一块山岗上坐下来。不久听到身后有人叫我的名字，是字正腔圆的普通话："杜绾。"

我吓了一跳，猛然回头。

顾衍之站在不远处，刚才那件风衣已经被他穿在身上，里面的衬衫依然是浅色。

我仔细眯了眯眼，觉得他应当换了一件，因为如今的衬衫衣襟上分明是干净得一丝不苟的。

他看看天色，太阳还未完全落下去，嘴角有点儿笑容的模样，向我招招手："又发什么呆？过来。"

我仰头看着他。他本来就很高，那时候的我只及他胸前不到。而他背着最后一丝晚霞，越发显得身姿挺拔。

可我还是有点儿讨厌他，于是说："我才不过去呢。"

顾衍之微微一挑眉，像是笑了一下，然后迈开步子，走过来，坐在我身边。

我说："哎，你不去跟镇长讲话，来这里做什么？我跟你讲啊，这里是我的地盘，没有我的允许，谁都不可以坐在这儿。"

他说："那你现在允许我坐这儿了吗？"

我果断地说："没有。"

他笑了一声，然后开始解风衣的扣子，动作不紧不慢。我警觉地往旁边退了一大步："你要做什么？"

他似乎觉得好笑，停了下来，反问我："你觉得我要做什么？"

“我跟你讲啊，你不准再过来。”

“过去了你要怎么办？”

我恶狠狠地说：“那就往你今天晚上睡觉的房里塞蚊子！”

他又是扑哧一声笑出来，风衣已经被他脱下拎在手里。我警惕地瞪着他，不久见他双手一展，风衣眨眼间披在了我身上。

肩膀顿时暖和许多。听他在一边笑着说：“还要不要把我喂蚊子？”

我又一次被他弄得满脸通红。只希望天黑，他能够看不清楚。不久听他随口问道：“你读几年级了？”

“……三年级。”我恶声恶气，“干吗？”

“喜欢读书吗？”

“喜欢又怎样，不喜欢又怎样。”我继续恶声恶气，“你到底要干吗？”

他仍是不以为忤的样子：“那喜欢学数学还是语文呢？”

他这样不咸不淡地问了我许多问题。从读书开始，后面还问到了我的母亲，母亲是哪里的人，以及我这些年的生活。这要是一对成年男女的对话，都可以怀疑是相亲现场了。可那时候的情景分明是月黑风高，没有血缘关系甚至堪称是陌生人的一男一女坐在荒无人烟的山岗上，未成年的女孩瘦瘦小小，成年的男子主动搭讪，还出奇的耐心温和，渐渐就让我想起有大人提起过的多年以前的什么女童碎尸案件。我顿时打了一个哆嗦，连声音都变得凉森森的：“你问这么多想做什么？”

顾衍之像是对我的反应早有预料。听罢，他低头从裤子口袋里翻了翻，摸出几颗糖果来，然后递在我面前，心平气和地问：“吃糖吗？”

我：“……”

我看着他的糖果，在威武不能屈和自尊算毛线之间天人交战。刚才的问题早忘在脑后面。我憋了很久，终于把视线从糖果移回到他的脸上，正要面无表情地说一句“我才不吃呢”，顾衍之像是突然想起了什么，伸手在另一个口袋里翻了翻，然后摸出来，一起递到我面前：“还是想吃巧克力？”

我：“……”

对峙一分钟后，我面无表情地、矜持地伸出手，然后迅速拿走了他手上的一颗巧克力。

我知道它的美味，在那之前，却只吃过半颗，还是辗转来自孙胖子那里。

剥开箔纸塞进嘴里，可可的味道比想象中还要浓醇甜蜜。吃完后，顾衍之问我味道如何，我挑着下巴，拿一副勉强接受的语气：“……还行吧。”

他笑了一声，声音温柔轻缓，像说一个轻描淡写的故事：“杜绾，想不想跟我一起去大山的外面呢？”

我在十一岁那年，离开中国西部的渺渺远山，和顾衍之一起去了 T 城。有时候给燕燕写信说我的事情，然而忙起来不免忘记。但每年的暮春时候，一定会雷打不动地回来一趟给父亲扫墓。

我一直笃信，父亲即使已经离开，也仍然是记挂着我的。

他在生前曾向我保证，他总会在我身边陪伴我，一直到我不需要为止。慢慢地，他离开我的岁月越来越长，长得很多记忆都被时间抚上了一层旧黄色，可是他在我四岁那年春节时同我说的这句话，包括他说这话时的音容笑貌，我却一直都清清楚楚地记得。

父亲给人一种错觉，像是他真的一直都在，还有温和得像潮水一样的庇佑。不管是生前，还是在去世后。我在震后成为孤儿，却仍然可以吃穿无忧，我清楚地明白那是因为什么。就连我离开大山，开始一种新的生活，也是源于父亲的荫庇。

我从来没有试着探索过，父亲支教以前的生活。他曾经绝少提起，我也无从打探。我从有记忆起，他就一直清贫而且忙碌，忙着医治村民，忙着教书育人。我多年耳濡目染看他给村民抓草药，我自己都快成小半个大夫。他还不断地鼓励人们走出大山，逢年过节的时候，他还挨家挨户地写春联。

在一些时候，镇上的人需要他甚至大过需要镇长。毕竟镇长轮流坐庄，

可是杜思成，却独此一家，别无分号。然而同时，他也没有忽略过我和母亲。我的成长、学习、玩耍，母亲的做饭、洗衣、收割牧草，他从没有内外之分，全都乐于参与。他好像不在意的只有他自己。

可是在那晚的顾衍之口中，父亲简直是另外一个人："你的父亲杜思成，以前生活在T城，有个亲生兄长，正好是我的姑父。因此他可以算作是我的长辈。他为人坦率，也比其他人都看得开，在二十几岁的时候曾经活得很精彩……"

我打断他："什么叫比其他人看得开，活得很精彩？"

顾衍之轻描淡写道："就是比一些人看得开，生活很多姿多彩的意思。"

"……"

我想那时我的表情可以很明显地透露出我没能领会精要，然而顾衍之并没有要继续解读的意思，他接着说下去："你父亲后来因为一些事，和兄长生了嫌隙。你父亲的父亲，也就是你的爷爷去世后，你父亲离开T城，从此没有再回去。后来有人说在寺庙里见过他，赶过去找的时候，寺中住持又说他已经离开。离开的原因让以前认识他的人都很吃惊。因为你父亲是出家后又还了俗。出家已经很出人意料，还俗的原因就更奇怪，你父亲说，剃发受戒只能超度自己，救赎他人才是大爱。从此再也没有听说有谁找到过他。直到今天我才在这里知道他的下落。"

我托着脸愣愣地看了他半晌，觉得不可思议。像是有一个古朴尘封的盒子被突然打开，里面徐徐飞出了奇幻异常的云彩。云彩的操纵者在我身边接着说："你父亲是不是很喜欢画画？尤其喜欢画山水和小猫。他以前对工笔很有一套，小时候还教过我。而且以前你父亲在T城的时候，拿这一招取悦女孩子取悦得很好，整个T城的女孩子都希望能跟他约会，还有人传言说，谁要是能得到你父亲亲手赠的五幅工笔，那就代表你父亲想娶她。可惜你父亲向来片叶不沾身，一直到他离开，都没有女孩子得到他亲手送的哪怕一幅画。"

我终于渐渐懂了那句“比别人看得开，还活得很精彩”的真正意思，一下子横眉怒目：“你分明在骗人！我父亲怎么可能这样、这样风流！”

顾衍之带着点儿笑容：“好聪明的小丫头，这么快就懂了？”

“你不要试图转移话题！”

“那你父亲以前喜欢画画吗？”

“不喜欢！”

顾衍之对着眼前空茫茫黑黢黢的夜幕，悠然道：“说谎的小孩会被夜里出来捕猎的狼吃掉。”

我：“……”

这一带的山区真的有狼，还有狗熊。我邻家的婶婶去年上山放牧，还捡过梅花鹿角。虽然村寨附近不一定有，然而说不害怕那是假话，事实上我不但害怕，甚至还非常害怕，连说话都变得结结巴巴，好半晌才强自镇定：“喜、喜欢那又怎样？他有时候空闲下来，确实喜欢在家里画几张画，那、那又怎样！那也不能说明我父亲是那样、那样的人！”

顾衍之轻笑了一声。他的笑声很好听，合拍在沙沙的夜风里，我在片刻里突然就觉得不再那么害怕。接着他挨近了我一些，手臂隔着风衣，搂紧我的肩膀。

我瞪着他：“你想干吗？”

他淡淡地说：“我觉得有个小孩好像挺怕黑，刚才听声音都快哭了呢。”

“……”

我又要恼羞成怒了。他顺着我的肩膀，揉了揉我的头发，笑着说：“对了，你还有他的墨宝吗？有的话可以考虑收藏或者卖掉。你父亲的画还是很有市场的。”想了想，又补充一句，“你不是挺喜欢巧克力？按现在的市价，你父亲的一幅画就可以够你吃很多年的巧克力了呢。”

我看着他：“……”

“怎么？”

“可、可是，”我几乎泫然欲泣，“他以前都说那些画是画着玩的。然后母亲每次说需要拿纸点火的时候，他就顺手抽过去一张，所以、所以很早就给抽没了啊……”

顾衍之：“……”

他轻咳了一声：“好了，没有了也没什么关系。你父亲这样做，总有他这样做的道理。我们回到刚才的问题。如果跟我离开这里，去T城，会有很多好处。你究竟要不要明天跟我离开这里呢？晚饭的时候，我已经和镇长商量过了，你如果肯走，他不会再提出什么别的意见。”

他说这些话的时候，一直看着我的眼睛。语气则始终平静，带着一点点儿的温柔。

我已经不记得当时是出于什么缘由答应了顾衍之。

毕竟对于那时的我来说，这样的一件事，分明是天大的一件事。山中虽然很穷困，可毕竟很亲切。可如果去外面，我谁都不认识。我只是听一个人讲了一个神奇的故事，接下来他就问我，究竟要不要跟他离开山中呢。

我甚至还不了解外面具体是什么样子。我也不能确定事实是否真的像顾衍之所说的那样。父亲生前不曾同我描述过大山的外面，更不曾提过他在T城的一切。而在孙胖子的口中，大山之外的人衣着光鲜、手头宽裕，却同时有些钩心斗角，并且擅长笑里藏刀。

可是，小孩子的思维和勇气，都是十分不可思议的东西。顾衍之拿出一副对待大人的态度来同我商量，而且他从容沉静、轻描淡写。他这样的态度，让我无法用怀疑和拒绝的话来回复。我的直觉告诉我，眼前的人虽然很可恶，可是却不像是会骗人。他做慈善，他有点儿亲切，他的衣着优雅体面，他受到镇长的接待，他没必要骗我一个小孩。渐渐地，接受顾衍之的那一方在脑海里威风八面，拒绝顾衍之的那一方在脑海里倒地不起。

最后，我只沉默了一小会儿的时间，就小声说：“……行啊。”

再后来过去多年，我跟鄢玉大致讲过这一幕。因为正处于刚刚和顾衍之谈恋爱的兴奋状态，我的描述十分乐观：“你不觉得这很神奇吗？上一秒我还在为别的小事跟顾衍之吵架，下一秒我就同意了跟他离开这么一件大事。我很少这么信任一个人的。所以这充分说明，我们天生就很有缘。”

鄢玉正在读医学报，闻言推了推眼镜，头也不抬地回答我：“这只能说明他比较会蒙，而你比较好骗。”

“……”

然而不管怎样啊，我偷偷跑去墓地一趟看了父亲。回来已经是临别的时刻，镇长正拿出他攒了半年多都没舍得吃的腊肉送给顾衍之，又送了花椒、虫草、天麻等等东西。他们站在车子旁边交谈许久，然后镇长一脸严肃地过来找我。

他其实向来都很严肃，可我们小孩子普遍不怕他。因为知道他仅仅是吹胡子瞪眼，心肠其实很软。我们捣腾出来的烂摊子他总会收拾。

他做镇长已经将近二十年，殚精竭虑，全都为了村民。山中的岁月很容易在人的脸上留下痕迹，此时他面朝太阳而微微眯眼，越发显得面容沟壑沧桑。他同我说：“丫头，去了外面要听话，别再这么皮。要对人有礼貌，要好好上学，努力念书，以后读初中、读高中、念大学，为村里人争光，更为你父亲争光，千万别丢了他的脸！要是万一有人敢对你不好，你不想在那边待下去了，也别怕，也别想着别的，只管回来，就当什么事都没发生过，你叔叔我这儿什么时候都留着你住的地方！”

我有些鼻酸，弯下腰，深深给他鞠了一躬。接下来说什么大概都得哭，所以只能什么也不说，一扭头钻进车子里。不一会儿，顾衍之也跨进车子。我看着车子外面花白头发的镇长，眼眶酸疼。

车子颠簸启动，慢慢离开那座我住了一年的矮小房子，我的眼泪终于没能兜住，啪地落在手背上。

我觉得很狼狈。更狼狈的是，顾衍之还坐在旁边，他看了看我。我顿

时感觉这辈子没做过几件丢脸的事，偏偏一大半都被他看到了。于是，狼狈理所当然又变成了恼羞成怒，然而又无可奈何，最后泄气地想要不就直接跳车算了。

他转过脸去，慢条斯理地开口：“早上去了哪里？醒来就不见人影，头发还跑得这么乱糟糟。”

我抹了一把眼泪，正好在这时候找到一个可以批评他的理由：“你刚才不应该收镇长给的东西。花椒就算了，那些天麻跟虫草他们挖了足足一年，很不容易，还打算过两天翻山去卖呢。”

他说：“我可没收。我只拿了腊肉，剩下那些都让小吴偷偷放回了他家那棵花椒树底下。”

“……”

我讨厌的人正好是这么一个滴水不漏的人，这样的事实简直让人心灰意懒,顿时没了跟他斗嘴的心情。我托着下巴再也不说话,郁闷地看向窗外，却被人握住肩膀拧了过去。

眼角被人隔着柔软的手帕轻轻按住，顾衍之将我方才哭花了的脸一点点儿擦干净，又叫我背过身，用梳子拢顺了我的长头发，最后他在里面还埋了几根细细的麻花辫。

顾衍之做这些的时候，我从后视镜看到前面司机的眼神。他时不时往后瞄一眼，看起来对顾衍之绑麻花辫的手艺很感兴趣，又像是受到了一点儿惊吓。

我们正走的这段路很不平坦，坑坑洼洼。司机这样三心二意，我看得胆战心惊。过了一会儿，我还是忍不住出声提醒：“你是想学绑麻花辫还是怎样呢？想的话，以后我也可以教你的呀。可是你现在这样总往后看，万一撞到石头怎么办？”

司机剧烈地咳嗽了一声，收回眼神的时候脸皮带点儿红。顾衍之在我身后漫不经心地开口：“不用理他。”

“可他……”

顾衍之打断我的话，问："在山里的时候都用什么洗头发？"

"皂角。干吗？"

身后的人将我的肩膀掰回去，又把我肩膀上最后一点儿发梢抚平息。他的眼睛微微眯起，看起来有点儿笑意："那有没有人夸奖过你，说你的头发很漂亮？"

说这话的时候，他一面把用过的手帕折叠好，放回风衣口袋里，然后拿过手边的玻璃密封杯，问我："渴了没有？要喝水吗？"

"嗯。"

他把杯盖拧开，杯口递到我嘴边。我的眼角扫到后视镜里司机正莫名其妙地睁大眼。然后，忽然听到一声急刹，我们真的差点儿翻进路边山沟里去。

然而到底还是平安回到了 T 城。中间诸如乘坐航班看到平原之类的第一次，不再赘言。只是因为途中层出不穷的新鲜感，让我原以为这就是顾衍之提过的离开大山后的诸多好处，直至航班降落 T 城——顾衍之牵着我的手走出候机楼，早已有接机的人在等候，毕恭毕敬地唤顾衍之"少爷"。

在给燕燕寄出去的第一封信里，我详细地描述了一番我们步出机场时的场景：

我踏上 T 城土地的时候，正好是晚上。顾衍之牵着我的手走出来，在飞机上他还跟我有说有笑，下了飞机后，来接机的人十分恭敬，而顾衍之的表现就像是吞了定海神针一样。我回头望的时候，T 城的机场布满灯光，繁华又安静。我们坐进车子里，看到路边高楼穹顶，在淡金色光线的烘托下，像是一个个有着深邃眼窝的窈窕女郎，浮夸而浪漫，令人晃不开眼。

然而，这封信在即将寄出去的时候不小心被刚回来的顾衍之看了个正着，在我快速把信抓在怀里的同一时间他抬起头，说："什么叫我吞了定海神针一样？"

我说："你这是不尊重人的表现好吗？这是我的信啊，我的隐私！我

的隐私你知道吗？你做人怎么能这样无耻啊？”

他嗯了一声，却依然紧紧盯着我：“你跟我说说，什么叫吞了定海神针一样。”

我：“……”

他说这话的时候，手里还拎着一小盒巧克力口味的冰激凌蛋糕，手指点在盒子上，有规律地打着拍。

我的眼睛随着盒子的轻轻摇晃而轻轻摇晃。他晃了很久，仍然没有要给我的意思。我忍不住提醒他：“冰激凌会化掉的！”

“嗯？”他低头看了看，“已经化了？那我拿出去丢掉。”

我终于坚持不下去了，在他转身的同一刻死死抱住他胳膊：“我说我说，那句话的意思就是说：你英明神武沉稳睿智上天下海无所不能，就像孙悟空一样是个不世出的英雄！”

我一边说一边在心里悲愤地想，父亲九泉之下要是知道有朝一日我把他教的赞美话全都用在一个人身上，目的只是为了对方手里的一盒冰激凌，也不知道会不会怒我不争，气得只当从来没生过我这个女儿一样。

再后来，信寄出去两个月，我收到了燕燕的回信。

燕燕对我的溢美之词只提及了一句：后半部分文采不像你，你又是从哪本书里抄来的这段话？

可见在那个时候，最了解我的人是燕燕。然而不可否认的是，T城的夜景，是真的如书中描述的那样奢华漂亮。我在十一岁还剩下一个尾巴的时候来到T城，从此之后的生活，和以前截然不同。

来到T城第二天，晚上的时候，我被顾衍之带去参加一个聚会。包厢在会所的最里面，我被顾衍之牵着，穿过层层叠叠的花廊与假山。我以前从未见过这样的景象，却左右不敢顾盼，努力像顾衍之表现得那样不甚在意，手却下意识地牢牢攥住他的袖口。大概是将他抓得太紧，顾衍之在包厢门口停下脚步，低下头看了看我，然后他说：“觉得害怕？”

我故作镇定地说：“没有。”

他又看了我片刻，接着笑了一下，推开了包厢的门。

清凉的冷气钻出来，里面是一派富丽堂皇，热闹轰天。一人率先回过头来，只看了一眼便笑开：“哎呀，顾衍之，你说你小女朋友小，可也没说小成这样啊，人家一看就是未成年，有十岁吗？生生给你从大山里拐卖来T城，你可真不要脸啊。”

我被全场哄笑得倒退半步，脸一下子涨得通红，却被顾衍之半搂着拽回去：“别理他。他在开玩笑。”

我讷讷到说不出话来。

顾衍之的手指落在一人身上，慢条斯理地挨个指认过去：“你鄢玉哥哥，是个医生，以后万一感冒发烧等等，一通电话打过去，找他就好；你楚煜哥哥，建筑师，以后有了房子，找他设计就可以。”又指着刚才开玩笑的那个，“江燕南，做金融。他没什么用，你以后见到他直接无视就行。”

江燕南笑到拍桌子：“哎，我说有你这样的吗？好歹我也比她才大几岁，未来指不定就弄个青梅竹马呢，你让她对我的第一印象好点儿成吗？”

“你老得能把杜绾的年纪翻倍，还有脸面说这个。”顾衍之的手最后落在一个穿铁灰西装的人身上，“这是你堂兄，杜程琛。从今以后你在T城吃穿用住，都是他来负责。他要是对你有什么不好的，你回头跟我说就是。”

满屋子的人，唯独杜程琛一人穿着正装，看向我的眼神里含着不动声色的打量。

我按照顾衍之的指点一一喊过去，在对上杜程琛的眼神时，不自在地顿了顿。

一旁鄢玉推了推眼镜，淡声插话道：“顾衍之，你又不要脸了，明目张胆抢人家做堂兄的饭碗啊。”

江燕南笑着搭话：“对嘛就是，你看小姑娘贴你贴得这么紧，你才跟人家相处了几天啊，就把人家骗得这么服服帖帖。”说罢看向我，“哎，你

长得这么漂亮，跟着我走好不好？也别理你堂兄，也别理你什么衍之哥哥，他们可都不是什么好人。尤其是你旁边站着的这位，你别看你衍之哥哥笑得挺温柔，他可是面善心狠着呢，多少人都被他笑着黑过。你衍之哥哥当年为了一个高中学生会主席的位置，那可是把隔壁班班长气得一口血吐出来，活生生逼到转学的。现在你落在他手里，迟早要被他吞得骨头渣都不剩下的！”

我的一把怀疑目光唰地扫向顾衍之。后者仍是眉眼不动的模样，只是指着杜程琛：“别听有的没的，叫他一声哥哥，他给你见面礼。”

我想起小时候看到不合眼缘的长辈，父亲也是这样指点着要我叫人的时候，我总是果断扭过头，怎么哄都不肯张嘴。父亲牵着我的手，从不强求，只是同别人说一句女儿害羞，就一笑而过。现在却不能再这样，到底还是叫了声“哥哥”,声音比刚才喊别人时要小上许多。这里的环境太陌生，眼前的人太面无表情。即使顾衍之提前打过招呼，我的胆怯仍旧如影随形。

杜程琛沉沉嗯了一声，暂时收敛了眼神，默不作声地将腕上一串手珠褪了下来。古朴的深色，泛着一点儿岁月的光泽。珠子的数目我在之后无聊的时候数过，是一百零八颗。他伸手递过来：“去寺庙开过光的东西，据说能保佑人福寿安康。杜绾，我们是一家人。”

我不知道那个时候他是以什么心情说出的这句话，只不过如今回想起，总觉得这句话就像是一句笑话。甚至就算在当时，我也难以将他当成一家人。小孩子总是有着微妙而精准的直觉，在那个时候我便觉得杜程琛对我保持着某种刻意的冷淡态度。因而十分不愿与他结成关系。可是不管怎样，从那晚之后，我还是离开了暂住的顾宅，跟着杜程琛去了 T 城东面的杜家。

我父亲的兄长，杜程琛的父亲在两年前去世。杜程琛的母亲在国外疗养。杜家偌大宅院，两年来真正住着的只有他一个人。我本来不想去。那晚聚会散去，我一直拽着顾衍之的衣角，犹豫着不想松手。然而大概是以往很少做这样举动的缘故，以至于这举动做得很不熟练，一个不留神，衣角就脱了手。再要去拽的时候，顾衍之系风衣扣子的动作停了停，低头看看我，同我说：“绾绾，你不可以这样。”

我抬起头看向他。

他站在大堂的灯光底下，面如冠玉，身上一件米灰色的休闲服。举手投足间有些漫不经心的清贵意味。然后他蹲下身来，声音徐徐低缓：“你的堂兄正在门外等着你。我是带你回来T城，可他才是你真正的亲人。”

我不想这样死心，举起一根手指，小声说：“我就再和你住最后一个晚上。”

他并不知道我花了多大的勇气，才说出这样一句话。

我一向不肯轻易服软，更从未求过人。我是真的不想跟着杜程琛去什么杜家。我对聚会上杜程琛的冷面孔没有好印象，即使他送出一串佛珠。我甚至对从未谋面的杜家也连带着排斥起来。我站在会所的大堂中，甚至有些后悔，我不该那样莽撞地决定离开大山。

我心里很紧张，满怀希望他能说一声好。这几天的相处中，他给我的感觉总是很亲切，并且带着一点儿温柔。然而那天晚上，顾衍之看了看我，目光里带上一些为难，还有拒绝：“可是我今天晚上并不回家，我有事情，绾绾。”

我一下子觉得像是肺里灌满了冷空气。

他看看我的表情，伸手要来整理我头上的新帽子，我脑袋一偏躲了过去。他的手落了空，过一会儿，若无其事地收回去：“我昨天晚上给你的堂兄通过电话，他答应我会好好照顾你。你不用怕他。”

隔了一会儿，我说：“我知道了。”

他端详着我：“你在生气？”

我的视线越过他，落在大堂的壁灯上：“没有。”

“你看着我说这两个字。”

我扭头就走。

他在后面叫了两声我的名字，但没有追上来。我越走越快，一直走到杜程琛的车子前面，自己打开车门坐进去。旁边的杜程琛看了我一眼，撇过脸庞，语气淡淡："坐在副驾驶位上的时候，要系上安全带。"

我依言而行。心里想着前几天航班起飞，顾衍之帮我扣上安全带的场景。过了一会儿，终于还是忍不住扭过脸，朝着车窗外面看过去。

顾衍之还没有离开。他站在大堂门口，正在接电话。他长得那么高，光线半明半昧之间，更是裁出一道修长剪影。不远处一个穿着湖绿色长裙的女孩子像是突然看见了他，挥着手向他打招呼。我看着那个女孩子朝他走过去，她的手指提起裙摆，穿着高跟鞋，脚步却快得像小跑。终于在最后一步的时候趔趄了一下，被顾衍之松松地一把抱住。

我看到那个女孩子站稳脚跟后，仰起头，说了句什么。然后顾衍之微微低下眼，脸上有点儿笑容。

有那么一刹那，我像是突然有点儿明白了江燕南说的那句"面善心狠"的意思。

这世上有一种人，他对任何人都温柔，却像是另外一些人的客套和礼貌一样，只不过是一种习惯。他将兜里的一把糖果给了人，却转眼就忘记。他没有上心。他也并未觉得应该上心。他的涵养只是一种表象。他只是随手这样做罢了，却并不希望别人真的就此依赖上他。

然而这样的一个人，他本来连带我离开大山都没有义务。他本来就与我无关。杜思成的女儿又如何，他明明可以装作什么都不知道。因此，其实他如今做到这样，已经是对我十分好。

可是那天晚上，我突然再次开始讨厌上了他。

CHUN FENG BU RUO NI WEI XIAO

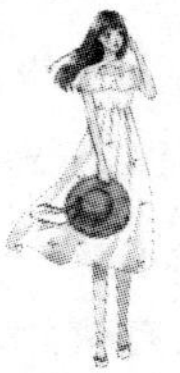

第二章 / 欲言又止

来到T城第一年的感觉很像赌玉。我标到了一大块看起来成色很好的石头，外层细腻，有大片松花，被剖开的一角鲜翠欲滴。然而等把浮华一层一层剥下去，里面却是白茫茫一文不值的石头，那盈盈翠绿只浮在那剖开的一角，完全不是原本以为会有的大片极品帝王绿。

我在回到杜家的第二天，杜程琛着手准备我的入学手续。他的效率迅速，再过一天的上午，我已经被他送去了附近小学三年级（一）班的班上。班主任很和蔼，同学也还算和睦，只是我没有料想到这里小学三年级的东西比我学过的要难。

我转学过去不久，正好碰上期中考试。除去语文还算不错，外语和数学都答得惨不忍睹。我对着发下来的成绩单坐禅入定十分钟，最后把它团成一团丢进了课桌的抽屉里面。回去后很庆幸地发现杜程琛并不在家，更庆幸的是家中阿姨告诉我，杜程琛下午出差去了国外，要至少一个月才能回来。

我说："哥哥他经常出差吗？"

阿姨正忙着擦拭桌几，头也不回："对。杜先生一年里有一半的时间都不在家的。"

我竭力压住脸上要铺展开的笑容，说："真的吗？这样哥哥会很累的啊。"

我一面说一面脚步轻快地去餐厅拿蛋糕。在来杜家的半个月里，每次放学回来，在餐桌上总能看到一块刚刚烘焙好的蛋糕。然而今天下午的餐桌空空如也，我找了一圈，什么都没有找到。

我站在那里看向阿姨，后者被我瞧了一会儿，仿佛刚刚想起来一样，一拍额头说：“哎呀，你看我，一忙起来就给忘记做了。你想吃吗？我现在去给你做？”

她这样说着，脚下却没有动，站在桌几旁，身材高大，并呈现出中年发福后富态的椭圆形。我跟她无声对视了一会儿，最后说：“不麻烦您了。今天不吃了。”

从那以后，有很长一段时间我都纠结于杜程琛的离家在外。

我相信二十五岁的杜程琛每天面对着我这么一个年龄代沟巨大的妹妹一定很痛苦，当然我也很痛苦，我们一起痛苦的结果就是他在杜宅中待着的时间越来越短，每天不是出差就是应酬，或者说他可能还有别的去处，总之就是不回家。这本来是我所希望的。

然而他不在家的时候，我又总是三餐不继只能自己翻箱倒柜啃饼干或者是方便面。这对我来说同样很痛苦。这样痛苦的后果就是在短短的时间里，我快速熟悉了各种品牌的饼干和方便面口味，然后就导致每次同学只提起半个字，我就能连珠炮一样抢答出答案，并且引经据典品评半天，最后列出更划算或者口感更好的食物清单。这在某种程度上也可以看作一种好处，因为很快我就从山区时的孩子王摇身一变，变成了专家界的饼干，不，是饼干界的专家，那会儿我头顶上这一名头的光环亮得整个年级的同学都能瞧见。

与此同时，我同顾衍之冷战了整整两年。

在最开始，我的冷战只是单方面。因为顾衍之每隔上一两周都要在我眼前出现一次，态度自然地叫我一起出去玩。每次我都坚定地拒绝。然而他对我的拒绝姿态不以为意，不以为意的表现就是下一次继续态度自然地叫我一起出去玩。

这种行为在一个小孩眼中，分明就是一个大人以一种假装成熟和亲民的姿态，而实际表现出对一个小孩所流露出来持续仇视态度的好笑以及不屑一顾。因此我变本加厉，不仅坚决拒绝，每次在顾衍之回去的路上，他都还会被小绳子小钉子之类的东西绊一绊。我坚持不懈地拒绝以及绊了他一年多，终于从某个已经记不起确切日期的天数开始，我没有再见过顾衍之一面。

他不见了踪影，我在开始的时候还有些怀念，又转念觉得假如放学回家的道路中间原本杵着一棵树，然而后来它被砍了，那么它突然不见的那一天，我应该也会很怀念。这说明顾衍之的地位仅仅等同于一棵树，我也并不是因为他特别而怀念。然后怀念就变成了释然。

但是释然这个东西，就像是不定期开合的平行空间。有时候你觉得你释然了，但有时候你又被释然扔回原地。失恋不久的人大概最能体会这一点。上一秒还在口口声声说我不再回忆我决定放弃，下一秒就自我催眠说其实再回忆一下也没什么关系吧。藕断丝连拖泥带水难舍难分余情未了。这样就导致伤口总也不愈合，想忘掉的人总也忘不掉。

而我并没有经历传说中的失恋，可也体会到了这一点。我辗转反侧了很久，优柔寡断都没能让我把顾衍之这个人真正忘却，反而十分闷闷不乐。终于有天放学的时候被同桌看出来。

同桌问我怎么了，我说：“也没什么大事。”

“没什么大事你就不要摆出一副臭脸给人看好吧？”

“……”我只好说，“我相信了一个大人，然后这个大人背叛了我的信任。”

我的同桌哦了一声，神色淡定：“我还当是什么。你这果然不算什么大事。”

“……”

“一个大人背叛信任，这简直就是太正常不过的事了好不好。一个大人信守承诺才是不正常的事好吗，你听过尾生抱柱而死的故事吧？我当时

听那个故事的第一反应就是尾生一定没超过十八岁，说不定连十六岁都没有。只有我们小孩子才会把话当真呢，他们大人一个个油滑得很，能有那么淳朴才怪呢。”

“……”

“而且,大人们更无耻的一点就是他们特别懂得粉饰自己。你知道吗？”我的同桌语带沧桑，“他们管这些什么说谎啊背叛啊算计啊，统统都叫作成长的代价。搞得就跟他们说谎是迫不得已的，背叛是迫不得已的，算计也是迫不得已的一样。这简直是每个大人必备的技能啊。好像没这些他们就活不下去似的。”

“……”

我郑重地点头，对她的话表示深以为然。冷不防身后响起一个凉凉的声音：“我一直不知道原来我们都是无耻油滑的人。这可真是个悲伤的故事啊。”

我们一起往回看。鄢玉正抄着手站在我们身后，身姿挺拔，微风鼓动衣角，他的脸上冷冰冰的。

我不动声色地往后倒退半步。

我的同桌斜跨一步挡在我前面：“喂，我说，语嫣姐姐，我们女孩的事你少管。”

鄢玉眯了眯眼，语调一下子比刚才还要冷十倍：“叶寻寻，你再敢给我说一遍？”

叶寻寻说：“我的瑞士巧克力呢？”

“我凭什么给你买？”

叶寻寻一手叉腰，遥指鄢玉鼻梁：“没买你来见我干什么？”

我在一旁：“……”

说真的，在此之前，我从未想象过品学兼优的叶寻寻能有如此气势辉煌的一面。瞪着鄢玉毫不怕死，说好听点儿，像个女王;说得不好听一点儿，简直像个女流氓。

“我今天不是来找你的。”鄢玉拢了拢袖口，慢吞吞地抬手一指我，“我今天是受人之托来接她放学的。”

我立刻摆手：“不不，我不知道原来你们认识，你们好像很忙的样子，所以请继续不用理我，我家就快到了，我自己就可以回去……”

叶寻寻还在跳脚说“谁跟他认识啊”的空当，已经被鄢玉拎起衣领，像丢小猫一样丢给身后不知何时冒出来的西装保镖，并吩咐说：“把她送回家。不管她找什么借口，包括什么见鬼的去洗手间去商店去同学家玩，不听就是。一定把她交给叶宅里的人才行。”然后又朝我一扬下巴，“有个大病初愈的人让我把你接去网球场。你跟我走吧。”

“大病初愈的人是谁？”

鄢玉说：“顾衍之。”

我立刻说：“我头晕我不去我要回家。”

鄢玉推一推眼镜，忽地粲然一笑：“头晕是吗，正好我是医生，把手拿过来，我来把把脉，看是要针灸还是手术。”

我看了一眼鄢玉身后剩下的另外一个保镖，深深怀疑如果我改口说我不头晕，但我就是不想去我要回家，鄢玉八成能把我像丢叶寻寻一样丢给保镖，然后直接押到网球场去。想到这里，我吞了吞口水，困难地说：“不，不用了，我们还是走吧……”

网球场内灯火辉煌。

偌大的场地只有五六个人。不远处有人穿着浅白休闲衫，身形修长舒展，正慢条斯理纠正一个女孩的动作。我正打算绕着走过去，不防他突然抬起眼皮，目光精准地落在我身上。

下一秒，他便向我招招手，依然是字正腔圆的普通话，含着一点点儿温柔：“绾绾，过来。”

我站在原地僵持片刻，听到他又说：“站在那里做什么？过来，教你怎么打网球。”

他这样一副若无其事的样子，像是之前什么都没有发生过。我仔细眯了眯眼，觉得他仿佛比我上一次见的时候清减一圈。他同身边的人说了两句，那个女孩看了我一眼，转身走开。他一个人站在那里，线条流畅优美，嘴角有点儿笑容，带着几分随意的意味。

我终究走了过去。

旁边搭着两个球拍，一个深黑一个淡粉。他把后者递给我。我拒绝接受，目光直视前方，声音平平：“我不想学打网球。”

他说：“难道有人下学期的体育不是选修的网球课？”

“……”

我默默无语地看着网球拍，心里想着怎么才能跳起来把拍子扣在他头上。顾衍之已经开始指点我要领：“两脚分开，上身前倾。”

我站着不动，说：“那不是唐老鸭吗。”

“……”他握着球拍，一脸居高临下地看着我。

过了片刻，我还是低下头，默默按照他的示范动作执行。他走过来，站在我身后，不紧不慢地纠正姿势。又过了片刻，我小声说：“听说你生病了。”

“不是什么大事，已经好了。”

他答得随意，一面攥住我的手，一点点儿捏成握球拍的姿势。我扭过头问：“刚才你旁边的那个人是谁？”

“叶矜。”顾衍之把我的头掰回前面，“你专心一点儿。”

我又把头扭过去：“她是什么人？”

他说得漫不经心：“我的女朋友。”

我看了他一会儿，还是有些回不过神来：“……女朋友？”

他说：“你不是有个同桌叫叶寻寻。叶矜是她的堂姐。”

我看了他一会儿，问：“那么她几岁了呢？”

他暂停下指导的架势，低头，有点儿好笑地看了我一眼：“那么你看她像几岁的呢，杜绾同学？”

我不答又问：“你们交往多久了？你们怎么认识的呢？你喜欢她哪一点呢？”

这次，他把我的脑袋掰了回去：“你给我学得专心一点儿。”

可我很难专心下去。

我基本没有再听清楚顾衍之说了些什么，心不在焉地一面对顾衍之的指导嗯嗯啊啊，一面将目光飘到远处的叶矜身上。

叶寻寻曾经老气横秋地点评，看待别人家的女朋友，其实跟看待别人家的一只宠物猫没什么区别。你拜访主人家，乍看到一只猫，这只猫在我们眼里的第一评判标准就是它好不好看，漂不漂亮，干不干净；这些鉴定完了，才会关心一下所谓这只猫血统纯不纯，活泼还是闷骚，以及黏人的程度云云；但归根结底到最后，还是看这只猫漂不漂亮好不好看干不干净。不管它血统纯不纯，活泼还是不活泼，黏人还是不黏人，只要它有一张好看的脸，那么它就是一只几乎满分的别人家的宠物猫。

相同地，我们在看待别人家的女朋友的时候，首先也是看脸，然后才会看身材气质家世和性格。但最后还是看脸。一旦长了一张人见人爱的脸，那么不管她性格多嚣张、智商多下限、人品多差劲，以及抛却掉我们的忌妒心理，她还是一个将近满分的别人家的女朋友。

现在这样的评判标准落在叶矜身上。不管怎么看，她都很符合现代美的审美。一张小巧的鹅蛋脸，眼睛很大，鼻梁精致，穿一件浅粉色的网球裙，往那边的异性堆里一站，煞是翩跹扎眼。

我瞧得有些入神，直到耳朵被人不轻不重地拽了一下，冒出江燕南一张似笑非笑的脸来：“你看上那边哪个哥哥了？瞅得眼睛都不眨一下。”

顾衍之在一边说：“朝着那边发呆有一会儿了。我叫了两遍都没听见。”

江燕南笑着说：“看上哪个了直接说。那边几个哥哥目前没一个有女朋友的。平时装得像模像样，人品也都还行。嫁过去当老公可能得考虑考虑，但是当成男朋友玩一阵子再踹了还是可以的。”

我：“……”

江燕南又拿过我手里的球拍，掂了掂："这么快就做好了？杜绾，这网球拍是你衍之哥哥专门找人给你定做的，跟他这把黑色的是一个设计师。前几天他生病刚好，下床第一件事就是找人做这把网球拍。你看你衍之哥哥多疼爱你。对了，还有，顾衍之，难道你不觉得这俩球拍从款式到颜色都特别像情侣款吗？"

顾衍之抄着手说道："你可以下场休息了。"

我眼睁睁地看着江燕南离开，还没有说上一句话，就又剩下我和顾衍之两个人面面相对。他手里捏着一只网球，荧黄色的球身，手指修长莹润。我又看得发呆了一会儿，直到他开口，若无其事的语气："这次期中考试考得不好？"

我这两天一直觉得肚子间歇地有点儿痛，又有点儿涨，像是喝多了冰水，又有些不同，格外陌生的感觉。但是除此之外，又没有别的感觉，也就一直没有在意。他问这一句话时，我的腹痛正好尖锐地发作了一下，顿时浑身一凉，皮肤上起了一粒粒的小疙瘩。

他看着我的变化，嘴角露出一点儿好笑的笑容，伸手来揉我的头发："我才问一句，你就奓毛成这样？"

我低声说："我想回去。"

"一会儿一起吃完饭送你回去。"

我觉得腹痛到有些不想坚持下去："……我可以现在就回去吗？"

顾衍之在我面前蹲下身。他的眼睛深邃，而声音温柔，是商量的语气："绾绾，让你哥哥给你请个家教好不好？"

我猛地抬起头看他："我不要。"

"为什么？"

"……"

我不肯回答他。

现在想来，小孩的自尊和骄傲是一个多么脆弱又要命的东西。明明知道听不懂的课程远远比听懂的要多许多，明明每天晚上做作业的时候难过着急到哭。可我仍然拒绝在大人面前承认我的学习成绩不好，并且小心翼翼地掩饰，假装什么都没有变化。以前在山区中，我对我的学习引以为傲，如今仍然假装还很好。

我自欺欺人地以为顾衍之只是随口一问，以为他和杜程琛一样，什么都还不知道。当然我也不希望他们知道。却忘记顾衍之既然连我同桌的名字和我的体育课程都知道，那么也自然会了解我成绩的不堪一击。

小孩子总是以为可以糊弄住大人，忘记有个词叫“儿戏”。过去良久，顾衍之还在等我的回答，我固执地不肯回答。我们两个默默对峙的时候，叶矜忽然跑过来：“衍之，鄢玉在那边找你。”

顾衍之嗯一声，仍然看着我。我默不吭声地扭过头，过了片刻，又转过身。听见他轻轻笑了一声，我的头发被揉了两下，然后脚步声渐渐离开。

他一走，就剩下我和叶矜面面相觑。她低头看了我一会儿，先开口：“你叫杜绾对不对？我听衍之说，叶寻寻是你的同桌是吗？”

我说：“我也听他说，你是叶寻寻的堂姐。”

她回头看了顾衍之一眼，又回过头来：“他没再说我别的吗？”

“……你是他的女朋友。”

叶矜那一刻的表情像是玫瑰上突然沾了露水，整个人笑得很甜美：“他这个人真是……他真是这样说的吗？”

我点点头。

“他可真是……”叶矜在那边“真是”了半晌也没有说出后面的话，撩了撩头发兀自笑了一会儿，才又说下去，“对了，叶寻寻在学校表现得怎么样？”

我觉得肚子隐隐作痛得厉害，一边不动声色地捂住：“挺好的。成绩特别好，人缘特别好，会的东西特别多。是我们班语文课代表兼艺术委员，黑板报是她画的。每次写的语文作文都要印发一百多份，然后全年级传颂学习。”

叶矜笑着说:“那你呢？听说你是杜思成的女儿。杜叔叔人特别有才气，当时在T城有名得很。你的学习成绩应该也挺好的吧？会画画吗？”

“……”我觉得额头上有冷汗滑下来，声音从喉咙深处挤出，“不好意思啊，我肚子痛，我得去趟洗手间。”

五分钟后，我站在洗手间的隔间里面，看到长裤里面内衣上的一片血迹，脑子里半晌一片空白。

空白了不知多久，终于回过神来，然后第一反应就是恐惧地想我是不是快要死了。

现在想来，那时候这样的反应，实在是幼稚得可怜。然而，后来有一次我又觉得自己幼稚的时候，突然想到了叶寻寻。然后拿一向无所不知无所不能所向披靡的叶寻寻在这件事上也被吓得哇哇大哭差点儿跳楼，直到被鄢玉强行抱下去的糗事相比，顿时又觉得我那时候沉默以对的表现已经淡定得十分欣慰。

我现在依然记得在那短短的几分钟里复杂万千的心理反应。这样鲜明的血迹，肚子又这样痛，那一瞬间什么可怕的猜测都冒出脑海，诸如肿瘤、癌症、内脏出血等等。心情复杂而恐怖地想了很久。又进一步地想到了过去两年的生活，又觉得举目无亲，顿时想我可以不用治疗了，直接躺在床上等到人生的尽头就可以了。

然后转念又一想,我与其孤零零一人躺在T城的床上,还不如回到山区,躺在燕燕身边，和她一边话着家常，一边静静地等死好呢。

在T城过去的这两年，我终于确定，我是不适合这里的。

这里美丽、富有、浮华、暧昧。商店橱窗里的奢侈华服，办公大楼内的西装革履。夜晚街道的灯光通宵达旦，有大把可供玩乐的方法和地点。人们制定规则，打破规则，并且享受规则。不似在山中，所仰仗的光大都来自天上，日出而作，日落而息，人只是其中的一员，并非主宰。

T城是顾衍之他们所习惯的生活，却并不是我的。即使美好，也与我无关。我在别人面前不肯承认，自己却不得不对自己承认，在T城，我没有找到任何一件值得高兴的事情。

我的成绩不好。我没有可以自由说出心事的朋友。我也不再是孩子们的中心焦点。我也不可以跑去跟杜程琛讲，你聘请的阿姨对我不好，你不在家的时候我没有饭吃。家里的司机也总是懒惰，常常以各种借口不去接我放学。杜宅上下统共没有几个人，我这样就几乎把所有人都得罪遍了，而且还不能确定说了之后杜程琛是否就相信我。他们大人颠倒黑白的能力太强大，我承担不起失败后的后果。我便没有勇气去尝试这样做。

我在洗手间的镜子前发呆了一会儿，一瞬间里大彻大悟。既然来到T城是这样的结果，而且我都快要死了，快要死了的人总是有一点儿特权的。我为什么不惯着自己一点儿，回去山区里呢。

我想到这里，就立刻行动。

我顺着洗手间的墙脚，轻悄悄地跑出去。感谢杜程琛每个人固定打给我的生活费，让我跑出球场后，可以打计程车顺利回到杜宅。此外我也感谢我自己的记忆力，仍然还记得上一次乘坐航班来T城时，顾衍之拿了我的户口页去办理手续。因此，我回到杜宅后的第一件事就是翻箱倒柜找户口簿，然后简单处理了一下流血问题，又翻出顾衍之之前给我的行李箱打包，最后坐车去了机场，直奔机票销售点。

候机楼窗口后面的服务小姐问：“小朋友想去哪里呢？”

我把户口页递过去，佯装镇定：“四川成都。”

她把户口页接过去，翻看两眼，抬起头来：“是你一个人乘机吗？”

“是。”

“你的爸爸妈妈呢？”

我说：“我一个人可以买机票吗？”

她想了想，仍然微笑：“可以。但是儿童一人买票的时间比较久。你

在等候区坐一会儿稍等片刻好吗？不要乱跑，随时会叫你过来取票的。”

我点点头。

我拎着行李箱往窗外看，T 城已到了夜晚，又是一片静谧的星光璀璨。

还记得去年，大致也是这样的季节，也是这样的夜晚，顾衍之牵着我的手从机场走出来。他的双手温暖，看我目不转睛地看着周围的灯光，俯身下来，微笑地问：“喜欢这里吗？”

我看着他的眼睛，认真点头。他便又说：“以后你可以一直在这里待下去。”

可是他终究是错的。有些东西有些人，注定有他们特定合适的土壤，就像是天麻虫草梅花鹿，只能长在山中，移到别的地方，就活不下去。

以及，就像是 T 城，注定是顾衍之的地盘。而西部的山区，才是我的地盘一样。

我在等候区坐了好一会儿，也不见售票的工作人员来叫我。有小孩子被大人牵着手走过，偶尔探究地瞧过来一眼，全都被我冷冷地瞪回去。这一年里这样孤身一人的时候其实很多，所以格外不喜欢这种川流不息的地方。语文老师说得好，环境一旦反衬，效果总是格外强烈。通达文章是这样，生活也是这样。

有个阿姨在我旁边的座位坐下来，看了我一眼，说：“小朋友，你爸爸妈妈呢？”

我说：“我一个人来坐飞机。没有爸爸妈妈。”

“哎哟，为什么是一个人啊？”

“……”

她很仔细地打量我：“看你气鼓鼓的模样，不会是跟爸爸妈妈生气了吧？”

“……”

她有点儿生气："你这小孩真是，生气了你也不能乱跑啊。你知道你父母得有多着急吗？你家住哪儿？出来多久了？赶快回家去，一个小孩子老往外跑会很不安全的知不知道？万一被拐卖了怎么办？"

我认真地告诉她："我本来就是被拐卖来的。我父母不在T城。我坐飞机就是要回家去的。"

她的眼里充满了不相信："被拐卖来的小孩能穿成你这样？还有钱坐飞机？说谎是不好的行为，知道吗？而且，你一个小孩根本没法单独乘航班，知道吗？"

我说："我有户口页。"

"有户口页你今天也走不了，得让你父母给你填张申请表才行的，而且至少要提前三天填。你有吗？"

"……真的吗？"

她说："我骗你做什么？"

我犹豫了一下，身后的一个男子笑着开口："是啊小朋友，我能保证这阿姨没骗你。快别赌气了，赶紧回家去吧。"

我唰地扭头朝售票台看过去。刚才的售票小姐正好也向这边看过来，对我笑了笑。我忽然想起刚才她好像拨了个电话，口型如今怎么想怎么都像是"顾衍之先生"五个字，心里陡然一惊，猛地站起来。

我拎着行李箱沿来路走，越走越快，几乎小跑。身后响起售票小姐焦急的声音："小朋友，你去哪里？哎，你不要乱跑啊，你去哪儿？快回来！"

我越跑越快，急得想把行李箱丢出去。这一想法终于在临近旋转门口的时候如愿以偿，我只觉得脚下被鞋带一绊，下一刻行李箱就真的脱出手去。

我眼睁睁地感到自己在众目睽睽之下倒下去，真是狼狈到极点，却又毫无办法。想到这样类似的感觉在这一年里简直已经体会了无数次，临死之前居然还要再清晰地感受一回，顿时让我觉得苍天何其不仁慈。认命等

待跌下去的疼痛感，却在一瞬间觉得身体骤然被静止，有双手握住我的手臂，稳稳接住了还差几公分就要磕得鼻青脸肿的我。

耳边响起一声闷哼，随即听到一个熟悉的低沉声音：“想去哪里？”

我陡然僵硬。

上半身被对面的人牢牢锁在怀里。我挣了一下，没能成功。再挣一下，还是失败。我在他手臂内侧狠狠拧了一下，趁着顾衍之手臂一松，立刻爬起来后退两大步。

我挺直脊背，傲然地看着他。

他的身上还穿着那件浅色的休闲衫，大概是刚才来得紧急，还有些呼吸急促的意味。看了我一会儿，慢慢站起来。他的身高足以挡住我前方所有的光线。我不得不抬起头与他对视。周围是川流不息的人群，偶尔有人望过来。我和顾衍之在这些目光之下无声对峙。

半晌过后，终于还是他先开口，平稳的语气：“跑来机场，想去哪里？”

“回去。”

“回去哪儿？”

我说：“回大山，我的家。”

他说：“这里也是你的家。”

我的嘴角动了动，但没有说话。

顾衍之向前迈了一步，我立刻做了个手势警告他：“你不要过来。”

然而他置若罔闻，又往前走了一步，淡淡地看着我：“过去会怎样？”

“……”我跟着往后退了一步。我自然不可能怎样。在T城向来都是人家对我怎样怎样，断没有在这里突然反过来的可能。背着光线，顾衍之的眼睛墨黑，睫毛深长，修长玉立，再好看不过的模样。我却不知为什么突然有些想哭，喉咙剧烈颤了一下，开口时声音便有些发抖，“……我不喜欢这里。”

他轻声问：“不喜欢这里的什么？”

“什么都不喜欢。”

“为什么？”

我脱口而出：“你怎么有那么多的为什么啊？我还有那么多的为什么呢，你见我问过你吗？你能不能不要这么咄咄逼人啊，你知不知道你真的很讨厌啊！”

他眉目不动：“我讨厌？我哪里讨厌？”

“……”

“因为刚才在网球馆说的家教的事？前几天我去找你的班主任，她说你现在在课上不爱发言，有时候还会睡觉。体育课也不活跃，整个人闷闷的，和同学之间的交流也很少。可是我分明记得，两年前我带你来这里的时候，你并不是这样。”

“……”

“绾绾，”他走到我面前，重新蹲下来，松松握住我的两只手腕，和我平视，目光温和，“那时候你那么骄傲，勇往直前，像只神气活现的小孔雀。你自己来告诉我，这是为什么？”

“……”

我死死咬住嘴唇，扭过脖子，一言不发。

他的声音沉沉地：“杜绾，回答我的问题。”

我终于抬起头来：“你想让我怎么回答问题？你说得没错，我确实需要请家教，因为我根本听不懂这里的课程。我一直很努力地想跟上，可是我的成绩还是一点儿也不好。我这样说，你满意了吗？”

“……”

“可是你说让杜程琛来请家教，你知道我在杜家过的什么日子？你说得这样简单，可是杜程琛怎么可能给我请家教，我在杜家吃了一年饼干，你知不知道？我在杜家总是一个人过的，你知不知道？其实你根本就不该把我带来这里。杜程琛不欢迎我，我也不喜欢他。这里的学校我也不想去。你所说过的来 T 城后的好处，我一点儿没有感受到。”

“……”

“我在这里就是个累赘。累赘，你懂这两个字的意思吗？其实我回到山里去，对谁都很好。我高兴，你们也轻松。我只是想回到山区，安安静静谁也不打扰，不行吗？这里是你们的地盘，不是我的地盘。我在这里格格不入。格格不入的感觉，哥哥你体会过吗？它一点儿也不好受。现在我就快要死了，你就不能让我离开这里吗？”

我一口气吼到最后。这一年来积攒的郁气像是终于忍不住，宣泄而出。吼完才觉得脸上凉凉的，伸手摸了一把，大片大片的泪水落在手心上。

我愣了一下，立刻扭头。

我倒是很想把眼泪止住，可它根本不听令于我，反而掉得更加厉害。眼前还有顾衍之在无声看着。我手忙脚乱地擦眼泪，觉得又恼怒又伤心又狼狈。泪水啪嗒啪嗒地落在地上，差不多要积出一小摊水泽。我觉得顾衍之此刻的目光特别碍眼，终于忍无可忍地吼过去：“人家哭有什么好看的，你能不能不要再看啊！你这人怎么这样啊！”

吼完了后背突然被人捞住，再轻轻一揽，身体便不受控制地往前一倒。

下一秒，我被一个怀抱温柔地笼罩。

后背被人有规律地轻拍，顾衍之的声音突然温柔下来：“杜程琛对你不好，为什么不早一点儿告诉我？”

我恶狠狠地说：“跟你有什么好说的！你跟他半斤八两！”一面不停扭动，妄图挣扎出来，“你放开我！”

顾衍之笑了一声，下一秒我就觉得身体一轻，整个人已经被打横抱起。

捞在脊背和腿窝的臂弯紧而有力，我眼睁睁地看着行李箱被人捡起，而我脚不沾地地穿过机场旋转门，朝着一辆黑色车子越来越近。

我不顾众人侧目，挣扎得更加厉害：“你要做什么？你带我去哪里？我才不跟你回去！你放我下来！你放我下来！”

顾衍之轻飘飘地说：“这可由不得你。”

我着急地说："我都快要死了，你还不能让我走吗？我才不要回杜家去！顾衍之，你敢不放我下来！"

"当然不去杜家。你跟我去顾宅。"他抱着我低身，跨进车子里，然后低头看我一眼，"你老说自己快死了是什么意思？"

"我本来就快要死了，"我擦了擦眼泪，"我下面流了很多血，肚子疼得不得了。我应该是得了癌症，要不就是肿瘤什么的。反正肯定是绝症。我想回山里去。我要埋葬在爸爸身边，我不要跟你回去。"

说到后面，我越发觉得人生无常，终于号啕大哭起来。隔着蒙眬泪眼疑似看到顾衍之的眼角跳了跳，过了片刻，他说："……初潮？"

"什么潮？我都快要死了，你说得浅显明白一点儿好不好？"

他又看了我一会儿，抬手揉了揉额角，说："你没有快要死了。你好好的，只是来了月经。初潮就是第一次月经，是女孩子青春期到来的重要标志。这段时间里不要碰凉的东西，也不要吃辛辣刺激的食物，也不能剧烈运动。老胡，一会儿在超市前停一下，买点儿东西。"

我说："月经是什么？"

"……"他看着我，隔了一会儿说，"月经是子宫内一般一个月一次的出血现象。"

"子宫是什么？"我又问，"你有吗？"

他居高临下地看着我："你不是说你从来不问为什么的？"

"可这只是什么，又不是为什么！你还没回答我问题，子宫究竟是什么？你有没有？"

"我说了这是女孩子青春期的标志。"

"那么男孩子呢？你呢？"

他一抬手，把我重重按在怀里。眼前顿时一片漆黑，只听到他好听的声音："好了你累了，到家还有段时间，先乖乖睡一觉。"

我挣扎着说："可我还不累……"

顾衍之肯定道："你累了。"

"……"

我还要说话，有手心轻轻遮在我眼上，挡住车窗外所有的流光溢彩。我被顾衍之抱在怀中，有规律地拍着背，以他的手臂为枕。这样的怀抱很舒适，沦陷的想法迅速占据上风，我气若游丝地喃喃：“我真的不累……”

黑暗中额头上被温暖干燥的掌心抚摸，把凌乱的头发拨到一边，动作轻柔，如羽毛一般。耳边响起温柔至极的声音，带着诱哄的意味：“绾绾乖，睡一觉，嗯？”

我许久没有听过这样的声音。不知什么时候真的被他哄住，慢慢睡过去。

第三章 / 那么骄傲

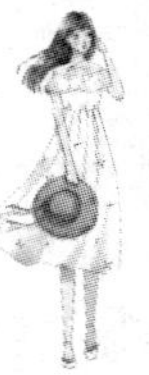

睡意迷迷糊糊，蒙胧中仿佛被人抱出车子，外面有些微凉意，只动了动，便很快被披了件东西，从头到尾密不透风。再醒来时，换了场景。

身下的床单柔软细腻，床边一盏暗弱孤灯。窗子外有月亮挂在花枝上，偶有微风，铺进来的光水一样摇曳。我想了一会儿，终于意识到这里是顾宅。侧躺在床边的人穿着一件深蓝睡袍，带子松松拢在腰际，正闭目假寐，单手撑着额角，下颌线条行云流水。

我充其量只在这座宅子里待过一天，却因为是初来 T 城的时候，便格外印象深刻。那日下飞机时正值 T 城华灯初上，从机场回来的一路皆是繁华与璀璨，商店里明亮干净的橱窗，街道上衣冠楚楚的人群，应接不暇的宝马雕车，玉壶光转。在拐进宅院所在的街道之前，一直都这样浮华与热闹，却在车子拐过街道的下一刻生生隔断出一片幽静。车子外面听不见声音。这条街道上人影稀少，墙壁边有连绵的花木扶疏，连路灯都很安静。渐渐地，车子离宅院大门越来越近，直至慢慢驶进去，我透过车窗，看见院落里修剪整齐的草坪。

那天晚上，我恍惚觉得仿佛进入了一座城堡。

头顶上精雕细琢的水晶吊灯，椅子上卷曲舒展的扶手花纹，细腻到看不清纹路的瓷器器皿，以及一旁偌大的玻璃鱼缸内，缓慢游弋的红色金鱼。每一处地方都是不动声色的精美，透着遥不可及的慵懒华贵。一切都与山中截然不同，连触碰都变得小心翼翼。听见顾衍之在一旁有些笑意地开口：“喜欢这里？”

我自然是喜欢的，却不想将这两个字明明白白说给他听，只稍微点了点头，留有余地地说："还行吧。"

同时，我也还记得那回的第二天晚上，临去聚会见杜程琛之前，我也是这样在柔软的床被中醒来，便看到床头摆着的一套衣服、鞋袜，还有内衣与首饰。顾衍之叫我将衣服穿好，他推门进来，把我的头发梳拢好，最后将一只发卡别在我头上。

在那之前，我从未穿过那样的衣服，每一处都精致得恰到好处。我觉得每一处都穿得不自然，像是穿在不合适的套子里面。在他打量的视线底下慢慢面如火烧，直到顾衍之忽然慢吞吞地开口："杜绾，抬起头。"

我抬起头，有些茫然。他的手指落在我脖颈的项链上，抚着那上面的两片花瓣，语气轻描淡写："很好，杜绾，就是这样，抬起头，你很好，不输给任何人。"

……

我稍微动了动，顾衍之微微掀开眼皮："醒了？"

他睡眼微沉的模样和方才闭目假寐时又有些不同，慵懒得不可描摹。然后，又听到他说："还记得这里是什么地方？"

我点点头。他又说："我刚才给杜程琛打了电话，明天我们去杜家一趟，把你的东西拿过来，顺便去趟超市，买些东西回来。这些天你就先在这里住。"

我扭头去看他，他依然是再平静不过的模样。

隔了一会儿，我问："你说的这些天是多少天呢？"

他的声音仍然淡淡地："一直到他把监护权变更给我为止。"

又过了几秒钟，我终于领会出这句话的意思，倏地仰起脸，一眨不眨地望向他。

"不喜欢杜程琛，那就不用再理会他。以后你住在这里，衣食住行，学习玩耍，所有的事情我来接手，一直到你真正能独立为止。"他抬起眼皮来，目光漆黑，看着我，"这样的话，你肯不肯呢？"

时隔很久，我仍然能记住他说这话时的语气，不紧不缓，眉眼间带一点漫不经心的意味，像是在讲述一件最云淡风轻的事。仿佛回到那一日大山的夜里，小小的山岗上，也是这个人，将风衣披在我身上，用一种再平常不过的语气问我：“杜绾，想不想跟我一起去大山的外面呢？”

我不知晓他清楚不清楚，他轻描淡写的一句话，总是能轻易拨动我整个世界。

在此后很长的一段时间里，我都觉得顾衍之无所不能。

仿佛渐渐之中形成了一种习惯，只要把困难的事告诉顾衍之，他总是可以轻松摆平。在我眼中天大的事，在他的眼中都是小事。他总是用一种古井无波的态度，温和地将难题戛然而止，然后按照原本的意愿，从容摆布，有如神明。

我在他的眼神底下沉默，半晌小声说：“可是我很想念燕燕。”

他将这个障碍处理得很平淡：“这个月底我腾出时间，陪你回一趟大山。而且你不是还要给父母扫墓？”

“……你能确定杜程琛会同意吗？”

“可以。”

“可是你们两个认识，还有亲戚关系。”

他微微一挑眉，看着我说：“所以？”

“所以，”我鼓足勇气，抬起头来，认真地说，“我跟你其实也不算很熟。你跟杜程琛的关系如果因为我的这件事有什么改变，到时候你会立刻选了杜程琛也说不定。我觉得这个可能性挺大。你还是再考虑考虑。”

他嗯了一声，问：“你所认为的可能性挺大是从哪里得出来的？为什么我要选杜程琛？他虽然算是我堂兄，可是你哪里看出我跟他很熟了？”

“……”

“更何况，”顾衍之看了我一眼，意有所指地瞟了瞟我们之间的距离，慢吞吞地接着道，“我跟杜程琛可没有这样同床共枕过的关系。”

“……”

我的脸在刹那之间涨得通红，抱着被子立刻退出老远，大声说：“谁、谁跟你有同床共枕的关系了？”

“对了，”他连动都没有动一下，“有人刚才在车子里睡着的时候，口水还流到了我衣服上来着。”

“……”半晌，我憋出一句话，“我不要跟你住了！”

说完，我就要爬下床，越过顾衍之的时候被一条胳膊直接捞回去按在床上，扑腾了很久也没能从他手下挣脱。

顾衍之笑着说：“明天星期六，晚上有个晚宴，想去吗？”

“不想！”

他闲闲地说：“不去的话今天晚上没饭吃。”

“住都不要住了，谁还要吃你的饭啊！”我瞪视他，“你这人怎么这么讨厌啊，我要回山里去，你放开我！”

我一面说一面挣扎得厉害，顾衍之终于渐渐压制不住我，忽然一句话止住了我的所有动作：“衣服扣子开了。”

我一僵，立刻低头，却看到身上的扣子好好的，不禁大怒，抬腿踢过去，被顾衍之轻松避开。他随手丢过来一只枕头，脸上有点儿笑容：“折腾了一晚上还不饿吗？阿姨早就煮了粥，快去洗手，然后下楼。”

第二天临近晚上，我和顾衍之就晚宴的问题展开对峙。

我说：“我不去。”

顾衍之一面切开削好的苹果，一面问：“为什么？”

“……”可我不想回答这个问题。

我和叶寻寻曾经讨论过露怯这件事。叶寻寻说，胆怯固然人而有之，露怯却是幼稚的表现。你见有几个大人会真正把胆怯露出来？真正的强者都会像南非的一种蛙，在遇到敌人时把全身鼓起来，装作好像比平时还要强大。这样才能胜利。

我说："那后天体育考试考跳远，你害怕吗？"

她说："害怕呀。干吗？"

"你害怕跳远，这时候你装得比平时强大，你就会真的强大吗？"

"……"叶寻寻眯起眼，深深地望着我，长久才吐出一口气，"我最讨厌驳斥我语录的人了。"

我虽然没有去过晚宴，却远远地见识过。正因为见识过，才觉得在那种地方，我做不到叶寻寻那样的境界。晚宴之类的地方，理应是大人们的世界，顾衍之最熟悉的地盘之一，至于我，我遥不可及，没有关联。

我还在杜家的时候，一次司机承诺接我回家，下午来到学校的时间却比放学的时间晚了两个小时。我冻得浑身僵硬，迫不及待跑到车上，正巧后座上坐着杜程琛。他穿着一件黑色晚礼服，身上每个地方都一丝不苟。我问他去哪里，他说得简洁："晚宴。"

因为没时间转路回家，那天晚上司机先拐路去了晚宴大厅。遥遥便可以看出大厅内的衣香鬓影。杜程琛踏出车子，很快便有个盛装女子上来挽住了他的手臂，言笑晏晏："哎呀，你来得好晚，去哪里了？"

"拐道先去接了堂妹下学。"

"堂妹？哪门子的堂妹，怎么还用你接呢？"

"说来话长。"

那个女子往车子里瞥了一眼，很快又转移视线，笑着同杜程琛说："你看看你呀，自己穿得这么好，堂妹居然穿成这样子，你们杜家也太贫富不均了吧？"

杜程琛挽了挽袖口，没有回头："进去吧。"

我想了想，最后跟顾衍之说："我肚子还是有点儿痛。"

他说："我不信。"一面将一块苹果递过来，"你再找个别的借口试试。"

"……"我只好放弃第二套所谓的"头痛"说辞，改口，"晚宴上都有谁呢？"

他将第二块苹果递过来："鄢玉、楚煜、江燕南，也还有一些其他人，

但都可以忽略。”

我一时没有接，小声问：“那，叶矜呢？”

顾衍之微微一扬眉：“她去做什么？”

他这样说，第二天晚上去了晚宴的时候，便真的没有看到叶矜。我的行头是一件红色连衣裙，右手手腕上套着一只手镯，绘着婉转舒展的花瓣图案。头上只绑了一根发带，头发长长地垂在胸前。坐在车子里，我眼睁睁看着它离晚宴大厅越驶越近，手指不由自主地绞在身前，头低得抬不起来。

我的心跳越来越快，耳边突然响起顾衍之的声音：“绾绾。”

我抬起头去看他。他穿着一件深蓝丝绒礼服，坐在车子里，却是最随意的姿态。影影绰绰的灯光下，映出他深邃的眼皮，和好看的侧脸来。

他微微低头，语气平静而温和：“就是这样扬着下巴。一会儿进去之后，挽着我的手臂。除此之外，现在你是什么样，就还是什么样。”

我说：“我觉得事情好像没这么简单。”

“比如？”

“比如，我需要说话吗？”

“这要看你自己。总会有人问有关你的问题。你喜欢说的话，可以去回答，不想说的话也没有关系。”

“我会有不得不开口说话的时候吗？”

“没有。”他回答得很肯定，“如果人家问你你又不想说，那就随便看过去一眼，把头扭到一边不理就可以了。”

“……”我看着他默然了一下，“这样是不是不太好？”

“没什么不太好的。”顾衍之伸手过来，将我衣裙上的一根带子摆了摆，仍然是再平淡不过的语气，“杜绾，你只需要记得一件事——你是个货真价实的公主，站在我身边，你可以表现得比其他人都傲慢。”

车门被人从外面打开，顾衍之朝我伸出一只手，灿烂奢华的夜幕下，他的脸上带着笑容：“来。”

我扶在他的手心上，如他之前教的那样，提着一点儿裙摆，慢慢走出来。最后一步有点儿趔趄，向后倒的时候被他抓住手微微用力，最后合身扑在他怀里。

我：“……”

功亏一篑的感觉特别不好，我埋在面前的丝绒礼服里，半晌抬不起头来。头顶有人轻笑一声，慢条斯理地将我扶正身体：“下次努力。”

进入大厅，一眼便看到远处的食品区，以及已经在食品区周围徘徊流连的叶寻寻。我舍弃顾衍之直奔过去，等走近了便看到叶寻寻正瞅着冰激凌区两眼放光，刚刚伸手过去，身后突然响起一个冷森森的声音，一字一顿：“叶、寻、寻。”

叶寻寻伸到半空的手僵了僵，静止了几秒钟，还是慢慢地缩了回去。

假如我是叶寻寻，这就已经是故事的结尾。然而，真正的叶寻寻总是比我要彪悍的，等身后的鄢玉一转身，她的手立即以迅雷之势卷土重来，却在摸到冰激凌碟子的那一刻，鄢玉的声音又冷冷地响起来：“你敢吃一口试试？”

我转头去看鄢玉，他连头也没抬，正往手里的碟子捡几粒水果，又夹了一块蛋糕。再转过头，叶寻寻的眼神迸发着强烈的愤怒火花：“我今天一定要吃！你敢怎样？”

鄢玉抬起头来，推了推眼镜：“那就老规矩。”

叶寻寻的脸色变了变，咬牙切齿很久，终于还是把冰激凌放回桌上。鄢玉把手中的碟子递给她，叶寻寻一脸嫌弃：“你都挑的什么水果啊，我不吃苹果，不吃你懂吗？我也不饿，你给我挑蛋糕做什么！”

鄢玉把碟子啪地往桌上一放，神色冰冷：“随你便。”

说完，他转身就走，我胆战心惊地目送他远去。一扭头叶寻寻正端着那只碟子挖蛋糕上的奶油吃，间或吃几块苹果片。我默默地看了她一会儿：“鄢玉他为什么不让你吃冷饮？也是因为，那个吗？”

“哪个？”叶寻寻抬头看了我一眼，“我什么都没有。只不过跟他打了个赌，说我这半个月一定能忍住不吃冰激凌。做到的话他就把他手里那块翡翠原石送给我。”

“那他干吗还提醒你别吃？”

叶寻寻想了想：“可能是他神经病吧。”

我说：“那要是你输了怎么办？”

她的目光唰地扫过来：“开玩笑啊你，我怎么可能有输的时候！”

我心想你要是连输的时候都没有，鄢玉为什么还跟你赌，难道他真是神经病不成，一面问：“你今天怎么没去学校呢？”

“啊，”叶寻寻神色淡然，“我发烧了。有人小题大做，非告诉我妈不让我上学。我就没办法了。本来今天晚上也不可能来这里玩的，但是我偷着跑出来了，鄢玉没办法，只好跟着我了。”

“你让人省点儿心，行吗？”

“一个娇弱矜持的女孩子，本来就是不能让人省心的。我要是老让他们省心，万一哪天我死了，他们转眼就忘了我怎么办。”叶寻寻说得一本正经，好像跟真的一样，“再说，我今天要是不来，就错过了你的劲爆消息呢。我听说昨天晚上，你跟顾衍之，你们俩大阵仗地私奔去了？”

“……”我一口葡萄差点儿呛进喉咙，“这谁造的谣言啊？”

叶寻寻朝我背后努努下巴：“鄢玉啊。”

正好顾衍之走过来，随手拿了块我盘里的苹果吃下去，漫不经心地说：“说什么呢，眼睛瞪这么圆。”

叶寻寻说：“鄢玉刚才告诉我说，昨天晚上你跟杜绾私奔了。”停顿一下，满眼期待地看着他，“这是真的吗？这可真是个普天同庆喜闻乐见的事啊。”

顾衍之的动作停了停，看了看正在走过来的鄢玉。后者一扶眼镜，说：“叶寻寻你搞清楚，颠倒是非的事别栽在我身上。我可没说是私奔，我只说杜绾离家出走，顾衍之追到机场去了。”

叶寻寻啊了一声：“这不就是私奔吗？电视剧里都这么写的啊。这要是香港 TVB 剧呢，那就是男主角把女主角拦下了，两人紧紧拥抱，然后大团圆结局。要是韩剧呢，那就是女主角走了，男主角跪下来痛哭流涕以头抢地，悲剧结局。要是我来编电视剧呢，那就是女主角要走没有走掉，男主角出现，突然摸出来一把枪，把女主角一枪杀了，众人尖叫……”

鄢玉无声地偏过脸，全是不忍直视的表情。身后不知什么时候冒出来一个江燕南，拍了拍他的肩膀，语重心长地说：“哎，我就跟你说过，叶寻寻这样的小孩，你不惯着她她都能自己兴风作浪，你要是惯着她，她迟早得骑到你头上去。教育小孩要讲究方式跟方法，我觉着要不你跟顾衍之你们俩换换角色得了，你看杜绾现在给他教得多乖巧啊。”

我的肩膀突然被人揽住，顾衍之顺手捏了捏我的耳垂，笑意微微地开口：“你说换就换了？换别的还能考虑，杜绾想都别想。”

江燕南说：“开个玩笑嘛。”

“你问问鄢玉，叫他把叶寻寻丢给其他人管教，他肯不肯。”

“我有什么不肯的。”鄢玉抚了抚袖口，慢悠悠地说，“我都有这个想法很久了。”

顾衍之好看的眉尾微微一挑，仍然牢牢搂着我，笑着说：“可是我不行，我可舍不得。”

叶寻寻终于找到一个空当，抓过一块蛋糕，朝着鄢玉狠狠砸过去。后者躲闪不及，眼镜上蓦然多了块黏糊糊的东西。

叶寻寻瞪着他，大声说：“好啊，这可是你说的！你以为我还喜欢被你管着！谁求着你了！你以后不要再来找我！再来找我你就去死！去死好了！”

鄢玉把眼镜摘下来，摸出手帕，低头慢慢擦干净。叶寻寻扭头就跑，不一会儿就消失在人群中。江燕南哑然了一会儿，推了推鄢玉：“还愣着干什么啊，赶紧去追啊！”

“不是你说别让我再惯着她？”

“我以前还说让你珍爱生命远离叶寻寻呢，你难道听过吗？你不是照

样读了医学院啊？”江燕南说，“你看我都给你找台阶下了，你想下就赶紧啊。一会儿寻寻真要跑丢了，我看你得哭几天。”

鄢玉把眼镜重新戴上，抿着唇僵持了一会儿，终于还是跟了出去。

我看着有点儿忧心，旁边顾衍之说：“张嘴。”

我不明所以地张开嘴，很快被他丢了一粒葡萄进来。我咬了两下，顾衍之慢悠悠地开口：“不用理会他们。他俩一直这样。”说完，像是突然想起来什么，“对了，明天我得去公司一趟。你跟着我一起。”

“去做什么？”

“我去公司处理点儿事情。至于你，先去那里做作业。”顾衍之抄着手看我，气定神闲地道，“等我把事情处理完，就开始给你补习功课。明天补数学，后天补英语。你的语文成绩还可以，就先补这两门。”

“……”我顿时觉得头皮发麻，挣扎说，“不补行不行？”

“可以。”他说，“那就明天补英语，后天补数学。”

“可是，你不是说明天还要在院子前种棵银杏树……”

顾衍之拿一种“你敢再找个借口试试”的眼神,居高临下地瞧着我:“种树用不了多久时间。”

我绞尽脑汁要与他继续讨价还价，一旁忽然有人叫了顾衍之的名字。我扭过头，一个四十出头的成年男子和一个跟我差不多年纪的男生站在面前。

我看到顾衍之拾起一边的酒杯，笑眯眯地称呼那人为“王董事”。两人客套一番，后者把视线降下来一半，落在我身上，又看了看顾衍之：“衍之，这个小姑娘是……”

我的手被人不动声色握住，顾衍之淡淡地开口：“我妹妹。”

“我知道你的名字。”对面的男孩直勾勾地看着我，突然有点儿傲慢地开口，“你姓杜，叫杜绾，根本不姓顾，怎么可能是顾家的妹妹。衍之哥哥，你不要被她骗了。这个人读我们学校四年级（二）班，也不知道是谁家的，长得这么瘦还这么矮，在学校穿得也不好，平常也不说话，但莫名其妙地就是特别讨他们班男生喜欢。衍之哥哥，你要留心才对。”

顾衍之听完，抬手理了理我的头发，漫不经心地说："王董事，这就是你教出来的孩子？"

"我也认识你。"对面的成年人擦着额角正要说话，被我截断话茬，"你是隔壁班（三）班的男生，具体叫什么我不知道。我只知道你半年来一直追在叶寻寻身后，人家吃饭上楼下楼你都跟着，只可惜叶寻寻一直都不理你。似乎上星期给叶寻寻还买了一盒巧克力，被她丢掉了。前天还给叶寻寻送了西餐厅的餐券，也被她丢掉了。你这么疯狂，你的爸爸妈妈还不知道吧？"

对面的男孩脸上一阵红一阵白，半晌说不出一句话来。四十多岁的成年男子脸色铁青，眼中盛怒，大概是想凌空变出一条鞭子狠狠抽在他身上。周围静寂了片刻，顾衍之突然慢吞吞地开口："绾绾。"

我抬起头去看他。他说："你王叔叔有些事，我们先离开一下。"

接下来没有再待多久我们便离开了。大厅之外夜凉如水，我心不在焉地低头走出来，没过片刻，便打了一个寒战，总算回过神来。下一秒便有件衣服披在肩膀上。

我摸到一点儿丝绒衣料的质感，是顾衍之的西装礼服。正要抬头，忽然觉得身体一轻，已经被抱起来。

我的视线与顾衍之平齐，看到与平时截然不同的地面。我揽住他的脖子，横在腰际的手臂轻松而沉稳，完全没有可能掉下去的顾忌。耳边淡淡响起近在咫尺的声音："杜绾。"

我扭头。顾衍之的身后灯光熠熠，而他的双眸温柔，仿若蕴有清华："长得瘦小有什么不好？至少我可以这样抱起你，让你看一看和平时不一样的东西。"

第二日早上九点，我跟在顾衍之身后，准时踏入顾氏大楼。

虽然是星期天，大楼里仍有人在。第一眼看到的便是前台的服务小姐，本来正在专心致志地画眉毛，看到顾衍之的下一刻，手里的眉笔"啪"的

一声掉下来。站直身体说总经理好，顾衍之嗯了一声，对我说：“叫姐姐。”

于是，我叫了一声姐姐。

前台的服务小姐应了一声：“总经理这是谁家孩子？长这么漂亮。”

顾衍之牵着我的手，另一只手里拎着我的书包，脸上带着笑容：“我家的。不像吗？”

她慢慢张开嘴，一脸想问又不敢问的模样。我被顾衍之牵着往电梯口走，回头看的时候，她仍然站在原地，过了片刻，像是突然回过神来，猛地抓起手机一通狂按。

电梯门缓缓合上，我扭头问顾衍之：“她在做什么？”

他说：“不用理她。”

“你这点怎么这么讨厌啊。”我仰头看着他，“昨天晚上你叫我不要理叶寻寻跟鄢玉他们，今天你又叫我不要理刚才的人，依你这么说，所有的人我都不要理会了，那我还去理会谁啊？”

我说得有点儿大声，顾衍之脸上的微笑半分未动。一直到我说完，有两根修长手指突然来到眼下，毫不客气地捏住了我的鼻尖。眼前的视野被他晃了晃，我听到一声轻笑：“你来理会理会我啊。”

我还未说话，电梯“叮”的一声，缓缓打开。外面站着一位中年女子，叫了声总经理早，随即视线落在我身上：“这是……”

顾衍之说：“杜绾，叫阿姨。”

我分明看到对方的眼里闪了闪：“这就是杜绾？”

我说：“阿姨好。”

“哎哎，好，好。”她失神片刻，转头去看顾衍之，“这，杜姑娘在这里，我要不下楼去买点儿零食上来？”

“不用，书包里有蛋糕。”

我一听，立刻把书包夺过来，拉开拉链，果然看到一块水果奶油蛋糕，立刻抬头瞪他：“不是你说不能带的！”

顾衍之慢悠悠地说：“逗逗你好玩啊。”

“……”

顾衍之的这句话直接导致接下来一个上午我都没有理会他，做作业从来没这么专心过，尽管耳边时不时飘来几句顾衍之和秘书之间的谈话。这样专心的后果就是做作业的速度十分快，以至于不过两小时已经写完，然后一边挖着蛋糕一边听他们两个谈论话题。

一开始的谈话内容还很一本正经，大都与公司事务有关系。然而不久过后就开始歪题，渐渐歪到乱七八糟的地方去。比如，顾衍之的秘书对顾衍之说：“这个年纪的小孩子都特别难哄，而且快要进入青春叛逆期了。我家那个当初就头疼坏我了，动不动就搞离家出走，弄得我焦头烂额天天跟打仗一样。”

顾衍之说：“有个小孩也已经离家出走过一次了。”

我：“……”

顾衍之的秘书想了想，又说：“我记得有次听一个儿童心理专家讲，有时候打一打小孩子也没坏处。哄的时候哄到位，打的时候也要一次打治本。尤其是特别不听话的时候，就得严厉。”

“什么算特别不听话的时候？”

“比如说，跟大人说话很大声喜欢顶撞，或者动不动就离家出走。”

我：“……”

然后，秘书想了一下，又补充道：“还有不想学习啊，吃方便面之类的东西超过吃主食啊什么的，太多了。”

我：“……”

顾衍之轻笑一声，问：“那怎么打呢？”

秘书说：“一般我都是打屁股。”

我：“……”

我终于忍不住，重重咳嗽了一声。

顾衍之转过脸，我面无表情地说：“我困了，要睡一睡。”

说完，我转身就往旁边的休息室走。身后顾衍之的电话响起来，接通

后立刻传来叶寻寻的声音：“衍之哥哥，你家大楼前台的这个服务小姐不肯叫我上楼，麻烦你自上而下地施压一下。”

顾衍之说：“你怎么来了？”

“我跟鄢玉绝交了，我爸妈听说了这件事狠狠批评了我一顿，然后我就跑去你家找杜绾，可是管家告诉我你们来这里了，所以我就来这里了啊。听说你要给杜绾补习功课？你忙你的，我来给她补习就可以了。”

顾衍之说：“我认为比起让你上楼来，我更应该打电话给你爸妈，让他们来这里接你回去。”

“你也可以这么做啊。”叶寻寻说得非常平静，“这么做之后你就等明天上学以后我带着杜绾离家出走吧。你是知道我离家出走的功力的，衍之哥哥，保证让你们三天之内找不到我们一根头发。”

“……”顾衍之抬眼看了看秘书，“让她进来。”

两分钟后，叶寻寻上楼，身后还拎着一只小行李箱，踏进办公室后的第一句话就是：“衍之哥哥，我得在你家住两晚上，你肯吗？”

顾衍之慢吞吞地说：“不肯。”

叶寻寻说：“我带杜绾离家出走。”

顾衍之抄着手，气定神闲地看着她：“你可以试试。”

叶寻寻说：“我是说真的。”

顾衍之说：“我也说真的。我听说你有句名言叫最危险的地方也就是最安全的地方，你还有两处秘密基地，一处在T城东面，一处在中心街。你还有三个异性死党可以依靠，两个在邻市，一个在本市——还用我再说下去吗？”

叶寻寻看了他一会儿，说：“你这人怎么这样啊？”

顾衍之笑着说：“杜绾困了，你大清早折腾这么久，肯定也困了。你们俩可以去休息室睡一睡，一会儿吃饭叫你们。”

叶寻寻听完，拉着我的手腕便走。我有点儿挣扎：“喂你等下，我还不困好不好……”

我话没说完就被叶寻寻捂住嘴,直接塞进休息室。“砰”的一声关上门,叶寻寻的耳朵贴在门板上一动不动。

我看了她一会儿 :“你在干吗 ? ”

“你小点儿声。我刚才在楼下看见杜程琛了,一会儿保不准他会上楼来。难道你想见到他吗 ? ”

“你跟鄢玉到底怎么了 ? ”

叶寻寻显然有点儿不耐烦 :“从今以后你不要再让我听到他的名字。我不想提这个人，让人烦透了。”

我说 :“我觉得他对你挺好的。我觉得你这样有点儿任性了。”

叶寻寻抬起眼来 :“任性这两个字，是小孩子的专属特权。这点你怎么都不懂！ ”

“……”

我还未说话，她已经竖起一根食指 :“嘘，杜程琛进来了。你快来听。”

我跟着趴在门板上，听到杜程琛一如既往没有什么感情的声音 :“我们两个就不客套了。我来带杜绾回杜家。”

顾衍之淡淡地开口 :“这个恐怕不行。”

“杜绾是杜家人。你们两个不沾亲不带故，她住在你这里不像话。”

“没什么不像话的。人是我带来 T 城的，我得对她负责任。”

“杜绾是我堂妹，我照顾她是理所应当。你把杜绾带来 T 城，已经是她的福气。”

顾衍之的声音慢条斯理，带着一分隐淡笑意 :“杜绾的父亲是杜思成，你的亲生叔叔。杜绾身为你堂妹，和你跟我之间的关系不应该有什么区别。她出生在大山，不代表她一辈子就该待在那里。我既然看到了，带她来这里就不是她的福气，是我的本分而已。既然已经带她过来，我总不希望她过得不好，只是她在杜家这么久，身高半点儿没长，还比在大山的时候瘦了一些，堂兄，我不觉得你照顾她照顾得挺好。”

杜程琛沉默了一会儿 :“你这样做，有没有考虑过我的处境？你想把

我堂妹的监护权变更在你名下，有没有想过有关我的声誉问题？别人以后对杜家指指点点，你让我怎么处理？”

顾衍之温和开口：“我不能因为你的一点儿面子，耽误一个我带回来的女孩子。杜绾现在只有十二岁，她还是个小孩子。这个年纪，本来怎么折腾都天经地义。但她现在比两年前更加懂事。她从杜家跑出来，没说过你一句坏话。她忍到这个地步不容易。”

杜程琛说：“我以后会对她上心。”

“我认为杜绾不会再相信你的话。”

杜程琛又默然了片刻，说：“我不能把她的监护权给你。”

“我本来以为姑父的一些基因没有遗传到你身上，杜程琛。”顾衍之的声音突然变得冷淡，“他以前欠下杜思成的那些财产，你不想代他还也无话可说。毕竟是几十年前的旧账，杜绾的父亲当时决定不再要，旁人不好再说什么。但是你不该冷落杜绾，她虽然是个小孩子，却很聪明，什么都懂。你这样做，难道想等着她长大以后，再效仿一遍当年的姑父和杜思成？”

杜程琛一时没有说话。

叶寻寻碰了碰我，低声说：“顾衍之对你比鄢玉对我好多了嘛。”

“我觉得鄢玉对你挺好的。”

“你省省好了。这一帮年轻人里也只有顾衍之靠谱一点儿，剩下江燕南跟楚煜一个滑一个花，姓鄢的那个就更别说了，凉薄得跟全世界都欠了他一样。你知道吗，你前天离家出走，顾衍之都找到我这里来了，打电话问我你去了哪里，我怎么会知道你去了哪里啊，他当我是金毛寻回犬吗？”

“你昨天晚上一跑出去，鄢玉也立刻就去追你了好吗？”

“他？他追上我把我训了一顿，顾衍之训过你吗？我昨天听江燕南说，你在网球馆里一失踪，顾衍之一边找你一边给报社打电话，直接要去晚报新增版面，整一个篇幅都登你的寻人启事，还说要是找不着就明天接着登。那可是占据整个版面的寻人启事好不好，市局领导人都没享受过这样的待遇，搞得晚报主编都快哭了，但是没办法印刷厂还是得印刷。结果印刷到一半又听说你给找着了，搞得晚报主编又大哭了一次。”

“……”

叶寻寻叹了口气：“顾衍之可是T城硕果仅存的一枚钻石单身汉，才貌能力家世统统没得挑，杜绾，你可要加油。”

“……加油做什么？”

“加油读小学读初中读高中读大学！等到你有他四分之一眼见学识气质的时候就跟他表白！他不同意你就一哭二闹三上吊！然后到时候他就会是你的了！”

叶寻寻低声说到一半，突地戛然而止，仔细看了看我的表情，脸上慢慢现出一点儿意味深长的感觉来。

片刻后，她试探着开口：“杜绾，你，该不会真的喜欢上顾衍之了吧？”

“……”

叶寻寻突然变得十分严肃：“我警告你啊杜绾，刚才的话我只是说着玩玩的。这都是鄢玉、楚煜他们那些人常开的玩笑话。我自己也经常被他们这样开玩笑的。可是你要一直保持冷静，千万别喜欢上顾衍之。你要是真的这么干，日后必定有你生不如死的那一天。”

当我以二十二岁的年纪回忆这些事，对于叶寻寻所讲的这句话，只能说是冥冥之中自有天定。

假如叶寻寻知道自己有一语成谶的功力，大概当年也就不会自诩未卜先知地漫天预言那么多事。然而，童年无一例外总是希望自己能变得强大而神秘，未卜先知也被视为强大而神秘的一种，叶寻寻这样要强的人就更是不会放过这样的机会。由此也就导致她曾经预言过许多事情，并且当真乌鸦嘴地一一命中。

比如，她曾经说楚煜为人那样花心，总有天道轮回的一天，让他为特别的一个女孩子焦头烂额万劫不复。楚煜曾对她的这一言论表示好笑，然而在去年当真有一个叫乔乔的女孩出现，楚煜也当真在今年早春的一天夜

里，在市内飙车到二百迈，只为阻止乔乔的一场自杀，却在最后一个拐口遭遇车祸，至今昏迷尚未醒来；比如，叶寻寻还曾经说她和鄢玉终究走不到一起，她忧心忡忡地托着腮将这句话反复说过许多遍，而事实真的就是鄢玉在叶寻寻十九岁的时候离开 T 城，直至今年叶寻寻与兰时结婚的时候也未回来；比如，叶寻寻还曾经说我喜欢上顾衍之，总会遭遇生不如死的那一天，而事实真的就是这样。

我原本以为，叶寻寻所说的生不如死，只不过是一场暗恋心情的百转千回。从这么多年的心路历程看，暗恋总是苍白而多彩，失望又期待，那种兜兜转转，想要戳破窗户纸又不敢的纠结心情，在当事人的眼里，堪比一场世纪劫难。却没想过，生不如死当真就是生不如死，赤裸裸的残忍，不带任何的比喻和掩饰。

然而转念一想，既然同为一语成谶，那么老天对其他人都很残忍，自然如今对我也是要同等残忍的。总归不过是我自己还有些不甘心罢了。

只是如今想来，任何人喜欢上顾衍之，都实在是再轻易不过的一件事。

我在见到他的第一天，就知道他喜欢捉弄人，却同时温柔、从容、丰神如玉。从此之后的岁月中，渐渐沉淀下来记住的，只有他的优点。

他曾在我最无依无靠的时候带我离开大山，又在我孤单死心的时候带我离开杜家，从此成为法律意义上我的监护人。在那之前，我未曾领略过这世上另外一种精致与优雅，自那以后，我的生命天翻地覆，宛如蜕变。

他自己就是最好的模板。

他可以将每件事都处理得恰到好处，常常微笑，不动声色，没有皱起眉心的时候。他有一手好厨艺，最擅长的煎牛排令有幸尝过的每一个人都念念不忘。他一手撑着额角，一手轻拍后背，在床边哄人睡觉的样子那样好看。他漫不经心，又沉稳强大，让人觉得足以依靠，完全安全。这样的一个人，连忌妒都无法滋生，唯有喜欢。

那一日，叶寻寻在休息室的门板后面，问我是否喜欢上了顾衍之。有那么一两秒钟的时间我心念电转，在下一刻回复的时候，我将否认进行得轻描淡写："顾衍之是我哥哥啊，只是兄长而已了。我为什么要喜欢他。而且我本身就不喜欢他。"

"你不喜欢他哪儿？"

我快速说："哪儿都不觉得喜欢。"

叶寻寻乜斜着眼看我："你最好一直这样下去啊，可别改主意，永远也别改。"

我摸了摸脖子，过了一会儿，还是有点儿不甘心："改了会怎样？"

叶寻寻一副冷笑态度，眼角眉梢都是居高临下的教育和警戒："改了你就死定了。我从小到大，还没听说过顾衍之喜欢过谁呢。这也就意味着他活到至今二十二岁，连初恋都还没有过呢。而且据江燕南讲，顾衍之甚至连暗恋都没有过。他对待所有人都是万花丛中过，片叶不沾身。这些年唯一做的事就是一直跳级跳级再跳级，二十岁的时候读完本硕回国，在各个部门转了一圈，今年接任身体不好的顾伯父掌管的顾氏。除了这些之外，再也没有做过别的事。你觉得这样的一个人，哪里像是可能动感情的人了？我觉得他手掌里根本就缺少一根感情线才对。"

我说："可是他现在有女朋友的啊。"

"谁？我怎么不知道？"

"你堂姐叶矜。"

叶寻寻眼角眉梢都透着淡薄的冷笑："她？这不可能。叶矜追了顾衍之多少年了，什么时候追到手过。要我说她就是一根筋，明明人家不喜欢她，非要缠上去。女孩子要有点儿自尊好不好，只能甩人和被人追，怎么可以追人和被人甩。就算喜欢这个人喜欢得死心塌地，也要在嘴上留一分余地才行。这样一点点儿占据上风，大多数时候都没有坏处。矜持是女孩子的杀手锏，是最妥当又轻松的事。欣赏不了你矜持的男子，都不是你的良人，舍弃才是硬道理。"

我说："可叶矜是顾衍之亲口承认的。"

"亲口承认又怎样？结婚了还能离婚呢。"叶寻寻一脸不以为然，"我

猜顾衍之一定是被什么事情弄得烦了，才拿叶矜做挡箭牌。要不就是顾衍之被叶矜缠得烦了，这才来一招釜底抽薪。要不你就等着看好了，不出两个月，肯定分手。”

“……你这样说你堂姐好吗？”

“有什么不好的。她又不是我的谁。”叶寻寻伸出手，拍了拍我的肩膀说，“不过话说回来，杜绾你长得这么漂亮，又这么乖……”

“等等，”我打断她的话，“这话从你口中说出来我总觉得哪里不太对……”

叶寻寻自动跳过我的话，接着说：“总之不管因为什么，我呢，还是很少看见顾衍之对哪个人有像对你这么关心的。说不定你不喜欢他，可他喜欢你呢？我真觉着顾衍之清心寡欲这么些年，就为了等你一个人呢。你也不要太矜持了好不好，连顾衍之你都不喜欢，以后你还要不要嫁人了。”

我看了她一会儿，说：“你其实就是拿话消遣我的对不对？”

叶寻寻行云流水地点了点头，说道：“你能看得出来就行呀。”

“……”

只是，喜欢这样一种心情，并不可以像灯光那样，随时可以调节亮度，随时可以开关。叶寻寻曾经将话说得这样轻易，今年她在嫁给兰时的时候，照样哭得不能自已；而我对着叶寻寻信誓旦旦，转头自己处理这一问题的时候，仍然搞得一团乱麻，无措而茫然。

首先，我用一种谈论天气的态度，装作很随意地问博古通今的叶寻寻，喜欢上一个人是什么感觉。她想了想，说：“会觉得他浑身都在发光，像个天使。”

“……你还有其他比喻吗？”

叶寻寻抄着手沉思了一会儿。这个动作我总是在鄢玉身上看到，如今被叶寻寻做出来，几乎如出一辙，惟妙惟肖。过了片刻，她说：“或者像只萤火虫？”

“……”

我终于意识到叶寻寻并不是无所不知的，她也有走下神坛的那一日。我面无表情地打算离开，被她一把抓住袖子：“好吧，我好好跟你说。两个人就像是黑暗里的两束光，喜欢上对方的时候，你会觉得你是柔和的，他也是柔和的。等你真的爱上一个人，你会觉得你的光芒都归了对方，你渐渐暗淡，直至融入无边无际的黑暗，只有他一个夺目耀眼。”

说完，她满怀期待地看着我：“你听懂了吗？”

我说：“不太懂。”

“不懂就对了。”叶寻寻感慨道，“我也不懂。这是别人告诉我的，我至今还没参透呢。”

“……”

我们之间这番谁都听不懂的谈话一度被尘封很久，直至去年叶寻寻在婚纱店中试穿一袭拥有长长曳地裙摆的婚纱时，她对着镜子里的自己看了一会儿，忽然问我：“你还记不记得我说过的有关两束光之类的那段话？其实哪有描述得那么晦涩，真正爱上一个人的感觉只有一个。”

她指了指心口的位置，轻描淡写道：“就是这里总是会痛。除了这个，再没有了。”

叶寻寻讲的话总是很精准，这句话自然不例外。只是她还没有总结出来的时候，我已经体会到所谓痛的滋味。

我在询问了叶寻寻喜欢一个人的感觉之后，又鼓足勇气去询问了顾衍之。只是我虽然准备得充分，去见顾衍之的时候，还是架不住他戏骨级别的临场发挥。他那时正在给院前那棵银杏树浇水，袖子挽起，露出小半截手臂，一边指挥我说：“去把花锄拿来。”

我站定了片刻，还是不情愿地跑回去，把花锄拿了来。递过去后，他又把空空的水桶递给了我：“把这个交给管家。”

“……”

我只好又把水桶接过去，回到房屋中交给管家。再回来的时候，顾衍之已经把银杏树周围的泥土疏松好，对我说：“去把剪刀拿来。”

“……”

我只能又噔噔噔跑回屋，问管家把修剪花枝的剪刀拿过来。然后站在旁边等了好一会儿，顾衍之终于把墙边的蔷薇花枝修剪完毕，直起身来，对我说：“叫管家再拎两桶水过来。”

我等得忍无可忍终于爆发：“我才不去呢！”

他偏过头，看了我一眼，微微一挑眉：“为什么不去？”

“我有作文写不出来，需要帮助。”我说，“你看我都站在这里等你这么久了，你不能稍微停下来听一听我的问题吗？”

他笑了一声，眉眼间是再好看不过的模样，问我：“什么作文？”

我定了定神，说：“题目叫作‘喜欢一个人的感觉’。”

“语文老师会给你们留这样的作文题目？”

我仰脸看着他，说：“啊。”

他淡淡地说：“你再啊一个试试。”

“……好吧，这确实不是语文作文。”我按照第二套方案很快改口，“我只是看到很多男生都在追求叶寻寻。他们都说他们很喜欢叶寻寻，我觉得我也挺喜欢叶寻寻的。但是我完全没有想给叶寻寻写情书的想法啊。所以，我来请教你，他们喜欢叶寻寻的感觉究竟是什么感觉呢？你也这样给别人写过情书吗？”

我说这段话的时候，T 城的天空湛蓝，绣着几缕云边。我眼前的这个人随意穿着件白衬衫，举手投足间从容蕴藉，看过来的双眸里带着一点儿漫不经心的慵懒。

我在他的眼神底下连动都没有动一下，可是心脏那里跳得究竟有多快，只有我自己知道。

我一眨不眨地望着他，看到顾衍之笑了一声。他把剪刀丢到一边，两根干净修长的手指理了理我的领口，动作慢吞吞，又迟迟不开口。

我忍不住催促：“你快点儿说行吗？”

他终于开口，却不是什么喜欢不喜欢的事：“我前两天碰见你的班主任，听说了一些事。”

“什么事？”

“我听说，”他抬起眼皮来，带着笑容，“最近你收到的情书比叶寻寻还多，有没有这回事？”

我一下子睁大眼，几乎呼吸不畅。

我准备了那么多他可能回答的话，却没有防备他来这么一茬。后面的阵脚完全没预备，只能一面大声咳嗽，一面眼睁睁地听他接着说：“那看来就是有这回事了？”

我依然决定说谎：“才没有这回事！你听谁说的这种话？”

顾衍之慢悠悠地念道：“亲爱的杜绾，冒号。你好，逗号。我是你隔壁班的陈旭光，句号。这是我第一次写情书，逗号。不知道要怎么写，逗号。如果写得错了，逗号。请你不要生气，句号。我很喜欢你，逗号。杜绾，逗号。你知道吗，问号……”

“……”

我踮起脚尖，一把捂住他的嘴。

我的脸涨得通红，半晌只憋出一句话：“你偷翻我书包！”

他的眼睛里还有点儿笑意，声音在手心后面闷闷的：“我可没有。”

我还是有些愤怒：“叶寻寻告诉我，大人们说的话十句里有六句是假话，还有四句半真半假，留在肚子里没说出来的才是真话。我觉得这话挺适合你的。”

“这都什么乱七八糟的。”他把我的手掰下来，慢条斯理地说，“情书里写的都是什么，我觉得我比你了解。刚才那些话都是情书里面最经常写的几句，我随口编一编，套一套你的话罢了。原来还真有这么回事。你的书包里经常有情书？看来以后要每天检查一次。”

“……”

顾衍之看着我的眼神再平静不过，我跟他对视了一会儿，脑海中有一段时间不停地闪现着“无耻啊可恶啊，叶寻寻果然说得对，这群老男人都是得道千年的老妖精，最可怕最不要脸了”等等，最后千言万语只汇总成了一句话：“我去拿水桶。”

我说完转身就跑，却被顾衍之抓住手腕拽回去。我没能提防住速度，脚下一歪，腰身挂在他手臂里。听到他悠悠的声音在头顶响起：“杜绾，你喜欢上谁了？”

我陡然僵硬住。

我立刻抬头，去看他的表情。这个动作做起来非常不适，却根本顾不上。只看到顾衍之深长的睫毛，他低下眼，仍是几分不紧不缓的意味：“你是打算老实交代，还是我给你说出来？”

“……”

我觉得有些呼吸困难，心跳如擂鼓，半晌说：“没、没喜欢上谁啊。我喜欢上谁了，我谁都没喜欢好不好。”

他又看了我一眼，徐徐念道：“亲爱的燕燕，冒号。两个月没有给你写信，逗号。我很想你，句号。你最近还好吗，问好。我最近过得不太好，逗号。主要是有一点儿困扰，句号。我好像喜欢上了一个人，句号。可我不知道该怎么办，句号。”

“……”

我终于被他刺激得找回一点儿力气，瞪着他半晌，大声说：“你居然又偷看我给燕燕写的信！”

“首先说，上一次我只是无意中看到。然后，这一次我也是无意中看到。”顾衍之心平气和地道，“你把信放在桌几上，我回来拿东西就不小心看到了，怪不到什么偷看不偷看的头上。”

“那你也不能看我的信！就算看到你也该回避的好不好，我都没有翻过你的手机，你怎么能翻我的信啊？你这人怎么这样啊？”

“你想的话也可以翻我手机，我又没说不可以。”顾衍之说，“我只不过随便这么看一眼，你就给奓毛成这样。你究竟喜欢上谁了？”

“……”

我突然之间又丢了力气。过了一会儿，低声说：“我不能告诉你。”

那天，我以这六个字作为结尾，后面不管顾衍之如何询问，都一言不发。他把人选从楚煜到江燕南一个个地猜过去，最后几乎把我可能认识的人都问了一遍。我始终不说对，也不说不对。后来想盘问这种事情也需要一定前提，如果不是当事人在意的事，那么随便说一说，套便也套出来了。可如果问题正戳中对方心口，那齿关无可厚非就变成两排金刚豆，再也撬不开。

再之后，一直到我十八岁的生日，长长将近五年的时间，所有的事都像水一样地淌过去。

没有发生什么特别的事。一切的改变都是按部就班之后的必然。对于顾衍之，如之前叶寻寻所言，果然在两个月内与叶矜分了手，自那以后没有再交新的女朋友。叶寻寻因此说顾衍之一面长成那样一张好看到让整个T城女人都心动的脸，一面又潜心把自己打造成一副温柔又疏远的圣人模样，简直就是暴殄天物。

这话被偶然路过客厅的顾衍之听到，他脚步顿了顿，偏过头来：“叶寻寻你刚才说的什么？再说一遍。”

叶寻寻立刻坐端正，改口道：“我只是在恭贺教主您片叶不沾身的功夫修至顶重而已。”

顾衍之微微笑了笑：“总归比不上你对鄢玉使的暴雨梨花针。”

“……”叶寻寻唰地变了脸。

CHUN FENG BU RUO NI WEI XIAO

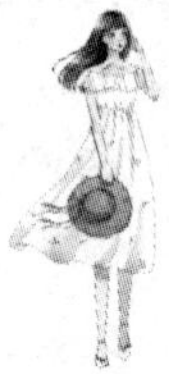

第四章 / 自欺欺人

如今再回首，在我十三岁至十八岁的五年间，那场青涩而又幼小的所谓暗恋，所有那些自以为是的喜欢，也许的确可以称得上感情清白纯净，却同时也许并不能称得上是最真诚的喜欢。

那时候所谓的喜欢，也许只是一场依赖。只是在我的世界里，在一个恰好的时间，堪堪出现了一个恰好的人。他有一张我见过的所有人里最好看的面庞，他的眼睛深邃，睫毛深长，他对待我的态度，教过我的东西，领我见识这世界的流光溢彩，他为我做过的一切，都温柔、新鲜，而滴水不漏，超过其他人所有。

我只是想霸占这样一种感觉，不想被其他人分割掠夺。却不曾多加考虑过，真正的喜欢，需要相互付出。

十八岁之前的我，不曾想过这许多。直至十八岁之后成年，才慢慢有所察觉。曾经那些不成熟的暗恋，其实说到底，与一个渴望控制与独立的青春期小孩，和一个大人之间产生的那些别扭与纠结，也没有太大的分别。

只是那些初中高中时候的年纪，根本产生不了这样复杂的想法。我固执地认为自己喜欢顾衍之，并且认为是超过所有人那样的喜欢，觉得自己的感情就像蠢蠢欲动的火山岩浆，时刻都有可能失控，稍不留神就要喷薄而出。

可与此同时矛盾的是，我又不敢告诉顾衍之，我心里的秘密。

我将这个秘密在光阴交错中密不透风地守住多年，这期间只若无其事地做着一件事，努力学习。

我的成绩因此有了长足进步，按照叶寻寻的形容词，我不停跳级的姿态堪称华丽。从十三岁五年级期末考试的吊车尾，到后来的中游、上游，以至于直接跳级到初中一年级，然后是参加中考，最后在十五岁就读高中一年级。这样的速度，连老师都觉得是个奇迹。而我想说，我的成绩可以快速发展到这步光景，一半归功于顾衍之的补课，另一半则只归功于顾衍之的美色。

顾衍之无意中提供的补课的借口，被我利用得淋漓尽致。语数外样样没有落下，但凡上课以及作业中不会的题目，全都跑去请教顾衍之。这样就导致顾衍之身边经常穿插有我这样一个移动背景，以及顾衍之在顾宅和办公室他的书桌旁各添置了一张小书桌，单独放置我的课本和练习册。每天他去公司，或者在书房读书的时候，我总是会抱着练习册蹭过去，假装聚精会神地做数学题。

我这样刻苦，有一天连语文老师也发觉，一次家长会上夸奖我，说没有见过一个孩子这样喜欢学习。我站在顾衍之身边，攥着他两根手指，本来就听得心虚，跟我一起跳级到初中部的叶寻寻正好跟在叶家父母身后经过，又冲我特别不以为然地撇了一下嘴，让我终于负荷不住，一下子把头低了下去。

语文老师在一边笑着打趣：“杜绾还不好意思了。”

我抬起头来，说：“老师，你听过一首诗没有。中间有句是什么红衣佳人白衣友，朝与同歌暮同酒之类的。”

语文老师说：“没有。怎么了？”

我扬起脸问顾衍之：“你呢，你听过吗？”

他说没有，又微笑地看着我：“所以？”

“啊，也没有什么。”我轻描淡写地说，“就是我跟叶寻寻打了个赌而已。她说这首诗流传得特别普遍，老师跟你一定都听过。我说那可不一定。结果你们看，我赢了啊。”

打赌实在是再好用不过的借口，即使是不擅长说谎的人，练习一两次，也能表演得臻于成熟。我被叶寻寻蒙骗过两次后，便开始拿相同的方法蒙骗别人。

那首诗其实很长，我并没有全部记得。叶寻寻最不耐烦的就是背诗，自然更不记得。所以我们之间根本没有打过赌。叶寻寻甚至不知道我还这样随手利用过她。而我在语文老师面前之所以念出这莫名其妙的两句诗，也不过是因为紧跟其后的那两句说不出口罢了——

红衣佳人白衣友,朝与同歌暮同酒。世人谓我恋长安,其实只恋长安某。

这样的醉翁之意不在酒，恰如我这样的努力学习，哪里是我真的喜欢学习，不过只是想离顾衍之更近一点儿罢了。

有关于跳级的事，我曾经在十八岁还剩下一个尾巴的时候，打电话给当时在国外出差的顾衍之。我在电话里告诉他，我打算跳过高中三年级的上半学期，直接跟着下学期的学生一起参加考试。

顾衍之沉默了一会儿：“绾绾。”

“什么？”

“这是你突然下的决定，还是深思熟虑过的？”

我说：“我都想好了。”

“昨天我在T城的时候，你为什么不告诉我？这样大的事，我们应该当面谈。”

“……”

我总不可以说，我没有勇气，我不敢，只好找借口：“我觉得这不是很大的事。”

他在那边沉默良久，再开口的时候，声音平淡：“你这样着急跳级的原因是什么？”

我的心口不可抑制地一跳。

隔着电话，我仿佛都可以看到他说这话时的神情。

顾衍之的眼睛墨黑，注视着人的时候总是温凉深静。语气总是温和，带着一点儿漫不经心的意味，像这样一种平淡语气，并不常见，却每每总是很慑人。我跟他相处这样久，也只见过两次。皆是在顾氏大楼，顾衍之在会议室中主持会议的时候。我本不该进去，两次都被他的秘书往手里塞了只茶杯给推进去。第一次一进去就见顾衍之坐在主席位置，脸上不见笑容，也是这样极度平淡的语气：“我什么时候给过你们这样随意罢免的权力？”

在那之前，我从未听过顾衍之用这样的语气讲话。座下的人皆噤若寒蝉，大气都不敢喘一下。我的手心一抖，有点儿烫的红茶便洒在手背上。

我一手拿着水杯，一手尴尬地停在半空，不抬头也能感受到众人齐刷刷扫过来的眼神。不知道下一步怎样做才合适，很快有熟悉的声音响起来：“绾绾，过来。”

我抬起头，顾衍之的面容已经恢复平静，朝着我遥遥伸出手：“过来。”

我迟疑了一下，慢慢走过去，疑似听到有人长长呼出一口气。我把水杯放在顾衍之面前，小声说：“你的秘书让我把水端给你。”

顾衍之握着我的手腕，用手帕把我手指上的水一根根擦干净，一面问：“她还说什么了？”

所有人都静默看着这里，顾衍之慢条斯理地这样做，让我觉得后背快要被众人目光戳穿，挺了挺脊背：“没说什么啊。我能出去了吗？”

他抄着手，显出一点儿似笑非笑的意味来：“难道她没叫你一句小祖宗，让你顺便在这里说几句好听的，才方便救人救到底吗？”

“……”

叶寻寻曾经就鄢玉、顾衍之、楚煜、江燕南几人的强势与弱势对我进行过深度剖析。其中指出，在他们这群人里，顾衍之是最不容易被蒙骗住的人。这主要的原因是在于他从小就是他们这圈人里最会蒙骗别人的人。正所谓佛看人皆慈悲，魔看人就都邪恶，顾衍之旁观其他人耍手段的时候，大抵心里都在揣着悠悠一种这都是我玩剩下的怀旧感觉。因此，如叶寻寻这般比较会蒙骗别人的人，也只敢蒙骗蒙骗鄢玉，轻易不在顾衍之面前动手脚。并且她还严肃建议过我，指出我最好不要动心思，若是不得不动，需瞻前顾后，徐徐图之，并且最关键的是考虑好失败后可

能承受的所有后果。

只是有些事情可以承受后果，有些事情即使考虑后果不周到，也必须硬着头皮圆下去。比如十四岁时候的我，面对顾衍之有关跳级的询问时，仿佛若无其事地回答：“就是觉得现在学的东西太简单了，浪费我时间。你不是以前也跳级过吗？应该能体会我的感受啊。”

他沉吟片刻，这次语气有些调侃：“不是因为有你喜欢的人在高年级？”

我的语气仍然平静：“你想得太多了。”

我总不可以跟他说，我只是想快点儿长大而已。

来到T城之后，我的身量从曾经刚刚抱到顾衍之腰身，到如今在他身边一抬眼，就可以看到他翘起微微嘴角的位置。我觉得我已经长大了，可在顾衍之眼中，大概就算长到二十岁的我，也与十一岁的我没有什么分别。

我和他之间相距遥远。不管是小学还是初中，乃至高中，这些都属于他遥远的怀旧范围。我但凡还在这区间，就摆脱不了“小孩子”这三个字。我在一天夜里认知到这件事，那一整晚都辗转难眠，泄气得不是一星半点儿。十年的光阴固执横亘，我毫无办法，想来想去所能做到的，就是只有尽自己可能努力成长得快一些。

现在想想，那段时间是多么励志的一段时间。每天晚上我都可以精神奕奕地学习到九点半再睡觉。后排同学都在睡觉的时候，我在老师有气无力的讲课语调中大睁着眼。我满怀愿望地希望自己可以像顾衍之那样将该学的东西压缩性快速学完，然后快速成长为一个大人的样子。也许等到我也可以游刃有余地处理公司事务或者做其他工作可以赚钱的时候，顾衍之可以把他对我一贯持有的小孩子看法消除一点点儿。

一度我的想法都这样单纯而充满功利性。

进入高中，课业就无法再像初中时那样轻松。高二的暑假更是以高三学业繁重为由被校方直接吞并。进入高三，就更是苦行僧一般的修行。我们在高考前的一百天时全年级集合，将手举起来百日誓师，又去礼堂听本校的去年市高考状元讲高考心得。好不容易出来，正好碰上就读于高一年级，刚从学校超市买火腿肠回来的叶寻寻，她一把拉住我，同时挤开隔壁班前来跟我攀谈的李相南，对我说：“我想来想去还是觉得，你这样不好。”

“什么不好？”

叶寻寻说：“你这样痴心妄想不好。”

我说：“拜托你讲话的程度轻一点儿行吗？”

被她挤得蹲在旁边的李相南立刻插嘴：“什么痴心妄想？”

叶寻寻拿他当空气，托着腮，有点儿郑重而忧郁地看着我：“你看，杜绾，要不你就等高考之后表白吧。”

我一口水呛到，和李相南齐齐地瞪着她：“……啊？”

“我觉得现在你需要的是冷静和理智，杜绾。”叶寻寻说得慢吞吞，“你看看你，你喜欢顾衍之喜欢了这么久。这么久的时间，就已经不叫喜欢了，你这应该叫盲目的迷恋。”

李相南急问：“那人叫什么？什么知？”

叶寻寻说：“我觉得一个女生，喜欢一个人固然没有错，可要是你的喜欢给你造成灾难，那就不好了。你不要变成第二个叶矜。你看她为一个顾衍之浪费了多少青春，从差不多你这个年纪开始，在见到顾衍之第一面起惊为天人，到现在叶矜二十三岁，就为了一个男人，并且到现在被顾衍之甩了都还执迷不悟。这太可怕了。所以我觉得，你最好是快点儿表白，然后尽快被顾衍之拒绝掉。你死心得早一点儿，总比死心得晚一点儿好，你觉得呢？”

我看了她一会儿：“你这是劝人的态度？”

“我是觉得，你何必非要喜欢顾衍之呢。他有什么好的，不就是长得好看了一点儿，性格温柔了一点儿，会做点儿好吃的东西罢了。可是这就像是一朵花，你在公园里看见了，觉得好看，就要死要活非要把他带回家吗？不带回去你又能怎样？一个男孩子最要紧的又不是他自己多好，而是他能对你多好。顾衍之就算现在对你不错，可是比他还要对你好的男子以后也不是没有。你何必就栽在他身上了呢。你说呢？”

我说："我觉得你的理论是正确的。可是你再给我找个和他差不多的试试。我觉得有点儿不容易。"

李相南在一旁立刻信誓旦旦地开口："我就可以啊。"

叶寻寻终于给了他一个正眼，问："李相南，你喜欢杜绾多久了？"

蹲在地上的李相南看了看我，说："两年了。我给杜绾写的情书都已经能铺满整个操场了，你知道吗？"

叶寻寻说："我为什么要知道这个。我最鄙视写情书的男生了，写情书是最低级最没用的事了。你就才喜欢杜绾喜欢到这个地步啊？"

我站起来："你们继续，我去那边坐。再见啊。"

叶寻寻一把抓住我衣角，李相南在身后说："你以为情书很好写吗？我每天绞尽脑汁花样翻新很不容易的好不好，我又不是那些幼稚的男生，随便找本书抄一抄就好了。那里面每句话可都是我发自肺腑的,你知道吗？我现在都能把两年前我写的情书倒背出来你信吗？杜绾要是看了我任何一封情书，都能知道我喜欢她喜欢到什么程度。我一直都是非常有诚意的好不好。"

叶寻寻拿一种居高临下的态度审视了他一会儿，扬了扬下巴："那说说你最近五年的期末考试都排过年级第几啊？哪门功课最好？"

李相南哦了一声："我数学学得最好，语文差点儿。至于期末考试，这五年成绩依次是年级第一、年级第一、年级第一、年级第一、年级第一。你还想听以前的吗？其实都差不多，也就是这四个字而已。"

"杜绾，他居然排名在你前头。"叶寻寻朝我说完，又朝着李相南扬了扬下巴，"你除了学习还会别的吗？我们杜绾可不喜欢书呆子。"

我忍不住说："哎，叶寻寻，你问这些考虑过我的感受吗？"

李相南说："我还会拉小提琴来着。我还能教杜绾学游泳呢。而且我家世也还行，T 城李家你听过吗？就是在城西那边，承蒙祖上荫庇积了一点儿财富，至少家族的人能一生不愁吃穿。"

叶寻寻上个星期还指着街边报亭的一本财经杂志跟我大讲特讲 T 城城西李家的发家史，可现在她一脸平静地哦了一声："没听过。"

李相南说：“没关系，也不是很有名气。等我以后继承家业，到时候你再听说也不迟。”

叶寻寻单手叉着腰，端详了他一会儿，突然说：“人道海水深，下面一句是什么？”

李相南毫不犹豫地作答：“不抵相思半。”

叶寻寻说：“直道相思了无益。”

李相南说：“未妨惆怅是清狂。”

叶寻寻说：“相思相见知何日。”

李相南说：“此时此夜难为情。”

叶寻寻说：“人生自是有情痴。”

李相南说：“此恨不关风与月。”

我说：“等等叶寻寻，你古诗什么时候背得这么好了？”

“这些已经是我的极限了。”叶寻寻的手指在扶手上点了点，扭过头来看我，“看起来李相南真挺喜欢你的。据我所知，男生一般情况下绝对不沾这些酸里酸气的东西，除了写情书的时候才用一用。李相南能背诵到这份上，也算不容易。可见他给你写的情书确实挺用心的。你等到被顾衍之残忍地拒绝以后，可以靠他治愈一下试试。”

我说：“我没早恋的打算。”

“我也没叫你早恋啊。”叶寻寻说，“我只是想让你知道，有这么多男生喜欢你，等你高中毕业进入大学，还会有更多的男生喜欢你。你稍微喜欢他们一点儿，他们就欢天喜地到天上去了。俗话说，喜欢别人不如被别人喜欢来得幸福，顾衍之既然一直清心寡欲不近女色，那就让他继续清心寡欲不近女色下去吧。何必非要喜欢他呢，难道你要学叶矜那样为情所困吗？”

我说：“为什么我觉得这话从你嘴里说出来这样奇怪呢？”

李相南在一旁说：“你要是觉得她不方便，你来找我啊，我也会挺高兴的。”

叶寻寻瞥了他一眼，转过头来对我继续讲："而且，你不要忘了，你现在在顾衍之眼里还是个小孩子。小孩子虽然一贯不受重视，但小孩子同时也有个好处，就是所有的错误都有被原谅和改正的机会。你的迷恋是场错误，说不定等被拒绝以后就心寒了，心寒以后就清醒了，也就不迷恋了。你看，这样不是很好？"

我说："你再让我好好想想。"

叶寻寻说："有什么好想的啊，就这么定了。"

我说："可是你一口咬定我只要告白就会彻底失败，这种情况下你还让我冲上去，不能不说让我产生了一种扛着炸药包去堵敌人枪眼的感觉。你这样也太残忍了点儿吧。"

"总归是长痛不如短痛，我这也完全是为了你好呀。"叶寻寻掐起手指算了算，"对了，高考前几天不就是你的十八岁生日嘛，这样，为了防止你高考发挥失常，你就在高考考完当天给顾衍之告白好了，当你的成年礼。这样的成年礼也算得上是惨烈悲壮，对得起多年来不知所起的一往情深。凤头豹尾嘛，总比虎头蛇尾心有不甘强，你觉得怎么样？"

我木然地看了她一会儿："我觉得你太损了。"

高考前的最后一百天，残酷的程度是惨不忍睹的。

这段时间会觉得时间这个东西极为飘忽和扭曲。有时候会觉得非常短暂，这是在你考场上答题的时候；有时候又觉得特别漫长，这是在你等待每次模拟考成绩的时候。因此这个时候的学生产生什么心理都是正常的。而我的心理表现就是暴躁。这种暴躁表现在每次叶寻寻放学从高中一年级学部跑来找我的时候，都会遭遇我的怜悯、嘲讽和冷暴力。比如有一次，她好心好意为了安抚我而跟我说："我们这两天也搞考试了呀，大家都一样。你就淡定一点儿，高考就是纸老虎，不算什么事的。"

我觉得当时我看着她的眼神应该是非常怜悯的："没经历过高三的小孩子就是单纯无知啊。"

"……"

我能看出她在努力忍耐我的嘲讽，并且最终成功地忍耐了下去，接着劝我说：“上次状元回校开讲座不就讲过，觉得烦躁的时候就深吸一口气，然后闭上眼，默念自己是最强的。这就好了呀。”

我继续怜悯地看着她：“没经历过高三的小孩子就是单纯无知啊。”

叶寻寻终于暴怒：“杜绾，我们绝交！”

叶寻寻声称绝交，短时间内就确实是真的绝交。每次下午放学后我都特地从高一学部的教学楼绕到大门口，为的就是给叶寻寻赔礼道歉。然而叶寻寻每次都是视而不见地走过去。就这样一直到高考结束，叶寻寻与我绝交了整整四十五天。

伴着初夏的南来好风，以及几声低低哑哑的知了叫声，我的高中时代，与我的十八岁生日，一同随风而逝。

以现在二十二岁的眼光来看，高考仍然能担当得起紧张刺激，却并不是主宰内心活动的唯一。我至今仍清清楚楚地记得，在我高考完毕的当天晚上，坐在卧室中苦思冥想的，并不是我那些考场上答过的题目，而是叶寻寻在百日誓师那天同我说的那些话。

即使她那天字字戳心，也不可否认她说得的确是有道理的。

时间越久，就越消弭掉希望。我那时像个自缚的蚕，困在丝线中完全看不到希望。怎么想怎么都觉得顾衍之确实不会答应我的表白，不管是现在，还是在以后的未来。就这样想到快要窒息的地步，迫不及待地想要破茧而出，甚至不惜立刻死亡。

我这样想了许多天，连顾衍之提出去旅游都兴致索然。最后的结果就是，我终于在一天晚上不堪忍受地做了噩梦。梦到的是我为了表白准备了很久，最后穿着崭新的白色连衣裙，在顾宅中向顾衍之表白。我心跳如鼓，却看到他的脸色本来微微带笑，到后面便渐渐冷下来。一直等到我说完，他忽然一抬手，拎起我的后衣领，将我从二楼窗户毫不犹豫地丢了出去。

我猛然醒过来。

我坐起来，勉强拉开床头的灯光，觉到口干舌燥，十分恐慌，捂住胸口大口喘气，忽然听到有人敲了敲我的卧室门。

下一刻有熟悉的声音响起来，带着一点儿不紧不缓的温柔：“绾绾？”

我忽然镇定下来。

门外的顾衍之再次唤了一遍我的名字。我定了定神，下床开门。

卧室内昏黑暗淡，只一开门，便有走廊柔和如金丝绒般的光线铺展进来。顾衍之站在门外，一只手维持着要敲不敲的姿势，在我开门的一瞬堪堪停住；穿一件浅色休闲衬衫，两颗领扣解开，有几分慵懒的意味在。

他身上有淡淡酒意，可见刚刚才从外面回来，另一只手中握着块鸣蜩一般大的碧玉，明黄色的流苏自手心垂下来，衬得手指越发修长莹润。我未与任何人说过，我其实一直很想摆弄一次顾衍之的手，无论弯曲微蜷，皆是优美好看。

顾衍之低头看了看我，嘴角带着笑容，睫毛深长，在柔和灯光下显得模糊而温柔：“做噩梦了？”

我说：“你是喝醉了吗？”

他笑眯眯地看着我：“我看起来像是喝醉的人？”说完又问，“你做了什么梦？”

我仰头望了他一会儿，说：“梦见一个英文单词，可是怎么都想不起来。”

他说：“什么单词？”

“幻想、错觉用一个英文单词怎么说？”

他的眉毛轻轻一挑。他做这个动作时，平时便比常人好看许多。此刻眼角眉梢带了两分春意，更是远较往日的好看。可我一直最着迷的是他的英文发音，端正方圆的牛津腔，每一个吐字都优雅得恰到好处，婉转起承之间仿若母语一般：“fantasy.”

他将每一个字母都给我缓缓拼了一遍，然后又将发音重复了一遍：“fantasy. 记起来了？”

我自然记得。我根本没有忘，只是随口问一问罢了。

将一个单词重复发音两遍，这是顾衍之自给我补习英语以后养成的习惯。一开始单纯是因为要纠正我的每一个单词发音，然而就像这世上的许多事，初衷和结果总是阴错阳差。等到我已经将音标模仿得很清楚了，我仍然一度故意将单词念错，这回所想的，只是存了心要听顾衍之再念两遍。

我有些失神，没有提防额头被不轻不重地弹了一下。我回过眼，顾衍之看着我的眼神里带着好笑："究竟怎么了？"

我小声说："前几天是我的生日，你说过会在高考之后给我补上。"

"是这样啊。"他的手拨弄着流苏，微笑着说，"你想什么时候补呢？"

"……"

"还有，"他垂下睫毛来，流动着某些温柔意味，"这次想要什么生日礼物呢？"

"我要什么你会肯给呢？"

"这个要你先说一说才行。"他仍是清清淡淡的笑容，"总要是我可以办得到的东西，你说是不是？"

他说成这样，每次的礼物却总是超出预期的贵重。只是顾衍之从来都将这些东西送得很轻松。前年生日宴会，他在牵着我下楼前，将一块小拇指大的浅紫色透明石头系在我脖颈上。那块石头璀璨剔透，灯光下稍微转一转，就晃得令人移不开眼。我问他这是什么，他随口说："玻璃珠子，好看吗？"

以至于我当真就戴着那玻璃珠子下了楼，然后在不知所谓中差点儿被一众目光尖锐刺穿。后来找到食品区的叶寻寻，她正在那里奋战焦糖布丁，抬眼看到我脖子上的项链，差点儿将布丁呛出大半。

过了一会儿，她恢复镇定，指着我脖颈说："这就是顾衍之送给你的生日礼物？"

我捻着那串项链："啊，玻璃珠子，好看吗？我个人觉得还是挺好看的。"

她剩下小半布丁也差点儿呛出来，半晌面无表情地道："那你把这

颗玻璃珠子送给我行吗？我拿我所有项链跟你换。我还有一串正宗红珊瑚呢。”

我说：“你喜欢？”

叶寻寻冷冷地说：“我当然喜欢，整个T城的女人都没人敢不喜欢。你知不知道这是上个月香港拍卖会上的压轴珠宝，这么一颗粉钻，颜色还透着紫，简直是要价值连城的好吗！”

……

我看看顾衍之，这样英俊的眉眼，在灯光氤氲下，衬得越发犹如冠玉一般。我突然生出一点儿勇气，低声说：“顾衍之，你喜欢什么样的女孩子呢？”

他说：“为什么这样问？”

我说：“我就是在想，你这个年纪也该有女朋友了啊。你看楚煜和江燕南，两三个月身边就有不同的美人换一换，旁人看着都挺赏心悦目的。”

“那是他们。”他说得漫不经心，然后又笑了笑，“鄢玉不是也一直单身？”

我说：“可是那总有你喜欢的类型呀。你是喜欢强硬一点儿的，还是喜欢温柔一点儿的呢？叶寻寻说男人只喜欢长得漂亮的，你也是这样的吗？”

我这话其实问得有点儿不抱希望。因为往常每次碰到这种话题，总是会被他不动声色地岔过去。可是这一次他看了看我，脸上带着笑容：“大概我挺喜欢可爱聪明的那种。”

我的心口又跳了跳：“是像叶寻寻那样的吗？”

“嗯？她那种小丫头聪明过头，还是去祸害其他人比较妥。”他随手将手中的流苏晃了晃，像是想起来什么，将手里的玉呜蜩递给我，“喜欢吗？小玩意儿。”

“这如果就是你准备的生日礼物，”我抄着手，斜眼看着他，“那我不是很喜欢。”

他笑着说：“你又不讲你想要什么。”

初春夜晚凉意料峭，我站在门边这么久，终于察觉出赤脚跑出来的寒冷。眼前这个人丰姿挺拔，举手投足间有着漫不经心的傲慢味道。可同时又温柔，还带着一点儿小捉弄。或许很会算计人心手腕深沉，可是在我面前，他总是带着笑容，从未对我展现过那些凉薄时候。

我认识他认识得不是很久，只是短短七年。可又觉得已经很长，长久到我已经尝遍酸甜苦辣的滋味。他值得，而我心甘情愿。

我的眼眶酸疼，突然有点儿忍不住，一把抱住了他的腰身。

当我还在大山的时候，曾有几个羌族的男孩来镇上与我们一起读书。他们信奉白石神，与我们的规矩略有不同。羌族村寨最高处筑有羌雕，每座房子都有四个尖尖的石头做成的白角。篝火晚会是男孩女孩定情的时候，当一个男孩喜欢上一个女孩，会趁跳舞的时候凑过去，逗留在女孩子身边攀谈讨好。如果女孩没有排斥，男孩会试探握住对方的手，再轻轻勾一勾女孩子的手心，来表达爱意。

羌族的男孩在课间休息的时候这样告诉我，恰巧被父亲在讲台上听到，本来平板的面容上突然露出几分微笑。镇上的孩子都敬畏他，只有我胆子最大，抓住他眨眼间的变化大声问：“父亲，你笑什么？难道以前你就是这么做的不成？”

他推了两下鼻梁，笑着看我：“也可以这么说。”

我身边的羌族男孩突然出声道：“老师你摆明了是在打掩护嘛，我家隔壁老人说的跟你完全反着，明明是当年很多女的都暗暗追你，可只有杜绾的母亲胆子大，敢拿手指去勾你的手心才对！”

父亲的手按在课本上，依然微笑：“这又有什么区别？如果她不勾我的手心，现在杜绾还不知道在哪里。总归杜绾的母亲跟我都觉得挺幸福，庆幸当时发生过这么件事就对了。”

那天放学我跑回家，向母亲求证这件事。母亲轻描淡写：“你不知道

我嫁给你父亲的时候，寨子里有多少女孩眼红得要扑上来。那时候你父亲才到镇上，长相很好，又是个大山外面来的汉族人，他就像是从天上降下来的一只凤凰，立刻把镇上跟我差不多岁数的女孩子全都给迷得要死要活。可一直过去两年，所有人都觉得自己配不上他，跟他表白的人没有一个。直到我长到可以嫁人的岁数，篝火晚会上蹭到他身边，主动去勾他的手心，跟他说，我喜欢你，想嫁给你，你怎么说？”

“父亲怎么说？”

母亲的脸色突然变得温柔：“他啊，他当场就回了我两个字，行啊。”

我曾经数次想将这样的一幕照搬到顾衍之和我的身上。然而叶寻寻总是告诉我，那是羌族的规矩。在汉族的文化里，没有女孩子主动这一说。当然这也并不意味着女孩子就不能主动，只是类似的情况可以用喝毒药来形容。没有人会在活得好好的时候去喝毒药。但这也不意味着你喝毒药就是犯法的。因此喝毒药也是你的自由，但这同时也就意味着你是在自寻死路。

因此，叶寻寻才在发觉我无可救药地喜欢上顾衍之以后，严肃而认真地建议我不妨考虑一下告白，从而快速地自寻死路。

可是即使她不建议，我也已经觉得我的那些情感像是变成了一只不停往里灌水的气球，沉甸甸地坠在心上，越涨越满，眼看就要兜不住。

我埋在他的衣襟里，鼻尖有淡淡的醺意。隔着薄薄的布料，可以感受到顾衍之的温度，就像他整个人，温和得恰到好处。我已经很久没有离得他这样近，心里装得越满，越是胆怯，就越不敢离得太近。我小心翼翼地捂住自己那点儿心思，又暗暗希望他有朝一日可以察觉。

我抱着他不想放手。眼前是他细腻的衣料纹理，我心跳到可以听到咚咚声。我感觉到他的一只手落在我后背上，轻轻抚摸两下。头顶上方一个温柔声音：“怎么？”

我不敢抬头，小声说：“我有件事要和你商量，你能不能先不要说话？

我有点儿紧张。”

他轻笑了一声，很快不再言语。他的右手随意搭在身侧，被我抓住。我找到他的手心，在那里轻轻勾了两下。

他没有动。

我深吸一口气，紧紧闭上眼，终于将死死压在心底的话说了出来：“我喜欢你，会一辈子都对你很好。你能也喜欢我吗？”

我感到面前的人有片刻顿住。

我的心因此而吊到极高处，潜意识觉得后面将是不好的回答，更加紧地抱住。

过了一会儿，我被顾衍之握住手臂，他微微用力，将我轻轻推开。

我脑中“嗡”的一声陷入空白。

那一瞬过得仿佛十足漫长。我感觉到从头到脚的冰冷，脸颊却是火辣辣的热，仿佛被无形扇了一耳光。我死死盯着地上铺就的米色地毯，夜晚十点的顾宅，安静寂然。

过了片刻，我听到头顶上平静的口吻：“绾绾，抬起头来。”

我没有力气抬起头来。

告白花掉我全身的气力，现在我只想挨着墙边蹲下身去，觉得有什么东西彻底碎裂，又一片一片扎进血肉里，却根本没有眼泪掉下来。我在恍恍惚惚中听到顾衍之停顿片刻后的声音，仍是冷静：“我更希望你在更清醒的时候再考虑这些话。”

不知又隔了多久，我终于缓缓抬起头，看着他在灯光下好看的眉眼，说：“哥哥，你不喜欢我，可以直接说，不用找这样的借口的。我已经考虑了很久。”

他低头看着我，眼神深邃得不可捉摸，没有开口。

我努力让自己的声音看似很平静：“你是不是早就知道了？”

他又看了我一会儿，才说：“事情总是有迹可循的。”

我说：“你有没有觉得看着我在那边一个人纠结，觉着很好玩很可笑？”

“……”

我说：“你是不是觉得我很不自爱？”

他打断我，眼神变得有些严厉：“缩缩。”

我不理他，语速越来越快：“你是不是考虑过，如果我一直不说，你也就一直装聋作哑下去了。可是我现在说了，你就只好打断我的幻想了。你有没有在心里嘲笑过我的不自量力呢？你有没有在心里想过，当初你费尽力气从杜程琛那里拿到这个小孩的监护权，可她现在却竟然产生了这样不齿的想法，让你觉得当初你的做法实在是一件失误的事呢？你有没有在心里后悔，其实就应该把我丢在杜家或者是大山村寨里自生自灭，也就没有如今的麻烦了？”

我仰头望着他，觉得有滴眼泪从眼角掉下去：“你有没有，哪怕那么一点点儿喜欢我呢？”

眼泪就像开闸的水源，迅速爬满整张脸。我眼前的人影摸出手帕，试图将我的眼泪擦干净。我往后退一步，避开他的手，将眼泪随便抹了一把：“你不回答，也就是说，一点儿也没有了。”

他看着我，最后轻声说：“缩缩，你这么小，只是刚刚成年，还什么都不懂。”

叶寻寻曾经说，原则只是针对那些你想针对的人来使用。大人们的借口，永远完美得让你失望，又不会戳中你最痛的地方。我喜欢他的这几年，有时候甚至觉得自己在这方面有发展成为哲学家的趋势，可是在顾衍之的话中，我仍然无知懵懂。

只是他已经如此讲，我再说什么都没有用。

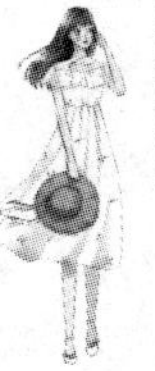

第五章 / 别给希望

对于我的失意，叶寻寻首先是这样开导我的：“大人们都是外表光鲜内心复杂的奇特生物。他们跟小孩子本来就存在着巨大鸿沟。顾衍之拒绝你，实在是一件很理所当然的事。”

我看着她：“……”

然后她又是这样开导我的：“正当红的那个叫苗飞飞的女明星你知道吧？她上个月也跟顾衍之告白了来着，不过也是被残忍拒绝的结果。据偷窥者，哦不，目击者鄢玉说，她被拒绝以后哭得妆都花了特别难看，最后还是捂着脸跑走的。比你现在这种魂不守舍的模样还要难看许多呢。”

我看着她：“……”

接着，叶寻寻又是这样开导我的：“你看，你们同为被顾衍之拒绝掉的人。所以在某种程度来说,你也算是和受万千粉丝敬仰的苗飞飞齐名啊。”

我看着她：“……”

最后她是这样开导我的：“我还没听说谁是因为表白被拒而猝死的，我觉得你应该也不会。所以实际上它就像是感冒，总有痊愈的那一天。”

我看着她，终于开口：“我们不是绝交了吗？”

“……”

“你来这里干什么？我没叫你来吧？”

叶寻寻躲闪着眼神说：“绝交……也可以和好啊。你这事情不是比较急吗？我们绝交的事可以缓一缓啊。”后面声音越来越低。

“好，就假设我们现在暂时和好。可是，表白被拒怎么就一定得像感冒呢，它怎么就不能像慢性咽炎一样治也治不好呢，苗飞飞那种人要演技没演技要脸蛋没脸蛋，你以为我稀罕跟她齐名吗？还有，叶寻寻，你知道你安慰人的本事有多烂吗，就算表白被拒死不了人，可你这样说也能把人给说死的好不好，最后你要是敢把这件事说给鄢玉听，你就等着我跟你绝交吧。”

中间叶寻寻数次想插嘴都被我拿手里的饼干塞回喉咙里。她好不容易把饼干咽下去，愤怒地指着我半晌："杜绾，你居然不但威胁我还敢侮辱我偶像！"

"啊。"我手里握着一支水笔，重重一画，数张白纸顷刻间皮开肉绽，我抬起眼来，"所以呢？"

"……"叶寻寻浑身抖了一下，瞪着我张嘴半晌，最后哼了一声扭过脸，"没、没什么。"

我终于意识到叶寻寻是只管豁开伤口，管不了缝合的。表白被拒这种事情就算痛得死去活来，也还是得我自己慢慢愈合。而我所能做到的，无非就是希望暑假快一些过去，同时在暑假过去之前，我尽可能每天都出门，然后回家得晚一些，睡觉得早一些。这样有意避开顾衍之。我曾经留意过他的行踪规律，对他回家的时间和表现很了解，当时那样做自然是想要跟他待在一起的时间更多一点儿，现在就正好相反。

可终究是一个屋檐下，有一些事是无法避免的。比如楼梯口的碰面，还有餐桌前的不知所措，以及外面太阳毒辣实在不想出门，而顾衍之也恰好在家时，我们的相顾无言。不过这仿佛只是我个人的沉默，对于顾衍之来说，那天我的表白也许稀松平常，也许他已经收到过无数次的表白，也不在意再多我这一次，因此即使我与他面对面，他的表现还是一如往常的沉稳与平静。

他同我讲话的语气没有什么改变，连眼神都很平和，相处的模式也没有异常，还是会在清晨的时候唤我起床，在天冷的时候提醒我加衣。也还是会带着我去各色聚会，顺便教会我各种球类运动，还有骑马与射箭。烧烤的时候，他会将烤好的肉串先递给我，遇见下雨天会把雨伞倾斜在我这边。

这些在他眼中，也许只是自然而然的行为，如果依照叶寻寻的说辞，甚至显得有些冷酷：“顾衍之是个大人。大人们总是会摆出一些面子和姿态。顾衍之但凡还知道一点儿礼貌，有一点儿良心，就不会在你饿着肚子的前提下，把肉串先吃掉。也不可能下雨的时候只顾着自己，忘了旁边还有一个你。这一切的原因并不是他在那种层面上喜欢你，而是他对你抱有责任，而且你还是个女孩子。换成其他女孩子，顾衍之也会这么做。如果他不这么做，那么他只能算是个人渣，而不能称之为人。”

我：“……”

叶寻寻这么干脆利落地将事实在我面前剖开，让我很有一些接受困难。而她毫无自觉地继续说下去：“对了，顾衍之带着你去外面的时候，都是跟别人怎么介绍你的？”

我有些怏怏地回答：“基本都是整齐的五个字，杜绾，我妹妹。”

叶寻寻双手一摊：“这不就得了。顾衍之确实不喜欢你，不要再给自己找借口了，你就死心吧。”

可是理智是一回事，情感又是另外一回事。这两者很难并行。能完全驾驭得了这两样东西的人，是顾衍之这样的天才。而我身为一介再平凡不过的女生，不可避免地偏科到一塌糊涂。我告诉自己要像顾衍之一样冷静，处事要正常而且成熟，可真正每次避无可避见到顾衍之的时候，我还是忍不住。忍不住的表现就是经常说错话和做错事，然后偶尔还会掩耳盗铃自欺欺人地偷偷看向顾衍之。

我正式补办的十八岁生日在我这样纠结复杂又痛苦的心情中到来。

我对每一年的生日都印象深刻。印象深刻的原因主要在于顾衍之，每次我过生日，他人不论在哪里，总会回来 T 城，并且生日宴盛大。叶寻寻曾对此表示不屑一顾，不屑一顾的原因在于她一直认为掌控于手心之中的

鄢玉在她十三岁生日那年，以事情很忙很重要为由人在美国，从而错过了她的生日。从此以后，叶寻寻对每一个人家团团圆圆美美满满的生日都表示不屑一顾。

然而，我印象最深刻的一次却不是我的生日。而是在我十三岁的一天，顾衍之去学校接我放学。每次他往学校门口随便一站总是可以吸引一众目光，那天他穿一件驼色长风衣，站在门口边接电话边朝我招手，我清楚听到旁边女生低声尖叫的声音。等上了车，我却被告知先不回家，而是要去商场一趟挑选礼服。我正在剥他带来的巧克力，闻言停了停：“为什么要突然给我买礼服？”

他说得慢条斯理：“去砸场子。”

“啊？”

他的脸上露出一点儿笑容：“你还记得那个说过你又矮又小的王董事的儿子吗？今天他生日。”

“所以？”

“我们去盛装出席一趟。”

我说：“我们为什么要盛装出席？还有，你就穿这么件风衣算哪个意思的盛装啊？还有，你一次性把话给说完不行吗！”

他笑了一声，转过头来，在我的下巴上顺手一勾，仍是不紧不缓的模样：“一般来说，我赚钱养家的能力比王平之要强一些，如果我去了那种地方，就没有他再说话的份。至于你，绾绾，我带去的人本来就漂亮，稍微修饰就是光芒耀眼，别人的生日宴有什么要紧，他家那个小胖子哪里比得上我家绾绾的风头。你说呢？”

我终于听懂了，却半晌仍然觉得恍惚：“顾衍之。”

“什么？”

“虽然我比较高兴，但是我以前没发现你有这么小心眼啊……”

“……”

“难怪江燕南说你笑里藏刀。可是你这么教育我这种未成年人真的好吗？”

“……”

然而不管当时如何的口是心非，我一度都在心里欢呼雀跃，顾衍之是十分纵容我的。

这种纵容在江燕南那里称作溺爱，把人无微不至像潮水一样包裹的感觉，让人觉得柔软而温暖。我享受这种感觉，认为幸福就是这样，不会觉得我比拥有双亲的孩子缺少过什么。我喜欢他的不动声色，熟记他的一些小动作，乐意看他用小心眼又有趣的做法维护我。

我曾经在继续享受宠爱与告白之间犹豫过许久。慢慢前者一蹶不振，后者占据上风。然而这终究是风险很大的一件事，占据上风也不意味着它能成功，而最终事实说明我也没有成功。

叶寻寻在生日宴上只关注吃喝，我在食品区找到她的时候，她正往嘴里塞着焦糖布丁，我走过去，说：“我高考分数下来了，打算去 C 城读大学。”

叶寻寻看了我一眼：“不至于跑那么远吧。”

一直假装路过的李相南在这时候凑过来：“你打算去 C 市？是 C 大吗？那我跟你一起啊。”

叶寻寻横他一眼，转头跟我说：“哎，我昨天晚上突然想起来，以前鄢玉跟我提过什么心理控制术，就是那些搞营销的人惯用的催眠手法，可以改变一个人的思想三观什么乱七八糟的。鄢玉说效果简直媲美武侠小说里常用的蛊虫之类的东西。你要不对顾衍之试下，说不定他就改观了对你的印象，洗脑成喜欢上你了呢？”

我长久地看着她：“我现在表白失败就是你出的馊主意，你觉得我还会再听你的话？”

“……”

叶寻寻低低咳嗽了一声，身后传来一声轻笑，我的衣领被人拎起来：“哎，你们在说些什么，怎么不见顾衍之呢？”

叶寻寻说：“我们女孩子家说话，要你们在场做什么。你也不要在

这里杵着好吗？请后转直走出门右拐有个水池里面有女鬼在翘首等着你谢谢。”

江燕南又笑了一声，看着我，悠悠说道：“杜绾，你跟顾衍之闹别扭了？”

我说：“请后转直走出门右拐有个水池里面有女鬼在翘首等着你谢谢。”

“我看着顾衍之刚才心情好像不太好。他最近刚大赚一笔没理由心情不好啊，我想来想去就只有想到你了。”江燕南手里捏着一只酒杯，笑得眼睛都微微弯起来，“来，跟你燕南哥哥说说，你燕南哥哥对别人的家里事最上心了，快说说你做了什么事情惹他生气了？”

我说：“今天我生日。叶寻寻你说说，有人在生日的时候这么问寿星问题的吗？”

叶寻寻还没回答，江燕南已经笑着开口：“你这反应摆明了就是承认你的确做了什么事让他心情不佳啊。”

“……”

“说真的，杜绾。你究竟做了什么天大的事，居然也能让顾衍之那种人把情绪泄露到脸上的？”江燕南轻轻摇晃酒杯，笑着说，“要知道你衍之哥哥向来都不温不火，我跟他一起长这么大，他一直都长那么一张千年不变不紧不慢的脸，八百年不见变过。”

我几天以来的郁结心情，终于被他念得受不住。

正巧应侍端着两杯酒走过，我伸手将两杯都拿在手上，跟江燕南手里的酒杯一一碰杯，然后我说：“我全干，你随意。”

这是我唯一知道的敬酒词，然后我在江燕南措手不及的情况下将两杯酒一饮而尽。

酒液的味道并不好。江燕南不可置信地看着我，隔了一会儿，才喃喃发出声音：“绾绾，香槟不是这么喝的……”

我喝得太快，以至于马上就有点儿眩晕，说出的话在自己听起来，仿佛遥远得有隔云端：“是吗？反正我还小，还什么都不知道。”

我恍惚听到江燕南在叫顾衍之的名字，有点儿慌乱的意味。然后，他问我：“杜绾，这是你第一次喝酒？”

我说：“是啊，怎样？”

接下来的事我便记得不是很清楚。印象真实又不现实，更像是在梦中。只觉得有点儿站不住，我扶着叶寻寻，努力让声音清楚一些：“叶寻寻，江燕南他怎么比你跟顾衍之加起来都要讨厌啊。”

过了一会儿，叶寻寻的声音轻飘飘地响起来：“原来我已经这么讨厌了啊。”

我还要说话，突然被人打横抱起，眼前飘飘忽忽浮现出一张脸庞，眉眼带着微微一点儿冷意。我眯着眼辨认他的五官：“顾衍之？”

他说：“我是鄢玉。”

我哦了一声，努力看看他：“可是看起来不太像……”

他不再理会我，这一点倒是和鄢玉不耐烦又寡言的性格很像。我眼前的景象颠簸着穿梭，隔了不知多久，那人的脚步停下来，我的手指摸到一点儿光滑的布料，仿佛是被放置在了柔软的床上。

他的动作轻柔，和鄢玉对待叶寻寻的时候有点儿不太一样。我揉了揉眼睛，很困，又不想真的睡着。方才抱着我的人给我掖好被角，然后静立在床头，居高临下地看着我。我迷迷糊糊地也看着他，说：“我还是觉得你不是鄢玉……”

他说：“你困了，应该睡一觉。”

我说：“你就是顾衍之，我没有看错，对不对？”

他沉默了一会儿，低声说：“你想说些什么？”

我说：“你不喜欢我哪里呢？”

他回答得很平淡：“我没有不喜欢你哪里。”

“可是你确实不喜欢我啊。”我一直盯着他，说，“这说明你确实是不喜欢我哪里的，否则你就会喜欢我了。你不要说谎，不可以吗？”

他看着我，片刻后微微喟叹一声，在床沿坐下来，手指抚上我的额头，同我说：“绾绾，你需要睡一觉。”

我果断拒绝他的提议："我还不困。你回答我的问题。"

他默不作声地瞧了我一会儿，开口："你还不懂什么叫喜欢。"

"我懂得的。"

他笑了笑，不予辩驳，也没有说话。我目不转睛地看着他，看他的眼睛深邃，睫毛很长，弯起一个很好看的浅浅的弧度。

我回答得很认真："我喜欢你。我知道我喜欢你。除此之外，我还要懂得什么呢？"

"比如，"他有些斟酌的模样，然后慢慢说，"也许等到你再过一段时间，或者两年，或者三年，你就会发现这种喜欢并不是真正的喜欢。你只是单纯地想依赖而已。我照顾你这么久，你不希望我再照顾其他人。可这并不代表你就是真正地喜欢我。你以后还会碰到更合适的人。你会有更聊得来的人，同时他们也比我更年轻，比我更懂得你们这个年纪懂得的话题。也许你到时候会发觉其他人比我更合适你。现在你只是一时兴起。"

然后，他将手放在被单上面，轻轻拍了两拍，面容上仍是一副不置可否的模样："好了。你应该睡觉了。"

"我还不困。"我觉得这件事讲不清楚根本就不能睡，于是变本加厉地说下去，"你不能把一顶莫须有的罪名扣在我头上，然后拿着这个罪名拒绝我啊。你现在讲我不懂，说得好像我真的不懂，可是万一等到我懂的时候，你有了其他女朋友怎么办？不对，我现在就很懂，我确实很喜欢你……"

他低眼看了我一会儿，声音越发温和："你应该睡觉了。"

我的两只手伸出被单，紧紧抓住他的袖口，有些逻辑混乱而语无伦次地说："你一定不知道我有多喜欢你，就算你不是很在乎，可是对于我来说……"

我的话没有说完，眼前的人突然俯下身来。我的手被人反手握住。我的下巴被人轻轻捏住。他的脸孔越来越近，直到两片温软的唇落在我的嘴角上。

从十八岁到二十二岁，我的大学四年生活还是在T大度过。

这件事若要追根溯源，是很冗长的一大段。简而言之，大致就是，在我原本的打算中，我是坚定不移地要报读C大的。可是事实证明，计划总是用来破坏的，在高考前后的那段时期，我的精神状态就像是正弦曲线一样大幅波动。这样大幅波动的后果就是我的睡眠质量也跟着一起大幅波动，并且白天处于巅峰，夜晚处于低谷。为了矫正这种情况，我辗转经由叶寻寻从鄢玉那里偷来一瓶安眠片，每晚一片服下去，情况终于变好一些。然而在高考成绩公布，次日就是填报志愿截止期的那天晚上，我吞了一片安眠药之后，在床上翻滚了几十圈也没有真正睡着。迷迷糊糊中倒出更多的安眠片吃下去，这次终于睡着，而再醒来的时候，眼前景象已经转换。

那天的印象十分深刻。我明明记得前一晚睡着的时候我还只是单独一个人，床头柜上摆着薰衣草的香薰一盏，再睁开眼时周围就变成了四面白墙，充斥着满满一股消毒水味道。有片刻的时间里我还以为是空间错乱，有些头痛地坐起身，才发觉窗边还有一道修长人影，身上的浅色衬衫略有褶皱，身形比例却是完美，抄着手静默地瞧过来。

我顿时清醒过来。

在那之前，我已经有段时间没有跟顾衍之说过话。我每日早出晚归，比他处理公司事务还要勤勉。当时我捂着额头清醒半天，仍是觉得不想与他对话，却终究被他射过来的目光盯得受不了，只好开口：“请问你是谁？”

对面不远处的人沉默片刻，声线低沉：“绾绾，吃再过量的安眠片也只会伤胃，伤不到脑子。”

我说：“你怎么知道会伤不到脑子呢？说不定我真的就失忆了。毕竟全身血液都是流通的，而安眠片又是有毒的。说不定带了毒素的血液就逆流而上，到了我的脑子里，进而流进了我的神经元呢。”

我很久没有这样戗声过人，那一天坐在病床上，却莫名地生出许多勇气。大抵是多日来郁结的心情经不得一点儿刺激，稍微撩拨就受不住。然而这些勇气在顾衍之看来大概仍是一挥而散的空气，他听后根本不为所动：“神经元是细胞，血液是组织。血液由血浆和血细胞组成。你的生物老师

一定告诉过你，神经元和血液比起来，是小一号的套筒娃娃。因此你的血液就算逆流而上，也进不了你的神经元里。”

我说：“我的生物老师才没有告诉过我什么小一号套筒娃娃之类的话。”

他看着我，说：“这不重要。”

“为什么不重要。”我强调，“这很重要。”

对面的人语气平静：“你还记得你的生物老师，这说明你并没有失忆。这才是比较重要的事。”

“啊，”我不假思索地说，“我确实记得我的生物老师，可我真的不记得你了。”

他没有动，眼神冷峻地看着我半晌，那目光沉甸甸的。突然，他开口：“为什么要吞安眠片？”

我说：“我没有吞安眠片。”

顾衍之罔视我的回答，脸上仍旧殊无笑容：“杜绾，回答问题。”

他的语气又冷又沉，我没有和他这样对话过，考虑了一下，回答：“昨天晚上我吃的明明是巧克力球，不知道怎么吞进肚子里就变成了安眠片。大概是当时太困了吞错了药片吧。”

“为什么卧室里会放着安眠片？”

我低头看看手背，半晌才把头抬起来，说：“这个……大概是去药店的时候也太困了，所以买错了药片吧。”

这句话导致顾衍之的眉心深深皱起。

我从不曾在他脸上看到这样的表情。他一直温柔带有笑意，即使是在会议室中动怒，也仅仅语气微沉，脸上不会变化半分。我看着他始终没有舒展开的眉心，又过了一会儿，说：“哥哥，我没想要自杀的。真的，吞安眠片只是无意识的举动，你没必要这么担心。下次不会这样了。”

他仍是看着我，没有开口。

我看着他有些不规整的衣衫。他一向衣冠楚楚，难得见到这副模样。我猜想着他是什么时候发现的我的异常。也许是在晚上，也许是在早晨。

然而发生每一种可能的前提都是他进了我的卧室。这样想来想去，思路就又慢慢到了莫名其妙的地方。

我将思路打断。病房里还是一片静寂。我握了握自己的手心，低声说：“哥哥，我觉得以后我们还是尽量少见面好了。”

“……”

我轻吸一口气，接着说下去：“我的高考成绩出来了，填报的第一志愿是C大。”

眼角余光看到他捏了捏袖口。隔了片刻，我听到他的声音低缓：“我刚才已经打电话给你的班主任，把你的志愿改成了T大。”

“……”

“C城的大学总体都不及T城，你的班主任也不推荐你去那里。你熟悉的地方是T城，认识的人都在这里。”

我低着头，说：“那我找个房子，学校放假的时候搬出去住。”

他停顿了一会儿：“绾绾，你没必要这样。”

我抬起头来看他。窗帘遮住的光线半明半昧，映出他线条美好的侧脸。嘴角的地方微微向上弯翘，还是有点儿温柔的意味。我明知道这是假象。可他一直这个样子在我眼前，我很难一直保持冷静。

我的语气坚定：“我还是搬出去。”

从那天出院，到我整个大一上半年，我和顾衍之没有见过一次面。包括九月份我去T大报到，全程都是由顾衍之的秘书协助，顾衍之没有露一次面。

除此之外，我对他的一切消息实行不问不听原则。每天的关注点只有读书学习。这就导致我的生活过得比之前还要平静。用叶寻寻的话说，我简直就是在过清心寡欲的尼姑生活。

与我形成强烈对比的是，叶寻寻的高中生活已经不足以用丰富多彩来形容。

她的叶寻寻语录迅速从之前的一年一本发展为一年三本，里面的内容

蔚为壮观，不止包括对世界的哲学思考、人类的八卦纠葛，还延伸到了她对男女之间有关秘事的认真探究与思索。

叶寻寻的这些知识有绝大一部分都来自鄢玉。而叶寻寻一旦对这些事情有了新发现，总会第一时间抓我过去一起探讨。这就导致我一度都被强迫洗脑，然后对相关知识有了揠苗助长一般的了解。

在我的大一上半学期，李相南是比叶寻寻还要频繁出现在我面前的存在。

这种无法忽视的存在感主要表现在叶寻寻还在读高中，难以抽出太多空余时间与我在一起。而李相南则在报考志愿截止时间的前一个小时无耻地从高中班主任手里偷到了我的志愿表，然后跟着修改了自己的第一志愿。这就导致从此以后我每一次上课，都有与我同校同院同专业的李相南固定徘徊在我的同桌、后桌，以及斜后桌的范围。

这简直是比高中时代还要无法忽视的存在感。我终于在整个学院都在谣传李相南是我男朋友的时候忍无可忍，将叶寻寻特地叫出来抱怨这件事。她对此的反应是隔着餐桌捏住我下巴，逼我直视她的眼睛，认真说：“来，看着我。说‘顾衍之’这三个字，连着说三遍给我听。”

“你到底有没有听我说话？！”

“我管李相南做什么，他在你眼里连片树叶都算不上，根本不值一提。”叶寻寻扬了扬下巴，“你对着我说‘顾衍之’三个字。”

“……”

“说。”

我看了她一会儿，还算快速地把这三个字说完。叶寻寻突然把她的手按在了我的心脏处。我猝不及防，回醒过神来就往后退，叶寻寻已经把手收了回去。

叶寻寻面无表情地道：“你知道你说这三个字的时候，你的心脏跳得有多快吗？”

我连饭都不想再吃，绕过她拔脚就走。叶寻寻在身后说：“顾衍之的公司最近出了问题。你要是有空可以去看一看他。”

我的脚步缓了缓，又迅速恢复成快速的状态，头也不回地说：“我才不去看他。”

“你现在不去，下一次你见到他的时候他可能就订婚了呀。”叶寻寻说得不紧不慢，“据鄢玉说，顾衍之最近跟叶矜交往挺多。顾氏这次出的问题说大不大说小不小，联姻是最快的解决办法。如果顾衍之现在就跟叶矜结婚，半个月里他就能把麻烦搞定。要是他不这么做，估计要至少拖半年才行。顾衍之没有喜欢的人，叶矜又喜欢他喜欢了这么久，现在又是这么好的时机，说不定过段时间，叶矜连婚纱都选好了。”

“……”

我的脚步终于停了下来。

我把有关顾衍之的记忆尘封了有一段时间。在这一刻被叶寻寻轻而易举破开锁匙，一击命中。这种感觉简直差到极点。

我站定在那里，叶寻寻从后面慢慢走上来，踢了踢地上一块小石子，对我说：“要不你就去看一眼。犯人还有放风的时间呢，你就去看他一眼也没什么。或者听顾衍之亲口说出他要订婚的话以后，指不定你就彻底死心了也说不定。他要是没有这打算，你就再追他一次，追到死心为止也行啊。”

我说：“你的话能说得稍微积极乐观一点儿吗？”

叶寻寻说：“那你告诉我，你现在还想着顾衍之吗？”

“……”我看看她，“叶寻寻，你知不知道你的问话有时候特别让人讨厌啊。”

我终究以一种十分郁结的状态回了家。

和叶寻寻这种人交朋友，有时候就是有这样的坏处。她就像是一台即时处理的精密计算机，不论何时何地，不问你的心情，一旦发现问题，立刻冷静客观地指出，没有丝毫缓冲时间。并且你总是哑口无言，唯有接受。

摸出钥匙打开家门，黄昏的霞光漫洒进客厅，有几分飘忽绚烂的光景。我弯下腰去换鞋的空当，一抬眼看到沙发上坐着一道修长人影，差点儿尖叫出声。

顾衍之斜倚在沙发上，浅白的上衫，米灰色的长裤，单手撑着额角，两腿搭在一起，眼睛阖起，仿若熟睡。

我屏住呼吸看了他片刻，霞光裁剪出他的剪影，长长地铺在地上。他的面孔很恬淡，看起来一如既往的温柔沉静。

过了一会儿，我慢慢走过去，在他面前蹲下来，仰脸看着他。

我不知道他怎么会进来这里，也不知道他为什么会来这里。可是他只是这样静静坐在这里，我就已经清晰地觉得心快要跳出来了。

刚才在路上，我在报刊亭买了一份报纸，上面的头条赫然便是顾氏。

一整个版面的篇幅，洋洋洒洒讲的都是顾氏。名词术语全是我不懂的，只是耐着性子看下去，也还是可以理解几句。大致应当是顾氏近五年连续盈利，今年报出的报表却显示巨额亏损。后面跟着的上市公司股票跌幅就完全看不懂。然而再后面的解决办法第一条却浅显明白，指出顾衍之近来疑似与叶矜交从甚密，大有联姻的可能。最后就是顾衍之的个人介绍，除去经营头脑，还有近年来他所接触过的绯闻女友们。

我蹲坐在顾衍之面前的地毯上，自下而上看他深长的睫毛。他的嘴角还是有点儿上翘的样子，手指修长，卷起来撑住额角的时候，尾指聚起一个半开的环形形状。

我第一次见到他时，他还是青年模样，穿一件风衣，不动声色的清贵气息。眉眼间却有浅淡笑容，带着一点儿捉弄，又有点儿遥远，可是并不令人觉得畏惧。

如今经年不往，他还是这样。只除了轮廓更为深邃，举手投足间越发沉稳。十一岁的我被江燕南戏称为小豆芽，上一次家长会的时候我已经蹿高到顾衍之嘴角的地方。只要微微抬起眼睛，就能看到他嘴角时常勾出的一点儿笑意。

眼前这个眉眼英俊的男子，我已经认识他这么多年。

他教过我英文单词的发音，指导我怎样回击他人的恶意，告诉我如何心安理得地享受生活，以及用一种漫不经心的姿态挑剔选择。他曾经这样告诉我：“女孩子活得矜贵一点儿，本来就是天经地义的一件事。”

他给过我宠爱，华服珠宝，安定幸福，无一不有。对于犯错，他的包庇多于批评。江燕南曾有一次开玩笑说，顾衍之不是合格的家长。合格的家长不会在小孩吵架的第一时间就断定全是别人家小孩的错，也不应该在小孩成绩下降的时候先找试题难易的客观原因。那个时候，顾衍之正教我如何骑马，他坐在我身后，教我在马上如何拉紧缰绳，如何令其转弯，声音慢条斯理，徐徐低沉。我感受到身后怀抱的安定力量。过了许久，他才在同我说话的空隙里回了江燕南一句：“吵架这种事自然不会是杜绾的错。她这么懂事聪明。”

他一直给我这样的全部信任。

黄昏慢慢转过窗子，大半天空都变成幕蓝色。我眼前的人睫毛动了动，半睁开眼睛。

我坐直身体，快速整理了一下面部表情，然后咳嗽了一声。

他看看我，开口时有些微微低沉：“绾绾？”

我说：“你怎么会在这里呢？”

他终于睁开眼睛，坐直了身体，袖扣在暗中淡淡一闪，带着一点儿金黄。他看了看我，没有说话。

我停顿一下，又说：“你怎么会有这房子的钥匙的？”

他又看了看我，眼睛点墨一样漆黑。这次他仍然没有回答。

我其实早该想到，这座房子本来就在他的名下。即使我某一日心血来潮换了门锁，照样也是归在他的名下。更何况这座房子里如今负责我衣食住行的阿姨原本就来自顾宅，她和顾衍之的熟悉，比我认识顾衍之的时间

更长久。

我低头翻看了看手指，再抬起头来："说真的，你怎么会在这里呢？"

他又看了看我，这次语气有些缓慢："今天遇见江燕南，他同我说，你交了一个叫李相南的男朋友。"

我啊了一声，直觉想否认，话到嘴边又咽回去，看着他眼神诚恳："我现在大一了嘛，还过了十八岁生日，我已经成年了啊。成年之后可以对自己负责。我是仔细思索了以后，才答应李相南的。"

他问道："李相南当真是你的男朋友？"

我说："是啊。你记得他这个人吗？你以前应该见过的。我今年过生日的时候，他在场的，送了我一条围巾，长得有点儿瘦，不过还算好看。成绩很好，会拉小提琴，是城西李家的二公子。"

他沉默地看了我一会儿。他的睫毛长，这样低下来看人的时候，会有小片的阴影出现，鼻管挺直，下颌线条美好。然后我听到他说："你饿不饿？我们出去吃。"

我说："阿姨一会儿会来做晚饭的。"

"阿姨让我转告你，她今天有事情，没时间给你做新鲜的晚饭。"

他说着站起来。我蹲在地上这么久，腿早已有些麻，微微动一动，终究是无法支撑，两只手很快跟着按在地毯上。这个姿势不太好看，我有些沮丧地想到这一层，接着觉得身体一轻，已经被人提腰扶了起来。

我的手指摸到一点他的手腕，温和细腻的触感，听到他在头顶开口："想吃什么？"

我站直身体，如此就跟他分开几十公分的距离，有些心不在焉地说："随便什么都好。"

我刚从顾宅中搬出来的一段时间，曾经十分后悔自己的这个决定，觉得一定是神经短路了才会做出这种釜底抽薪毁于一旦的事。一旦想到从此以后我再也不能跟顾衍之朝夕相处，他做了什么、与谁交往我也无法及时了解，他身上的许多隐性好处我也没有办法再获得挖取，就觉得人生惨淡得简直没有阳光，提议我长痛不如短痛的叶寻寻简直是最该天杀的人才是。

为此，叶寻寻在接下来长达半年的时间里都没能看到我的好脸色。终于有一天她受不了，掐着我的脖子朝我大声喊：“我怎么就不觉得你能从顾衍之身上得到什么好处啊！你这分明是失恋后遗症，不肯承认栽赃嫁祸到我头上才对吧，杜绾！你以前不是挺温柔乖巧的吗？现在怎么变得和我一样凶悍了！你这人怎么这样啊！”

最后一句话已经成为叶寻寻的口头禅。我看着她，平静开口：“怎么可能没有好处。比如说顾衍之的煎牛排堪称一绝，你不知道吗？”

我仍然记得，在我还在顾宅的时候，一度有长达半个月的时间，天天晚餐时分顾宅的厨房都会飘出一股煎牛排的味道。这主要在于我每天晚上固定不变的要求,而顾衍之始终配合。有天晚上,我们把牛排吃得只剩骨头，忽然听到门外有车子开进来，不久就见江燕南从外面走进餐厅，看到桌上的餐盘，愣了一下，转眼看向顾衍之：“这牛排你煎的？”

顾衍之把餐巾摘下放在一边，慢条斯理地说：“是啊。”

江燕南怒声说：“你煎牛排怎么不顺便多煎一块给我吃！你知道我为了给你拿这份文件跑了多远的路吗！我晚饭现在还没吃呢，你知道吗！我们是发小好不好，你这样做有多不厚道，你知道吗！”

顾衍之唔了一声：“辛苦了。那份文件也不是很急。”

“那你还在电话里说得火急火燎，好像跟十万火急一样！”

顾衍之慢吞吞地抬起眼皮：“因为想让你看看我们吃牛排而你没吃到的模样，好提升一下我们用餐的优越感和幸福感啊。”

江燕南：“……”

我们最终去了附近的一家川菜馆。

这家川菜馆是以前我和顾衍之经常光顾的地方。然而有段时间我曾坚持抵制来这家店吃饭，因为我暗暗观察得出，顾衍之平素一般喜欢喝粥，并不爱吃辣。于是一度我在他面前也假装我不再喜欢吃辣，只喜欢喝粥。并且在顾衍之第三次要将我带入这家川菜馆的时候，我鼓足勇气跟他说：

“我已经不是很喜欢吃辣的东西了，我们换去那边那家的粥店好吗？”

彼时店里的服务生已经迎出来，听我说完，笑了一下：“这么巧，小朋友，我们又见面了。上个周末你不是还拉了另外一个小女孩一起来吃泡椒凤爪的吗？那个小女孩一直喝果汁，你一直吃菜吃得很欢快。这么快你就不喜欢吃辣了吗？”

“……”

谎言被不按常理出牌的人拆穿，我的脸在一瞬间涨得通红，觉得再丢人不过，在顾衍之和服务生的双重注目下扭头就走。却被顾衍之一把拽住拖回身边，我听到头顶上的声音犹有笑意：“我觉得有人是考虑到我不太喜欢吃辣，才说要去粥店。对不对？”

我挣脱不能，恨恨地踢了他一脚，大声说：“才不是呢！”

他不跟我辩驳，只牵着我的手往里走，服务生却意犹未尽，在身后笑道：“小妹妹这么贴心，又长这么漂亮，长大以后真是不知有多少人会喜欢。”

我简直恼羞成怒，狠狠地瞪了她一眼，跟着甩开顾衍之，怒气腾腾地往里面走，听到身后响起慢慢悠悠的声音：“她嘛，现在就已经有人很喜欢了。”

……

我和顾衍之坐下点餐，座位是以前经常光临的落地窗边，灯光下有他好看的眉眼。我看着他，是真的不知道，顾衍之究竟知不知晓他带我来这个地方，可以勾起我很多的回忆。

我还是敌不过他的境界。他说吃饭，我便跟他一起出门。他带我来了这家川菜馆，我就和他一起坐下。除此之外，我想象不到他的想法。

我仍然被他的言语左右。

冷盘很快被端上来。他推来我这边，有些漫不经心地问：“最近课业重不重？”

“还可以。”我说，“听说你的公司最近出了麻烦，是不是这样？”

他微微一挑眉，抬起眼皮看我，有点儿笑容的模样：“只是一点儿。”

“很严重吗？”

他又说了一遍：“只是一点儿。”

我说：“所以你可以解决得很快，是吗？”

他随口嗯了一声：“要不要再加一道蓝莓山药？”

我看看他，终于把徘徊许久的问题问了出来：“你和叶矜要订婚了吗？”

他头也没有抬，淡淡地说：“不会。”

隔了两秒钟，我哦了一声。

我其实还有问题埋在心底说不出口。比如，如果你不跟叶矜订婚，那么是否会和别人订婚呢？或者，既然不订婚，那是不是还有和叶矜直接结婚的可能呢？以及，你和叶矜最近交往频繁的原因是什么？你是又喜欢上她了吗？还是喜欢上了别人呢？

以及沉在最低处，却在不安分地蠢蠢欲动，让我觉得说出来就瞬间丢掉气节，却无法抑制不去想的一句话——我现在已经成年了啊，你可以试着喜欢喜欢我吗？

可是这样的话，我终究再说不出第二遍。

我的思路被眼前的人温和打断：“在想什么？”

“没想什么。”我小声回答。

李相南有一次说我的演技有时候很差，很差的表现就是一旦说话的声音很小声，就必定意味着我在口是心非。这种经验被他屡试不爽。叶寻寻为此恨铁不成钢地劝我注意并加以改正，然而后来她发现这就是我的本能之一，根本改不动，只有放弃。

一顿饭吃了一个小时的时间，我只觉得短暂，站在门外等着顾衍之开车过来。不过片刻，不远处有车灯闪了两闪，黑色流线型的车子缓缓驶过来。我渐渐看清楚前面的车牌号，后五位是 DW001。

——五年前的一个仲夏时节，院中芍药开得正好。我午睡惺忪醒来，便看到顾衍之站在床边，微微弯身，看着我的眼中有一点儿微笑。接着，他把一只手心在我眼前摊开，上面三只白色小纸球，对我说：“挑一个。”

“这是什么？”

他说：“备选的几个车牌号。”

那时我随便挑了一个，顾衍之叫我自己打开来看，展平的小小纸张上，写着的便是DW001。曾经的我胆子尚大，看到前两个字母，仰脸望向他，若无其事地说：“这是我的名字缩写吗？你是要把这个车牌号贴在你的新车上面吗？”

他嘴角含笑地看着我：“是啊。可以吗？”

车子缓缓在大堂门口停下。我看看面前这辆车的车身，与五年前那辆分明不一样，然而车牌号却是相同的。我站在那里停顿了一会儿，驾驶位的车窗缓缓摇下来，露出顾衍之那双好看的眉眼：“在发什么呆？”

我回过神，钻进副驾驶，把安全带系上。车子缓缓启动，过了片刻，听到我的手机响。李相南的一条短消息钻进来：“班主任太无耻，居然还是把今天下午的事告诉了我爸。我爸一连串说了我七个逆子，还差点儿就拔鞭子。你说班主任这人怎么这样啊？还有，明天天晴，气温二十二度。你可不可以考虑再穿一下去年开学那会儿穿的那件袖口有点儿碎花的长袖短款白衬衫，那件衣服你从去年秋天到现在只穿过一次啊，可是我觉得那件衬衫也就你穿着才比较好看。”

我回：“已阅。”

很快李相南的短消息又回过来：“你能不能不要每次只打两个字啊？！”

我说：“加上句号明明是三个字好吗？”

接着，李相南的短消息又发过来：“可我要是说三个字，你不就不发我上一条这么长的消息了？”

我：“……”

我正要回他一句“去死”，就听到旁边有人唤我的名字：“绾绾。”

我转过头，顾衍之的手指按在方向盘上，视线看着前方，语气有几分漫不经心的意味：“帮你收拾房间的王阿姨在你放学前告诉我，她的女儿今天被查诊出怀孕，需要她照顾。她刚才回了家，现在估计还没有赶回来。”

我将这个消息消化了一下，说："所以说我今天要一个人在家里睡了，是吗？"

正值红灯，车子缓缓停下来。他偏过头看看我："或者，你也可以跟我回顾宅。"

"……"

"王阿姨的女儿怀孕，今天听她口气有些着急，说是有流产先兆。接下来王阿姨如果两边跑，就难以兼顾完全。既然这样，我想，"他停了停，偏过头来看看我，"你不如搬回顾宅。"

"……"我看着他。他的脸庞隐在暗处，淡然没有波动。他方才的语气同样云淡风轻，像是在处理一件公务，给出前提，继而给出建议。再合理不过的逻辑顺序。

过了一会儿，我听到我自己的声音："我已经成年了，可以自己住。"

他的眼睛仿佛动了动，车子中静了片刻，最后只听到他启动车子的声音。

我自己都不知道自己是提起一口气还是松掉一口气。

CHUN FENG BU RUO NI WEI XIAO

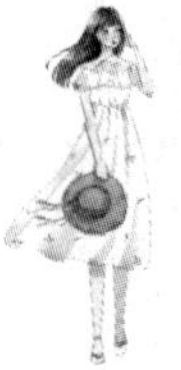

第六章 / 无力抵抗

接下来，我又有两个多月的时间没有见到顾衍之。这其中度过大学时代漫漫的第一个寒假，而我借口与叶寻寻旅游散心，春节都没有回去 T 城。一直到 T 城的冬天缓缓从窗外摇过，我开始读大一年级的下半学期。清明节前后的天气总是无常，距离上一次见到顾衍之已隔了四个月。周五下午上完最后一节课，我从教学楼出来，一抬头天地间大雨瓢泼，这完全出乎前一天晚上李相南给我推送的短消息里天气预报所显示的天气范围。我背着书包被大雨堵在教学楼门口不能出去，面无表情地看向李相南。后者在我的眼神底下清了清嗓子，说：“天有不测风云，天有不测风云嘛。”

从教学楼到校门口还需要一段距离。我等了一会儿不见雨小，咬咬牙，举着书包跑出去，被李相南一把抓回去，另一只手他解开自己的外套：“你等等，我跟你一起，举着我衣服一起跑……”

我打断他：“谢谢你啊，不用。”

我蒙着头跑出去，一口气跑到学校门口的岗亭下面。刚站稳，李相南已经从后面跟了上来，我看着他：“你知道岗亭下面这块地方有多珍贵吗？一下子被你占去了五分之一的地方啊。”

李相南说：“我这不是担心你吗？”

“谢谢你啊，我不用你担心。”

我说完，看到李相南的视线下移了一点儿，落在我脖子下面的某个地方。然后他咳嗽了一声，快速别开脸。我顺着他的视线看下去，才看到我今天里面穿的格子衬衫已经被雨淋湿大半，露出里面隐隐约约的天蓝色胸衣来。

我的脸腾地红了一大半，立刻拿书包捂在胸前。

李相南仍然扭着脸看天上，一边把自己的外套递过来：“要不你穿这个好了。”

我说：“谢谢你啊，不……”

我还未说完，突然觉得肩膀一沉，身上已经被披了一件深色的风衣外套。

风衣直达小腿，低头时，仿佛嗅到衣襟上一点儿清浅的男性香水味道。我扭过脸，肩膀已经被人搂住，微微用力，一个声音从头顶淡淡地响起来：“你就是李相南？”

我仰起头。

顾衍之一手撑伞，袖口挽起，穿一件浅色衬衫。从我的角度看过去，眼皮深邃，神情平淡。

李相南看看他，又看看我，把手里的外套若无其事地收回去，然后说：“是，我是李相南。”

我莫名地有些心虚，轻轻咳嗽了一声，很快下巴被捏了一下，轻轻半抬起来，对上顾衍之审视的目光：“感冒了？淋雨的缘故？”

我说：“你今天怎么有空来，我还以为只有司机……”

眼前被递来一方手帕，他说得随意：“正好路过，车子就在那边。”一面抬起眼皮看了看李相南，嘴角露出一点儿笑容，“李同学家住得远不远？这样大的雨，如果接下来你是自己回家，不如我顺便捎你一程。”

李相南又看了看他，然后又看了看我，最后说：“好啊，谢谢。”

两分钟后，我坐在副驾驶位上，身上裹着的风衣还没有拿下来，头上又被丢了一块毛巾。顾衍之的手指隔着毛巾轻轻按摩我的发顶，我僵硬了一下，在毛巾的空隙里艰难转头，说：“李相南，我记得后面还有块毛巾，你找一找，也擦一擦头发。”

李相南哦了一声。我头上的动作停了停，接着听到顾衍之同李相南的问话：“你家住在哪个方位？”

李相南说：“我住城西李家的李宅里。就是城西李家，你听说过吧？”

我面前的人轻描淡写地开口：“没听说过。”

"……"

我仿佛能听到李相南心脏碎成两半的声音。

李相南其人，以前高中的时候，每次班主任给他写的年终评语都是"谦逊有礼"。成绩的事不提，帮助同学的事不提，身为班干部的苦劳也从不提。终于在去年年终评语单发下来之后，李相南再也忍不住，跑去办公室愤怒地拿出三年来所有评语单给班主任看："这三年您给我写的年终评语连字迹都没变过，您知道吗？整整齐齐全都是这四个字！其实您就是一次性写了三份每年发一份下来的对吧！您想怎样啊？倒数第一名的评语上还写着'学习刻苦团结同学'八个字呢，您给我多写几个字能怎样啊？您弄得我的评语单这么一致是想让我集齐五个召唤神龙吗？"

班主任说："可是倒数第一名的同学人家确实学习刻苦团结同学啊。你学习刻苦过吗？你团结同学过吗？你身为班长这几年欺压同学鱼肉百姓以权谋私的事做得少了？我写这四个字都很不容易，你知道吗？'谦逊有礼'这四个字的潜台词其实是说，你总是低调地傲慢别样地炫耀，你懂不懂？身为一个老师还要违心写这种评语已经很痛苦了，你知不知道？"

"……"李相南呆滞了一会儿，说，"我知道了，老师我走了。"

班主任把面前的办公椅一踢，办公椅打着旋飞到办公室的门边，把门"啪"的一声合上。李相南对着紧闭的门板停住脚步，听到班主任在身后接着说："我还没说完呢，你走什么走！看来李相南你自己以为你平时挺谦逊挺有礼貌的嘛，你怎么不去问问班上同学对你的评价再回来跟我吵？哪个不是对你记恨着呢！你考年级第一挺能耐啊，人家问你考第几，你来一句没什么就年级第一啊，说着好像挺谦虚啊，听谁耳朵里不是傲慢得想揍你啊！好像还有同学问过你家世，你回答就是什么'城西李家，你听过没有'，那语气好像你挺得意挺炫耀啊？"

李相南："……"

那天，班主任在办公室训了李相南足足有半个小时。半个小时后，李相南轻飘飘地下楼，把这件事转述给我听，恰巧被叶寻寻也听到。于是从那天以后，李相南一度被叶寻寻和我称作"李炫耀"。

然而，李炫耀的习惯在十几年间慢慢养成，很难在一朝一夕间改正。而且在我看来，李炫耀应该也没想着改正。他向来随心所欲，三观只被班主任颠倒了一天，接下来第二天他的三观就又自己颠倒了回来。人家再问他成绩的时候，他还是若无其事地回了人家一句："啊，也没什么，就年级第一啊。"

我如今身为一个旁观者，简直想扒开李相南的脑子看一看，他在被顾衍之回了一句"没听说过"之后，因愤怒而烧灼致死的神经元究竟高达多少个。

车子里有片刻的寂静。过了一会儿，李相南噢了一声，说："你是叫顾衍之对不对？杜绾跟我提起过你。"

我闻言手一抖，捧着的顾衍之的杯子差点儿跌出去，立刻强作镇定去看顾衍之，心中默念他千万别问我提过他什么内容之类的话。后者把湿毛巾丢到一边，嗯了一声，说："杜绾在家里没有提起过你。"

他一面说，一面把我身上风衣的扣子一粒粒系好。我被风衣裹住，稍微动了动，很快安全带也被系上。顾衍之捏住我的下巴，看了看我，眼角有点儿笑容："这样显得格外有点儿小。"

他说完，找到手机往顾宅里打了通电话，说是要厨房里准备熬一碗姜汤。车子缓缓启动的时候，李相南在后面说："杜绾，你回顾宅去住了？"

我看着前方不断溅落的雨水目不斜视："还没有。"

"还没有是什么意思？是以后会去住的意思吗？你都没有透露半点儿风声！"

我正要回一句"透露风声做什么"，想及李相南如今被我安上的所谓"男朋友"身份，停顿了一下，还是把话收了回去。

顾衍之忽然开口："绾绾，晚上想吃什么？"

"你说呢？"

"煎牛排怎么样？"

"好。"

他从开车的空隙中瞥过来一眼："在我的风衣口袋里找找钱夹，把那张黑色信用卡抽出来。"

我依言而行，他腾出一只手递过来他的电话："把这张卡的卡号给涂秘书发过去。"

把这些事都做完，听到他问道："还记得这张银行卡的密码吗？"

我说："记得啊。怎么？"

他说得几分漫不经心："怕你忘记了。"

李相南在后面沉默了一会儿，我从后视镜里看到他托着腮，有些忧郁的模样："杜绾，你说我这次期中考，线代九十分以上是不是要保不住了？我现在还没复习呢。"

"你只要平时有好好听课就行了。"

他有些委屈的声音："你坐在我旁边，你明明知道我有没有好好听课。"

"那你就怪不得谁了。"

"你怎么能这么说你的男朋友！"

"……"

李相南停了一会儿，又说："对了，我昨天晚上看了篇挺好玩的文章，讲给你听好不好？看你这两天心情不好，今晚不开心了记得给我发短信啊，或者聊聊天发发脾气什么的，都可以啊。总归我是你男朋友嘛，你做什么我绝对都无条件包容。"

他最后一个字的话音刚落下，车子忽然一个紧急拐弯，堪堪擦着另一辆车子开过去，接着又行出四五百米的距离，猛地刹车停下。

我一下子被转得头昏脑涨，迷茫状态中听到李相南的声音，比我好像更加迷茫："这里好像不是我家……"

"这里是顾宅，离学校比较近一些。杜绾身体不太好，今天淋了雨，要着紧喝点儿姜汤。何况我也不认识你家在哪里。"我的安全带被人解开，车子外不远处有几个人举着雨伞小跑过来，我捂着额头，听到身边顾衍之再平静不过的语气，"马上会有司机送你回去。"

说话的空当，车门已经被人从外面打开，两把雨伞分别撑在车子两侧，将疾风细雨完全阻隔在雨伞之外。管家微微躬身，微笑着说：“少爷。”又向里看了看，“杜小姐。”

顾衍之把车钥匙丢给其中一人：“后面还有个杜绾的同学，胡叔你送他回家。”

二十分钟后，我洗完澡下楼的时候，顾衍之已经坐在客厅的沙发上。

他穿一身浅米色的家居服，头发微微湿润，大抵也是刚洗完澡的模样。侧脸的短发清俊利落，两条腿搭在一起，正翻着手边的一份文件。听到我的脚步声，他随手合起文件丢到桌边，向我伸出一只手，眼角微微带着笑容：“绾绾，来。”

他说这话的时候，眼睛看过来，眉眼从容间微微上挑，仿佛带着一点儿温柔意味，就像是二月里化开的薄薄春水，分明冷淡拒人千里，却莫名总给人一点儿浅浅的暖意。

就像是会上瘾的，残忍的幻觉一般。

我停顿了一下，才走过去，捧住他递来的姜汤的时候，嗅到他身上一点儿刚刚沐浴过后的香气味道。

片刻之后，他将我手里喝完的姜汤接过去，问我：“明天有没有空？”

我说：“有啊，怎么？”

话音落下，手心的电话嗡嗡响了两下。我打开，李相南的短消息传过来：“我已经到家了，后天你有空吗？”

他的短信难得这么精简。我考虑了一下，正要回过去，顾衍之忽然问我：“李相南怎么认识你的？”

我抬起头，他的姿态轻松随意，这样的一句问话就像是闲谈。然而我终究无法将我自己编的谎言也当成闲谈，顿了一下，才有些不以为意地说：“哦，就是高中的时候同班同学。”

“然后从高中追你到大学，是不是？”

我不想讨论这个话题，然而还是点点头。紧接着，他又开口：“他是追你追得最久的男孩子了？”

我不想再回答这些问题。想了一会儿，既没有点头，也没有摇头。然后听到他说：“最后今年终于把你追到了手，成了你的男朋友，是不是？”

我开始觉得有些点不下头去，停了停，才说：“是啊。”

他看看我，说：“那你喜欢他哪一点呢？”

我看着他，这次终于装不下去。

换作其他任何一个人，我都可以若无其事地掩饰过去。然而顾衍之，有时候我简直要怀疑他是不是真的故意的。他怎么可以这么云淡风轻地问一个鼓足所有勇气才敢向他表白，被拒绝后仍然深深喜欢他喜欢了这么久的女孩子，说，你喜欢别人的哪一点呢？

这个问题简直太为难人。

我僵硬了一会儿，最后还是避开了他的眼神，低头绞了下绞手指，说：“这个，说起来就话长了啊，回头我再详细和你讲。今天心情不太好，我先上楼去了。”

我没有来得及站起身，手腕已经被捉住，只觉得身体被重重一拽，下一刻落进一个宽阔的怀抱里。我的腰身被人按住，紧贴胸膛，下巴被人捏住勾起，下一刻我眼睁睁看着眼前一张英俊的脸孔越来越近，直到两片温软的唇落在我的唇上。

我的齿关被撬开，舌尖被灵巧勾住，口腔中重重地辗转吮吸。

我的脑海里亮光一片，像是经历一连串巨大爆炸，满满的全是空白。

口腔中有舌尖长驱直入，继而扫荡搜刮，带着不容置疑的力道。我不得不扬起下巴，手脚像是战栗，又很快完全不由自主地软下来。

我没有体验过这种感觉，完全陌生，就像是滔天巨浪一样的不可置信。

大脑在瞬间陷入瘫痪状态，我连天旋地转都没有察觉。过了很久，我才发觉自己已经被压进沙发里，手腕被人捏住，在那里轻轻摩挲。直到我觉得喘不上气，口中的纠缠才稍稍离开，很快下唇又被浅浅叼住，很快退开，又吮上来，如此温柔逗弄。一个声音含糊中带着低低的诱哄：“绾绾，呼吸。”

我茫茫然中张开嘴，大口大口喘气，全身虚弱，像在水里一样使不上力气。下唇的逗弄越来越深入，直到后脑勺被人握住，重新一番的口舌纠缠，那力道温柔霸道。

我的指尖都被亲得发软，鼻子里只能哼出一点儿微弱呻吟。不知过了多久觉得眼前一片空白，口中的唇舌勉强退开，一个比方才更温柔的声音响起来，带着一点儿无奈：“缩缩乖，深呼吸。”

我的眼前因为窒息而泪水模糊，按照指令大口大口呼吸。有只手在我背后轻柔顺气，面前的眉眼终于渐渐清晰，仍是我喜欢的那样，舒展中带着微微一些温柔模样。

我看着他，完全不知道应该想什么。不知过了多久，终于找回自己的声音，却仿佛遥远缥缈，根本不能明白自己讲的是什么：“你在做什么？”

他说：“吻你。”

“为什么？”

“我认为，”眼前的这个人眉眼英俊，有着我百看不厌的五官，而声音温柔至极，“一个男人吻他喜欢的女孩子，应该是天经地义。”

我浑身一震，终于有些清醒过来。

我瞪大了双眼望着他，像是在看一个不可能实现却又达成的愿望。不知过了多久，仍然觉得这不是真实的，我结结巴巴地开口：“刚、刚才，你说、你说你喜欢……”

他低下眼来看着我，睫毛密长，有温柔的意味：“缩缩，我在表白。”

我仿佛在刹那之间坠入一个巨大奢幻的梦中。

我紧紧地盯着他，不舍得移开半分目光，双手无意识地揪住他的衣襟，仿佛想把他拽进我的心上。我听到有个声音徐徐低沉：“本来想把这几句话留到你读完大学，结果没有忍住。”

我缓慢地一个字一个字开口，怕惊动梦境一样小心翼翼，甚至能同时听到心跳的剧烈咚咚声。

“你……真的，喜欢我吗？”

他说："我觉得，你应该也是喜欢我的？"

"可是，为什么你会喜欢我呢？"

他看着我，声音轻柔低缓到不可思议的地步："我有个自己带大的小姑娘，从小就乖巧懂事，聪明漂亮，又勇往直前，果敢善良。除此之外，她还喜欢我喜欢得那么可爱。我已经等了这么久，等到这个时候。我有什么理由不喜欢她？"

我突然有点儿想哭。

就像是已经在一个漆黑的山洞中踽踽独行了那么久，久到觉得这应该就是一种习惯了，并且毫无办法，只有继续习惯下去，却突然眼前光芒大亮。

我连看着他都在想念的那个人出现在我面前，带着微笑和温暖，告诉我他喜欢我已经喜欢了很长时间。在那一刻，我觉得之前所有的等待和百转千回都那么值得。

我眼前不受控制，还是变得有些模糊，抹了一把眼泪，却忽然捕捉到他这段话里的不着痕迹之处，突然啊了一声。

顾衍之有点儿好笑地看着我："你这是什么乱七八糟的反应？"

我急急揪住他的袖子，仰起脸望着他："等等，刚才你说，你是说，你，等了我很久，是不是？"

他的眼角眉梢都渗着几分温柔，眉眼间微微一挑，是再好看不过的一个小动作："是这样。"

"可是半年多前，明明是你拒绝了我啊！"

"……是我的错误。"

我瞪着他，完全不知道下面要怎么反应。因为等待的时间太久远，真正实现的时候便不敢相信是真的。

"可是，为什么？"

他笑着看我，抓住我的小手指，在掌心里轻轻撩拨两下："为什么会有这么多的为什么？"停了停，说，"我原本以为我可以，可是今天发觉，我根本自私地舍不得。"

“舍不得什么？”

他低声说：“以为可以放手给你更好的，可是根本看不得你成为别人的女朋友。”

“……”

我一只手紧紧抓住他的袖子，不肯松手。

窗外有雨点敲打房檐，眼前的这个人他怀抱温暖。我的手指被他握在手掌心，有细腻温和的触感。我的嘴唇上还仿佛留有他方才亲吻过的柔软感觉。我眨了眨眼睛，听到他轻声唤我的名字：“绾绾？”

我终于确认这是真实的。

有一半的心放进肚子里，我抬起头，认真地跟他说：“可是，你要提前知道，我还有很多的缺点啊。比如我经常犯迷糊，丢三落四的毛病很严重，忌妒心可能也很强，也不如叶寻寻那种女生那么有思想有主见，我就是一个很普通的人啊，其实我也不果敢，如果不是迫不得已，我也不会想着做什么决定。而且，我也不懂得处理你们大人的事情，另外，对了，我的数学学得也不是很好，上次期末高数我只考了 84 分，唔……”

喋喋不休因为一个没有预兆的唇齿纠缠的吻而中断。再分开的时候，我捂住胸口喘息不定，听到他闲闲地问：“再来一次？”

我立刻紧紧捂住嘴，瞪视着他不敢眨眼，愤怒的声音嗡嗡地从手掌后面传出来：“你、你怎么能这样！”

他说：“否则要怎样？抱着你哄你睡觉吗？也可以。”

“……”

他低下头瞧着我，目光流连在我捂住嘴的手背上：“还想要说下去？”

“你怎么、怎么能这么，”我嗡嗡地说，“你简直令人发指！”

他低低笑一声，拿我当面团一样上下揉搓了两下，慢条斯理地开口：“你说的这些难道不都是我该操心的事，你有什么好烦恼的？”说完，两根手指伸过来，挑起我的下巴，轻微地前后晃了两晃，又说，“至于现在，你该做的，难道不是向我老实交代，为什么要撒谎说李相南是你男朋友？”

我哑然半晌，低声嚷：“你是怎么知道的？”

“本来还有点儿不确定，你这样一嚷，不就确定了。”他的手在我后背逡巡，摸到腰后的一个地方，在那里拿小手指撩拨一下，我浑身一僵，整个人无声无息像水一样软下去。听到他不紧不慢地开口，还存着一点儿好笑的意味，“这里这么敏感？那这里呢？”

“等、等等。”我在匆忙之间按住他的手，脸涨得通红，“你究竟怎么知道的？”

说话间，之前被丢在不远处桌几上的电话嗡嗡响了两下。我放弃质问，立刻伸手去抓，被顾衍之握住手腕直接按回去，听到他慢吞吞地说：“我觉得，有人转移话题的功底比较差？”

我看了他一会儿，然后诚恳地说：“我忽然觉得我好像有点儿困……”

“……”

我慢慢闭上眼，声音越来越低：“我睡着了啊。”

“……”

时至今日，我仍然牢记那一天的傍晚时光。从窗外轻轻敲叩的雨滴，到客厅中盛开的红色海棠，以及那时我面前的人，他眼角最温柔的笑意。

正如叶寻寻所说，时间拥有一种魔力，在你觉得幸福的时候，它能把以前的东西都变得浪漫无比。

这样鲜活的记忆，我足以确信，假使四个月之后我的生命未加终结，假使直至四年乃至四十年之后我仍然还活着，那时候我保有的这份记忆仍然会是足够的耀眼夺目，只需要稍微想一想，就觉得连整个世界都通彻明亮。

次日周六，大学生的双休日完全行动自由，高中学生的痛苦生活还在继续。我去了高中母校寻找叶寻寻，正值午餐时间，顺道端了两杯奶茶，去高二部的教学楼里找叶寻寻。她正倚在教室外面的栏杆上托腮发呆。

这个姿态对于叶寻寻来说十分常见，常见到叶寻寻的追求者们一致认为这就是叶寻寻的标志性代表姿态。而叶寻寻自己也很喜欢做这个动作。

不过倒是与那些所谓的追求者无关，而是她单纯地认为这个姿态很符合她自诩为思考者的身份。

而她之所以自诩为思考者，我认为她写了那么多本语录之后，其实是更蠢蠢欲动地想封自己为哲学家。然而哲学界那边的大佬实在很多，她再自我满意也不方便直接与孔子、释迦牟尼、苏格拉底等伟人媲美，只好委委屈屈地封自己一个思考者。然后有一天，我跟她说你也可以被称为哲学家，叶寻寻顿时两眼发光地问我怎样做，我说，你就这样，你只要在哲学家前面加两个字就可以了。她很快问是加哪两个字，我说，你可以自封为美女哲学家。这样你就是美女里的哲学家，哲学里的美女专家，你看怎么样？

为此招到叶寻寻的好一顿毒打。

只是叶寻寻今天的样子与平时有些不太一样。她在这阴凉透气的教学楼里站着，鼻梁上却架了一副宽大的太阳眼镜，遮住她的大半个脸庞。其余部分冰冷，没有表情。她又穿得一身黑，皮肤又极白，头发又是长长的黑，这样的组合乍一看上去，很像是刚从水里爬上来的阴冷女鬼。难怪教学楼里来来往往的人经过的时候都要看她两眼。我还没有走过去，有个长得挺好看的男生先我两步靠过去，跟着倚在栏杆上，笑意盎然地跟她说："寻寻，你又在思考什么啊？"

叶寻寻转过脸来，面无表情地吐出两个字："滚开。"

"……"

我跟着那个男生一起僵硬在原地。然而叶寻寻已经顺着她眼前的男生看见了男生身后的我，并且很快朝着我扬了扬下巴，有些矜持傲慢："你来做什么？"

我啊了一声："喝奶茶吗？珍珠奶茶，你最喜欢的口味，有人专门从河西路那家店买了带过来的，还很热。"

叶寻寻从太阳眼镜后面瞥了我一眼："是顾衍之就说顾衍之，讲什么有人。你跟他和好了？"说完毫不客气地把奶茶夺了过去。

我咳了一声，转移话题说："你在教学楼里戴着副太阳眼镜做什么？"

“哦，前两天眼睛出了点儿问题，这几天都得戴着眼镜避光，不能摘下来。我都跟班主任提过这回事了，她同意了啊。这是我新买的眼镜，好看吗？”

我跟她对视了一会儿，忽然伸出手，以迅雷之势把她的眼镜拽了下来。

叶寻寻啊了一声，立刻伸手过来抢，一不留神我的手背被她抓了一把，生疼。再抬起头的时候她已经把眼镜戴上，然而我还是看清楚了她的眼睛，哑然了一会儿。

“你究竟怎么了，居然能哭成这样。”在她开口之前我又补充，“我跟你讲，你不要再跟我说什么你眼睛出了问题啊，我不信。”

叶寻寻推了推眼镜，看着远处，若无其事地说：“也没什么啊，就哭一哭啊。”

“……”我张了张口，“你又跟鄢玉吵架了？”

“你想再次绝交吧，杜绾！我怎么可能是主动跟人吵架的那一个！”叶寻寻忽然暴跳如雷，“是鄢玉没气量来跟我吵才对！而且吵架也不会把我弄哭！鄢玉才没那个本事！”

我说：“那你现在到底是为什么哭？”

叶寻寻在一刹那里又安静了下来，哦了一声，随意的模样：“想哭就随便哭一哭啊，也没有哪个人规定说我不能哭啊。这又跟鄢玉没关系。对了，你今天来找我到底做什么，就为给我送杯奶茶？”

我看看她，也哦了一声，倚在栏杆上，轻描淡写的语气：“就从昨天开始，我随便谈了场恋爱啊，然后觉得这个消息应该跟你提一下，所以今天就过来了啊。”

叶寻寻被奶茶重重呛了一下，呛完抬起头来盯着我：“跟谁？”

我啊了一声，故作镇定道：“就是从河西路开车过来送这杯奶茶的人啊。”

“……”

我们的谈话谈到这里，因预备上课铃声的敲响而告一段落。再和叶寻寻见面是在下午即将离校的时候，我身后多了个下午打了通电话然后特地从西区家中跑来高中母校的李相南，一起往学校外面走时，没提防身后突然抓出来一只手：“你给我讲清楚，你真的和顾衍之谈恋爱了？”

叶寻寻难得能这么不顾形象地在公共场合这般如此大声讲话，立刻唰唰唰吸引了一众目光。我的耳根在顷刻间烧得通红，拽着她往校门口一路小跑，身后一堆人里首先回过神来的是李相南：“喂杜绾，你给我等一下！刚才叶寻寻说的什么？”

我不停歇地快走了五十米，还是被李相南给堵住，一双眼睛盯着我，比中午时候叶寻寻的目光还要紧张。

“杜绾，叶寻寻刚才讲的什么？你和顾衍之谈恋爱了？这是真的？”

我身后传来一个声音，语气悠然清朗：“是真的。”

我立刻扭头。

顾衍之站在我们身后，穿一件浅米色的休闲衫，两边袖口挽起来，闲适随意的模样。我张了张口，小声说：“你怎么会在这里？”

“接你回家，顺便和你们高中校长见个面。”他一面说，一面将我肩上的书包拎在手里，“你们在做什么？在校园里面一溜小跑，我在那边喊你都没听见。”

我还没有讲话，顾衍之的身后跟上来一位中年男子，戴着一副黑框眼镜，笑呵呵的模样：“这个小姑娘就是杜绾了？”

我睁大眼，直直地看了他片刻，猛地一鞠躬：“校长好！”

“好好。”圆墩墩的校长笑得慈眉善目，转头跟顾衍之说，“我突然想起来了，很多年前好像有回 T 城晚报上登寻人启事，结果差点儿给登了整整一个版面的事，后来传说是给登的一个小姑娘，好像就姓杜，是杜绾吧？”

我给他说得满脸通红，脚下往顾衍之身后一缩，随即被顾衍之环住肩头搂住，听到他的声音里有点儿笑意：“是有这么回事。我家杜绾的第一次辉煌成绩。”

我一只手揪住他的一点儿衣角，望着天上，脚下挨到他的鞋子，抬起，狠狠踩了上去。

顾衍之纹丝不动，指了指一边的叶寻寻，语气慢条斯理：“这是叶正醇的小女儿，叶寻寻。”

叶寻寻两手交叉搭在身前，矜持地微微一颔首："校长好。我的眼睛这两天有点儿毛病，不能摘墨镜。您别介意。"

校长噢了一声，依然和颜悦色："读几年级了？"

"我比杜绾低两届，现在是高中二年级。"

校长笑容满面地点头，目光重又转向顾衍之，又看了李相南一眼，有片刻静寂。我和叶寻寻一起抬头去看顾衍之，他仿佛突然才想起来还有李相南这个人，唔了一声，慢吞吞开口："这是杜绾的同学，姓李。"

李相南微微一鞠躬，面无表情："校长好。我是李相南，以前跟杜绾是同班同学，现在还是大学的同班同学。"

等到校长离开，叶寻寻盯着顾衍之搂住我肩膀的手，幽幽开口："我可真是要真诚地祝你们一句百年好合啊。"

我觉得脸上有点儿烧，低头看着地面，脚尖一点点儿挪动，想不动声色地退出顾衍之的臂弯范围。终于自以为不着痕迹地挪出去一点儿，然而被顾衍之微微用力一搂，又跌回原地，听到头顶上不紧不慢的声音："你放心。我们一定朝着这个方向努力。"

我："……"

叶寻寻沉默而严肃地看着他，李相南突然在一边开口："杜绾，明天是我生日，家里会开一个小型聚会。你也一起来吧？"

头顶上的声音依然不紧不慢："杜绾明天会去 L 城度假，没有时间。"

李相南对我说："那回头我单独给你补一个。"

头顶上的声音接着不紧不慢："谢谢你啊，我家绾绾不需要这个。"

李相南："……"

我："……"

叶寻寻阴森森的声音响起来："顾衍之，你真不要脸啊。"

顾衍之脸上依然笑眯眯的："不客气。"

叶寻寻："……"

隔着太阳眼镜，我都能感觉到叶寻寻眼中所迸发的强烈的仇视光芒。

据我所知，在叶寻寻的卧室里，放有两个外表朴素却极其重要的小本子，其中一本里面记录了本市所有名人的所有重要八卦和隐私。这其中既包含名人不为人所知的奋斗史，又包含名人不为人所知的情史以及私生子等等。据叶寻寻介绍，这个本子价值连城。她曾经利用里面的消息赚到过不少心爱的翡翠，其中甚至还包括一只翠绿欲滴的手镯。而另一本里则记录了她对接触到的人的仇视程度，以十颗星划分，零星为仇视程度最轻，往上依次积累。叶寻寻每天对这个本子进行一次不厌其烦的更改。这其中鄢玉的指数常年高达十颗星，我偶尔也会列在三到四颗星的范围里，而至于顾衍之，我在一次翻本子的时候看到他的十颗星指数没有标记，遂问向叶寻寻，后者哦了一声，云淡风轻地回答："他早就爆表了。"

我："……"

在今天以前，我一直觉得叶寻寻对顾衍之的仇视程度有些莫名。然而叶寻寻一直态度极其不耐烦地拒绝告诉我原因，我就一直想象不能。当然我也不可以跑去问顾衍之说叶寻寻对你极端仇恨，你知不知道原因之类的蠢问题，所以只能憋在心里。然而在今天以后，我突然理解了叶寻寻。

要是我是叶寻寻，在经历了一系列总是秒杀人从未被超越的所向披靡的舌尖胜绩之后，再遇到顾衍之这么一块说什么都被反弹得更痛更狠的铁板，我在咬着牙屡败屡战，却仍然屡战屡败之后，我也愿意把顾衍之列在我的极端仇视目录第一名。

我们驱车回顾宅的时候，已是华灯初上。

这主要在于我们离开校园后，先是去了商店，后又去吃了晚餐。期间见到了顾衍之的几个熟人，有片刻的攀谈。

这样的过往，记忆鲜明得就像是昨天。那天他驾驶车子离开学校，连手握方向盘的姿态我都记得很清楚。又在中途停下来，带我去一家衣店里挑选衣服。这是他这么多年来，除去我不在顾宅的那几个月外，每个季度都会做的一件事。即使碰上工作忙碌，也总会抽出一天时间，把我带去店中，挑选当季的最新款。而时隔三年，他的这一行为仍然如常。

以及他在签账单的空当，叶矜踏入店内，看到他后眼前一亮，摘了太阳镜嗒嗒走过来打招呼的时候，顾衍之仿佛浑然无事地牵住我的手，同她有一搭没一搭地说了两句话。一直到叶矜撑不住先将表情垮了下来，有些不自然地笑着开口：“你和杜绾这是？”

顾衍之对于我轻描淡写又一本正经的一句介绍：“女朋友。”

叶矜：“……”

我也记得他在签完账单，回到车上后，突然伸出手，将我凌空抱到驾驶的位置，坐在他身上。他捏住我的下巴，然后是一通再霸道不过的深吻。那时候，他按在我腰际的掌心，隔着薄薄衣料传来微烫温度。另一只手与我五指交叉，再亲密不过的样子。过了好半晌，我才从失神的状态下恢复过来，有些若无其事地揪住他的衣襟，把他拉到咫尺的距离，再在他右脸上蜻蜓点水一样，快速地一记轻吻。

做完这件事，我的心脏跳得极端剧烈。看到眼前好看的眼尾微微挑起来，我不由自主地挺了挺胸，闪烁着眼神，语气有些心虚又有些强硬：“回、回礼啊！凭什么只能你先来，我也可以的好不好！”

从十八岁到二十二岁之间，我清楚地记得这样的许多事。

有没有这样的一种感觉，你把一颗心拱手送上，等待了多年，觉得有点儿绝望的时候，却被别人突然接住。你在欢呼雀跃的那一刻，突然又发觉，下一步不知道要怎么做才好。

仿佛做什么都不够好，总是有更合适的方式。你担心自己在对方眼中的样子，会不会过于主动，又会不会过于腼腆，或者觉得自己不够好看，抑或不够成熟。那么多的缺点。可你同时又希望自己在对方的眼中，就像对方在你眼中一样的完美。

你动用了全部心思，小心翼翼来维护这段感情。

那段时间，我拥有诸多的突发奇想，一心一意琢磨怎样才能让顾衍之觉得我更好一点儿。比如某一日突然表示要学习做蛋糕，然后事实证明，我做得一塌糊涂，还差点儿在厨房中酿出爆炸，最后只能当作什么都没有发生地在顾衍之回家之前把所有痕迹消灭掉；比如某一日又觉得顾衍之卧室中的那种黑灰色调的床单比较成熟好看，然后又觉得这种突然改变意味会不会太明显，最后犹豫了好多天，以顾衍之一天下班后带回来的新淡紫色床单而告终；再比如某一天，我突然拽着叶寻寻去商场中试穿高跟鞋。

去买高跟鞋的具体启发点已经有些记得模糊，却还可以记得那双高跟鞋的样子，很精致，有十公分高。细细不足拇指盖粗的鞋跟，黑色的绒面，红色的鞋底，脚跟还有秀气的枚红色的一点绑带，只静静地摆在柜台上，就散发出浓浓的女人味。

叶寻寻一直喜欢成熟装扮，那双高跟鞋她却皱眉不肯试穿，只说太成熟。我却毅然决然地叫导购员拿来合适的码子，然后眼睛一闭，套了进去。

叶寻寻在一旁冷冷感慨："果然恋爱中的女人都是盲目的啊。"

我恍若不闻，脚跟随着鞋子不由自主踮起，身体重心前移的那一瞬间，我恍惚觉得世界都有些不一样。

导购小姐在一边微笑地告诉我："穿高跟鞋要挺胸，抬头，前脚掌先着地，后跟再落下。就是这样。"

我跟着小心照做。叶寻寻坐在沙发上，仰脸看着我："你能站稳吗？我看着都觉着你根本站不稳。"

我扶着柜台的墙壁，屏住呼吸，忍受着脚下的丝丝疼痛，轻声说："试一试就会好的。"

我迫不及待地想要长大。那时候我对长大的概念仍然肤浅，然而却尝试着做了可以证明长大的几乎所有事。高跟鞋只是其中的一件。我在柜台试了许久，直到叶寻寻等得有点儿不耐烦，我仍然没能学会穿着高跟鞋自然而优雅地走路。然而我还是签了单，并且将顾衍之的银行卡副卡刷得毅然决然。

我拎着鞋子回顾宅，很庆幸的是顾衍之还没有回来。我跑进自己的卧室，关上门，穿上高跟鞋，在铺有纯白羊毛地毯的地面上慢慢走路。高跟鞋是美丽而磨人的东西，我在那一天充分认识到了这一点。脚尖因挤压而

肿痛，后脚跟也不适应，有些打脚。总之，脚下的每个地方都在抗议叫嚣。然而我置若罔闻，并且斗志昂扬，直到我走了不知多久，突然门被敲了两下，很快从外面推开。

我心里一惊，脚下没有站稳，身体在空中一前一后一晃一歪，在顾衍之的眼皮底下不受控制地倒下来。

我的脚踝一下子扭得生疼，高跟鞋蹦到半米之外。我的脑海空白，眼泪在瞬间迸了出来。顾衍之迅速地走过来，蹲下身，我的小腿很快被他轻柔握住。他一边扬声唤管家拿来毛巾冰块，一边问我："疼不疼？"

我疼得几乎想龇牙，然而我忍住一切可能发出的声音，眼泪也收起，镇定地说："有一点儿。"

忽然被人打横抱起，放到床边。顾衍之半蹲在床前，我的脚垫搭在他的膝盖上。他隔着包了冰块的毛巾握住我的脚踝。酸痛肿胀的感觉一弹一弹地，我甚至觉得脑神经都在痛，闭着眼上半身不停地前仰后合。忽然听到顾衍之的声音，仍是从容沉静，不紧不缓："绾绾，你在任何时候都很好。我始终属于你，不需要心急。"

我一直觉得，遇上顾衍之，是我这一生中最好的运气。

叶寻寻常常指出我记忆力不好，不好的表现就是丢三落四，然后认为这是我之前一段时间服用安眠片的后遗症。我却很顺利地一直记得有关顾衍之的所有事。我在高考之后与叶寻寻有过讨论，我们分别叙述对顾衍之和鄢玉的了解程度。事实证明，时隔多年，叶寻寻对鄢玉的了解程度仍然仅限于他的身高血型，她甚至不了解鄢玉的眼镜度数。相较之下，我对顾衍之的了解就广泛太多，内容包含过敏源口头禅身高体重诸多方面，乃至顾衍之的字迹我都可以模仿得惟妙惟肖。我这样如数家珍到最后，终于使得叶寻寻崩溃得受不了。

她对我做蛋糕买高跟鞋之类的行为一早表示过兴致缺缺，并觉得不可理喻。不可理喻到这一天，终于忍无可忍掀桌而起。对我同顾衍之这样周全细密的认知从不可理喻升级为了不可置信，兼难以理解。

她在房间中兀自兜转了几十圈，终于停下来，对我郑重其事地说，她认为顾衍之是对我洗了脑才把我弄到这个地步。我呆了一下表示同样的不可置信，兼难以理解，然后对她说她想多了。叶寻寻在我面前坐下来，握着我的手，严肃地对我说："我跟你讲，顾衍之一定是对你实施了洗脑。洗脑这个东西很恐怖的，但是它确实真实存在。顾衍之一定是把符合他自己利益的认识强行灌输到了你的脑子里，颠覆你原本的世界观人生观价值观，让你自己认为你本来就应该是附属于他的，你才会变成现在这样。这种洗脑特别适用于精神世界比较纯洁，又没有独立思考能力的人，比如你。而且是不知不觉中你就被侵蚀了。你跟顾衍之一起生活这么久，他下手的机会多的是。鄢玉就会这个东西，而且鄢玉对这个手法特别熟悉，在很多人身上做过实验的，成功率高达百分之百。一定是鄢玉把这个东西教给了顾衍之，然后顾衍之又用在了你身上。一定是这样。"

我良久没有开口。叶寻寻摇着我的肩膀继续吼道："是不是很有道理？顾衍之他就是有问题，他那么阴险，又不要脸，做这种事最得心应手了，杜绾你赶紧醒一醒吧！"

又过了良久，我看着她，缓缓说："原来在你心里，我就是个没有独立思考能力的人啊。"

叶寻寻说："这不是重点好吧！你就是被顾衍之控制了，这才是重点好不好！你其实应该是不怎么喜欢他，被他控制了才觉得他是这么好的，你醒一醒好不好？喜欢一个人很辛苦的，你难道不觉得你这种喜欢太辛苦了吗？"

我说："我觉得重点就应该是在你心里，我就是个没有独立思考能力的人啊。跟一个没有独立思考能力的人做朋友，叶寻寻你可真辛苦啊。你觉得累吗？要不我们绝交吧？"

"……"

叶寻寻跟我对视良久，终于放弃，面露恨铁不成钢的悲愤之色，猛然摔门而去。

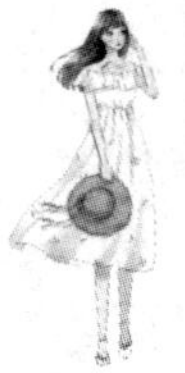

第七章 / 无可替代

七月份的大一暑假，我回去山中扫墓。

父亲的墓前始终有人打扫，因而我去的时候还干干净净。几年前在墓前种下的一棵松树，如今已经长成半人高，树冠郁郁葱葱。我站在墓前良久，顾衍之一直等在山下。

我还记得父亲的音容，以及他在说话时那种独特的语气，带着一点儿难以名状的轻缓从容。母亲曾经常常说，在教我一点点儿慢慢走路的时候，他比镇上所有的父亲都耐心。而我一直记得，幼时他背着我上山，微微颠簸中，他一边讲笑话逗趣的情景。

有关他的事情，我向来不敢忘，也没有忘，有时甚至还会梦到。明明已经是很久远的事，却在梦里感情恍如昨日，只不过画面泛着微微一点儿时光的旧黄。有时又仅仅是梦到父亲而已，没有其他的任何事情，只有他静静地站在那里，温和地看着我，眼角有淡淡笑意。

然而每回在梦中，都很少能听见他的声音。他一直都沉默，又始终脊背笔直，像是从未离开，一直都可以倾诉与依赖。

每年我回来扫墓，少则一次，多则三四次。每次逗留的时间都不短，向父亲讲一讲近来的大事小事。这里面提到的人物包括叶寻寻鄢玉江燕南，偶尔还有无可奈何的李相南，当然，提到最多的仍是顾衍之。而今年应该是我站在墓前时间最久的一次。

前不久一次聚餐的时候，江燕南咬着红酒杯看着我和顾衍之，那笑容意味深长。过不了多久他晃着酒杯，悠悠开口，说顾衍之指不定是我父亲在冥冥之中派来接替他照顾我的。那么奇妙的偶遇，再早一点儿再晚一点儿都会是另外一番光景。从最开始到现在，于我来说，所有事都发生得顺遂心意，恰到好处。这样的缘分，只有上天注定。

江燕南这个人，顾衍之给他的评论是，经常顽话连篇，偶尔醍醐灌顶。我觉得这一次他的言论应该属于后者。

我站在父亲的墓碑前面沉默半晌，看着他照片上的五官容貌，想了想，最后还是低声开口："父亲，你有没有觉得，现在的我太过幸福了呢？幸福得简直有点儿不像是真的，总觉得应该把现在经历的事砍掉一大半才正常。我觉得自己一直在云端上，可是这种感觉，应该积攒到未来慢慢回馈才是，一下子全部给过来，万一以后用光了，该怎么办呢？"

周围没有回答，只有山中的风轻轻拂过，带着初夏的柔和与暖意，像是多年前父亲哄我睡觉时，轻轻落在眼皮上的掌心，那么难忘。

我下山时，已接近黄昏。大山远处的云彩高宏广阔，如随意剪裁的绸缎一般。顾衍之倚在车边，米白色的上衫，姿态再随意不过。鼻管上架着一副太阳眼镜，映出我慢慢走近的影子。然后他揽住我腰际，自然而然的动作。他低头看看，嘴角有点儿笑容："觉得有些难过？"

我跟他说："我刚才把我考试的事说给了父亲听，说我答题时掉了链子，这次一定没考好。说完我觉得墓旁边的那棵松树晃了两晃，你说，是不是他当时地下有知，责怪我来着？"

顾衍之嗯了一声，摘下太阳镜，扣在我的鼻梁上，笑着说："那我去跟你父亲说一说。"

我以为他只是随口玩笑，然而顾衍之当真上了山。我眼睁睁看着他消失在树丛后面，过了半小时才看到他下来。以前顾衍之没有这样做过，我迎上前问他都在山上做了些什么，他说不过是松了松墓旁松树下面的土地，顺便和我父亲讲了两句。我问他都讲了些什么，顾衍之笑着说："你猜猜看？"

我说："你贸贸然上去，我父亲都不见得认识你啊。"

顾衍之说："这个你可以放心，他一定认识我。"说完打开车门要进去。

我从他身后死死抱住他，不准他动一下，坚持要扒出来他究竟在山上说了些什么。脑子里一边快速想着自己最近有没有留把柄在这个人手上，然后很沮丧地发现我简直浑身都是把柄，顾衍之随便跟我父亲告一告状我都辩解无能。这个认知简直让人绝望，我理所当然地更加着急，以把他的衬衫拽坏的力度坚持让他说清楚，到最后顾衍之终于被我磨得受不了。

他看了我一眼，笑着说："绾绾，你不要拿这种眼神盯着我。我没说你坏话。"

"那你都跟他讲了什么，你告诉我告诉我啊。"

他思索了一下，嘴角轻轻上扬，下一刻我的两只手腕突然被他捉住，整个人被一股力道往前一带压在车身上。我下意识挣扎，然而没什么效果，眼前越挨越近的脸庞越发靠过来，我努力把脸撇向一边："等、等等！这里是外面！外面！"

鼻尖被人咬了一口，有人慢条斯理地开口："就是知道在外面。"

说完就是一串长长喘息不能的深吻。直到我脑海里一片空白，恍恍惚惚中听见他的低沉声线："我只不过是告诉了你父亲，后年我们再来山中的时候，说不定他已经变成我的岳父大人。请他先做一点儿心理准备。"

我已经东西南北分不清楚，迷迷糊糊中哦了一声，便被带进了车子里。直到五分钟后，车子早已驶出大半，我突然侧过脸来："你刚才说什么？岳父大人？"

他说："啊。"

我顿了一下，被他格外平静的声音弄得更加飘忽："我觉得，我好像哪里理解错误，总觉得有些不太对……"

飘忽中有一个依然镇定的声音："绾绾，你没有理解错误。等你过了二十岁生日，我们结婚。"

"……"

我瞪着他，将这句话足足消化了三分钟。

再开口时，我依然语无伦次："等一等，什么时候你跟我说过我们要结婚的事啊？你之前根本没有说过的对吧！你就直接上山去，跟我父亲讲结婚的事吗？那时候我分明还没有大学毕业的，谁、谁要跟你这么早就结婚啊！”

“可以先登记，等你毕业之后再举行婚礼。”他说得心平气和，然后抽空看了我一眼，声音越发低回温和，“绾绾，到你二十岁的时候，我已经三十岁了。”

“话是这么说没有错……”他的语调轻柔成这样，让我不由自主跟着有点儿喃喃，却仍然觉得哪里不太对劲，“可是，总觉得哪里少了一点儿什么啊……”

他不置可否的模样，突然不知从哪里摸出一块巧克力，腾出一只手递到我的面前来：“吃糖吗？”

我：“……”

自山中回来，按照原本的计划，接下来应当是一趟海边旅行。然而终究敌不过顾衍之的出差变动。我们回到 T 市第三天，顾衍之就连同秘书几人一起去了 A 城。临行的前一天晚上，我坐在床边看他收拾行李，问：“你们要去几天呢？”

“半个月左右。”

我噢了一声，停顿了一会儿，把手边的衬衣折叠好递给他，又问：“这半个月你们都在 A 城吗？”

他嗯了一声，说：“可以给你带些那边的糕点回来，据说味道还可以。”

我在心中想我对糕点才没什么兴趣，一面仰起脸，又问道：“那这段时间里你们会不会很忙呢？”

他的动作微微停下来，转过头来，看了看我。我立刻补充：“我就是随便问一问啊，你不想回答也没关系。”顿了顿，看着天花板，又随意说了一句，“当然，你如果告诉我，你也没有损失的嘛，对不对？”

听到一声轻笑，突然腰际一紧，我整个人已经被掐着腰身带进一个怀抱里。我下意识地揪住一点儿衣料，下巴已经被抬起。我眼前的人面容英俊，眼角犹有笑意：“忙不忙，总归没什么关系。你可以在想起来的时候打个电话试一下，看我能不能在三声之内接起。”

我小声问：“那，要是你没有接起呢？比如哪个秘书找你啊，或者哪个美人找你啊，再或者，哪个美人秘书找你啊什么的……”

我的下巴被人捏住，轻轻摇晃两下。顾衍之的声音里带着一点儿好笑：“有人不放心的话，可以跟着我一起去？”

我看着他，心里觉得有一点儿泄气。

到了一定地步，总会变得贪心，得到的回应越多，就越贪心。以前顾衍之出差，其实和现在没有两样，那么多年过去，我都没有问过他这些问题。可是现在我一口气问了他那么多。问完之后，我仍然觉得抓不住舍不得。而把这种情感剥离以后，我甚至还隐隐对他生出某些怨念——明明你可以明白地看出我对你的留恋，可是你脸上笑容未改，调侃口吻轻松，根本没有表现出丝毫对应的舍不得。

我有点儿郁闷，一下子就把刚才顾衍之承诺过的话全忘记，只记得他这一句玩笑话。我把他的手从下巴处拿开，有几分赌气的意味：“我才不去呢。”

自己已经这样讲，到了第二天，自然就还是顾衍之和秘书两人相携离开。顾衍之的这个秘书长相美丽而带点儿英气，一看就是女性中干练成熟的上佳代表。我思忖着自己性格的未来发展趋势，觉得绝对达不到这种气质，也就做不成顾衍之的秘书。所以只能放弃，有点儿忌妒地看着他们一起走出客厅。一面看一面想昨天晚上就应该吹点儿冷风，今天一大早要是让顾衍之看到我感冒发烧，不管他会不会心疼，反正他也不会这么随意地只给我一个背影。这样想着的时候，顾衍之他们已经越走越远，眼看就要跨进车子里，我终于还是没忍住，站在台阶上用尽全力地重重咳嗽两声。

下一刻，我就看到顾衍之的动作停了停，转过身来看了看我。

我面色平静地又咳嗽两声，他终于朝着我走回来。然而还未等他走近眼前，管家突然钻出来，遮住我大半视线之后，关切地问我：“杜小姐昨天晚上着凉了？”

我压低嗓音，努力做出喉咙不适的样子：“啊。”

“嗓子不舒服？”

“啊。”

管家神情慈祥：“没事，正好我有祖传秘方，几样简单东西熬了喝下去，对着凉很有一套，包你半天就恢复活蹦乱跳。快不要在这风口站着了，进屋我叫人去给你煎药。”

“……”

我挣扎着不肯走，终于等到顾衍之走回眼前。很快，管家也看到了他，然后在我开口之前他有些诧异地先开了口：“少爷怎么回来了，不是要着紧赶航班？”

我做出虚弱的样子，轻声说：“我突然觉得头好晕哦，我好像病了感冒了呢。”

管家在一旁说：“刚才不是还嗓子不舒服吗，怎么现在又成头晕了？”

“……”我转过头，恶狠狠地回答，“我嗓子不舒服头也很晕不行吗？”说完又把头转回来，眼巴巴地看着顾衍之。

片刻后，顾衍之的手指终于如愿以偿抚上了我的额头，说：“还有没有其他不舒服？”

我正要再讲些别的，管家在一旁插话：“杜绾小姐只是有点儿着凉，家里这些人照顾着，很快就能好的，您不用担心。这都快到半点了，您还是赶紧走吧。”

我：“……”

我木然而绝望地瞪着管家，几乎想把他的后背瞪出一个洞。很快听到顾衍之嗯了一声，问我道：“我叫鄢玉过来？”

这根本就不是我想听的回答，突然之间就觉得有点儿泄气。

好像这些幼稚的行为都没什么意义。肩膀慢慢耷下去，我看着地面，有气无力地说：“没有，不用，就是一点儿着凉而已，喝点儿水都能好的。你不是要走吗，那我们先再见了啊。”

说完，我转身进了房子，一口气上了楼。不久听到院子里引擎启动的声音。我趴在床边，看着车子在视线中渐渐远去，消失，撑着下巴发呆良久。

忽然身后有人敲了敲门，我吓了一跳，弹起身来，鄢玉拎着只医药箱站在门口，推了推眼镜，有些面无表情地看着我。

他说："顾衍之打电话说你感冒，叫我过来看看。拜托，以后这种小病痛不要再找我了行不行，跟不学医的人总归讲不通，你们知不知道你们简直在大材小用？对了，顾衍之他人呢？刚才在楼下也没见着。"

我哦了一声，情绪低落地说："他跟秘书私奔去了。"

鄢玉："……"

顾衍之和秘书一连"私奔"了一个多星期也没有回来。

这期间的前一周，我每天按捺住其他各种乱七八糟的情绪，冷静地秉承着"既然你走得这样洒脱不理我，那我也不要理你好了"的原则，没有给顾衍之拨过去一个电话。

然而这并不意味着我就听不见他的声音。每天早晚，顾衍之都会固定两通电话打回顾宅。第一天的早上他将电话打过来的时候，我刚刚吃完早饭正在客厅看书，兴致恹恹。直至听到管家对着电话喊了句"少爷"，我才猛地抬头望过去。管家回头看了我一眼，笑容满面嗯了一声。我又立即若无其事地坐端正，同时把表情拗成冷淡不在意。很快管家拎着手提电话走过来，跟我说顾衍之要和我通话，我哦了一声，跟管家说那你就跟他讲我还没睡醒请他就此挂了吧，然后就听见顾衍之的声音从扩音器里传过来，慢条斯理也哦了一声："这样啊。"

我："……"

我们诸如这种不咸不淡的手机通话维持了五天。第六天的时候，我觉得我基本已经忍到了临界点，在数着夜晚九点钟钟声敲响，顾衍之的电话如期而至的时候，我在响起半声铃音时就接起电话："喂，你为什么每次都要打家里的电话，你拨我的手机不行吗？"

他在那边回答得不紧不慢："只是方便查岗而已。"

我："……"

我握着电话，在心里有个声音，很想问一问他这种有规律地拨电话回来，究竟是觉得我只是他分门别类应该完成的任务，还是对我的敷衍不在意。所幸我还有点儿冷静，一边忍不住这么想的同时，一边又知道自己只是想太多，然而还是无法忍住不去想。这般如此的后果就是觉得我自己已经变成了一条杂乱理不清楚的绳子。

我踌躇了一下，小声说:“那你现在在做什么呢？我指在你打电话之前。”

我还是没有忍住。我还是想问他这种问题，更甚者，我其实想跟他时时刻刻通着电话，知道他在做什么，和什么人在一起。即使没有他的声音，至少我还可以听到他的呼吸。当然这终究是不可能，甚至简直强词夺理。我自己也很清楚这一点，只是终于发现我若无其事忍住的这六天，在这一刻功亏一篑，并且喷薄而出，来势凶猛。

他说：“随手拿铅笔画了点儿东西。”

“那画的什么？”

他沉吟片刻，再开口时仿佛有点儿兴致的语气：“一颗挺好玩的球。”

我知道顾衍之的素描很有一套。虽然画得很少，却每张都很传神。一边想象着他手握铅笔，半挽起袖口绘图的样子，无论怎么想都好看得本身就是一幅画一般。顿时有些忌妒在缓缓酝酿升腾，话已经不由自主地脱口而出：“我真讨厌那支笔啊。”

顾衍之尾音上扬地嗯了一声，终于反应过来我刚才说了些什么，脸在顷刻之间烧到通红，手忙脚乱地掩饰:“什、什么都没有！我没有别的意思！是你自己想多了好不好！你不准笑！喂，你还笑！你不准笑！”

我看到不远处镜子里映出我此刻几欲跳脚的恼怒模样，那边的笑声终于略略止住。我听到顾衍之的声音,清晰低沉,带有远胜过方才的温柔语气:“我也很想你。”

我突然从跳脚中安静下来，听到自己在这边的呼吸，看到镜子里的人脸颊瘪起，托起腮帮，有点儿怨念的模样。片刻后，我低声否认：“我才没有想你呢。”

可我接下来几天的行为里分明透着反话。我把顾衍之那句三声电话响

的承诺记了起来，不停对自己催眠，既然顾衍之他说他想我，既然他已经给了我这承诺，我总没有放弃不用的道理。这样一直催眠两天，终于把自己催眠完毕，我在一天上午的时候往 A 城打了电话。

电话只响了两声，就被接起。果然，我听到顾衍之的声音："绾绾。"

我镇定地啊了一声，按照刚才所计划的那样，问得有几分随意："你在做些什么？忙不忙？"

他说："不是很忙。"

我疑似听到那边有人剧烈咳嗽的声音，在一刹那里终于反应过来今天应当是周一。按照惯例，早上九点的顾衍之应该坐在会议室里才对。我啊了一声："你在开会？"

顾衍之回答："没有。"

我听到那边隐约有什么东西咕咚倒地的声音，停了停："你真的没有开会吗？"

他笃定不过的语气："没有。"

我终于放了心，有些理直气壮："那就好。那什么，我打电话也没有别的事，就是、就是查岗嘛。你既然能查岗我，我总也可以查岗你的对不对？现在既然你已经三声之内接起来了，那就应该没什么问题了。我先挂了啊。"

随即被那边叫住，顾衍之的声音里带着一点儿笑意，我可以想象到，此刻的他如往日那般眉眼轻缓，有点儿笑容的模样："你都没有最后一句留言的？"

我咬了一下嘴巴，踌躇了一会儿。那边等得耐心无声息。不知过了多久，我提起一口气，闭上眼快速讲了一句"我想你"，匆匆挂断电话。

我终于意识到有些事情是根本无法捂住的，就像是指缝中滑过的水，就像是喉咙里压抑的咳嗽，以及掩耳盗铃欲盖弥彰的想念。我坐在床上，满脑子都是刚才顾衍之讲话的语气，还有他脸庞上可能出现的好看笑意，越想越觉得坐不住。我跳下床时，正好管家端了一杯水走进来，笑着说："怎么这么一副着急样子？"

“没有啊，就是坐得有点儿累了。”我浑然无事地开口，“从这里到 A 城，坐航班的话需要多久呢？”

“两个小时左右。怎么了？”

“就是随便问一问而已。”我又说，“那么，顾衍之在 A 城也是住我们家酒店的吗？”

管家想了想，笑着说：“应该是这样没错。”

等到管家离开，我在两分钟内打定主意。

我很少有过这样想法快速，行动比想法还要果决的时候。只花了半分钟时间，我就找齐了银行卡和相关身份证件，又从衣帽间中翻出一只背包，最后花了半个小时的时间换衣服。半个小时后，我小跑出卧室，下楼梯时正好碰见管家捧着一束花上楼。我及时刹住车，看着他镇定地说：“刚才叶寻寻给我打电话，要我去她家陪她玩一会儿。晚上九点之前我回来。”

管家不疑有他，笑着只说了一句知道了。下一刻，我以迅雷不及掩耳的速度冲了出去。

我出门以后，顺利得让我觉得连老天也在照顾我。

从打车到机场，平素要一个小时的路程，这次畅通无阻只花了三十五分钟。我一路小跑进航站楼，买了最近一班从 T 市飞往 A 市的航班。起飞在四十五分钟以后。过安检的时候，我在心里计较着这一天的行程。告诉自己我只是要去 A 市看顾衍之一眼，看一眼我就回来。这样的话就没人会知道我在这一天里做了什么，我回顾宅的时间最晚也会在顾衍之打电话查岗之前。这样想着越发乐观，丝毫没有觉得这样的行为有什么不妥当。

四个小时后，我到达顾氏的酒店门前。

我还没有下计程车，只偏过头要开车门，忽然看到远处顾衍之走出酒店大堂。他戴着太阳眼镜，身后跟着的几个人皆是白衫西裤，唯独他穿着休闲的浅色衬衫，举手投足间漫不经心，转过旋转门的时候，众星拱月一样的醒目。

我看着他们上了车，自己也跟着又扣上安全带，转头对司机说：“跟

着他们再走一段好了。”

我一直跟到一处灰色建筑的会所前面，看到有人从前面的车子里跨出来。始终没有说过话的司机突然开口：“小姑娘，你让跟的那辆车里面有你什么人？”

我说：“那里面有个是我哥哥，他跟他的秘书私奔到A市来了，而且都很久没回去过我们那边了。有人叫我来带他回去。您知道这个会所是什么地方吗？”

司机长长哦了一声，看着我的眼神带上一点儿意味深长：“那你这回这任务可就难了。这家会所可是A城最出名的销金地，里面烟酒美色统统是整个A城最拔尖的玩意儿。进去倒是挺容易，有钱就行。可是人要想从里面出来，那可就太难喽。”

我的心在瞬间凉掉大半。

眨眼间，前面车子里的一行人已经进入会所，我快速跳下计程车，佯装有些随意地混在另一群正要进去会所的人里，一路看着地面走进去。进去之后，我才发现里面的装潢与外面完全不同，富丽堂皇，极尽奢靡。

我深吸了一口气，努力静下心来。

这种类型的会所，以前我大致听说过一些，皆是从课间同学的闲谈中得知，讲的是T城最有名的娱乐场所茗都。然而消息加起来也是寥寥，并且讲这些的都是男生，还都是一副神秘不可言说的样子，然而表情里又分明夹杂了一点儿歆羡和向往。直到有一次闲谈被叶寻寻听到，她当即拍案而起，甩给他们一脸的鄙夷神色：“茗都不就是一群烟酒美人吗！你们一个个装什么腔调！下品！无耻！猥琐！想去是吧！行，我请客！等着一个个回来让教务主任记过吧！”

李相南当时正专心致志地剥橘子，剥完了递给我，我说：“谢谢你啊，我不要。”

李相南转头对叶寻寻说：“那鄢玉去过茗都吗？”

这句话不知怎么又把叶寻寻给点爆，她当即狠狠瞪过去：“他敢！”

我在原地停留了一会儿，周围全是走廊和包厢，有些茫然。我随便挑了个方向走了几步，身后突然传来一道严厉女声：“哎，你是干什么的？在这里杵着干什么？”

我肩膀一抖，回过头，一个身穿深红色制服套装的中年女子正朝着我快步走过来，高跟鞋嗒嗒有声。我往后退了一步，她已经站定在我面前，上下打量我几遍，语气严厉，带着几分轻视意味：“又是 A 部的吧？王媛看来没把你们调教好啊，你又是从哪个包厢跑出来的？究竟你们还有没有规矩了！”

我张张口，说：“有个穿着米灰色休闲服的客人，刚刚一共五个人一起进来的，您知道他……”

我还没说完，已经被打断：“T 城过来的顾先生是吧？他怎么了，他回回来这里哪个姑娘不喜欢他？你连他都消受不了你还消受得了谁？现在你们个个怎么都娇气成这样，就觉得会所合该捧着供着你们是吧？你们凭什么！有骨气就别来这儿啊，既然没这骨气那就别跟我矫情来矫情去！给我立刻回三楼去，受一点儿委屈就往外跑，倒是反了你们了！”

我满脑子都是那句“他回回过来”怎样怎样，剩下的一句没听清，脑子里轰隆隆碾压过一样作响。还在恍惚中的时候，我已经被不由分说拽进了一个电梯，眨眼间就到了三楼，接着给推进了一个房间，然后往一张坐凳上一按。

我说：“等等，我不是这里的……”

话没说完就被打断。

“不是这里什么？不是这里的员工？得了吧，你们都拿这借口推托过多少次了，还以为我能信呢？”

我：“……”

她说：“来这里多久了？连个妆都不化就来上班？你是哪个组长底下的？说！”

“你认错了，我真的不是这里的员工。”

然而不管怎么说，眼前这个中年女子始终不信，不由分说给我摆正了身体在镜子前面，然后她拿起桌上的化妆品就往我脸上涂抹。我不停往后退，被她强行抓着肩膀按在原地，我不停挣扎跟她不停镇压的后果就是这个妆容花了许久才弄完，接着我再定睛往镜子里一看，几乎要认不出自己。

我还没有将事实消化完，中年女子说：“行了，老老实实跟我去包厢。”

我还在试图挣扎：“我不是……”

这回只来得及说出前三个字，就已经被她拽出房间。一路拉扯到走廊另一端，停在一个包厢前面。那里还站着其他三个女孩子，其中一个正要敲门，闻声回过头来，几人面面相觑。我身后的中年女子在我手臂上拧了一把，然后把我往前面一推：“把她一起带进去。”又对我凉凉开口，“敢不乖乖听话，等出了今天晚上我保你有好果子吃。”说着打开了包厢门。

迅速有淡淡烟酒气盈进鼻息。我在正前方不远处看到了我今天来 A 城想要找的那个人，姿态有些漫不经心的慵懒意味，正和对面沙发上的男子攀谈，闻声偏过脸庞时，嘴角还留有一点儿笑容。

我：“……”

那一天下午加那一天晚上，我懂得了很多的事，远远超出叶寻寻曾经给我科普过的知识范围。比如我真切地体会到了什么叫作夜总会，什么是真正的包厢公主，以及所谓的饭局并不是吃一吃饭就足够了，有时候还自动附带餐后娱乐。以及，男女关系上，并不是如叶寻寻所说的春梦亲吻那样简单。

然而，在我和顾衍之四目相对的那一瞬间，我的脑袋里只有“嗡”的一声空白而已。

坐在顾衍之对面沙发上的男子跟着偏过头来，看了我一眼，淡声说:“这小姑娘瞧着有点儿面生。”

我身后中年女子的声音响起来，一反刚才的冷厉，简直堪称如沐春风一般的温婉：“这是前些天新来的女孩子，不太懂得规矩。要是今天晚上冲撞了哪里，绝对不是她故意的，还烦请多担待一些。”

我：“……”

我顶着一脸不适应的妆容，觉得从未有过的尴尬，直觉就要往后退，看见顾衍之朝我这边伸出一只手。他举手投足间仍然是那个从容不缓的模样。我停在这里有些不想动，却冷不防后背被人推了一把，我没有防备，猛地向前迈出一大步，结结实实扎进一个怀抱里。

我嗅到一点儿除去烟酒味道之外的清爽气息。我挣扎了两下，被顾衍之牢牢按在怀里。我狠狠在他手臂上揪了一下，听到他慢慢悠悠地开口：“好了。你先出去。”

等到包厢门被重新关上，我刚刚抬起头来，下巴已经被捏住。眼前是近在咫尺的一双眼睛，微微眯起，眼尾含着一点儿似笑非笑，近到呼吸相闻的距离。我不由自主地往后缩了一下：“我刚才听说你，唔……”

鼻尖被重重咬了一口，又在我反应过来之前退回去。腰身被掐得很紧，连动一下都不能。我抬起头，看到他黑如点墨的眼睛，分明听到他的呼吸有着不同于往日的深沉。我眼睁睁看着他撑住我的后脑勺，慢慢挨过来，紧贴着我的嘴角开口，声音带着远远异于呼吸的轻柔，近乎能滴出水来：“想我了？都找到这里来了。”

他的呼吸温热，洒在皮肤上，让人不由自主地战栗。我努力把距离推开一点儿，却无用，隔着薄薄的衣料摸到他的体温，带着一点儿烫意。莫名觉得现在的情境有些陌生，还有些恐慌，我定定神，竭力维持镇定：“谁、谁想你了！我就、就随便来A城玩玩啊，又不是你一个人在这里，根本和你没关系！”

我听到一声轻笑，被重新按进怀里，后背被重重揉搓了两下。好不容易抬起头来呼吸，下巴又被捏住固定，我眼睁睁地看着顾衍之越来越近，直至他的舌尖哺入口中。

我猝不及防，尝到一股清酒的醇厚味道，喉咙被呛了一声，口腔中的纠缠稍稍退开，又很快卷土重来。那力道凶猛，依然携着酒精的清冽和醺意。

如此重复数次，几乎是以吞咽的力道辗转吮吸。我揪住衣襟的手指越来越松，眼前渐次有星光亮起，天旋地转。

不知过了多久才停歇。我在瘫软的状态中闭眼大口喘息，有湿巾沾在脸侧，开始一寸寸地细致擦拭。先是脸颊，然后额头、下巴，最后是眼睛。他的动作轻柔，过了很久才将妆容都清理完毕。这过程中后背始终被顾衍之的手臂牢牢捞起。然后，我听到旁边挺冷淡的一个低沉男音响起："顾衍之，我记得以前在这些地方你都没这种兴致的啊。"

我被人半搂半抱着站起，头顶上方有不紧不慢的回答："今天有事，改天再议。"

对方沉默片刻，带着薄怒开口："你和鄢玉一样的不要脸啊！你们T城来的人怎么都这样！"

顾衍之冷静地嗯了一声："因为跟你不一样，我们都是有家室的人。"

"……"

回去的路上，我越来越酒意醺然，勉强睁着眼睛，思绪却不受控制地开始混乱，只知道眼前的人是我熟悉的，被他一直打横抱进车子里。安全带被扣上后，额头传来一点轻轻亲吻。过了一会儿，车子缓缓启动，再后面的一段记忆便是空白，重新连接上时，我已经躺在一张柔软的床上，被单是利落的深灰色，侧卧在身边、单手撑着额角看我的人有一双极好看含笑的眉眼。

有个声音柔声问我："绾绾，想要睡觉吗？"

我缓慢摇头，伸出手摸了摸眼前的深长睫毛，有些喃喃开口："我总觉得还有些事没问清楚，不是很想睡……"

我的手被人捉住，从手心到手指，被温软地逐一亲吻。良久，他问得温柔："想问什么呢？"

我被亲得浑身发软，下意识地发出呻吟。过了很久，我才缓慢说出每一个字："刚刚有人跟我讲，你去过那种地方很多次。你很喜欢那种地方吗？"

"不喜欢。"他轻轻把玩我的几根手指，缓缓摩挲，语调低缓，"我喜欢你。”

我的鼻根突然有些酸意，想了一会儿，小声说：“可是我觉得我喜欢你比你喜欢我更多一些啊。你看我这么想你，想你想到都跑过来了。可你好像看起来根本没那么在意。你每天只打两通电话,你就不能多打一通吗？我其实更希望能每时每刻都看见你啊。可是我总不可以跟你讲，我希望你是我的，你不能离开我。你不是我的，你是你自己的。应该我是你的才对。可是我希望你是我的，我真希望我的牙齿能足够尖利，如果能一直叼着你，去哪里都不松口，那就最好了。”

他轻轻动了动，挨过来一些，手臂揽住我的腰身，低下头，从额头到眼睑，到鼻尖和嘴巴，一点点儿吻我，轻柔得像是雏鸟新生的绒羽。过了半晌，听到他开口，依然很温柔，却没有笑意，显得郑重：“绾绾，我很爱你。”

我看看他，恍然觉得此时此刻，他的眉眼温柔得一塌糊涂。

终于眼眶也酸涩，我揪住他的衣领，把他一点点儿拽下来，一直拽到眼睛看不见距离。我搂住他的脖子，对着他的嘴唇狠狠咬上去。

顾衍之搂住我的力道骤然收紧，他的呼吸蓦地变沉。我被不轻不重地压在床上，刚刚是无法挣扎的范畴……

接下来陌生到无措的感觉，以前我没有体会过。

脚踝被人握住，撩动，然后小腿自下而上，被一寸一寸揉捏。我觉得浑身的骨头跟着变得酥软，隐隐比以前的深吻还要柔腻的感觉。忍不住挣扎了一下，鼻息溢出轻哼的呻吟。觉得喘不过来气的时候，唇间终于稍稍退开,我的喉咙莫名发干,颓然地往下咽了咽。而很快又被叼住嘴唇吻上来。这一次犹如疾风骤雨，铺天盖地。

我听到他的呼吸，依然沉稳，却隐隐仿佛带上几分克制的意味。我觉得身体在迅速发热，不受控制。突然下巴被咬了一口，他轻声唤我的名字：“绾绾。”

“什么？”

他低头看着我，双眸中温润而深邃，腔调徐徐低缓：“今天提前行周

公之礼，好不好？”

我已经不再是十一岁那时满山疯跑的年纪。我已经十八岁，读过一些书，听过一些事，虽大多浅尝辄止，却也已经知晓成年的意义。

并不是只有男生才对茗都那种场合感兴趣。一次课间休息，我也曾听到后桌的两个女生提起这方面的话题，语气兴奋而小心翼翼。并且最后延伸到茗都的男女关系有别于谈恋爱后的男女关系。那时正值高三末期，而她们放弃书本讨论得越来越热络，直至我在前面旁听都已经觉得面红耳热，忍不住回头，她们的限制级话题终于打住，并掩饰性地咳了两咳。

我以前也暗暗读过一些百科。虽然只是皮毛，却也隐隐懂得，相互喜欢的两个人，想要离得更近，可以不只有拥抱和亲吻这么简单的动作。

我觉察得到此刻心脏的剧烈跳动，并不是很害怕，只是非常紧张。

眼前的人慢慢低下头来，眸光温柔，里面映出我此刻眼神闪烁面容赧然的样子。他再低下来，开始一点点儿吻我。从下巴到脖颈，以及锁骨，再上移，一直到耳根处，最后抿上耳垂，紧接着在那里用牙齿轻轻一磕。

这种感觉很不熟悉，我不可抑制地哼出呻吟，带着隐隐的哭腔。眼前被泪水铺得模糊，影影绰绰看到房间正中央柔和的灯光。再开口时，发觉自己的声音软糯到不可想象：“……是不是很疼？”

我的手被握住，十指交缠。他的拇指在我的手背上轻轻摩挲：“我会尽量轻一些，可是应该还是会疼。”

“是不是总要有这么一次的？”

他吻了吻我的额头，语调里漾着温柔：“应该是这样。”

我抬起头来，努力掩饰住心里那份忐忑感觉，有些若无其事地看着他：“那，以后的话，你还会跟别人再做这种事吗？”

他轻声回答我：“不会。”

“还有就是……”我停顿了一会儿，仰起脸有些踌躇地看着他。

——我很想充满忌妒地问一问他，那么以前呢？在我遇到你以前，和在我认识你以后，你和别人有做过这样的事吗？

可是这样的话终究还是说不出口。

我还残存着一丝理智，告诉我那些过往与我并无关系。我总不可以真正把顾衍之揣进兜里只属于我一个人。尽管的确很想这样。我可以做的只有致力于让他更喜欢我一点儿。而忌妒心理显然不应算在这份努力之内。我确信我没有将这个问题说出口，可是下一秒我分明听到有个声音清晰温柔地回答我：“以前也没有。”

“……”

我看着他，他的脸孔在我的上方，近到可以数清一根根睫毛，浓密弯长。我真喜欢现在他抱着我的这个样子。我紧紧揪住他的衣襟，努力镇定，小声开口：“要拉灯。”

在彻底陷入昏暗视野的一瞬间，我看到顾衍之眼角的一点儿笑容，听见自己剧烈心跳的咚咚声，还有黑暗里越发清晰和短促的喘息，两者混在一起，让人脸颊迅速发热。我还在庆幸顾衍之这回终于不会再看到，便察觉他的脸颊靠近过来，鼻尖贴上鼻尖，眼睑贴着眼睑，与我轻轻磨蹭。

过了一会儿，感觉到他终于稍稍离开几分，低低开口，不紧不缓，仍然是镇定从容的意味，同时又带了十足温柔：“绾绾，不要怕。”

我的喉咙干涸，觉得有点儿呼吸困难，暗自紧张到这种地步。隔了片刻，我小声说：“没、没怕啊。”

他在黑暗里低笑一声：“真的？”

我被他笑得有点儿恼羞成怒，踢过去一脚。很快被他顺势握住两条小腿，重新勾住他的腰际。我的手一时够不到他的脖子，空落落的正无处安放，很快被他握在掌心里。

整个人给他抱起来，坐在他的怀里。有细腻温和的触感抚上后背，将连衣裙上的扣子自上而下一粒粒剥开。黑暗里看不清他的面容，却听得清楚衣服簌簌交错纠缠的声音。后背暴露在空气里，立刻沾染上空气里的一点儿凉意，我的脸颊却已经烧灼到顶点，忽然感觉手被他拉过去，停在他的衣衫上，听到他柔声开口：“绾绾，帮我解开衣服。”

我还记得那天后面的一些细节，花了很久的时间才把他上衫的扣子解开，又花了同样久的时间才把他的衣服剥下去。我的手指软成一团不听使唤，而他耐性十足，不断亲吻我的额头和眼睑。每一下都温存轻柔，连同自那以后的每一次都是如此。

我也记得我将他的衣服剥下后，突然横生出的胆气。连衣裙还没有从身上完全剥掉，我将他猛然往后一推，他停顿一下，跟着倒下去。我骑在他身上，弯下腰，对着遐想了无数次的他的脖颈，一口咬上去。

我的牙齿尖利，而我咬得不遗余力，很快就蔓延出一股血腥气。隔了很久，我才松口，终于想起顾衍之在这期间半动未动，不是甚有诚意地舔了舔伤口，正打算再补一句更没诚意的“对不起”，忽然听到顾衍之低低的一声闷哼。

我啊了一声，良心终于有些发作："是不是有点儿疼……"

最后半个字被突然凶猛的亲吻卷回口腔中。我没有空余再说出一个字，整个人被掐住腰抵回床上，双手被攫住，压在肩膀两侧，身下动弹不得。唇舌交缠密密毫无缝隙，我的大脑渐渐空白，很快喘不过气。

我尝到那阵充实疼痛感觉的时候，眼前有星光乍起。

有这么一个人，他长你十岁。他的眼睛温凉深静。他始终睿智、英俊、沉稳而从容。他在另外一个世界里一手遮天，翻云覆雨。可在你面前，他总是顺遂你的心意。他的眼角笑容温柔。他教会你想知道的所有道理，带你行过最精彩的风景，抱你走过所有荆棘泥泞，不动声色地为你遮挡所有风雨。

他身上拥有你在这世上最喜欢的那些词汇，而他最终属于你。

这是我生命中，所拥有过的，最强大的幸福，无以匹敌。

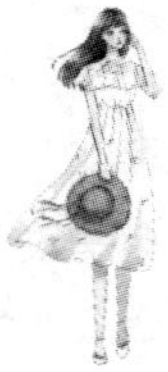

第八章 / 独家专宠

在我询问鄢玉，他能否应用他所学过的心理学和行为学，将顾衍之的回忆从我高考之后的这段开始更改的时候，他沉默片刻，冷淡开口：“你为什么一定要用这种方式？直接告诉顾衍之你变心了，这样不行？”

“我不觉得这样直截了当地告诉他，他就会相信。”我看着他，“我也没有那么多的时间可以制造出让他相信的感觉来。我只有找你帮忙。”

“你这可真是个荒诞的主意，杜绾。”鄢玉慢条斯理地回答我，“不可否认，国外确实有科学家在研究这些事，也确实用电击疗法成功删除了指定记忆，不过这些都还只是实验阶段，没普及到临床方面。我再神通广大，也帮不到你这一步。就算帮到你这一步，顾衍之又怎么可能配合我做这种实验呢？”

我看着他：“你在搪塞。你明明知道我现在问的不是这个。”

他又沉默了一会儿，这次推了推眼镜，语气比方才更加冷淡：“你说得没错，我确实懂得心理控制。但我实话告诉你，心理控制术跟单纯的失忆症完全不同。我很怀疑你是不是懂得这两者的区别。”

我说：“我懂。”

他上下审视我片刻，有些怀疑地看着我，然后说：“假如现在顾衍之是失忆的，我可以随便编个故事告诉他你变心了。我保证他可以笃信不疑，但是现在他的神智比谁都清明。所谓的心理控制术，并不能改变人的固有记忆。”

我说：“我知道。我真的是懂得的，你放心。并且话说回来，假如顾衍之现在是失忆的，我自己就能告诉他我变心了啊，哪里用得到你出马呢，对不对？”

鄢玉："……"

鄢玉神色冷峻地盯着我，镜片上蓦地刮出一道凉森森的光线。

"心理控制的确不能改变一个人固有的记忆，但是它可以从一个人最软弱的地方着手，在不动声色里改变一个人的世界观和价值观，继而引起一个人对自己经历和周围事物看法的怀疑和改变。"我抬起头来，"它是行为控制学的一种。你的硕士毕业论文专项研究就是这个。我说得有错吗？"

鄢玉微微眯起眼睛，隔着镜片上下打量，过了片刻，缓缓开口："看来你的主意不是一时兴起的。什么时候查的这些资料？"

我如实回答："昨天晚上。"

在鄢玉决定进行第二次复查的时候，我已经不再抱有什么很好的希望。我从前天开始辗转难眠，一直到诊断结果出来的今天，满心想的都是未来会怎样。假如我一定要在不久之后死去，我希望我可以走得悄无声息。我想找到一个漂亮的善后办法，让所有人都没那么悲伤。为此我忙碌到紧张，这两天里甚至没有空余的时间掉眼泪。昨天晚上，我蓦然想到这个主意的时候，我从床上霍然而起，搜索资料花去整个晚上。

鄢玉深深地看着我，不久之后，冷静地开口："你说得对，我的确会。事实上这不是什么太难的东西，很多人都会。但是杜绾，我不是那些很多人之中的一个，我是个医生。即使我不是很喜欢医院那种地方，我也仍然是个医生，跟社会上那些乱七八糟行走江湖的传销者不同。心理控制，再换一种名字，就是洗脑。这是非道德的领域，即使我会，我也不能轻易给别人施用。"

我早有他可能拒绝的心理准备，听后纹丝不动，只是越发恳求地望着他。鄢玉沉默了一会儿，继续说下去："另外，心理控制术也不是对所有人都有用。传销者用这种手段，挑选的也是涉世未深、经验不丰富的人。很多是学生，或者老人。顾衍之心智坚硬，即使我来对他动用操纵，也基本不能成功。"

我继续恳求地望着他，说得一字一顿清晰："请你帮一帮忙。"

他良久不答话，捏了捏袖口。身后是纷纷扬扬的桃花花瓣，暮春的日光和煦，而他神色冰冷，仿佛不留情面。

我可以想象到他的顾虑，也可以理解。毕竟就算成功，这种违禁的事也无法宣扬。如果万一失败，要是又被曝光，那么他的医学道德、人品口碑，都会受到质疑。医生执照说不定都有被吊销的风险。除此之外，他还和顾衍之是从小一起长大的朋友，他和顾衍之之间的关系远远超过我与他的交集。再况且，鄢玉本身就不是个热心肠的人。

我只是提出请求，本来也不敢抱太大的希望，站在那里良久，没有得到他的回复，觉得渐渐死心。绝望地想着要不要哭一哭，总归其实现在心里还是很难受的，忽然听到他轻描淡写地开口：“我倒是可以答应你。”

我下意识地抬头，鄢玉居高临下地看着我：“我知道你是怎么想的，反正对你都没什么坏处。要是这事没成，你不过就是让顾衍之知道你得了骨癌，大不了跟没实施心理控制的后果一样。你也没什么好再失去的。但是假如万一能够成功，我希望后果你也已经自己准备好。”

“什么？”

他淡淡地说：“你过世那天，顾衍之不会知道。等你过世后，他也不会去你的墓地。你们那些过往回忆，从今往后只属于你自己。顾衍之以后还很可能会另娶他人。如果你确定你能受得住统统这些，那么我可以试试帮一帮你。”

他的话简直字字诛心。

隔了半晌，我终于哦了一声。理智上，我是很想有些无所谓地说一句没有什么关系，然而事实证明，这六个字在此刻竟莫名有千斤重。我张嘴很久，仍旧说不出口，所能做到的只有小声回答一句：“可以。”

我忽然想起叶寻寻在我读大学后的某一日讲过的一句话。那时一切仿佛已经纷纷尘埃落定：李相南拿了 T 城当年的理科高考状元，却放弃了众人歆羡的 A 大，留在 T 城读大学；叶寻寻和鄢玉第二次复合，不久过后又第三次分手，再不久她和我一样读了 T 大，而鄢玉独自一人来到 A 城。我

周围所有的人都是单身一个人，唯独顾衍之与我每次出现都成双成对。终于在我二十岁生日那天，叶寻寻被刺激得受不了，用一种怨结的眼神看着我，幽幽说，杜绾，你幸福成这样，上帝都会忌妒的。

叶寻寻不慎再次一语成谶。

现在想来，过去四年我的感受加总起来可以概括为三个字：太完美。每一件事拎出来都足以让已经情绪不佳许久的叶寻寻与我绝交一次。我还记得我自己悄悄溜去A城那次，在第二天醒来时，所感觉到被单下面的干净清爽，以及顾衍之穿着藏蓝色睡袍侧躺在身边，我们之间密密相贴，近到我可以看见他被睡袍松松掩住的锁骨，和脖颈以下的皮肤。他的另一只手搭在我后背，卷着我的一点儿发梢，嘴角有些笑容。而后他慢慢挨过来，落在我额头上的一点亲吻。

十年前，顾衍之在庭院前种下的那棵银杏树，如今已长成亭亭模样；在我十九岁那年，顾宅曾因准备新婚而重新翻修，顾衍之的卧室依照我的心愿做成浅色素淡的装潢；在我临近二十岁生日的时候，T城媒体曾竞相报道市中心一块空置了半年的地皮，在一个月的动土施工后不见吊车砖瓦，而是建起了一座二层小楼高的玻璃花房。

只是莫名地，竟没有相关新闻将源头寻到顾衍之这里。我曾觉得奇怪，向顾衍之询问个中原因，顾衍之只轻描淡写地告诉我是新闻人员办事不力。直到有一天江燕南找上门，将顾衍之办公室的门一脚踢开，无视身后迅速捂住双眼的秘书，以及被顾衍之迅速压进怀中裹上风衣的我，暴怒到语气甚至自带了回音："顾衍之你好意思！好意思！市中心那块可是我的地皮！我的地皮！你从我手里买走的时候不是说要盖游乐城的吗？说好的以后分红，现在去哪里了！去哪里了！我的钱啊你赔我！你赔我！你盖个破玻璃房子有什么意义！有什么意义！你给花住都不给人住！给人住！你简直丧心病狂！丧心病狂！你说啊，你盖座破玻璃房子图的是什么！啊！"

顾衍之等他一口气吼完，啊了一句，平静地道："因为有人喜欢，加上我乐意。"

江燕南："……"

我：“……”

我从顾衍之捂在我身上严严实实的衣服里扒出一条缝隙，看到江燕南颤颤巍巍地指着顾衍之，嘴巴气得哆嗦半晌，又蓦地把手指遥遥戳到我身上。

江燕南气震山河一声大骂：“你昏君！”

我后背一个颤抖，把缝隙猛地拉上。感觉到昏君的手抚上我的后背，在那里缓缓摩挲安抚，而后漫不经心道：“绾绾，你看，离婚的男人可怕到这种地步。”

江燕南：“……”

我：“……”

我也记得在我二十岁生日的第二天，我与顾衍之一起去民政局。那天日头轻暖，我们坐在登记室，窗外有蔷薇花开得正好。隔着一张桌子的工作人员打量我半晌，又看了看顾衍之，最后视线仍然停留在我身上，有些犹疑地对我讲：“小姑娘你究竟成年没有？这是婚姻大事，不是开玩笑。你一个未成年人别来这里胡闹好不好？”

我严肃地说：“我没胡闹啊。”一边把户口页双手递过去，坐得端端正正又补充一句，“您自己看，我已经二十岁了好不好？”

他挑高眼梢不信任地看我，终于将户口页接过去，一面问：“名字呢？你叫什么？”

我啊了一声，认真道：“顾杜氏。”

一旁始终含笑不发一言的顾衍之终于轻轻呛了一声，伸出手来，摸了摸我的发顶，然后将我的肩膀隔空一拢，笑着道：“杜绾。顾衍之。”

我们有这么多很美好的事，和这么多很美好的对话。美好到如今只要稍微想一想，就足以像上瘾一样不能停止。

叶寻寻曾就时间和金钱的归属问题将男人分四等，最低一等的男人不会把精力与金钱的任何一项用在你身上，所谓的娶妻生子不过是成年后的

本能生理反应而已，因此这样的丈夫不如不要；稍高一等的男人肯将他空闲精力和空闲金钱的一小部分花在你身上，所谓的婚姻敷衍大于爱情；再高一等的男人将空闲精力和空闲金钱的一大部分花在你身上，这样的婚姻认真甜蜜；当然最极品的男人是肯将他所有的空余精力和金钱都花在你身上，挖空心思讨好你。然而这样的男人在这世上百年难遇。

末了，叶寻寻瞅我一眼，补充道："你看，顾衍之既然肯在你身上花不少的精力和金钱，就代表顾衍之是中间第二等的男子，所以你才能这么甜蜜。"

我低头翻看了一下手背，再抬起头来的时候，努力克制住嘴角向上翘的冲动："可是，顾衍之在我二十岁生日当天，就把他名下所有不动产和现金储蓄，还有他手中掌握的所有股权的一半都转到我名下了啊。并且转让协议里还写着这么一句，如若离婚，则此协议中所有财产归杜绾一人。他说这也算一份婚前协议，拥有法律效力。"

"……"叶寻寻瞪着我，像是喉咙被人掐住，张口失声半晌，才找回声音，"顾衍之为什么要这么做？"

我啊了一句，看着窗外，有些若无其事："也没什么啊，就当时他说了九个字，增加我的安全感而已。"

叶寻寻幽幽看了我半晌，阴沉沉道："我最讨厌秀恩爱的人了。"

假如我没有在三天之前来A城复诊，假如现在我人还在T城，那么在这个有些暖洋洋的暮春时光，按照原定的行程计划，我本应当已经和顾衍之一起去婚纱店试穿完了婚纱。

婚纱在三个半月之前开始挑选，在米兰手工制作花费三个月的时间。我历历清楚那件婚纱的样子。白色的丝绸手套，朦朦胧胧至曳地的头纱，窈窕曼妙的鱼尾裙摆，以及细致到一针一线、通身绣着的舒展缱绻的百合花镂空图案，统统美得让人迷恋。

那一天在婚纱店，顾衍之接过店员递过来的婚纱图册，一页页翻过去。他始终翻得漫不经心，手指按在插页上，修长莹润，而他眉眼平淡，是再随意不过的模样，仿佛没有一张费尽设计师心机的婚纱能入他的眼。明明我已经觉得任何一件拎出来都足够好看。一直到他把图册丢掉，翻起另外一本，开始的第一篇就是这件婚纱的样子，顾衍之的手指才算停住，有些坐直身体，偏过眼来，含笑看我：“绾绾，这件好不好看？”

自小到大，他为我挑选的每一件衣服和每一件珠宝，都是这样不动声色的精贵。

他曾经同我说，女孩子的每一个年纪，都有她最美好的样子。任何事情都有顺序，早一步太青涩，晚一步显得造作，无须操之过急。他教我道理的时候总是娓娓道来，声音低沉，让人无从反驳。他还曾经同我说，我可以有大把时间去做自己想做的任何事情，那时我问他什么叫作任何事情，他手里捏着一本杂志，抬起眼来，问我说：“比如现在，你最想做什么？”

我认真看着他，说：“最想嫁给你。”

整个人身体一轻，已经被他捞过去，听见他笑着说：“你不是已经嫁给我了？”

我啊了一声，低头看着手指，仿佛有些随意地说：“就是觉得，虽然已经登记了，可是我们还没有举行婚礼啊，所以总是觉得哪里少了些什么。而且，你都根本没有认真和我求婚过啊，这样就又觉得少了些什么。所以现在给我一种感觉就是，好像根本就没有嫁给你一样啊。”

“……”

在这个六月份，我就要从大学毕业。这个九月份上旬，我本来应该与顾衍之举行婚礼。酒店早已预订好，请帖也已经制作完毕，只等我回去T城，在每一份请帖上和顾衍之一起签名。请帖上面还有顾衍之亲手勾画的我的头像，正是四年前他出差A城，在电话里告诉我他画的那颗所谓“挺好玩的球”的模样。

这场婚礼筹备已久，所有应该知道的人和不应该知道的人都已经知道。我很认真地参与婚礼准备的每个过程，一度满心欢喜。

我绞尽脑汁地讨好一个人，费尽心思想要让他喜欢上我。努力了这么

久，终于拿到一个好分数。从未想过有朝一日我可能会与顾衍之离婚，可能被他怀恨，被他抛弃过往，与他形同路人。

自昨天晚上开始，这样想的每一次，我都心如刀割。

我一个人回到酒店。晚饭时接到鄢玉的电话，他不紧不慢地道："我突然想起来，你怎么跟顾衍之说是三天之后才回去？你怎么不今天晚上就走？你就还剩下四个月时间的生命，三天就是四十分之一，与其待在这里无所事事，你不如尽快回去 T 城，跟顾衍之再好好相处几天。等我准备好材料回去 T 城帮你，那时你可就没什么时间再话别了。"

我坐在地毯上，抱着膝盖，瞅着手上无名指的戒指沉默半晌，说："鄢医生，你有情商吗？"

"什么？"

"你觉得一个刚刚得知自己得了绝症的病人，有可能立刻就开启欢天喜地模式，在她最喜欢的那个人面前隐瞒住所有真相，当成什么都没发生过一样吗？你以为我是外星人啊？你以为人人都能跟你一样初恋女友结婚了还可以云淡风轻西装革履地前往婚礼谈笑风生，到最后歇场并慷慨宽容地写上五万现金的红包啊？你难道一直以为你才是正常人啊？你的逻辑一直不正常，其实你根本没情商鄢玉医生，你自己知道吗？"

我一口气说完，鄢玉被我噎了半晌，然而再开口时，已经恢复到冷静理智到天理难容的鄢氏水准："既然你这么舍不得，那就不要再动什么乱七八糟的心思了。总归那东西成功的概率很小，还耗费我的心力。你还不如直接现在跑回去告诉顾衍之，你患了骨癌晚期，还剩下四个月生命，连全国医术最高明的医生鄢玉都帮不了你。我相信他一定会当场心疼得加倍呵护你。"

我被他说得沉默下去。

我怎么可能没有想过这么做。这世上没有人愿意把痛苦承受得更多。我巴不得现在就跑回 T 城，扑进顾衍之的怀里大哭一场，把最近偶尔骨痛的原因，以及鄢玉的最后诊断结果都告诉他。我巴不得被他立刻抱在怀里轻轻安慰，就像过去经历过的每一次困难，解决的办法无一不是当即告诉顾衍之，将所有仿佛不可能战胜的难题统统丢给他。

我没有经历过现在的状况，一个人住在酒店里，四周静得没有声音。而我在上午刚刚得知自己身患绝症并最终确诊的消息。

我其实现在很害怕。

我多么希望顾衍之这一次也可以像以往的每一次一样，漫不经心地摆布掉所有的事，然而他终究不是神明。

他沉稳从容、波澜不动。他轻描淡写的一句话被业界奉为圣经，他的一个小动作让媒体蜂拥而至，他曾经在十一年前将一个小孩从山区带回 T 城，从此让她的生活天翻地覆一般变动。

他做得到所有的事，可他奈何不得生死。

若是这件事发生在三十年之后，我一定毫不犹豫地告诉顾衍之。若是这件事发生在十年之前，我也一定毫不犹豫地告诉顾衍之。然而现在，我反复辗转后得出的结果是，我终究不能这么做。

一年前我的生日，顾衍之带我去了寺庙，将今年的婚礼日期敲定。开车下山已经临近黄昏，有淡金色的光线漫过车床，抚在他浅色的衬衫和好看的眉眼上。我托着腮看他挽起袖口专注开车的模样，仗着那一天是我的生日，一口气问了他许多刁难的事。

明明知道我在无理取闹，可他仍然耐心将每一个问题回答得很好。而我在当时提出的最后一个问题是："假如我比你先死，你会再喜欢上别人吗？"

我以为他会答一句"不会"，可他只是不置可否的模样，并且反问我："绾绾，生老病死四个字，每个人总会遇上最后一个字。轮到我们身上的时候，你是希望你比我活得久一些，还是反过来？"

"……"

在那之前，我没有考虑过这样的问题。我以为生死离我很远。所谓的

假设，也不过就是随口一讲罢了。然而顾衍之这样反问过来，我才发现我根本不知怎样回答。终于意识到刚才我提出的假设对于顾衍之来说有多残忍。忽然，听到顾衍之接着柔声开口：“我希望不管怎样，我都能比你活得久一点儿，只需要几天时间。等我办好葬礼，就去陪你。”

我心头大震，猛然抬头。

云蒸霞蔚之下，他始终眉眼沉静，像是在讲述一件最正常不过的事。我隐隐怀疑他已经将这个问题考虑过很久。过了半晌，我才小声说：“可是，假如，假如我过世很早，也许三十岁就怎样怎样了，你难道也要这样吗？”

他微微偏过头来看着我，目光里带着温柔，声音缓缓：“绾绾，我至少得让你知道，你既然嫁给了我，我就不可以让你吃亏。”

顾衍之不是轻易将这种话说出口的人。

他总是将承诺看得很重，轻佻散漫这样的形容词汇，向来与他没有关联。以前在杂志上看过有关于他的评价，指出业内人士同他合作，总是可以很放心。他三十年的岁月，云淡从容，不曾开过这样的玩笑，话语再简单轻描，却必定会做到。

六年前，顾衍之的父亲因病去世时，我正专注于避开顾衍之，参加了暑期集训营，这个消息过去很久，我才得以知晓。而那时在小心观察前来给我开家长会的顾衍之的表情，他早已变得云淡风轻。然而，我却能记得三年前时，顾衍之的母亲因哀悼丈夫郁郁而终，顾衍之去国外料理完后事回来，他神色平淡，多日不发一言。我不是很会安慰人，看到他这个样子就更加担心会说错什么话。有人讲人死不能复生、节哀顺变之类，但这种话其实说与没说没有两样。正是因为人死不能复生，人才哀恸不止。顾衍之的母亲郁郁寡欢三年，也没能从丈夫去世的影响下走出来。我觉得要是有人跟我讲这种话，八成我会轰他立即离开。我想了很久也不知道究竟要怎样安慰，但同时又很担心顾衍之会不会也忧思成疾怎样怎样，他一直都是个孝子，如今却父母双故。我踌躇了一两天，最后抓了只桃子走到他面前，对他说：“那个，你真的不需要我来安慰安慰吗？”

我预先已经做好心理准备，心想要是他还像两天前一样告诉我不必，我就哦一声把桃子递给他，说一句管家叫我给你的，然后转身就走。然而这一次顾衍之抬起眼看了看我，微微露出一点儿笑容来，接着他朝我伸出手：“来。”

我向前走了一步，被他抱在腿上，搅得很紧，发顶上感觉磕着他的下巴。眼前有他灰色开司米毛衣的细腻纹理，脚踝也很快被他收进怀里。他的手指在我的脚心勾了两下，我哎了一下，他笑了两声，整个人都被他收拢进怀抱里。这样的姿势有些隐隐的熟悉，我畅想了一下，觉得很像婴儿还未出生时蜷缩在肚子里的样子。这个想法让人脸颊有些热，然后听到他的声音：“那么你想怎么安慰我呢？”

我定了定神，说出准备了很久的话：“啊，你想想看，伯母和伯父如果在天有灵的话，也不会希望你一直忧思不止的啊，对不对？”

他嗯了一声：“还有吗？”

“还有，你难过的话不要全埋在心里啊，这样对身体不好。想讲什么就讲啊。”

他又嗯了一声，这次好像有点儿笑意：“还有吗？”

“还有，你还有公司啊，还有你待处理的那堆事务啊。然后，你要是愿意的话，”我有些若无其事地说，“你以后一直都还有我啊。”

他轻笑出声来，胸腔有闷闷震动。我终于意识到他其实根本没听进去，根本就是在捉弄我。我一下子恼羞成怒，立刻要从他的膝盖上跳下去，被他眼疾手快紧在怀里，怀抱牢固，挣扎不得。

我说：“你放手放手放手！”

耳边的头发被密密亲吻，顾衍之笑着唤我的名字。室内渐渐寂静，听到窗外有闷闷雨点敲打玻璃的声音。

他轻描淡写地开口：“没有别的。我只剩下你。”

我彻底安静下来，过了一会儿，小声说：“我也是啊。”

……

我一直乱七八糟想着这样很多的事，没有提防一抬头的时候已经天亮。鄢玉前一天晚上在电话里特地嘱咐我要按时健康三餐，否则死的速度会更快。他把话说得这么直截了当，我无语半晌，说："鄢医生，你一直这么讲话，有些病人吓也能被你吓死的，你知道吗？"

鄢玉平淡地回答："可是吓死人又不偿命，不关我事就可以了。"

"……"

我下楼去餐厅，只一抬眼便看到鄢玉坐在最近的一张桌子上，面前一堆盘碟杯筷，神色淡然地朝我招了招手。我呆滞一下，走过去："你怎么来了？"

他说："我今天早上良心发现，觉得你好像还挺值得同情的，就过来可怜你一下。"

"谢谢你啊，我不用。不过我倒是有个问题想问问你。"我犹豫了一下，说，"你以前给叶寻寻许诺过的最重的一句话是什么？"

鄢玉拿着薄煎饼的手停了停，抬起眼皮来："杜绾，你胆子变大了啊。"

"人之将死，其言也变冲，其胆也变大。"我谦虚道，"那么，你许诺过的话，你都做到了吗？"

鄢玉眉心开始发青，隐隐有发作的征兆："你管我！"

我哦了一声："那你这意思就是做到了。你做到了什么？洁身自好守身如玉吗？还是除了叶寻寻之外终身不娶？"

鄢玉将餐巾一摔，终于暴怒："你管我做了什么？老子做了什么都不关你们的事！老子怎样都跟叶寻寻没半毛钱关系！杜绾你给我吃完赶紧走！赶紧走！"

"既然你做到了这些，"我恍若不闻，低声说下去，"那么，顾衍之以前也跟我承诺过，假如我死掉，不管是在什么时候，他都会先安排完我的葬礼，然后跟着我一起去。这样的话，他当时很郑重地说过。那么你觉得，他会不会真的这样做到呢？"

我盯着鄢玉，很希望他就此能说一个不会。

叶寻寻曾经很不情愿地承认我和顾衍之是天造地设的一对。这主要表现在我们的性格相合上面。按照她的说法，我是一个犹豫不决的人，这些年除去追求顾衍之这件事做得比较笃定之外，其余事情全无主张。然后又指出顾衍之与我正好相反。依照不愿直面缺点的原则，我本来对此表示否认，然而这么多年下来，我还是不得不承认她说得正确。我想了这么多天，心里仍然在隐瞒和坦白病情之间徘徊。昨天上午我还在诊所外面信誓旦旦，经过一夜思索，我的底线又开始改变。

我设想了一遍顾衍之讨厌我的样子，觉得还是撑不下去，终于意识到我一点儿也不像我所设想的那样伟大。我把底线往下按了又按。我喜欢一个人喜欢很久，终于等到他开口说爱我，我宁愿这个人为我的故去哀悼多年，也难以忍受他从此恨我。我终归自私到这个地步。

只要顾衍之不会随我一起故去，我就告诉他我的事实。我紧紧盯着鄢玉，看他的嘴唇。终于过了良久他开口，缓缓道：“难怪你坚持要对他心理控制。这种偏执，也只有动用心理控制。”

我还抱着一丝希望：“有没有可能，他当时说的只是哄我的呢？”

“虽然顾衍之这个人一贯居心叵测笑里藏刀，”鄢玉推了推眼镜，淡淡说道，“不过，杜绾，你得承认，他从来没在任何场合说过什么假话。”

我一颗心终于变得死气沉沉。

鄢玉看看我，说：“怎么，觉得心痛了？”

我有气无力地嗯了一声，低到自己都听不见的地步。鄢玉冷笑一声：“痛这种玩意儿，久了也就习惯了。上帝随手丢石子，正好砸在你身上，也是没办法的事。你说呢？”

我看着他，平静地说：“嗯，就像月老随手剪红线，正好剪断了你跟叶寻寻这一根，所以对你来说也是没办法的事，对吗？”

鄢玉隐藏在眼镜后头的眼神正在酝酿着唰唰唰射线，我忽然觉得手腕一紧，接着白粥被倾洒出来，而来人毫无觉察，只慌张地问我：“杜绾，你当真得了骨癌晚期？”

我抬起头，看见了将近三年未见的李相南。

自大一时，我与顾衍之确认了恋爱关系，李相南就递交了学校交换生的申请。传闻他来了A城，可是我一次都没有见到他，也再没有收到过他的短信。现在再看他，他比之前瘦了一点儿，脸上的轮廓较之大一我最后见到他时也深邃了一圈。按照现在普遍的女性审美，应该算得上很英俊。可是同时却衣衫不整，领子歪着，扣子系错了位置。可见刚才经历了怎样的狂奔。他眼里有毫不掩饰的紧张，还有伤心，我看了看他，慢慢说："啊。"

说完，我立刻扭头瞪向鄢玉，后者眼皮不抬，不紧不慢咽一口咖啡，才开口："我觉得要是对顾衍之弄什么你意外出轨的洗脑，应该会用得着他。今天你们先见见面，热热身，顺便讨论讨论怎么样的剧情第三者插足才合理，才能顺顺当当离婚。"

李相南对鄢玉的话充耳不闻，一个劲儿盯着我："怎么就得了骨癌了？什么时候发现的？你不是一直很健康的吗？现在要怎么治疗？还能活多久？你不要怕啊，我陪着你呢。"

"你这话真像是十几年前韩剧里面的经典台词啊，李相南。"我说，"你能把我的手腕先松开吗？说实话挺疼的，我没骨癌也要给你攥出骨癌了。"

他立刻松手，在我旁边坐下来，默默地看着我，不再吭声。我本来就没什么胃口，他这种仿佛看着一具冰凉尸体一样的眼神一摆出来，让我连舀起来的一点儿白粥都吃不下去。正要放下，面前的医生冷冷开口："我最不喜欢不听我话的病人，给我吃下去。"

我："……"

李相南立刻说："哎，你现在还能拿得动碗吗？我喂你吧。"然后不由分说端起我面前的小碗，挑着勺子搁在我嘴边。

我木然一动不动地盯着他。

过了一会儿，李相南终于慢慢把碗放下。

我在四只眼睛的注视底下把一碗白粥慢慢喝完，那种感觉痛苦得简直难以言喻。接着听见李相南低声说："杜绾。"

“嗯？”

“鄢玉跟我说了你想做的事了。我会配合你的。你需要我做什么就说好了。”他垂着眼睛看着我，嘴唇微抿起来，慢慢说，“你也不用觉得什么利用不利用的，这都是我心甘情愿的。”

我说：“谢谢你啊。我不能这么做。”

他急急地说：“你不要想些别的啊。”

我说：“谢谢你啊，我不能这么做。”

他沉默了一会儿，又说：“真的，你拒绝我我多难过啊。我现在毕业设计基本做完了，反正也没什么事情做。你就当我是你随便一个朋友，有点儿事想让我帮忙。你也不用觉得欠我人情什么的，你要是实在觉得这样不好，那就给我钱好了。拿钱交换总可以吧？价钱你来开。”

鄢玉在一旁捂着腮帮，凉凉道：“这可真是情深意切得紧啊。”

他的话音落下，就听见我的电话铃声响起来。

在这个清晨的时间段里，会打进来电话的只有一个人。我犹豫了不多久，还是接起。接通的同一时间，那头传来低沉温暖的声音：“绾绾？”

我打起精神啊了一声，说：“你在公司吗？”

他嗯了一句，说：“觉得有点儿想你。”

他把这话说得很自然，语气也很稀松平常。我把舌尖咬得发疼，才能克制住大口抽气造成的呜咽，过了一会儿，看着天花板说：“我也挺想你的啊。”

他低笑一声，说：“听着有点儿吵，在酒店餐厅吃早餐？”

我说：“啊。”

“一个人？”

我停了一下，说：“啊。”

他说：“听语气不像是真话。”

“……”

他说：“和哪个男生一起在吃饭？”

“……”

我清了清嗓子，说："李相南。"

那边哦了一声，有点儿调笑意味："要我过去捉现行吗？"

我趴在桌子上，紧紧咬住袖子，过了片刻问他："你今天早上吃的什么呢？"

"和你在这里的时候一样。"他说，"还是坚持在周六回来？"

"……"

"今天回来好不好？"

我擦了擦眼泪，说："不好。"

"明天回来好不好？"

"不好。"

他说："可是我觉得很好。"

"……"

他又重复了一遍，声音比方才更为低缓温柔："嗯？绾绾，明天回来好不好？"

脑海里天人交战，片刻后，我脱口而出："好。"

我和李相南在次日上午一起回了 T 城。

我在飞机上时，确认我的眼睛已经消肿，脸上的表情也很正常。即将步入接机大厅的时候却还是有些紧张，猛地停住一转身，差点儿撞到李相南的身上。

我指指自己的脸，问："这样可以吗？"

他看了一会儿："还是有些想念急切，应该再冷淡倦怠一点儿，把嘴角压下去。"

我依言而行："这样？"

"还是不太够。"

"这样？"

他终于点点头："可以了。"

我的心脏跳得咚咚紧张，终于拐过通道，抬起眼，便看到远远接机大厅的厅口一道修长身影。

顾衍之一向都很打眼，即使是在衣香鬓影光华璀璨的宴会之中，也依然是一眼就可以看到的那一个，更何况是在机场。他站在那里，领口敞开两粒扣子，手里捏着手机的姿态很随意，却给人一种说不出的矜持意味。我不知道他已经等了多久，不由自主走得越来越快，身后李相南说的话渐渐听不进耳，刚才心心念念想着的冷淡表情也完全挂不住，只看清楚不远处那张好看的面孔上，眼角熟悉的笑容。

他朝着我远远张开双臂。我几乎小跑。终于走到近前，行李箱被松开。我上前一步，手臂环住他的腰身，紧紧抱住。

我嗅到他衣襟上好闻的气息，像他的人一样的温凉深静。我的眼眶有点儿潮湿，感觉自己被更紧地拥住，密密毫无缝隙。他的声音低沉温柔，就像是这时节的湖水，带着缓缓细细的褶皱，直直撩拨进人的心里：“绾绾。”

我鼻子一酸，将舌尖死死咬住，只差一点儿，便要将病症的事脱口而出。

这些天来，其实心里一直有个诱惑的声音，就像是绵延的丝线，细微而不绝，一直在告诉我，把所有的事情告诉顾衍之，由他来解决。他值得你全身心信赖，所有的难题在他眼中都不会是难题。以前是这样，现在也没有例外，他会有更好的解决办法。他给过你任何你想要的东西，珠宝、华服、自信、关怀、美丽，还有爱情。他这样强大，也许他真的就是自天而降的神明。

这样的一段话，就像是冥冥之中的话语，在回来T城的路上吵闹得越发强烈。耳边仿佛真的有嗡嗡声，所有的心理建设都快要被压垮，满心满眼只剩下一句话，告诉顾衍之，告诉他。

我一口咬住他的肩膀，终于还是没能忍住泪水，眼前迅速湿润模糊。过了片刻，又泄露出一声压抑不住的抽噎。

顾衍之停了停，手指的指腹抚过来，准确摸到一点儿潮湿。他在我头发上亲吻，有轻笑声传来：“想我到这个地步？”

我牢牢地抱着他，知道一定会有周围的人群看过来，却紧紧揪住他的衣料，仍然不想松手，也不肯让他松手，一面在他的怀里重重点头。他的手在我的后背上摩挲安抚，笑着说：“实习这样苦？”

我再次重重点头，声音因为哽咽而含混不清：“很痛的啊，很痛很痛。”

他的手指摸到我的脸颊，诱哄：“那让我看一看，这几天瘦了没有。”

我更紧地抱住他：“不要，现在这么丑。”

旁边终于有人重重咳嗽了一声，李相南慢慢开口：“杜绾。”

我浑身一僵，终于有些清醒。李相南的声音又很平淡地传过来：“你的电话落在我这里了。”

隔了一会儿，我总算把牢牢抱住顾衍之的手臂松开，不敢抬头，默默把手机接过来。听见李相南又说：“你尽快定个时间跟地点，我好方便找你。”

肩膀突然被人不轻不重地一揽，我身边的人微笑开口：“找绾绾做什么？”

李相南说：“有事。”

顾衍之尾音上扬地嗯了一声，仍然面带笑容：“什么事？”

李相南回答得轻描淡写：“私事。”

我听得头皮发麻，感觉顾衍之停顿了一下，慢条斯理唤了一声“绾绾”。

我应声抬头。他的双眼皮深邃，眼尾仿佛微微上挑，有几分似笑非笑的意味：“是怎么回事？”

我低着头，没有力气抬起来，小声说：“就是私事。”

“我不可以过问的私事？”

我说：“是的。”

他的手指抚上袖口，又停顿了片刻。

我再次不敢看他。

我以前没有这样回答过顾衍之。

尽管我一直都觉得，我的事情相比于顾衍之的来说，只能称得上琐事。因此往往能不打扰便不打扰，却往往又发现每次琐事出了故障，我还未求助，顾衍之已然从天而降。从放学时间的下雨天气，到我偏爱的大学专业，他一一处理及时，妥帖建议。他了解我胜过我自己了解自己。

我从不觉得我们之间有什么需要值得隐瞒的事，就像是每晚睡前我在他怀里同他絮絮唠叨的当日事，和他轻描淡写间告诉我他的所有账号密码；就像是他调笑我锁骨上的一点胎记，我熟记他穿衣时固定偏爱的棉质、羊绒和亚麻；就像是但凡我问，必有应答。我只遗憾我不能像顾衍之了解我一样透彻地了解他。他从未对我有过任何动怒的时候，我却仍然唯恐哪里不能顺摸到他的心意，让他暗自生气。

那一刻，时间过得十足缓慢。顾衍之将我的行李箱捞起，转过来牵住我的手往外走。李相南被远远甩在身后。我仰起脸，小心看他的样子，觉得他应该很生气，可他明明神情淡然，仿佛根本没有在意。我踌躇了半晌，还是没有忍住：“你生气了，对不对？”

顾衍之偏过头来，还是面带笑容的模样：“没有。”

我略微有些放下心，却更多的还是不放心，又说：“真的？”

他淡淡地说：“假的。”

“……”

我就这样在一路的忐忑不安之中跟随顾衍之进了车子。

回家的路上仿佛跟往日没什么不同。顾衍之甚至连开车的速度与姿态都没有改变，而神情自始至终的从容，只是没有讲话。车子里沉闷得能听见我自己的呼吸声。这样过了没多久，我就受不了了，清了清嗓子试图跟他讲话：“你什么时候到机场的呢？”

他淡淡回答：“十点。”

我没话找话：“那你等了有一会儿了。”

等了半天也没听到他回话，我更加努力地一眨不眨地望向他，又隔了一会儿，终于听见他头也不转地嗯了一声。

我说：“你今天公司里有事情吗？”

顾衍之说：“有。”

“你下午要去公司吗？”

“不去。”

“……”

我终于没了主意，眼巴巴扭头看他很久，也还是不见他偏过头来一次。我终于撑不下去，手足无措。忽然想起顾衍之的秘书曾经幽幽感慨过的话，宁拆十座庙，宁毁十桩婚，也万不能倒捋顾董的一根头发。

以前还觉得她十足夸张，现在看起来，着实没错才对。

明明顾衍之什么都没有做，我却抱着一种胆战心惊的情绪回到顾宅。很快有管家迎上来，打开车门后，笑着对我说："这些天在外面辛苦吗？我今天早上叫厨房熬了汤，一会儿喝的话刚刚好。你今天赶路应该也累了，上楼去洗个澡，我到时候给你端到卧室里面怎么样？"

我被管家挡住，眼睁睁看着顾衍之头也不回地去了二楼，管家的话基本没听见，只顾绕过他往二楼冲："等一下，我还有事，什么事回头再说好了。"

我一面说一面已经冲到了二楼主卧前面，看着眼前雕花舒卷的门板，深吸一口气，敲了敲门。等了一会儿，没有回应。再敲两下，这次小声叫了一句顾衍之，仍然没有回应。

我终于确认顾衍之这次真的动了怒，小心翼翼地拧开门，只来得及拉开一条细缝，便被一股力道猛地拽进房间。房门被“砰”的一声利落关上。我被人一把抱住腰身，重重地抵在门板上。

有膝盖抵在双腿之间，迫得我的脚尖离开地面。眼前的人眼睛乌黑墨沉，神情素淡。我的双手被他压在两边。我看着他离得越来越近的脸，身体完全无法动弹，只有嘴巴能发出声音："你你你……我……你想做什么，唔……"

嘴唇被叼住一半，力道十足地咬了一口。我没有防备，喉咙里立刻泻出一丝呜咽。我想要和他讲话，却有舌尖乘虚抵开齿关，接着长驱直入，自上而下地搜刮。这样的亲吻很少有，但总是会让人快速陷入迷糊。隐约觉得有手指从衣服的下摆探入，在腰际那里撩拨得一塌糊涂。浑身软下去，只因被他抵在门边，才没有掉在地上，却觉得身上开始有火升腾，闷闷哼了一声。

不知什么时候，我的双手搂在他的脖子上，渐渐他的亲吻变得温柔，退出来在嘴角一点点儿轻吻,间或咬一口下巴,嬉戏逗弄。我知道他在生气，却慢慢陷入这种迷乱里无法自拔。事实表明，和他这样的肌肤相触，我总是无法自拔，扭过头去咬他，被他避开。我有点儿着急，很快被他勾住下巴细细舔吻。若是用一种不恰当的比喻，这样的亲吻让人想起舒卷婉约的菟丝草。我有些催促地更紧地抱住他,感觉到他咬了咬我的嘴唇,声音低沉:“绾绾，我是谁？”

我的大脑早已难能思考，本能驱使之下喃喃开口：“顾衍之……”

“顾衍之是谁？”

“哥哥……”

他的手在我的后背缓缓摩挲，唇边仍是不紧不慢亲吻的样子：“还有呢？”

我在混沌之中，觉得这样的问题根本不具可比性，有些难耐地看着他，感觉眼前湿漉漉一片模糊：“老公……”

他的声音越发低柔温缓：“说你爱我。”

“我爱你……”

“所以，你是喜欢李相南，还是更喜欢我？”

“我更喜欢你……”

话音落下的同时，他的唇落在我的脖颈上，凶猛一样辗转吮吸。我被撑着仰起头，在他仿佛有些惩罚性质地咬了一口后，终于抑制不住哭腔，带着浓浓鼻音叫出来：“哥哥……”

我听到他声音克制中的低哑：“要不要我？”

我听到自己的声音，低低甜腻到不可思议的地步：“要……”

这几年的每一场欢爱，都像是饕餮的一场盛宴，印象深刻。单单只是顾衍之靠近过来时身上的沉静气息，就足以撩动到脸红心跳。叶寻寻曾经严肃建议我离顾衍之远一点儿，最好达到让他想吃又吃不到的完美距离，当然更远一点儿也可以，总之就是不能任由顾衍之为所欲为。她对此的理由是，男人都是下半身动物，酒足饭饱就容易厌倦，厌倦之后说不定就要去找别的女人，这样的后果基本就是离婚。即使顾衍之离婚后财产都要归我，也保不准他还是会脑子发热要离婚。更何况，情欲这个东西本来就对身体不好，开源节流是王道，纵欲过度会伤身。叶寻寻讲得信誓旦旦，我曾经为此忧虑了一个下午。然后当天晚上在书房，再次有些不寻常意味在涌动的时候，我把顾衍之推了推，然后自己迅速退开两大步。

我在书房里与他无声对视。看到他眼底沉黑未退，挑一挑眉："怎么？"

我定了定神，小声说："你看，我们昨天那个，前天也那个，然后今天还……所以……不太好……"

后面的声音细如蚊蚋，顾衍之应该没有听清楚，因此他说："所以？"

"所以，那个，有人，"我清了清嗓音，鼓足勇气，干脆一口气说下去，"有人告诉我开源节流才行，纵欲过度对身体不好。"

我隐约怀疑他的眼角应该是跳了跳，可同时他的语气却还是很平静地回答道："开源节流好像不是这么用的。"

他一面说，一面朝我走过来。

我下意识觉得不太妙，立刻往后退了退，一直退到桌角，再无可退，颓然不抱希望地抵挡："你意会就行，好不好？"

下一刻，我被他一把抱到书桌上，身上的睡衣被他推到胸前。顾衍之俯身下来，在触碰到我的嘴角之前回答我道："意会的结果就是，那个'有人'的叶寻寻摆明了是在忌妒。"

突然听到门板外面有脚步声，不久之后敲门声传来，伴随着管家的声音："杜小姐？我把鱼汤端上来了。"

我紧紧咬住下唇，克制住差点儿就溢出的一声呻吟，猛然抬起头，恳请地看向顾衍之。很快眼睛上被亲了亲，让人不得不闭上眼，接着便听到轻轻的“咔嗒”一声，门锁被锁上。我睁开眼，眼睁睁地看着他朝着嘴角亲下来，声音就像是徐徐喂进来：“不用理他。”

当天真正停歇的时间，我已经意识混沌到难以知晓。只记得过了许久才被抱去浴室洗澡，那时已经困倦到睁不开眼，等到被裹上浴巾抱回被单内，立刻就昏睡过去。却在不一会儿又被轻轻推醒，有人亲了亲我的额头，声音温柔诱哄：“绾绾，吃点儿东西再睡。”

我闭着眼不想睁开，黑暗中朝着那个声音的方向伸出手，摸到他的一点衣料，紧紧揪住，意识昏沉，口齿不清地要求：“不想吃。你来。”

那个声音的主人停顿了一下，将瓷碗放到桌柜上，轻轻的啪嗒一声。下一刻被单被掀开一半，我被一个怀抱温柔拢住，双脚被他纳入腿中，后背被他轻缓抚摸，他的下巴抵住我的发顶。

我终于觉到这些天从没有过的心安，心神一松，彻底陷入黑甜。

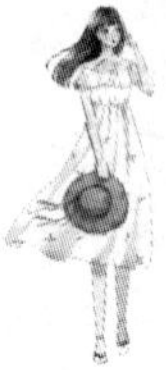

第九章 / 喜新厌旧

我意识模糊地做了一个梦。

我又梦到了父亲。上一次梦到他是在几个月前。他在灰暗的背景里无声地、温和地望着我，嘴边有一些微笑，却无论我说什么，都始终不出声。这一次仍然是这样。只是他的眉宇间仿佛有些担忧，但仍然是无论我讲什么，他都只是微笑包容的模样，一动不动，也不开口。我自顾自絮絮说到最后，终于有些口干舌燥。沉默了一会儿，我低声告诉他：“我得了骨癌，爸爸。”

我忽然间有些伤心，想哭的感觉压不下去，在梦里紧紧抱住他，泪水大滴大滴滑下脸颊：“是骨癌晚期。医生说我还只可以再活四个月。我最近经常骨头痛。爸爸，可是我不想只活四个月啊。我该怎么办呢？你能告诉我吗？”

他仍不肯说话，也没有动，只是笑容浅了一些，看着我的眼神变得复杂。我抹了一把眼泪，却有更多的泪水扑簌落下。我仿佛是站在玻璃的地面上，可以听见眼泪滴答落下的清脆回声。我觉得越来越痛，又觉得有些冰冷，却无法分清究竟是哪里痛，哪里觉得冷。只有难受到心悸的感觉清晰可辨，以至于终于忍不住扎进他怀中，哭得越发大声。

我哭了很久，简直要把这些天压抑住的心情统统释放出来才甘心。到最后觉得心脏都在紧缩发疼，眼前阵阵眩晕。忽然被人轻轻亲吻，从额头到鼻尖再到脸颊，一下一下，每一下都温暖得无以复加。迷蒙中有人在轻拍我的后背，一遍遍柔声唤我的小名：“绾绾？绾绾？”

我慢慢睁开眼，觉察到床边的柔和光线，以及眼前一张熟悉好看的面孔，终于缓慢地意识到刚才是一场梦。我真实地被顾衍之抱在怀中，他的手指抚摸在我的脸上，把我的泪水一点点儿抹去，动作温柔，触感温暖。

他轻轻说：“做了什么梦？”

我低声说：“我说梦话了？”

“没有。”他的面容上还是那种熟悉的笑容，嘴角微微上扬，“怎么哭成这样？”

“梦到了父亲。”

他微微一挑眉：“他说了什么？”

我摇了摇头，喉咙里还是有些哽咽，一言不发地反抱住他，听到他思索片刻后说：“我们这个月找个时间，回一趟山中？”

我又摇了摇头，觉到脚踝处有些隐隐作痛。想起鄢玉说过的骨癌症状之一就是晚上的骨痛会疼得比白天厉害。我原本想不着痕迹地忽略掉这种感觉，然而痛感越演越烈，终于到了难以忍受的地步。我疼得开始吸气，终于被顾衍之发觉：“怎么了？”

“……”我说，“脚踝有点儿痛。”

他看看我，很快在被单底下找到我的脚踝，握住，放在怀里轻轻揉捏，手势轻柔得恰到好处。我抬头看他，密长的睫毛，挺拔的鼻梁，即使不笑也有一些微微上翘意味的嘴角。他一直这样好看。

我突然又有些鼻酸，被他一抬眼，堪堪看见。他脸上舒展开一点儿笑容：“怎么嘴巴噘成这样？这段时间脚踝总是痛，会不会有什么问题？后天我们去医院看下？”

我说：“也没有总是痛啊，就是偶尔痛一痛。可能是缺乏了什么微量元素。我不去医院。”说完继续看着他。

也许是我此刻的眼神有些贪婪，让他的一个亲吻轻轻落在额头上，笑着问：“你想说些什么？”

我踌躇了一会儿，还是忍不住想把话说出口，同时一眨不眨地望着他：“就是觉得，要是有一天你很讨厌我了，也不要忘了我。这样可不可以呢？”

顾衍之看看我，眼里有几分好笑的意味：“为什么我有一天会讨厌你呢？”

我啊了一声，低头看看手背，又抬头看看天花板，若无其事地开口：“这个很容易啊，说不定就喜新厌旧了。你看，以前你就嫌弃过我这里那里，

说不定以后就更多地嫌弃我这里这里那里那里，你看叶寻寻和鄢玉以前不就这么分手的吗？”

他笑着说：“我以前嫌弃过你哪里哪里了？”

我认真地说：“你是没有明确讲过你嫌弃我啊，但是你心里肯定嫌弃过我。”

“比如说？”

“比如说，你说不定就嫌弃过我不如你聪明啊，甚至直接就觉得我很笨也有可能。然后说不定还觉得我厨艺也不如你，再加上我又对你那些公司上的事务一窍不通，不但帮不上什么忙，平时还能乱七八糟倒腾出不少别的事情来，而且我话也很多，说不定你嫌弃久了，就觉得受不了了，然后郑重其事地考虑离婚，找个更聪明更安静更明事理的女孩子啊。”

我说完眼巴巴地望着他。

顾衍之淡淡开口：“什么叫我嫌弃，难道你本身就不笨吗？”

“……”

我呆滞了一下，然后反应过来他这句话的意思，轻飘飘哦了一声，说：“那真是为难你了啊。我觉得我们今天晚上还是分床睡吧。”然后就要越过他爬下床，被他一把捞回去，语带笑意。

“每回分开几天都要胡思乱想。你不困吗？乖乖睡觉。”

我被按在他心脏的位置，听见那里有规律的跳动声音。难以想象以后可能有那么一天，顾衍之会对别人做对我现在做的这些事，一下子就觉得难以忍受，然后就有点儿怨恨苍天何其不公。

我也没有做过什么亏心的事，我只不过是喜欢了一个人，想和他待在一起的时间久一点儿而已。而到现在为止，我们统共也不过在一起不过几年。再林林总总刨去中间分离的时间，剩下来的相比于整个人生，就实在显得很短。

当晚睡眠又不好。我趴在顾衍之心口，闭着眼装睡了不知多久。临近天亮时才酝酿出一些睡意，然而不久过后便听到顾衍之起床。他下床的动作向来很轻，这一次同以前一样。可我仍然无法再入睡，趴在枕头上看他在玻璃墙后面隐约系扣子的样子，一面想象他解开衬衫领口两粒纽扣时，一派随意慵懒的模样。隔了一会儿，他从里面走出来，我立刻闭眼。

他在我嘴唇上温软一点，开口：“既然醒了，不如下楼陪我一起吃早餐。”

“那……”我的眼睛睁开一条窄缝，从里面觑他的表情，有些试探地说，“你求求我啊。”

我被从被窝里一把捞出来，头顶上有人笑着开口：“我求求你了，陪我一起吃早餐吧。今天早上有某人最想吃的生煎包。”

我睁开眼，面前这个人穿一身米白色休闲衫，一张脸庞上嘴角微扬，笑容清浅。想到前一天登机之前，鄢玉告诉我，他明天下午要回来 T 城帮我做的事，本来以为已经做好了的心理准备忽然之间全面崩塌。

我抓住顾衍之的衣领，在手里慢慢攥紧到不像话。

他挑起眉尾看我。我低下头，不敢看他的眼睛，低声说：“哎，那个，你能不能今天就不要出门了呢？你看，你既然都求我吃早餐了，我也答应你了啊，那么你能不能也答应我呢？今天不要去公司了，行不行呢？我以前从来没有这样要求过你，只今天这一次，以后也绝对不会再这样。”

停了停，我又立刻补充：“你不要多想啊，我这么说也不是因为什么很想念你之类，我才没有想你呢。我就是觉得，就是觉得，也许今天可能会有打雷闪电什么的，外面不会很安全，你觉得呢？”

我听到有人微微笑了两声，随即下巴被捏住，轻轻前后地摇晃。然后他说：“心口不一的小孩子一样。”

我和顾衍之两个人在家中度过了整整两天。

待在一起的时间越长，就越不希望第二天鄢玉的到来。这样思前想后的后果就是，我在第二天上午的时候给鄢玉发了消息，单方面告诉他将既定事项延期一天。而很快鄢玉回复过来，是惊心动魄长长的一段话：愚蠢！无知！感情用事！我现在已经在去机场的路上了，你告诉我这个！我看你

是根本连四个月都不想活了，你就根本想自生自灭了是吧！

我心里一个哆嗦，几乎能想象到被放鸽子的鄢玉火冒三丈的模样，立刻关闭手机。

其实这两天根本没做什么特别的事。

不过还是往日经常做的那一些事，一起给院前的银杏树浇了浇水，逗弄了几下玻璃缸中的金鱼，又并排坐在观影室内看了两场电影，再下一下棋，聊一聊天，还有睡一睡觉，便不知不觉到了第三天。

以前不曾意识到四十八个小时会有这么紧迫，紧迫到能清晰感觉时间就像是指尖的风，抓都抓不住。

我在次日下午，顾衍之人在公司的时候去了咖啡店。李相南已经坐得端端正正地等在了那里，神情很有几分失魂落魄的样子，看到我后又在脸上挤出一个笑容，朝着我招招手。

我走过去，跟他说："你既然笑不出来就不要笑了行不行？说实话，你刚才那个笑容还挺吓人的。你看我这不还好好的，说不定就又奇迹出现活下来了呢？你不要现在就摆出一副泫然欲泣的表情行不行？"

李相南摆出一副很委屈的模样："我又哭又笑也很考验功力的好不好？你知道我现在心里有多难过吗？我不眠不休查了整整两天的资料，我连高考都没这么专注过。"

"那查询的结果呢？"

他沉默了一下，看了看落地窗外，转过头来改口道："哎，你想喝什么？我去给你买。"

我说："冰咖啡里那几种里你随便选一种吧。今天有点儿热。"

他说："你身体状况不适合喝冰的东西。"

我说："那就来杯摩卡可以了？"

他说："你现在身体状况不适合喝咖啡。"

我一动不动地盯着他。李相南不为所动："你不想为自己负责，可我做不到。你别想威逼我。你想想，要是现在坐在这里的是顾衍之，你敢随便跟他提这些要求吗？”

我梗了梗脖子，说：“敢啊，为什么不敢。”

李相南说：“这是你说的。那我现在就给顾衍之打电话，告诉他你得了骨癌晚期。”说着就拿起电话。我盯着他的动作，直到他翻到电话号码，然后抬起头来，“我真拨出去了啊？”

我点点头，抱着双臂看着他：“你继续。”

李相南浑身僵硬两秒钟，两秒钟后颓然放下手机，看了我一会儿，说：“我听鄢玉说你不想接受治疗，连最基本的保守治疗都放弃了？”

“是这样没错。”

“为什么？”

“没有为什么。”

“那是为什么？”

我跟李相南僵持了一会儿，终于还是实话实说：“反正吃药和不吃药，后果也没什么区别。更何况，现在吃药的话，很可能会被顾衍之发现。”

他沉默了一会儿：“那至少也应该在你们，”停了停，说下去，“关系破裂之后接受治疗。”

我说：“啊。”

“啊是什么意思？”

我说：“已阅。”

“……”

李相南的表情明显是没有死心，还要再劝。我的身后突然响起一个惊诧的清丽女音：“你们俩怎么会坐在一起？”

我转头看，叶寻寻一身淡紫色连衣裙站在不远处，一只手里握着杯咖啡，另一只手里捏着太阳眼镜，正挑高了眉毛瞪着我们，言罢视线单独定在李相南身上：“你什么时候回来的？”

叶寻寻问别人问题，在很大程度上都仅仅是问一问而已，并不需要当

事人来回答。换句话说，她只是在用一种类似于疑问句而实际上是反问句的口吻来加强语气罢了。而显然李相南也早就领悟了这一点，闻言根本不看她，直接站起来对我说：“我去给你要点儿温水。”

叶寻寻毫不客气地在李相南的位置上坐下来，说：“你们俩在聊什么？你们俩能有什么好聊的？你们俩怎么碰上的？你们俩怎么会一起坐在这个地方？”

我说：“在聊打算跟顾衍之离婚的事。”

叶寻寻哦了一声：“准备哪天离婚？”

“半个月之内。”

“离婚原因呢。”

我说：“夫妻不和。”

“你确定这四个字是用在你俩身上，而不是用在我跟兰时身上吗？”叶寻寻把太阳镜随手丢在桌上，一脸不以为意的模样，“行了，胡说八道些什么呀，我问你正经的呢。”

我把问题岔开：“你怎么会一个人来这里的？”

“逛商场走得累了呀，过来歇一歇。”

“你居然没有买东西？”

“看中了，只不过还没买。”叶寻寻漫不经心地说，“兰时现在正在路上堵车，等下他会过来。”

“他过来做什么？”

叶寻寻完全一副理直气壮的模样：“埋单呀。”

我看了她片刻，还是没能领会其中的精髓：“为什么？”

“什么为什么？”

“为什么兰时会来埋单？你以前什么时候叫过别人来埋过单？你不是都自己埋单的吗？你不是说你跟兰时结婚以后你俩井水不犯河水的吗！”

叶寻寻又哦了一声，心平气和地开口：“可是我钱包前几天被人偷了，丢了好几千块呢。兰时说这是补偿，今天随便我在商场看中多少东西，都是他来结账。我想了想，总归我都已经嫁给他了，这辈子指不定就这么跟他过了，既然他都已经这么开了口，而我又不吃亏，再拒绝就未免显得太造作了，你说呢？”

我看着她，缓缓说：“你不是一直都很造作吗？”

叶寻寻噎了一下，梗了梗脖子道：“随你怎么说。”

隔了片刻，我突然想到一件事：“等等，兰时跟你在哪里见面？你还要在这里坐多久？”

叶寻寻一脸莫名其妙地看着我：“我就坐在这里等他来呀。”

我看着她：“……”

我终于意识到，有些事情正在沿着超乎我预料范围的趋势发展。我猛地呆了呆之后，立刻拿起手机给鄢玉拨电话，正打算另约到其他地点，忽然门关处有轻盈风铃响起的声音。我回过头，鄢玉一只手拖着行李箱，另一只手握着电话贴到耳边，身后的店门正堪堪合上。下一刻，我听到手中话筒里传来的冷淡声音：“喂？我到了。”

我看着电话咽了咽喉咙：“……”

我还没有想到任何一句合适的措辞，就听见风铃的清脆敲击声再次响起。我默默祈祷着抬起头，就看见只在几个月前叶寻寻婚礼上见过一次，叶寻寻如今的合法配偶，眉眼深邃，却又莫名能给人一种温润谦和感觉的兰时穿一身浅色长衣长裤，正一面环视四周一面推门进来。

我终于彻底陷入绝望。

眼尾偷偷扫向叶寻寻。她坐在那里双手抱臂，看过去的眉眼间早已一片冰冷。

在今年叶寻寻结婚的时候，鄢玉没有出现在婚礼现场，却委托顾衍之带去了一个几万块现金的红包。叶寻寻在婚宴之前知道这件事，沉默平静了两分钟，缓缓吐出一句话：“管他去死。”

在我的记忆里，叶寻寻有史以来还没有跟谁结过这么大的仇恨。鄢玉如果当时站在她面前，她一定会用尽全身力气把他大卸八块。

自从他们两人最后一次分手，鄢玉离开T城，两人从此对过往便三缄其口。一直到叶寻寻结婚，两人也没有再互相提过对方一次，仿佛曾经那些旧时光皆是一场朦胧假象。流年在樱桃和芭蕉中一再交替，叶寻寻婚姻的对象从曾经期许的鄢玉换成如今的兰时，我曾经小心翼翼问过她与鄢玉老死不相往来的缘由，她轻描淡写地告诉我："他既然放任我一哭再哭，就不能再饶恕。"

我揣着勇气又问一句："可要是哪天你再见到他的话……"

叶寻寻淡淡开口："我要是会主动再跟他讲一句话，就让我去死。"

……

眼前的这一幕挑战我身为一个可怜癌症病人的寿命极限。我觉得要是我在四个月不到的时候就离开这个世界，一定跟我坚持拒绝吃药没什么关系，而大部分都是今天下午所受到的惊吓而导致的。

周围的空气就像是凝固住了，我觉得头皮发麻，听着鄢玉在电话里喊了两声。大概是我的不回应终于让他觉察出不对，鄢玉在门口握着手机，微微一抬眼皮，下一刻他就跟叶寻寻的视线两两相对。

鄢玉本来就没什么表情的脸上，刹那间变得冷若冰霜。

我抱着此生目睹的最后一场精彩大戏，看了才能死而无憾的理直气壮心情，冒着胆子在他们两个之间看来看去。鄢玉站在原地，跟叶寻寻对视了片刻，才拖着行李箱慢慢走过来。走到近前时，突然把目光拐到了在旁边的我的身上。

他的两道视线犹如暴雨梨花针，几乎能把我戳出千疮百孔。我心脏一抽，立刻举起双手解释："我不是故意的，不对，不是我故意的，是叶寻寻故意的，也不对，其实她也没有故意。她根本就不知道，只不过她也来了咖啡店，看见我坐在这里，然后她就坐过来了，然后你就来了，然后就……"

我的声音越来越低，最后在鄢玉"我懒得听你的理由，我好不容易回来一趟T城结果你就给我看这个”的暴怒瞪视下欲哭无泪。李相南终于端着温水走了回来，走到近前停了停，看了看面前的情势，反应过来时，不受控制地啊了一声。

我清了清喉咙，虚弱状地艰难开口：“李、李相南，我觉得我有点儿头晕需要休息。我们还是先走一步好了……”

李相南立刻配合地过来搀我。

鄢玉阴森森地盯着我们道：“站住。”

我和李相南立时站住。

鄢玉又缓缓转头看向叶寻寻，然后缓缓开口：“很久不见了，叶寻寻。”

“也没有很久，不就是半年前的事嘛。”叶寻寻抱着双臂，目视前方，又仿佛突然想起来什么，抬起头来，“咦，不对，我们是不是已经好几年没见过了？你看，真是不好意思，我这段时间过得挺好，都不知道原来过去这么久了呢。”

鄢玉看了她一会儿，慢慢开口：“好好说话，别阴阳怪气。”

叶寻寻的目光瞬间转冷：“好好说话是吗？行，你听着——我还真是没想到会今天在这里看见你。坦白说，你让我立刻就扫兴透了。”

鄢玉的脸色在那一刻简直冻成了一块南极冰山。

他的嘴角压下去，那种微微眯起的眼神仿佛吃人一般。叶寻寻毫不示弱地直视回去。四道视线锋芒毕露，都像是出鞘的利刃一般。我眼睁睁看着他俩之间的气氛越来越诡异，有一种观看古代武林高手狭路相逢即将开打的紧张感和刺激感。

我敢保证，如果鄢玉再稍微说一句戳人的话，叶寻寻绝对能把手里那杯咖啡给他当头浇下去。她一向拥有可以完全无视周围所有的人，把除了自己的所有人都当成静物的本事。我看得越来越兴奋，挣脱了李相南的扶持也不自知，简直想立刻把他们两人的胶着跳过去，看他们两个激烈的你争我往。冷不防有只手轻轻搭在了叶寻寻的肩膀上。

那只手修剪得当、骨节分明，只一眼便知是养尊处优的一只手，而那

只手的主人温和地开了口："怎么坐在这么一个地方，让人一顿找。"

兰时不按常理出牌地出现在这里，就像是一个绝顶的世外高手，把宽大袍袖只这么轻轻一挥，就让方才紧绷的感觉陡然消散。

我突然觉得方才我脑补的那些遐想画面都特别无力。

兰时微微弯身，将叶寻寻几乎捏爆的咖啡杯从她手里解救出来，一面转过脸，向我们几个人一一点头致意。我只见过他一次，却被他准确叫出了名字。李相南不知何时见过的他，此刻也被他叫出了名字。轮到鄢玉的时候，兰时仍然是一副沉静有礼的模样，淡淡开口："鄢先生。"

鄢玉抿着唇，脸色阴沉到滴得出水来，身上的白衬衫完全阻挡不住他冰寒气场的强烈迸发。隔了片刻，终于面无表情地点了点头。

兰时转头对叶寻寻开口："在这里等多久了？"

叶寻寻冷冷回答："有一会儿了，你来得有点儿慢。"

"和杜绾小姐一起逛的街吗？"

"谁要跟她逛街。我跟她买的东西都不是一个风格的好不好。"

兰时微微一笑："那你看中什么东西了？我们现在去买好不好？"

"现在忽然又不想买了。"叶寻寻朝着我一扬下巴，"除非他们三个走，否则我也不想走。我现在只想坐在这里。"

"……"李相南张了张口，说，"叶寻寻，这个位置明明是我先来的，你现在是占了我的座位好吗？"

叶寻寻稳如泰山地坐在那里，将太阳镜拿在手里摩挲，头也不抬缓缓道："所以呢？"

李相南："……"

鄢玉在一边冷声开口："叶寻寻，你讲些道理。"

叶寻寻猛然抬起眼皮，脱口道："我讲不讲道理跟你有什么关系！"

我和李相南被震得齐齐往后倒退一步，顿时感觉整个咖啡店里的人都在看过来。静寂了片刻，我再次咽了咽喉咙，低声叫了一句鄢玉，有些商量的语气："要不，我们去别的店吧？"

鄢玉头也不回地冷冷道："凭什么？"

我决定从此闭紧嘴巴沉默不语。

"寻寻，"兰时在一边温声开口，"释放怒意的方式有很多种，但是为难别人跟为难自己是两回事。你觉得呢？"

叶寻寻神情冰冷，却不说话。李相南在一边低声跟我说："兰时这话是什么意思？我没听懂。"

我说："我也没听懂。"

李相南："……"

"不过，有一回顾衍之跟我提过，他说跟叶寻寻讲话，根本就不需要叶寻寻听懂。"我低声叹了口气，"叶寻寻本来就是个不可理喻的人。不可理喻的意思就是她可以跟所有人讲道理，但是任何人都不能跟她讲道理。即使叶寻寻懂道理，她也不会讲道理。这本来是女生的通病，但这个通病在叶寻寻身上发挥得特别淋漓尽致，任何人跟她讲道理都只能让她火冒三丈。所以这样一来，对付叶寻寻的方法就只有两个，要么是跟她一起不讲道理，但这个姿态太丑了，不合适；要么就是用叶寻寻根本听不懂的道理跟叶寻寻讲道理，这样高深或者故作高深的后果就是，叶寻寻没法再用她的那套理论来反驳你。其实叶寻寻的武器就只有她的那套理论，现在武器不好用了，再加上她本来也不是不懂道理，她其实也心虚，所以你跟她心平气和地说着说着她就渐渐没话讲了，到最后只能听你的。顾衍之说，对付这种女生最合适的办法就是这么做。"

李相南沉默了一会儿，缓缓说："我真讨厌顾衍之啊。"

对面兰时同叶寻寻的对话仍在平静继续："寻寻，事情总要有一个解决办法。当然我们可以坐在这里，让他们先走。总归这个位子上一年不知轮流会坐多少人，他们只不过是所有客人里的几个。但同时也可以我们两个先走。我教过你的机会成本你忘记了吗？时间价值你也忘记了？有些事情一反一正会错过很多好时机。你刚才不是叫我快点儿来，以免有个玫红

色的包被别人买走吗？当然就算别人买走了你也可以过两天去美国再买，可是何必要这么折腾呢？难道坐在这里生闷气，比去商场任意刷我的卡还觉得快乐吗？”

叶寻寻的脸色变得有点儿缓和。我的目光在兰时和鄢玉身上交错逡巡。后者眉眼肃杀冰冷，渐渐萧条得像是冬天冰雪覆盖的荒山。我忽然有些不忍，不知该如何开口劝解。对面兰时已经捞过叶寻寻的手袋，一边将叶寻寻半哄半搂着扶起身来。

一分钟后，叶寻寻扬着下巴一言不发地离开。兰时在她身后敛住脚步，冲着我们一点头：“先告辞。”目光先落在鄢玉身上，然后是李相南身上，最后又看向我，嘴角带着笑容，“杜小姐如果有空，欢迎常来兰宅做客，寻寻很希望你能来。”

我默默点头。等目送他们远去，李相南在一边几不可闻地感慨：“开银行的人果然都长了一张舌灿莲花一般的嘴啊。”

我又默默点头，一面忍不住偷偷觑向鄢玉。他已经在沙发上自顾自坐了下来，将行李箱打开，把里面的文件抽了出来，再抬起头看向我时神色如常：“这两天你跟顾衍之过得怎么样？明天上午我去找顾衍之。明天以后的三天时间里你不要让他见到你。我建议你其实可以在这三天时间里找个地方准备一下离婚协议。要是三天之后我成功了，就按照你的想法，你跟他顺利离婚。要是没有成功，我可就没有别的办法了。”

我哦了一声，一时吃不消他这样大的情绪转变。

鄢玉又说：“你当真不吃药？就算不想做其他治疗，连药你都不吃了？你这种一意孤行的病人其实我特别不喜欢，你知道吗？”

我啊了一声，点点头。

李相南坐在我旁边，把我想问又不敢问的问题说了出来：“你确定没问题吧？刚才你还……啊。现在你又……啊。”

“我的事跟你们没关系。”鄢玉轻描淡写地抚了抚袖口，仍是抬起眼看我，“我得事先告诉你一声，虽然我跟你勉强算是旧相识，但诊金是诊金，这得按照行业标准来，半分也不能少。你能明白？”

我又点点头。听见他嗯了一声："你明白就好。不过话说回来，据说顾衍之在你结婚之前签了一份婚前协议是吧？那你应该算个富翁啊，这点儿小钱在你眼里也不算什么嘛。倒是顾衍之，你俩等离婚了，对他可真是一场巨大的灾难啊。哦，对了，还有你，"说着目光又转向李相南，眼镜后面显而易见的幸灾乐祸，"你身为他们两个离婚的导火索，你可要做好万劫不复的准备啊。顾衍之从来都不是个大度的人，他小肚鸡肠得很，一下子赔了夫人又折兵，他能做成什么样，我可一概不负责任。"

……

我在晚上十点的时候回到顾宅的。

我很少有这样晚才回到家的时候，更从未有过不经通知，就这样晚才回到家的情况。李相南的车子停在路口，我慢慢沿着道路走回去，果然远远看到不停张望的管家，看到我之后立刻快步赶过来，有些焦急的神态："杜小姐今天一天都去哪里了？电话怎么一直是关机状态？"

我低着头往前走，一边心不在焉地回答："手机没电了。"

他显然是不赞同的语气："至少也要找别人打个电话回来。以前没发生过这种情况，少爷今天在书房已经等了一个晚上。八点半之后开始给所有可能认识的人打了电话，都说没有见到你。叶寻寻小姐的手机也是关机状态，少爷生怕你们出了事。"说到一半停了停，又补充，"现在回来了就好。吃晚饭了吗？要不要叫厨房再做些夜宵来？"

"不用了，我不饿。"

我的话音刚落，已经被人捉住手腕，力道不大，头顶上传来的声音甚至堪称温和："一声不吭跑去了哪里，现在才回来。"

我抬起头。顾衍之站在台阶上，还是早上离开时穿着的浅色亚麻长衣长裤的模样。灯光下他身姿挺拔，有微风轻轻拂动额角的头发。五官深邃，眉眼间带着一点儿温柔，丰神如玉一样。

我看了他一会儿，才收回目光，有些随便地开口："就是跟别人聊了

聊天，不知不觉就说到了现在。”

他垂下眼睛看了看我。我心跳如鼓，掐住手心，维持着镇定。过了一会儿，听到他轻声开口：“可我还没有吃晚饭。”

我的勇气像是很轻易就被他这句话卸去一半。

我抬头望向他。他的睫毛深长，盛住的目光隐隐柔和，找不到其他的情绪在里面。我在道歉和冷硬之中挣扎。这简直是天人交战。隔了好一会儿，终于全线放弃。

我上前半步，小心翼翼地抱住他的腰身，没有察觉到什么推拒的意味，更紧地抱住，闷声说：“对不起。”

他的手从我的手袋与身体的缝隙中穿过，上半身被他密密贴进怀里，后背有他指尖熟悉的温度。我的脸颊贴着他的衣服扣子，闭上眼，深深呼吸两下，感觉发顶被揉了揉。

顾衍之有些笑意地开口：“明天去试婚纱？”

我的嘴唇被自己咬得发疼。

——鄢玉今天下午同我说，所谓心理控制，九分真，一分假，慢慢地潜移默化。顾衍之不能知道这个事实，可是除他之外，你要跟我一样清醒地意识到这一点，硬下心肠，一丝不苟。这是你自己的事，你自己才是最关键。当然，你也可以选择软弱，这是你的权利。我现在回去A城，也没什么太大关系。但是你身为一个成年人，如果不能承受自己所做决定带来的后果，那就不要在开始随便信口开河。我不喜欢半途而废的人。杜绾，如果你想努力，那就达到极限的努力，行不行？

隔了片刻，我若无其事啊了一声：“可是明天我要去找叶寻寻。”

“那就后天？”

我说：“哥哥。”

他尾音上扬地嗯了一声。

我分明感到自己呼吸困难，声音却平静得超出寻常：“三天之后，我有话和你讲。”

他又嗯了一声，说：“一定要三天之后？”

我说：“对，三天之后。”

这个世上总有那么一些事不太尽如人意。具体来说可以表现在许多方面。比如，你喜欢的人不喜欢你；你不喜欢的人喜欢你；你不喜欢的人不喜欢你，以及你喜欢的人喜欢你，可是你们不能在一起。

这四种事情各自的痛苦程度，总的来说应当是如鱼饮水，冷暖自知。而对于我来说，现在所深切了解的，莫过于第四种。并且比第四种更加痛苦一点的就是，你喜欢的人喜欢你，可是你们不但不能在一起，他还会因为你的主观缘故而变得讨厌你。

就连李相南，在最初得知我的这一打算时，也忍不住幽幽劝我，杜绾，你这是何必。

其实转念想一想的话，我也没有很何必。

毕竟身为一个将死之人，为自己打算得多点儿跟为自己打算得少点儿，保质期都是那些，到头来也没有什么分别。这样看来，自然还是要为自己所在乎的活着的人多做打算。现在我所在乎的人自然就是顾衍之。我既不希望他就此随我一同长眠，也不希望他在余下的生命阶段做出什么过于反常的事，如此的结果就只能是我自己做出一些反常的事。当然这些事做起来不可能不心痛，但心痛毕竟不是癌症，虽然人人都不喜欢心痛，可是它毕竟挺一挺都会过去。尤其是在挺不过去的晚期癌症面前，这点儿心痛其实可以忽略不计。

我这么说服着自己，顺便试图一起说服陪我待在酒店房间不肯离开的李相南。他表情不甚苟同地沉默了一会儿，最后应该是没有找到能说服我的完美证词，只好叹了口气，接着无限沉默下去。

落地窗外正值T城的黄昏，从这样二十几层的高度向外望去，天边灰红相接的样子格外清晰。日头还只剩下最后一分边角，缓缓下沉，终究不见。我转头看了看墙上的钟表，时针堪堪摇过下午七点，离我上午离开顾宅已

经十个小时的时间。

按照鄢玉的说辞，他能做到颠覆顾衍之的记忆，让他相信我从来没喜欢过他的可能性基本为零。这并不是简单的催眠控制可以做到的事。除非是被车撞了，或者是其他什么原因导致头部遭受重创，而重创的恰好又是海马体那么一个地方，才能快速地出现这么一个奇迹。

所以就只能退而求其次，勉强从顾衍之笃信我不会变心的观点中快速剖开一丝缝隙。这虽然是心理控制术的原理，但其实已经跟心理控制术有所不同。具体中间过程解析复杂，但最终的结果就是尽可能地压缩时间，快速地使顾衍之相信我虽然还算喜欢他，但喜新厌旧是人的天性，加之李相南本身就不算差，而且我们是同龄人，可能是共同语言多一点儿的缘故，因此相较于顾衍之来说，我现在更喜欢李相南。

鄢玉准备把这个假的事实添加进我之前告诉他的那些回忆里，具体添油加醋的内容还包括他在 A 城目睹我约会李相南多次，半年前遇到过一次，在前几天又遇到一次，以及我还跟李相南有说有笑同饮一杯饮料等等。昨天晚上，他给我绘声绘色讲这些到后面，我终于忍不住，抬手打断他："好了我知道了，你不用同我讲细节了。你还有其他要说的吗？没有的话我们是不是就可以打住各自回家了？"

鄢玉显然说得意犹未尽，叹了口气同我道："你确定你不想听？这么精彩的三角恋故事我可是不眠不休编排了两天整，细节纤毫毕现，这样顾衍之才能相信。我编得特别跌宕起伏缠绵悱恻，简直能让山石动容的，你信不信？"

我面无表情地看着他："其实这根本不是你编排的，根本就是你的亲身经历对吧？"

"……"鄢玉低头慢慢抿了一口水，抬起头来，温和地道，"请滚，好吗？"

我在酒店里待了三天，基本没有安心喝过水吃过饭，除此之外，还差点儿把所有的手指甲都咬穿。我在房间里走来走去，到后来李相南不得不挡在我面前，抓住我的胳膊用力按下去：“杜绾，你别这样。”

“我什么都没有做啊。我就是有一点儿担心而已。”我抬头眼巴巴地望向他，“你觉得，顾衍之会讨厌我到什么地步呢？”

李相南说：“也许他不会讨厌你。他只是觉得很伤心。”

“可是你要是遭人背叛，难道你不会觉得愤怒和厌恶吗？”

李相南在我的脸上逡巡了一会儿，最后放弃跟我理论，转而说：“你希望他讨厌你到什么地步？”

“他会主动跟我提离婚吗？”

“也许会，也许不会。”

“他会跟我老死不相往来吗？”

李相南又看了我一会儿，静静开口：“不管他是哪种形式的讨厌你，或者是离婚，总归就是讨厌你了，这不就是你的目的吗？你要是觉得还是舍不得，可以现在给鄢玉打电话。你还是有反悔机会的，杜绾。”

他的语气有些冷。我愣了愣，终于被他说得清醒。

外面的天气阴沉闷热，已经是第三天的下午了。鄢玉说他最晚会在第三天下午打来电话告知结果。我和李相南默然相对，心中越来越忐忑，但没有再说一句话。直到墙上的钟表划过两点，我手边电话铃声突然响起。

我一把抓起来，上面来电显示的是鄢玉的名字。我立刻接通，手甚至有些微微颤抖。

鄢玉的声音传进来，不紧不慢，简洁而又冷静的语气：“恭喜你，杜小姐，你成功了。顾衍之至少相信了一半以上我说的话，现在你可以回顾宅了。”

我听到房间内空调启动的嗡嗡低音。隔了片刻，我迟缓地听见自己哦了一声。

鄢玉的语气像置身事外一般：“接下来要离婚还是怎样，你说了算。当然，要是想让效果更逼真一点儿，你也可以让李相南送你回去。当面亲吻还是怎样，也可以。总归，顾衍之这三天来收到的震撼已经够多，想来也不会在乎再多一个。”

这次我长久没有回答。

明明想过会是这样一个结果，可真的到了这一刻，却还是难以坦然对待，只觉得周身有些冷，大脑空白一片，心脏剧烈紧缩。我站在那里有些摇摇欲坠，被李相南牢牢抓住手臂才不至于倒下去。那边鄢玉停顿了片刻，口气有所缓和："后悔了？"

我的声音轻飘飘的："不会。"

"那就是觉得心痛了？"

电话被人抽走，李相南对着话筒说："话说得是不是有些过了？"

"我只不过是给她一个心理准备罢了。"鄢玉在那边冷冷回答，"我的话才算什么地步，一会儿见到顾衍之，你叫杜绾别演着演着就崩溃了才好。"

我回到顾宅的时间已经是晚上。

我其实并没有注意到夜晚的降临，包括怎么从酒店离开，怎么坐进车子，怎么被李相南载回顾宅的记忆也是一样。一直到车子缓缓停下，不远处有顾宅门口的灯光，李相南探身过来帮我解开安全带。咔嗒一声轻响，我才猛然一震，反应过来。

李相南问："需要我和你一起进去吗？"

我定了定神，打开车门，一面说："不用。"

我想象着可能见到的顾衍之的样子。他也许脸色冰冷，也许动怒质问，也有可能一言不发只将我视作空气。但若是客观来说，其实这几种反应不论哪一种，对我来说，都没有什么分别。

然而真正的事实却远不是我所料到的任何一种样子。我走进客厅里的时候，客厅很安静，顾衍之正一身浅色家居服坐在沙发上翻着杂志，手指停留在插页上的姿态很随意。他听到响动微微抬头，看到我的那一刻面容平静，带着隐约两分疲惫，然后微微挑起一边的眉尾。

他的语气和他的表情一样古井无波："从叶寻寻那里回来？吃过晚饭

了没有？”

我张了张口，准备了多日的话一句都用不上，静默片刻，只被动地跟着他的问题答下去：“还没有。”

五分钟后，我和顾衍之面对面坐在餐厅里。我眼睁睁看着他将远处的蛋羹端到我面前，又将我手边的一盘花菜挪到一边。这是他向来习惯的动作。今天做起来，和平日并没有什么差别，眉眼也始终沉稳，平静得没有两样。在我发怔的空当，他将一块牛肉夹在我碗中：“尝一尝今天的味道跟平时有没有不一样。”

我握着筷子在碗里戳了半晌，低声说：“我有话讲。”

他说：“吃完晚饭之后再讲。”

我抬起头，看他的鼻唇眉眼，每一寸都仿佛精工描绘，这样好看。

隔了片刻，我轻声说：“顾衍之，我们离婚吧。”

他的动作终于停了停，转过脸来看了看我，眉眼间却仍是不动声色的模样。片刻后，他平静开口：“不要胡闹。”

“我没有胡闹。”我说，“我不想再和你在一起了。这么多年，难道你没有觉得半点儿厌烦吗？我觉得现在我们之间的感觉已经跟以前不太一样了。我不想再这样下去。我已经喜欢上别人了。”

我说得斩钉截铁，没有任何停顿跟犹豫。这次他仔细地看了我半晌，眼神温凉沉静，终于低缓问道：“李相南？”

我说：“对，李相南。”

他淡淡地说：“我不相信。”

他说这话的时候，手中还捏着一块奶油切包，指尖修剪圆润，手指修长好看。

我几乎要怀疑鄢玉是在骗我的。顾衍之看起来根本没有相信那些说辞。也许鄢玉所谓的心理控制并没有成功，也许此刻我面前的人早已猜出我的打算，甚至也许他跟鄢玉合谋，或者逼问出了鄢玉的真话，此刻心知肚明，只等着将我一步步揭穿。我胡思乱想到有些心慌，直到看见顾衍之把糕点

放下来，拾起一边的小毛巾不紧不慢擦拭手心。

我吊得高高的心脏陡然落了下去。

“是真的。李相南喜欢我，不比你喜欢我少。你可能觉得李相南不如你富有，他可能也没有你有经验。可是他毕竟比你年轻，你如今拥有的，他在未来不一定就不会拥有。”

我的语气轻描淡写：“更何况，他比你更尊重我的意见，他也更理解我。这些年很多事都是你来做决断，你说什么就是什么，表面上可能会很温柔，可实际上你根本不容人质疑反驳。我其实很不喜欢你这样，我其实很多想法都和你不一样的啊。可是我埋在心里的时候比说出来的时候多很多。而且，我也不喜欢你一直都这么忙。你一个月有很多天都在外面，会有很多人和你打交道，你分给我的时间你可能觉得已经很多，可是对于我来说，我一个人的时间更多一些。当然这并不能怪你，只能怪我自己。你就当是我人不好，我没有定力，不值得你再对我费心费力。顾衍之，我们离婚吧。”

我已经和他相处了这么多年。可能仍然不熟悉他打理公司的手腕，却已经可以像熟悉他锁骨的长宽，以及掌心的温度一样，熟悉他心中的软肋，和所有的小习惯。这世上没有人比我更知晓他心中没有把握时，总会握住手边任意物件的动作，也没有人比我更知晓他所在意的我们之间感情仅有的两处可能的弱点——年龄的差距，以及互相陪伴的时间。

曾经这都是我们相偎入眠之前讨论的情话。那时我们手指交叉，唇齿相衔，低声喃喃。我想顾衍之不会想过有一天我会把它们当作一把利剑。我的语气认真，不是玩笑，在他的眼里，大概就像是真的在感情破裂时的埋怨。

顾衍之沉默地看着我，眼神乌沉深邃，隔了一会儿，慢慢开口：“绾绾，如果不喜欢一个人的缺点，可以说出来，他会改正。夫妻之间总会吵架，这是再正常不过的一件事。可这不是离婚的理由。”

我避开他的眼神，低声说：“我知道你的意思，可你应该也懂得我的意思。你知道我不是在吵架，我是在认真地跟你谈。有些事忍到一定的阶段，就没有什么改正的意义了。我不认为我还喜欢你。结婚前你签下的那份财产转让，这两天我会原封不动地还给你。我希望我们能尽快离婚，我会分文不取地离开，就是这样。”

他把手里的切包放下，低缓说：“当真这样，几天前你从 A 城回来时的主动又算什么？”

“只是觉得对你有些愧疚罢了。”

他沉默了一下，突然开口：“绾绾，你究竟发生了什么事？”

我心中重重一跳，抬头去看他。

他的眼睛漆黑，眼神沉沉没有波光。

我死死掐住手心，别开眼，若无其事地回答：“没有什么事啊。我只是觉得以前的决定有些过于莽撞。或许，我不应该跟你那么早就结婚。你以前说得很对，我还太小，不及你的见解，很多事想做就做了，没有考虑过未来跟后果。我以前不知道自己想要的是什么，所以耽误了你很多时间。现在我知道了，我认为我应当及时地改正错误，也不应该再耽误你的时间，就是这样。”

他说：“一个人总会碰到一些事情觉得新鲜，偶尔也会产生错误的迷恋，这不少见。但是热度都会有过去的一天，头脑冷静下来以后，会知道之前的决定并不合理正确。绾绾，离婚是严肃的一件事，不是冲动之下的决定。有些话不可以轻易说出口，说出来也许难以再有挽回余地。我不认为今天是合适谈这件事的时间，我们改天再谈。”

他说着要站起来。

我快速地说：“我认为我已经考虑得很郑重很透彻了。我不认为我们需要再改天。哥哥，以前的我对你才是错误的迷恋。”

他定了定，转过眼来看我，半晌转身离开。我听到他淡淡的口吻：“绾绾，你这句话很残忍。”

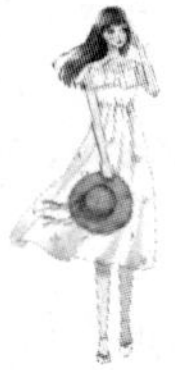

第十章 / 死不相见

我在当天晚上主动睡了客房。

我抱着枕头默默离开主卧的时候，顾衍之看了看我。他大概是看出我有一堆准备好的言辞等着反驳他的话，所以他最后也只是看了看我，一句话没有说。我早早地躺在客房的床上，关了灯辗转反侧，揣测着顾衍之此刻在隔壁房间可能在想些什么。他是否也在辗转反侧，或者已经在不动声色中开始讨厌我。

顾衍之讨厌一个人的时候，整个人都会变得很冷漠，可以从眼神中就读出他的心不在焉。如果是被冒犯得太厉害，还会在不动声色之中施以警戒。这些都是我长期观察得出的结果。他一向都把情绪掩饰得很深，不加以挖掘，很难揣测得到。世故早熟如叶寻寻，有时也会被顾衍之似笑非笑的表情弄得晕头转向。

我想，如果顾衍之像刚才我对待他那样对待我，大概我能当场就哭出来。然而顾衍之终究不是我，说不定他可以像解决公事上任何一件挫折一样解决这件事，过了今天，也许他会离婚离得干脆利落也说不定。

我一面这样想，一面又不停否定，如此心情矛盾，直到鄢玉的电话打进来询问状况。我回答得有气无力：“就是像之前说的那样。”

“今晚骨头疼了吗？”

“没有。”

“那心口疼了吗？”

“……”

“需要我安慰一下你吗？”

我忽然有些不太好的预感："你……还会安慰人？"

"因为感情而心疼这种事，以疼止疼一下就可以了嘛。"鄢玉漫不经心地开口，"想一想你接下来会因肿瘤压迫而遭遇的局部肿胀，局部剧痛，以及剧痛导致的失眠、烦躁，以及肿瘤消耗导致的贫血、消瘦，到最后你会疼得没有人形，形销骨立像鬼一样，那个时候你也就没什么心情去理会什么心疼了，不是吗？要不我给你看看骨癌晚期患者的照片？我这里有截肢病人的局部照片，保管你现在看了之后精神抖擞，一晚上都沉浸在噩梦中，不会再想起顾衍之的一丁点儿事。"

"……"

我突然有点儿理解叶寻寻为什么要跟鄢玉分手了，浑身都不由自主地抖了抖，然后面无表情地回答道："谢谢你啊，我不需要。"

次日，我和李相南在商场的餐馆中碰面。

相较于鄢玉的不解风情，李相南的话就显得要温和许多，不过也仅仅是相对罢了。这种事情任何人的安慰都是隔靴搔痒，起不到什么效果。毕竟道理人人都懂，被人劝一次，反倒更痛一层。李相南苦口婆心劝我半晌，最后大概终于觉得我无动于衷的表情看不下去，唯有咬牙放弃。他沉吟一会儿，又转而劝我别的方面："为什么你就不肯接受治疗呢？就算是癌症晚期，可那也有时间长短的问题啊。我一个叔叔就是个积极例子。说不定你接受治疗了就会出现奇迹，再活上一年两年甚至许多年也是有可能的。你现在这样是癌症病人最忌讳的……"

我低头翻了翻手背，慢吞吞打断他的话："哎，突然觉得这里有点儿吵，要不我还是回家好了。"

说完我就要起身，李相南立刻闭嘴，带着一点儿谴责和不甘心地瞪着我。我重新坐下来，叼着吸管看窗外。有澄澈天空，有云舒云卷，有干净街道，有慢慢走过的老人和小孩，有缓缓滑过的白色车辆，空气里有阳光活泼跳动。过了一会儿，我转过脸，有点儿语重心长地跟他说："活着挺好的。李相南，将来我墓碑上需要刻字的时候，你就把这五个字当我的墓

志铭刻上去。你千万要记得啊。”

李相南认真地说：“你能别说这种瘆人的……”

他的话说到后面蓦然停住，望着我的身后静了静，然后立刻又是一脸的若无其事，却终究没能完全掩饰住。我正要跟着回头，被李相南一把扣住手腕。我垂眼看了看，他已经凑近我耳边：“别回头，顾衍之在后面。”

其实已经不需要他来解释，面前的落地窗已经映出我身后的景象。我只微微抬了下眼，便看到一个熟悉的身影。那身影修长挺拔，只距离我两张圆桌之远，身后聚着四五个正装模样的人，其中一位正是我曾经在顾氏大楼见过的高层主管。

顾衍之突兀地停在那里，剩下的人正有些面面相觑。我不知道这里原来也属于顾衍之的管理范畴。若是知道，我一定远远避开。

落地窗高大明亮，完整地映出顾衍之的眉眼。他的视线正落在我和李相南的身上，嘴角微微抿起，神色是我从未见过的冷峻。

周围像是都没有了声音。我在落地窗中看着他，想象着他下一步可能有的动作。也许他会上前质问，也许只是若无其事地转身离开，也有可能是将这里的主管叫来，袖手旁观看着我们被请出门外。可是实际上我等了片刻，顾衍之什么都没有做。他站在那里，像是根本忘记了要做的事，只是一言不发地看过来。

我觉得我浑身都动弹不了。

李相南凑在我脸边不足十公分的地方，低声问：“需要我吻你吗？”说完又立刻补充，“只是借位。”

我低下头，努力做出平静的姿态，一面说：“你敢。”

李相南瘪着嘴看我。我说：“把你的手拿开。”

“顾衍之还在这里。”

“就是因为他在这里。”我垂着眼，说，“把你的手拿开。”

李相南委屈开口：“我又不是故意要吃你豆腐的，只不过你的目的差一点儿就要达到，难道现在你要功亏一篑吗？”

我说：“把你的手拿开。”

他偏过眼仔细看了看我。大概是觉得我的样子实在有些平淡，停顿了一下，还是拿开。我看到落地窗上顾衍之的身影往前迈了一步，又停顿住。我和他的距离已经这样近，近到我甚至可以看清楚他今天戴的衬衫袖扣，淡金色，正方形，恰是我在去年七夕时买下来送给他的那一对。

那一次他收到礼物，有点儿惊讶，微微挑起眉尾看过来。那是我第一次真正意义上给他送礼物，前前后后暗暗准备了很久。本来是想亲手做一件东西，比如陶土或者围巾之类，然而最终证明难度略大，又不易隐瞒，只有作罢。最后挑来挑去选中一对袖扣，买下来后又觉得他可能不会喜欢，怀着这样忐忑的心情一直到七夕当天。晚上，我终于将礼物递出去时心情其实很紧张，可是我的表情将我的心情掩饰得很好，仿佛很随意的模样跟他讲：“只是一个小玩意儿。你要是喜欢的话当然最好啊，你要是不喜欢的话……”

他说：“不喜欢的话会怎样？”

我轻飘飘地说：“不喜欢的话我就不送了呀。”说完，就跳起来要把袖扣从他手心抠走，被顾衍之一把抱起腰身压进沙发上，接下来就是勾住下巴一通深吻，一直到喘不过气的程度。我揪住他的衣襟大口呼吸，听到他说：“你这样的惊喜以后还可以多一点儿。”

我仰脸看他舒展开的五官，眉眼含有影绰笑意，只这样看一看就让人觉得心里发软。我很想直接告诉他我真的很喜欢他，然而话到嘴边还是换了个方式：“你看，我买礼物其实是很认真的啊，钱也是我自己打工赚到的。你现在知道了这个，有没有觉得更感动了一点儿呢？”

我被他紧紧抱住，可以感受到他胸腔的温度，感觉到他不断亲吻我的脸，像是要融化一般。然后听到他柔声开口：“我想这样。可是早就已经满了，再多不了了，要怎么办呢？”

……

我眨了眨眼，努力想把眼眶渗出来的酸意消化掉。

面前落地窗中映出的修长身影沉吟片刻，终于还是朝着我的方向走了过来。我浑身绷紧，猛然抬眼，在落地窗中正对上他的视线。顾衍之的脚步顿了顿。我看着他的眼睛，那里面深沉得看不见底，将所有情绪都掩住。我和他对视半晌，慢慢摸索到桌子上李相南的手，后者立刻会意，很快反手握住，又模样关切地安慰了两句。我看到顾衍之的视线落在手上半晌，突然他别开视线，转过身，脚下不停大步离开。

他的身影在落地窗上越来越远，也越来越小，直至背影拐过转台，再也不见。身后的随从不明所以，隔了片刻才慌忙跟上去。我捂住眼仰起头，想让眼泪统统倒退回去，脸颊却触到无名指上的一点硬意，那是我在二十岁生日那天，顾衍之在卧室美人榻边，套在我手上的戒指。指环里面刻有名字，指环外面钻石镶嵌，只稍稍一动，便璀璨得光芒耀眼。相同款式的一枚戒指套在顾衍之的无名指上，我曾经不止一次在看到女子同顾衍之搭讪时，上前一步跟他十指相扣，然后理直气壮地举起来宣布主权。

我们曾经幸福成这样。我们的回忆都这么好。

李相南在一旁看着我，突然有些慌，手忙脚乱地要找纸巾给我擦脸，一面说：“哎，你别哭别哭，你别哭啊。”

我强自镇定，居高临下地看了他一眼：“我当然不会哭。现在就哭了，以后怎么办？”

“……”他哑然地看看我，然后有点儿小心地指着我的眼眶，“可是，你现在已经哭了啊。你都没有察觉到吗？”

我伸手去摸，果然摸到满脸的水泽，顿时有些恼羞成怒，双手捂住脸，却无论如何都压制不住。眼前渐渐变得模糊，李相南默默递来纸巾，我一把抓过来胡乱擦了擦脸颊，手腕却突然被他握住，然后强行翻开手心。我要抽回来，发现自己的手心上满是指甲掐出的痕迹，有两处还隐隐渗出血来。李相南拿纸巾按住，抬头看我：“疼不疼？”

其实根本感觉不到有什么疼痛。大概鄢玉所谓的以疼止疼真的有道理。心脏的位置正一阵一阵抽紧，手心上这点儿相比起来就根本算不得什么。与此同时，我的眼泪也像山洪一样爆发，声音更是难以维持平稳：“哎，李相南，你说这次顾衍之是不是终于讨厌我了？”

当天晚上，我没有再回顾宅去，而是住在酒店里。鄢玉打来电话的时候，我的情绪刚刚有所平复。这次他难得没有发挥毒辣舌尖功能，还算温和地开口：“就算你拒绝治疗，总得需要一点儿止痛片吧？”

我心不在焉地回答：“您不是说以疼止疼吗，我觉得挺管用的。止痛片暂时用不着，让您费心了啊。您还有事吗？没事我挂了。”

鄢玉沉默了一下，怒声道：“杜绾，是你跟我要求做心理控制的吧！现在你这种口气跟我说话是什么意思？难道你在怀疑我的医术吗！你敢给我点个头试试！”

“实话讲，我是有些怀疑你的医术了鄢医生。”我抹了一把脸，终于决定实话实说，“你究竟有没有做成功啊？顾衍之现在看起来根本不相信我，你让我怎么相信你啊，你告诉我试试！”

鄢玉的声音一下子提高五倍：“你以为一个大活人是木偶吗！心理控制的过程本来就很像过敏反应！把本来不是自身的观念强行快速灌输进去，稍微不慎就会功亏一篑！更何况顾衍之那种人本来心志坚定，我费了多大力气才成现在这样你知不知道！心理控制本身就是一个消灭跟反消灭的过程！一个人随着时间才能消化这些观念你懂不懂！等他真到放弃你了，有你哭的时候！”

“……”

“我真是受够了你们这些不懂医术还装懂的人！要不是看在你是癌症病人的份上，我真懒得理你，你知不知道！别以为你是病人你就有特权！给我道歉！我要求你立刻给我道歉！”

“……”我立刻诚恳地说，“对不起，我错了，您别生气。”

“我本来还考虑要不要告诉你，现在看来我可真是好心当成驴肝肺。”鄢玉阴阳怪气余怒未消，“你不是觉得顾衍之根本就没被影响吗，很好，很好！再过几个月，你要是没在媒体上看见顾衍之跟叶矜在一起的消息，我鄢玉跟着你姓杜！我去派出所改名杜玉你信不信！”

“……什么意思？”

“意思就是，”鄢玉停了停，语气慢慢平静下来，“顾衍之到底也算是我半个发小，我总不能眼睁睁看着他在你俩离婚之后单身一辈子。叶矜既然已经喜欢他喜欢了这么多年都不结婚，我干脆把你跟顾衍之拆开的同时，再顺便把他俩凑成堆，总比顾衍之一个人孤独终老要好。”

我张了张口，半晌找不到自己的声音。鄢玉沉默了一会儿，又说：“杜绾，你不要怨恨我。我还是有点儿良心的，毕竟我得给活人打算。当然，刚才我其实也是气话，并不一定就保证叶矜跟顾衍之以后会在一起。这是心理跟感情，不是中药和西药。我只是试着劝说顾衍之这样去做一做，他究竟听不听，我并没有什么把握。”

我低头看了看自己的手心，那上面淤青未消，下午的时候被李相南强行贴了两片创可贴。隔了良久，我对着电话缓慢地哦了一声，轻声回答：“那也很好啊。”

挂断电话后，我不知发呆了多久，再抬起头时看见对面的穿衣镜中映出的自己，眼圈明显泛着红，脸上也隐隐有些浮肿，并且嘴角下沉，明显是情绪低落到极点的模样。再次觉得今天不回顾宅的决定是正确的。我正打算去洗一洗脸，房间门板忽然被人轻轻敲了两下。我抬起头，下一刻听到顾衍之的平静声音：“绾绾。”

我浑身陡然僵硬，听到他又开口：“开一开门。我知道你在里面。我们谈一谈。”

我赤着脚走过去，在门边站定了一会儿，努力语气镇定地问他：“你想谈什么呢？”

他在外面沉默片刻，再开口时，声音低沉轻缓，带有再熟悉不过的温柔声线：“不管怎样，我们和好，好不好？”

我捂住嘴，要拼命忍住才没有哭出声音来。

是我把他逼成这样的。我以前还跟叶寻寻认真讲，如果你和鄢玉真心喜欢，就不要互相揣摩，揣摩到身心俱疲还什么都不说。这简直就是相互折磨。我才不会忍心看到我喜欢的那个人因为我的蓄意而受到伤害。

我那时说得信誓旦旦。可现在我所说的话做的事要比叶寻寻曾经做的残忍百倍。我竟然让顾衍之说出这样的话。他一直都是不动声色，骄傲矜贵的样子，没有什么人奈何过他半分颜色。现今我却让他说出这样的话。

我自己都开始讨厌自己了。

我贴近门边，从猫眼往外看。顾衍之站在外面，手里提着一只小小的纸盒。我看清楚纸盒外围的花体标记，那是新街路口一家餐厅做的甜点。小时候有段时间我基本是一天一块，直到因为蛀牙而作罢。后来仍然时不时被顾衍之带回家里一两块，问他时他只轻描淡写说是顺路。后来我才从叶寻寻那里知道，那家餐厅其实不准外带，只是因为顾衍之才得到额外特权。

被顾衍之喜欢的人可以得到太多好处，这样的好处只不过是其中的一点点儿罢了。

我渐渐觉得站不住，沿着门板慢慢滑下去，觉得心脏尖锐发疼，紧紧捂住。外面沉默了片刻，一时间静寂得没有声音，我恍惚还以为是顾衍之走了，却听到他唤了一声我的名字。

“鄢玉告诉我，你喜欢上了别人。”他的声音低低地，有点儿慢，是一字一句说出来的，“半年前你去 A 城实习，这一次又去，他说他两次都见到你跟李相南在一起。他没有说过谎话，可是这一次我不能相信。”

我紧紧咬住自己的袖子，眼泪扑簌簌落下，不敢发出一丝声音。

“我看着你在我身边一点点儿长大，我更相信我自己的眼睛跟直觉。

你一直善良专心，不可能为了所谓的新鲜感轻易跟我离婚。你在十五岁的时候跟我说你喜欢我，你说过一生都会对我很好。我知道你当时不仅仅是随口一说。去 A 城之前商定过要回来试婚纱，还有蜜月选择在哪座小岛上度假，这些你统统都答应得很好。我没有办法告诉自己，你在这短短几天里突然就能变了心。我不能相信。

“纵向的岁月我没有办法填补，可是李相南不会比我更了解你。他不可能知道你的手指分寸和脚掌宽度，他也不可能知道你身上的胎记在哪里。他和你在一起的时间远远比不上我们的时间。他也不可能比我更明白你习惯息事宁人的心理，还有嘴硬其实是在撒娇的目的。你什么时候想独处，什么时候想人陪，什么时候会害怕，什么时候会恼怒，他统统不会比我更清楚。我宁愿相信你是有秘密不肯告诉我。可是有任何的困难你来找我，都不会是一件丢脸的事。绾绾，你可以对我哭，对我吵，以及任何程度的肆意胡闹，我都有足够的把握和耐心陪着你一起变老。只唯独不可以像现在这么对待我。我们和好，好不好？”

我终于忍不住，站起来一把打开门。

眼前泪水模糊。顾衍之等在那里，浅色衣衫，一贯的优雅从容。可是往日他的眼睛里没有隐忍成这样，让人只看一眼就觉得再难受不过。突然想起十几年前我第一次见他，那时他那么沉静悠闲，不紧不缓，连指尖都很好看，礼仪举止和山中的人们全不相同。那时他的一把声线就像是山中徐徐而过的春风，温柔得让人迷恋。

我一度以为这是上天给予的缘分，如今却发现过早地下了定论。我们有足够的机缘，却没有一直的好运气。

我想现在我的模样必定是一塌糊涂。可我又完全不知道该讲些什么，顾衍之的话滴水不漏，我那些理由脆弱得根本无从反驳。我还没有想完，已经被他一把抓住手臂拖过去，抵在墙上。

纸盒掉落在地上。他捞住我的腰身，一手抬起我的下巴，重重吻上来。

我的齿关被撬开，口腔中被掠夺扫荡，渐渐有咸腥的味道。顾衍之向来注重举止与场合，他手把手教过我完美的礼仪，他一直将这些礼仪执行得很好。可是现在他将我压在走廊墙壁上，身体密密贴合，他吻过来的力道长久而凶猛。我的嘴唇渐渐麻木，像是要被一寸一寸吞吃入腹他才罢休，可是又分明感到弥漫而来的浓郁的悲痛意味。

良久他才放开我，被他掐住腰身才没有掉下去。他在亲吻我的眼睛，被眼泪浸得冰凉的脸上有温软的意味。我很想不由自主地靠近过去。他看住我，话一字一字地响起："绾绾，收回你之前的话，我们重新来过。"

我抬起头看向他。他一贯强大沉稳。他不曾这样放下身段，用这样的语气请求过任何一个人。我紧紧掐住手心。

我低下头，说："可是难道你就没有讨厌我吗？"

他说："为什么我要讨厌你呢？"

"你既然是说重新来过，就说明你也知道鄢玉告诉你的话是真的。我确实很早之前就和李相南暗度陈仓，鄢玉这次也没有说谎，都是我在骗你。"

他沉默了片刻，开口："你抬起头来，看着我说这样的话。"

我浑身一僵。

他说："你在骗我的，对不对？"

我深吸一口气，抬起头来，迎向他的目光："我没有在骗你。我说的都是真的。我一直都在脚踏两只船，我人很坏，利用你的信任，又辜负你。我把你骗成这样，你应该讨厌我的。你其实很讨厌我的对不对？从来没有人这样对待过你。我其实罪无可恕。你怎样想我都可以。你其实很讨厌我的，只是没有说出口而已，对不对？"

他垂着眼睛看着我，不讲话。我索性一口气说出去："你去找叶矜好不好？她等你等了这么多年，她那么漂亮，又懂事，比我更值得你喜欢。我确实不喜欢你了，你接受这个事实好不好？"

我从没有一口气说过这么多的谎言，死死掐住手心。我想，哪怕现在

他再多说一个字，我都会功亏一篑。

我忍了这么久，自制力已经到了撑不住的边缘。

我眼前的这个人，他曾经在我即将跌倒的最后一刻稳稳接住我；在我最孤单无靠的时候收容我；在我最灰心绝望的时候告诉我他喜欢我。他曾经及时出现过许多次。那么现在，只要他叫我一声绾绾，或者再重复一遍说我在骗他，我会立刻扑进他怀里放声大哭，抱住他的腰身告诉他一切。

可是他一句话没有再说,慢慢放开怀抱,然后退出半步之外。片刻之后，转身离开，没有任何停顿。

我很少看到他的背影。顾衍之以前说过，背影会带给人一种悲伤的意味。如果可以，他会尽可能让我走在前面。从那之后的每次出差，他总会尽量避免我看着他离开。可是今天我一连两次见到他的背影。

他走得很快，只花了很短时间就消失在走廊拐角。从那以后的一周时间里，我没有再见过他一面。

我只在近日的新闻中见过他一次，出现在一次时尚晚宴中。照片上他穿一身再低调不过的黑色丝绒礼服，却眉眼清俊，在一行人中最为打眼，面孔上有淡淡的笑容。我盯着看了一会儿，一旁李相南盯着我看了同样时间。然后他幽幽开口：“舍不得？那就直接回家告诉他真相好了。”

我说：“你们男生在路上看到个美女还盯着回味很久呢，我就随便当美男子看一看都不行吗？”

“你这叫随便看一看吗？你的目光简直要把屏幕烧出一个洞来了你知道吗？”李相南说，“你不舍得就是不舍得，逞什么强呢？”

我花了整整两天的时间收拾情绪，在第三天找到律师，约在露天咖啡馆，讲明相关财产转让事宜。我简明扼要说完来意，他看了看我，怔忡了一会儿，迟疑着说：“杜小姐，你是，顾氏董事长顾衍之的，妻子？”

当天的天气有点儿阴沉，我扶了扶鼻梁上的太阳眼镜，说：“不是。”

他有点儿讪笑："杜小姐在开玩笑，就算你戴着眼镜别人认不出，可是这么庞大的一笔数字摆在我面前，除了是顾衍之的妻子，还能是谁？全市的人都知道顾氏的董事长呵护自己的配偶呵护到了独家私有的地步。我内人还常把顾董为爱人做过的那些事念叨给我听呢。再说两年前你们结婚登记时，顾杜氏的故事可是一直给人津津乐道。怎么可能不是呢？"

我说："你说是那就是吧。"

他看了我一会儿，说："杜小姐今天心情不太好？"

"没有。"

他噢了一声，突然变得有些过分的热情和兴奋，同我说："杜小姐为什么会突然想把这些财产转回顾先生的名下呢？其实杜小姐和顾先生既然这么伉俪情深，谁的名下也没有什么区别。女方一般不都是希望男方的房产等等归在自己名下，用来增加安全感的吗？杜小姐为什么会想着要反着来呢？"

我眯眼看了看他，深深有一种遇到江湖骗子的感觉。明明今天上午预约的时候，负责人特别讲明这个姓章的律师是本市在这方面最专业最著名的律师之一。其专业和著名程度可以用其每小时的美金咨询价格来证明。现在看来，分明是发货实物与商品不符。

我看了他一会儿，还是忍不住问出口："你真的是姓章吗？真的是立早章？而不是弓长张？"

他说："啊。章一明，立早章，一二一，日月明。"说完殷切地看着我，"我听说，杜小姐的父亲是杜思成先生是吗？我还听说，杜小姐是在十几年前被顾董从西部山区带回T城的是吗？是这样吗？那时好像顾董也才二十岁左右吧？这么多年过来了，杜小姐和顾董的感情还是这么好，简直就是上天注定的缘分，真是让人艳羡啊。"

我没有说话。

这几年间，这种类似的感情很好的话，我已经从不同的人嘴中听过无数遍，收获过无数或歆羡或忌妒的眼神，始终觉得骄傲而理所当然，从未想过会变成今天这个地步。

十几年前的那个暮春时候，山中时光好得一塌糊涂。我将一个人紧紧抱住，不肯松手，鼻间嗅到一股不同往常的清爽味道，一把将蒙着的布料从眼上拽下。那一天的黄昏残阳如血，而我面前的陌生人睫毛深长，眉眼间有淡淡促狭，却同时还有一点儿温柔笑容。

从开始，到现在，一帧一帧回忆起来，恍然一场美梦。

三天后，章一明把新的一份财产转让书摆在我面前。我直接翻到最后一页签字的时候，他才张了张口，说："杜小姐，你都不看一看的？"

"我相信你。"

他一脸欲言又止，最后从我手里把协议书夺过去，唰唰翻到其中一页，指着上面："你看看，前一页那些不动产尚且不说，单是这一页的股票和分红就能买下这里半条商业街，你当真要签这份协议？"

我点点头，说："啊。"

"为什么？"

我把茶壶往他面前推了推："章律师，请喝茶。"

"……"章一明不肯死心，瞪了我半晌，试探地问道，"顾先生强迫你这么做的？"

"不是。"

"那就是，你们，难道，要离婚了？可那也不对啊，你们离婚的话为什么是你……"

我平静地打断他："就是这样，也没有为什么，我就是图个新鲜，想净身出户玩玩来着。"

"……"

我以前没有试图去了解过顾家在T城所处的地位与声望。这样一个树大根深的家族，一贯的作风都是低调行事、不动声色。即使无所不知如叶寻寻，也只是同我讲过我以顾衍之为监护人，比杜程琛要好上百倍。然而究竟好在哪里，她却也讲不出来。

现在想来，那时的我们对富有和很富有并没有什么太大区分的概念。直到后来已是高考之后，一次我跟着顾衍之去一场宴会，碰巧杜程琛也在那里，本来一堆人围着他在说笑交谈，回头见到顾衍之踏入门中，立刻转了风向纷纷围上来。那时，我被顾衍之牵住手挡在身后，才避免了被潮水般连绵不绝涌上来的人闷到窒息而死的噩运。后来，我看了一眼站在那里的杜程琛，显然他的表情有一些难看。再到后来我们即将离开，顾衍之去取大衣的空当，我被主办方莫名塞了只盒子在手中，想推辞掉又被告知是送给顾衍之的，于是进退两难中只有收下。等顾衍之取了衣服回来，主办方的人影已经不见。顾衍之将大衣给我穿戴好，低头看见我手里的盒子，拿过去打开看了一眼，微微一挑眉，又随手合上，笑着问我道：“主办方那个有些胖的王叔叔给的？”

我在他开了又合的动作中间分明看到那里面绿光摇曳，似乎是一只手镯。我抬起头察看他的脸色，顾衍之的笑容纹丝不动，我却直觉他并不是真的很愉悦。于是啊了一声，小声问：“我是不是做错了事情？”

他说：“没有。”想了想，又将盒子打开，问我，“喜欢吗？”

那镯子绿意幽幽，看起来油光而沁凉。我其实本能很喜欢，然而总隐约觉得不对劲，于是最后还是摇了摇头，认真说：“不是很喜欢。”

他揉了揉我的发顶，嘴角有点儿笑容：“明天给你一只更漂亮的。”然后叫来一个侍应，低声说了两句。那个侍应很快带着盒子应声而去，顾衍之则牵着我的手转身离开。我在回去的路上终于有些察觉出个中意味，转头看了看他，问出来：“你在外面很受人尊敬爱戴吗？”

外面正是红灯，车子缓缓停下。顾衍之伸手过来，把我的几根手指握在手心里一根根揉捏。然后他在我无名指上轻轻咬了一口，笑着问我：“我看起来已经那么老了吗？”

他没有正面回答，我却在那晚被勾起了好奇心。于是第二天上网，花了一天的时间查找顾氏资料，最终觉察，顾衍之比我想象中要更强大一些。他手下掌握的顾氏，其资产与员工，技术和战略，超出我曾经认知的范畴。

而他自身的背景深厚，身家数字庞大的程度，也超出我曾经以为的他的样子。

然后他在前年，几乎将这样的全副身家都给了我一个人。

我还记得他在突然告知我这个决定时，云淡风轻的态度。而除了那句“增加安全感”之外，他其实还有另外一句话跟在后面：“况且，听说结婚之后，丈夫总要给妻子上交工资卡。”

他一向不吝于讲这些话，也不觉得做这些事哪里不妥当。相反每每都做得稀松平常，就像是一件与就餐聊天无异的小事一样。我的反应倒是比他还要强烈，睁大眼睛看了他良久，才喃喃说出口：“可是，太贵重了。”

他那时给我的回答是：“绾绾，你会说出这样的话，就还是说明，你觉得我喜欢你不如你喜欢我得多。如果你有我信任你或者是你信任我一样信任你自己，就会觉得，这种事并没有什么所谓贵不贵重，值不值得。”

他曾经花了很久的时间，一点点儿耐心地告诉我，他是真的很喜欢我的。

如果能够自私一些，直接告诉顾衍之我得了癌症的事实，我想，接下来我的痛苦一定比现在少许多。他一定将最坏的一面留给自己，在我面前时，甚至还会有笑容安慰。可是我想，顾衍之应当也同我想的一样，喜欢上一个人，不过就是想让他尽可能过得好一些罢了。

我还记得他的父母去世时他的样子，也不能忘记他抱着我说过的“我只剩下你一个”那句话。我想象着顾衍之在知道事实之后，即使在我的强烈反对下不会陪我一起长眠，可是他眼睁睁看着我死去之后，一定会难过很久。

倘若我没有自作多情，他当真留恋我到这个地步，我如果未来地下有知，必定不会想看到他余下的生命过成这样；倘若是我自作多情，在我死去之后总有一天他会爱上别人，那么还不如现在就开始。所谓的长痛不如短痛，至少还可以让他省去看着我死去的痛苦。总归有那么多的女子喜欢他，他随便找一个，都会很容易地一起慢慢变老。也许他会忘了我，也许他会永远地讨厌我。可是于他来说，这已经算是不好之中的很好了。

……

除去弄完财产转让的相关事宜，我还花了两天的时间，将本科毕业答辩的论文从内容到格式都修改完毕。其实其中大半部分都是之前我做了初稿之后再由顾衍之捉刀修改而成，包括文章摘要和后面论文正文里最重要的实验数据部分。只有寥寥一页英文翻译是我添加的东西。顾衍之一直都很聪明，我曾看他翻阅公司文件，复杂的文字和数字被他一页页翻过去时，甚至没有停顿，将我的论文资料整理编写的时候更是小菜一碟。人家半年做一篇答辩论文，两个月前他从查看我的论文资料到从头到尾编辑完只花了一天半的时间。

我在第五天去找导师，将论文交给他看，他翻阅很久，一遍遍从前往后，我还以为是有什么不对，突然他指着论文转过头来，认真地问我："这都是你自己做的？"

我脖子一梗，面不改色地点了点头："是啊。"

我清楚地看到他登时两眼放光，搓了搓手，诚心诚意地问我："我要是没记错，你在大学三年级的时候保研了？为什么后来又放弃保研名额了呢？以后还有想考研的打算吗？你要是有的话，只要过了初试，复试你来找我，我一定保你没有问题！"

"不好意思啊老师，我没这个意向。"停了停，我又问，"您看我这篇论文还行吗？如果行的话，我能不能提前一些时间答辩呢？您看这个月底可行吗？"

我前后算了算，离答辩还有一个半月的时间。而我最终的寿命终点是在三个多月之后。按照鄢玉说的骨癌晚期病人从肿胀疼痛到形销骨立的步骤，我想，我大概不能保持现今这种状态到真正答辩的六月中旬。

我跟导师磨了一个上午，并且拒绝告诉他将时间提前的原因，但最终还是成功地将答辩时间定在了半个月后。刚刚走出教学楼，就接到章律师打来的电话，告知我顾衍之已经签完了财产转赠协议。我哦了一声，停顿

一会儿，问："他签订协议的时候，表情是什么样子的？"

他在那边仿佛犹豫了一下，同我说："顾先生的表情有些冷淡。"

"那，他有没有说一些什么话呢？"

"顾先生今天似乎比较忙，一言不发地签完了协议，就赶去开了某个会议。"章一明顿了顿，说，"杜小姐真的要跟顾先生离婚？可是我觉得……"

我在预感他要到来的喋喋不休之中对着天空"喂喂"了两声，用疑惑的口吻自言自语"怎么听不见了"，然后将电话一把挂断。

接下来我在酒店等了两天，也不见顾衍之有任何消息传来。

没有短信，没有电话，也不见人，这个反应像是他根本就对那份协议的签署没有在意。我一个人在酒店房间团团转了两天，倒是李相南来过两次，全都被我赶了回去。我想着顾衍之可能是出差去了外地，或者是被其他的事所缠住，所以没有时间来找我，又很明白这其实只是我的自欺欺人。直到第七天晚上十一点半，鄢玉打过来电话，这个时间他的声音依然一把清朗，并且依然直截了当："听说你跟顾衍之已经离婚了？"

我停了一下："你听谁说的？"

"你这语气听着还没有离啊。"他啊了一声，"其实我也没有听说，我就是在网上看到顾衍之和叶矜这几天老是出双入对，还都是登在新闻头条的位置，我就以为你们已经离婚了呢。"

我："……"

我的大脑在那一瞬间有些蒙，立刻扑到桌边打开电脑，按照鄢玉的指点打开新闻，头一条果然便是顾衍之和叶矜相携进入某高级会所。上面的照片略微模糊，却还是可以分辨出那张熟悉到极致的面容。戴着一副宽大墨镜，唇边情绪沉静，同时举手投足间有一点儿漫不经心的意味在。

他身边的叶矜脸上笑容灿烂。我已经很久没有见过她。这样一看，才发觉她和顾衍之的年龄相仿，美丽却仍然如多年之前。他们连身高和气质都般配。不像我站在顾衍之身边时，总会有人打趣，说我是顾衍之连哄带蒙骗到手的小孩子。

鄢玉在电话那边慢条斯理地开口："你看，杜绾，你跟在顾衍之身边十几年，一次也没有出现在任何新闻媒体上过。现在叶矜只跟在顾衍之身边两三天，就迅速占领各大报纸媒体的头条。你有什么话想讲一讲吗？"

"……"

我无话可讲。

这本来就是我想达到的意思，只不过在真正看到的时候，我比我想象中还要更加难过一点点儿。我只庆幸这张照片上顾衍之没有牵住叶矜的手，她也没有挽住他的手臂，他们仅仅是衣袂挨得很近而已，甚至也许根本没有挨得这么近，只是巧合的错位而已。我只能这么安慰自己。

辗转难眠了一个晚上后，我在次日清晨去了顾氏大楼。

我来过这里许多次，熟悉到可以说出这里方圆百米之内的植株数目。然而这一次我没有进去，只是坐在大楼对面的咖啡店中，从上午七点一直待到下午五点。

顾衍之每天来公司的时间不确定，从早上七点到下午都有。而今天他在九点半整的时刻抵达楼下，依旧是风衣衬衫的模样，进去大楼之后，没有再出来。顾衍之的楼层在顶层，我需要将头抬得很高才能看到。

对于如今的我来说，时间是一件十足奢侈的消耗，然而同时又很廉价。我坐在店里，看外面的人。这里是 T 城的中心街区，街道上的每一个人都步履匆忙眉心微锁，可能是在为一些小事或工作而烦心，也可能是在为将来的自己做筹谋划策。

人活着是一件很美好的事，这样的想法很多人都有。然而只有在特别感受到生命像为数不多的沙漏，一点点儿在倒数的时候，它才会格外鲜明。鲜明到感觉得到心脏的每一下跳动，像是迎接死神的沉闷节拍。

我托着腮一直到中午十一点，才看见大楼底下缓缓驶近一辆红色车子，停下后，叶矜走了下来。

她穿着一件淡红色的裙子，手里拎着一只保温盒，笑着向前台的接待小姐问好。举止谦逊有礼，微笑恰到好处。

叶寻寻曾经提到她的这位堂姐除了死心眼之外，没有其他什么太坏的毛病，甚至爱好比叶寻寻还要广泛。这一点让叶寻寻很愤怒。叶矜琴棋书画样样精通，放在古代便是名门的大家闺秀。并且除此之外，叶矜连针织和厨艺都很精通，而且最后一样尤其精通。叶矜不轻易下厨，然而每一次下厨，必会得到百分之百称赞。连叶寻寻这种几乎没称赞过人的人，都不得不承认叶矜做的那道猴头菇简直是人间美味之一绝。

然而我还是觉得愤怒。

我和顾衍之还没有离婚，叶矜就已经堂而皇之地进了大楼，下一步自然可以料到是进入了顾衍之的办公室。她拎着那么大一只食盒，明显是想和顾衍之一起共进午餐。然后两个人再聊聊天，笑一笑，聊到兴致起，互相挨的距离便会越来越近……我基本可以联想到后面的场景，并且越想越觉得讨厌，瞪着顶层几扇玻璃窗很想发射激光射线。

我等了很久，一直没有等到顾衍之迈出大楼。时间过得十足缓慢，等到后面几乎想冲进大楼里面去，又忍住了。耐着性子等太阳划过中天，到了西边。临近下班时，有人开始从大楼中离开。我冲出咖啡店，跑到大楼底下，等着顾衍之出来，却一直等了很久都没有等到。夜幕降临，已经是晚上八点，我蹲坐在侧边的台阶上，几乎要怀疑顾衍之是不是已经走了，而我一时错眼没能发现，突然听到有女子轻盈的笑音。

我心中一跳，立刻扭头。果然看见那道挺拔身影，身边还有叶矜，正相携一起走出大楼。有些凉风，叶矜的裙子衣料轻薄，裙摆很快划出一道花瓣一样的曲线。我看见她瑟缩了一下，然后向着顾衍之有些撒娇的口吻：“哎，有点儿冷，把你的风衣借我行不行？”

我僵硬在那里，忘了此刻下一步的动作应当是站起来走过去。

所幸我的大脑还可以活动，快速考虑了一下，觉得今天这样的局面不适合见面。正思索怎样才能不被他们发现地离开，忽然晚风裹着一阵凉意袭来，我哆嗦了两下，接下来没有忍住，又很快打了一个喷嚏。

顾衍之的视线转过来的时候，我低下头，避免去看他的眼睛。一时间周围变得有些静。然后，我听到顾衍之朝着这边走来的脚步声，一件衣服披在我身上，一道身影在我面前蹲下来。我的双手被人握住，冰凉地触摸到一阵绵远暖意。

我忽然之间又有些鼻酸，却终究忍住。听到他近在咫尺的声音："在这里坐了多久了？手很冷。"

"……"我低着头，还是不敢看他，"我有些事想找你。"

他沉默了一下，仍是问："在这里坐了多久了？"

"不是很久。"

"为什么不进去？"

"我觉得，"我看着面前他的一双手，修长有力。我总是觉得他每一个地方都完美好看。后面的话越来越小声，很艰难，"我觉得，你现在应该很讨厌我。不会希望我进去的。我还是在这里等你。"

这一次，他沉默了很久，才低沉开口："既然知道我可能会讨厌，为什么不肯把话收回去？"

我抬头看他。大楼前灯光浅暗，惹得他眼神氤氲，却仍然五官线条优美，每一笔浓淡都恰到好处，眼里不见笑容，却也没有任何一丝厌烦。甚至，仿佛有一点儿温柔。

我没有办法再让自己把之前的话重复一遍，也再说不出其他的重话。只好就这样看着他，希望他能读懂我的意思，又希望他不要懂。

这样静静过了良久。直到天凉如水，我吸了一下鼻子。然后，听见他缓缓开口："如果离婚仍然是你的意思，那么如你所愿。"

他将这句话说出口时，眼睛里温凉深静，就像是大雨过后的初秋，将所有的情绪都冲进地下，然后若无其事地掩住。

他的无名指上还戴着戒指，在微弱的光线下盈盈一闪。我不知道顾衍之这几天是怎样考虑过，然后说出的这句话。事情到最后，他还是将选择

权搁在我手里。可是他这样，又分明已经是同意了离婚。若是按照鄢玉之前科普过的理论，现在的顾衍之大概到了所谓“过敏反应”消除的阶段，正在慢慢接受鄢玉灌输的概念——接受叶矜的靠近，同意我的离婚，再下一步，也许就是对我真正的厌烦。

我勉强笑了一下，再开口时声音有点儿沙哑：“好，我们离婚。”

他拢住我的手掌有微微松动，有几分愣怔地看着我，没有讲话。我稍稍一个用力，手便脱离了他的包裹，立刻感受到一阵更深的凉意。

我没有比这一刻更清晰地意识到，这种温暖以后再也不会有。

被顾衍之喜欢上会有很多的好处。可是一旦不被他喜欢了，这些好处被收走时，会倍加痛苦。经济学中的前景理论曾经说，人在损失时遭受的痛苦，远远比获得同等事物时的愉悦程度强烈得多。这句话用在感情方面同样适用。

我不能否认，在这一刻，我的心口就像是刀片慢慢切割一般的痉挛。

“你和叶矜，我和李相南，这样很好。”我一面说，一面从包袋里拿出已经准备好的离婚协议，没有勇气再去看他，低声说，“我今天来找你，就是想签这份离婚协议的。财产我分文不要，其他的我想也没有什么了。上面我的名字已经签好。你如果觉得同意，可以在上面签字。明天是星期六，等到大后天周一，我们去民政局。”

我面前的人半晌没有回应。他半蹲下身在我面前，只穿了件浅色的衬衫，暮春的晚风吹拂过来，还很有些凉意，让我很想把衣服还给他。总归我也没有几个月活头，其实披不披衣服，冻不冻感冒，也没有什么分别了。在癌症面前，感冒这样的小病小灾连提都不值得一提。倒是顾衍之，我有些多余地在想，任谁被背叛都不会觉得好受，他现在想必也不会开心，甚至还会觉得愤怒，这种情况下身为背叛的另一方当事人的我还披着他的衣服，简直就是万劫不复。

我抓着衣服一角，犹豫着想把它还给他，又在开口的那一瞬觉得不舍。听见他淡淡开口：“你这样着急。”

我张了张口，一时回答不上来，抬起头看向他。他又出声，这一次比方才更冷淡：“我如果签了字，你会比现在要开心？”

我有些没出息地鼻酸。我当然不会觉得开心。

我恨不得让叶矜离他远远的，恨不得让她一辈子都不准靠近顾衍之的一百米范围内。我恨不得自己可以陪他活到七十岁。即使不是七十岁，年龄减半都可以。可这样的事我统统做不到。这世上根本不容许假设。要么长痛，要么短痛，只能选择一个。

我咬了咬牙，啊了一声，若无其事的语气：“我会比现在开心。”

顾衍之没有再说一个字。

他的眼睛漆黑冷静，我却分明觉得他有浓郁到化不开的失望在里面。片刻之后，他将我手上的文件和水笔接过去，协议上的文字一眼没有浏览，直接在最下面一页页地签过去。他握笔的姿势向来规整，字迹也很好看，真正的字如其人，是端正楷体。今天他却签得再潦草不过，眨眼间匆匆三份全部签完，接着将文件合起，放回我手中。

我站起身，很有自知之明地将风衣递还给他，觉得下一步应该就是目送他跟叶矜一起远去。然而顾衍之没有接手，只同我平静开口：“我送你回去。”

我张了张口，说了句“不必”，下一刻有个声音从不远处传来：“杜绾，事情说完了？可以走了吗？”

我循着声音望过去，李相南站在花坛后面，眉目平静，手里拎着件红色风衣。然后他慢慢走过来，一直到我面前站定，把那件风衣披在我肩膀上。

我不记得我有这种颜色的风衣，抬头看向李相南，他浑然无事地哎了一声：“你现在饿不饿了？你看我等你等得脚都麻了，你一定也饿了。我们去吃日式料理好不好？你昨天不是说你想吃了吗？”

我发愣过后很快哦了一声：“那行。”已经不敢再看顾衍之的脸色，将他的风衣塞回给他，和李相南一起匆匆离开了事发现场。一直到车子开出

很久，仍然不敢往后视镜中看一眼。

旁边李相南悠悠开口 :“想吃什么？快说。难不成我们真要去吃日式料理啊？”

“我不饿。”

“你不饿我都饿了。你一天不吃东西只喝杯咖啡就行，我可不行。我等你等了这么久，现在前胸贴后背，要不我们去吃火锅吧？”

我扭过头看了他一眼 :“你怎么会出现在那里？”

“我这两天都住你酒店房间对面，你不知道吧？你今天早上一出门我就知道了，我是跟着你过去的。你在咖啡店坐了一天，我也在咖啡店角落等你等了一天好不好？看在我这么情谊深厚的份上，你能忍心不陪我去吃一次火锅吗？”

我摸到手臂上的一点儿布料 :“风衣从哪里来的？”

“我昨天在商场看到，觉得应该适合你，就顺手买了。你今天早上走的时候穿太少了，我就给你带过去了。”

“别的都不说，可我是个很快就会挂掉的病人。马上就要到夏天了，你就算买了，我也穿不了几天了，你知道吗？”

“可是也没有人规定病人就不能穿新衣服啊。”李相南说，“你穿新衣服难道没有觉得开心一点儿吗？”

我说 :“实话讲，不是觉得很开心，觉得是在暴殄天物才对。”

李相南停了一会儿，幽幽说 :“可是我真的很想让你开心一下啊。我这两天琢磨了很久，终于想通你为什么不肯接受治疗了。其实顾衍之不在你面前，你根本就不在乎自己的生死，对不对？可是我在乎，我真的很在乎。杜绾，你能想象我这种感受吗？我这么喜欢你，喜欢你喜欢得很深，可现在要看着你在我面前慢慢地死掉，杜绾，你能想象我有多难受吗？”

我闭紧嘴巴，这一次没有回答。

李相南没有评价我一句任性自私，已经可以看出他终其一生都基本应当是个厚道人了。我向顾衍之隐瞒病情，我擅自做了这样大的决定。我还把李相南拖进这浑水中，全都是因为我自己的一个主意而已。

这样想一想，每一个人都很无辜被动，唯独我在利用病人的特殊权利，无事生非罢了。

周一上午九点半，我坐在民政局的休息椅上，等着顾衍之来。天色微沉，太阳就像是被煎花了的蛋白，掩在云层里混混沌沌。

我还记得上一次来这里的光景。顾衍之穿着浅灰色毛衣和浅白衬衫，眉眼英俊，甫一踏进来，就像磁铁一样唰唰吸引了一众目光。我努力淡定，其实心里紧张到不行，紧紧握住顾衍之的手，寸步不敢离开。那一天的天气很好，罕见的有两只喜鹊轻悄立于窗外的树梢上。我和顾衍之从大楼里出来时，我手里多了两个小红本。我那时其实还不是很理解婚姻的意义，总觉得跟以前没什么区别。顾衍之也没有和我说过我以后的生活会有什么变化。想了半天，还是有些茫茫然地抬头问他：“我们这就算结婚了吗？”

他眼角含笑着看我：“否则你以为是什么呢？”

“可是，”我小声说，“我也没觉得有什么变化啊。结婚的意义和任务都是什么呢？你都没跟我讲过啊。”

“对于你来说，意义基本就是，从今以后你开始拥有了我的合法专属所有权。”他俯身过来，将我的安全带系好，有几分漫不经心的意味同我说，“对于我来说，任务大概就是，对你进行长期的合法的精心喂养，直到养刁了胃口，除了我谁都没办法，那就可以了。”

“……”

我在这个周末，以及今天的这段时间，一直在想着过去的事。叶寻寻曾经说过，人在幸福巅峰的时候，美好的过往基本不见天日。等到心酸抑郁时，才会不由自主想起这些甜美的旧事，就像是给惨淡痛苦的正文加一个备注，告诉自己曾经还有一些是美好的。然而越是这样，其实就越是心酸。记得越多，越难以忍受。若是什么都记得，那就基本会停在原地，根本走

不下去。

叶寻寻语录如今再一次证明了它的哲理性和闪光点。

我魂游天外不知多久，伤感又美美地回味了一遍遍，才发觉眼前不知什么时候多出一双深色裤脚。站在我面前的人丰神如玉，下颌线条美好，鼻管挺直，睫毛深长。

顾衍之看了我一会儿，他的面孔上有几分清晰的疲惫，眉心微微蹙起，始终不见舒展。我屏住呼吸望着他，隔了片刻他别过眼，语气平淡："走吧。"

我默默跟着走在他身后。刚才想了那么多，现在一路跟他走进离婚室，却一点儿想法都没有。机械地在工作人员面前一问一答，隐约觉得桌子对面射过来的视线在我和顾衍之身上逡巡游弋了很久，几度欲言又止，最终都是止住。一直到红色的结婚证书被收走，递过来一张离婚证书。看整个过程的时候，我觉得自己该是麻木的，一直到这个时候，才觉得心脏抖了一下。

不过十分钟，已经出来。中间忍不住偷偷看向顾衍之两眼，他面沉如水地看着工作人员的动作，不曾有一丝余光瞄来。等到走出离婚室，我还是默默跟在顾衍之身后。一直到他停下脚步，我迟钝地刹车，险些撞在他的身上。

我抬起头，他正垂下眼睛看我。他总是将所有的情绪都妥帖收藏好，这一次我却真正读出他平静之下的冷淡意味。

是真正的冷淡，像极了他对待那些他讨厌的人时摆出的态度。

我被他这么看了很久。然后，听到他轻声开口："杜绾，我希望我们以后不要再见面。"

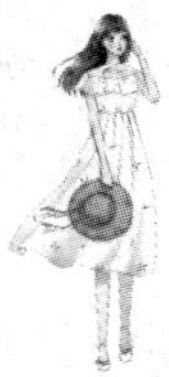

第十一章 / 无效挣扎

我本来还在想要不要说一句临别祝福作为结束语，诸如“希望你以后都幸福安乐”此类，又觉得讲出这种话很不甘心，还在琢磨，乍一听到他说出这句话，禁不住愣了一下。

直觉认为这句话应当不是我所理解的那个意思。过了半晌，我才真正接受这个事实，有些掩饰性质地低下眼，哦了一声：“我知道了。”

他手中握着钥匙，停顿了一会儿，转身，推开玻璃门走得很快。我看着他大步离开，一直到跨入车中，神情都始终冷峻平淡，没有再往回看一眼。

我早该想到会有这一步，只是还没有完全做好准备，总觉得应该没有这么容易，甚至恍惚觉得手背上还淡淡留有他的一丝体温。这也许只是一场噩梦。我使劲儿掐了一把自己的手心，觉得很疼。终于意识到这就是现实。我一手导演到这个地步。

现在想来，我应当是低估了鄢玉的医术。他从十岁开始研习医学，十八岁研究心理学一直到现在，又是顾衍之的发小，讲话又向来有三分保留。既然当时他告诉我他成功了一半，那就意味着他必定是成功了大半，只是我自己一直隐隐不肯相信罢了。

我低着头迈下台阶，慢慢往前走了不知多久，突然被人一把抓住胳膊往后一拖，面前一辆银灰跑车几乎贴身呼啸而过。我被人转过身，一个焦急紧张的面孔出现在眼前：“杜绾？杜绾？”

我聚焦了片刻，终于认出他来：“你怎么在这儿？”

李相南挥舞着双臂很愤怒：“我还想问你想干什么呢！这里是路口！刚刚是红灯！你究竟知不知道刚才再往前走一步你就直接给车子轧过……”

我打断他的话，平静地说："我刚离完婚。"

"……"李相南瞪着我，所有话憋在喉咙里，接着缓缓吐出一口气，"你赢了。我送你回酒店。"

我总觉得，十一年前在山中，满天落霞时候，我遇见顾衍之的那一瞬，已经花光我这一生所有的运气。

这个眉眼英俊，带着一点儿温柔笑容的男子，他长我十岁。在我最孤单无望的时候带我离开大山，来到T城。从此教我礼仪，教我骄傲，教我美丽，教我英语。他一点点儿带我认识这个世界，给我滴水不漏的纵容和爱护。在我十八岁之前他是我的法定监护人，在我十八岁之后他成为我的男朋友，在我二十岁之后他是我的合法配偶。

我想不出他曾有过任何一丝一毫的遗漏。他已经给我尝过这个世界上最甜美的味道。于我自己，甜美到假如我的生命真正就此戛然而止，也不觉得再有什么遗憾可言。

我回到酒店，说了句"谢谢啊"把李相南关在门外，然后关掉手机，闷头扑到床上开始睡觉。不知睡到了什么岁月，直到被小腿传来的一阵一阵骨痛感惊醒，慢慢坐起来小心揉搓了两下，已经是满满一头的冷汗。

这样的疼痛这几天一直都有。鄢玉曾经提过的失眠和食欲减退也有所体现。自从被确诊，癌症晚期应该具有的病情接连而至，并且来势汹汹。有两回是半夜时好不容易睡着，又很快给痛醒，然后辗转反侧。还有时候会觉得有一些低烧，但症状时轻时重没有定准。我在严肃考虑要不要给鄢玉打电话，又担心他会幸灾乐祸说早不听他的话。但终究还是疼痛战胜了一切，我咬着牙摸索到一旁的手机，打开屏幕后，一条短信冒出来，来自叶寻寻："你跟顾衍之离婚了？！"

最后的两个标点符号充分表达了叶寻寻的震惊心情。我考虑了一下，还是跳过短信，先给鄢玉打了个电话。那边听完我的要求后语气格外平静："很疼吧？是不是觉得恨不得把骨头掏出来一把敲碎一样的疼？早跟你说过你需要止痛片，不听是吧？终于现在得意了是吧？”

“……”我咬着牙低声下气地说，“我错了。”

“去找李相南，我把药片提前给他了。”

等我去找李相南的时候才发现鄢玉留有的不仅仅是止痛片，还有各种骨癌晚期的相关药物。李相南企图把这些药物都骗我说是止痛片，然后哄我吃下去，被我面无表情地拆穿：“你当我文盲是不是？”

他跟我对峙半晌，最终屈服在我手下，老老实实把止痛片给我，一面说：“鄢玉跟我说你要补充一些高营养高蛋白的东西。还有，这些天能不出门你就不要出门了，鄢玉说你现在骨头脆弱，很容易弄成骨折之类。而且走路走多了还会让病症加重。所以，我觉得你还是卧床休息几天……”

他的话在我的眼神底下越来越小，最后消失。

我说：“谢谢你的叮嘱啊，可我不想卧床休息。十天以后我毕业论文答辩。答辩完了我就回去西部山区。”

李相南仔细观察我的表情，然后斩钉截铁说：“那我跟你一起去。”

“我去陪我父亲。你去做什么？”

“我去西部支教啊，顺便照顾你。”李相南不假思索，然后又补充，“我告诉你啊，接下来我跟定你了，你不让我去我也会去。”

我看了看他，抓着止痛片转身就走。李相南在身后亦步亦趋：“哎，刚才你在房间里做些什么呢？”

“你想说什么？”

他沉默了一下，若无其事地说：“也没什么，就是这几天你先不要上网了啊，有些新闻在胡说八道，省得你无意间看到觉得糟心。”

我刹住脚步，琢磨了一下他这话里的意思，回过头来：“媒体曝光了我跟顾衍之离婚的事？”

李相南顿了顿，看着地上慢吞吞地说：“啊。”

我差点儿脱口而出要问一问都说了些什么，又在最后当口忍住，一言不发把止痛片和水吞下去，转头问：“鄢玉有没有给你安眠片？有的话给

我两粒。”

李相南认真地说：“安眠片吃多了对人体不好的，有可能会引起抑郁、焦虑、注意力不集中，以及短期内记忆力丢失……”然后在我的眼神底下停住，说，“没有。”

我点了点头：“好的，你可以回你自己的房间去了。”

然而事实证明，即使李相南给了我事先的心理准备，我也的确在当天晚上和第二天忍住没有浏览新闻，却还是没能躲过第三天现实中媒体记者的穷追猛打。事情的源头在于，李相南说我需要吃一些鸡鱼鲜虾之类的东西补充营养，我说与其这样我宁愿喝粥，鉴于这是我多日来第一次表达想吃东西的意向，李相南立刻毫无气节跟我附和说喝粥就喝粥，然后我们就去了 T 市最好的一家粥店。然而到了那里没有多久，就不巧被一个电视台的记者认出，很快便莫名有更多的记者蜂拥而来，把我和李相南围得水泄不通，问题一个接一个地丢出来，犹如连珠炮弹。

他们的连篇发问总结起来也不过是几个问题。我净身出户的原因，我为了什么而出轨，我的新欢究竟是不是李相南，以及顾衍之身边很快出现的叶矜又是怎么回事。只不过措辞五花八门，从同床异梦琵琶别抱到水性杨花移情别恋各有不同。以前听说过一个女人等于五百只鸭子这句话，现在看来一个记者简直等于五百个女人。匆匆赶来的保安完全不起作用，李相南开始忍无可忍打电话报警。我从包袋里摸出太阳镜戴在脸上。忽然在嘈杂之中听见有人大声喊了一声“顾衍之”，接着整个店都仿佛静止了五秒钟。五秒钟之后，围在我和李相南身边的所有记者都朝着门口方向转过身，然后哗啦啦地拥了过去。

我抬起头，看见门口被一下子团团围住的修长身影。

顾衍之也戴着一副宽大墨镜，墨镜下的面孔没有表情，在那里站定不动听记者聒噪不休。身后跟上来许久不见的江燕南，后者的眼神朝着我这边瞟过来，落在李相南和我的身上，嘴角有些似笑非笑的意味。

我被他看得头皮发麻，低头翻看自己手背。听到那边记者高声问：“听说杜绾杜女士是净身出户离婚的是吗？据知情人透露，财产转赠书是杜女士先拟订的是吗？这其中有什么难言之隐吗？而且据说顾董在民政局出来后似乎发生了一场小车祸？车祸是当时情绪波动造成的吗？顾董能一一回答一下吗？”

顾衍之一言不发许久，终于冷淡开口：“无可奉告。”

他的语气像是凝了一层霜，让所有的人都静了一瞬。我觉得眼前有淡淡阴影罩下，一抬头，江燕南不知什么时候站在了桌前，看着我的眼神里有点儿玩味的意思：“不趁着这时候走开，还愣在这里做什么？”

是个人都能听出江燕南话里面的嘲讽意味。我定了定神，打算一言不发离开。站起身的同时又被江燕南叫住，他的语气慢条斯理：“绾绾，你不应当是这样的人。”

我推了推镜框，说：“那只能说明你以前看错了。”

他看了我半晌，说：“你最近好像瘦了挺多。”

我啊了一声，有些沧桑老成地开口：“谁离婚不都要扒下一层皮的呢。哥哥你四年前不也是这样的吗？”

这句话终于成功地让江燕南跳了跳额角青筋，盯了我一会儿，然后他扭头就走，口气不是很好：“既然这样，今天就算我多管闲事。”

我不是很能理解他这句话的意思。我也不能单纯按照他的字面意思，认为顾衍之进来粥店的目的只是为了给我解围，这样的想法未免也太自作多情。几天之前，顾衍之还亲口同我说他不想和我再见面。我不能把自己高估到这地步。然而除此之外，我又想不到其他可能。

接下来的一整天我无所事事，满脑子盘旋的都是离开粥店时的最后一幕。我和顾衍之擦肩而过，隔着墨镜互相看不清楚对方的眼神，但我可以感受到他的不悦。媒体人士见我和李相南要离开，想要追上来，又转头发现顾衍之正往包厢里面走，分身乏术之下他们显然有些手足无措，手足无措的结果就是有一小半记者跟到我这边来，有一半追随顾衍之而去。然而顾衍之在那边

不知说了句什么，记者齐齐发出倒吸一口凉气的声音，跟在我身边的记者终于按捺不住，哗啦啦一下子走得干干净净，我终于得以脱身。

进入倒数死亡时间的我，有些事情即使想做，一想到马上就要死了，也就根本不想做了。我跟李相南严肃讨论了一次怎么把余下的生命过得更有意义这个问题，我说："你说那些医药研究实验室收不收我这种癌症患者当志愿者的啊？你看我这二十多年都没做过什么大爱人间的事，这最后要是做个活体标本什么的需要志愿者，我完全可以去的啊。总之能发挥生命的最后一点儿光和热，也算我没白活这世间一遭啊，对不对？"

李相南面无表情地说："你要是肯好好吃药，也算你没白活这世间一遭。"

"……"

我的失眠症状有逐渐加重的趋势，不单是因为骨头疼痛，更多时候反倒是因为琢磨顾衍之在民政局门口对我说的那句话，以及他以前说过的许多话。这些在脑海里重复循环了一遍遍，直至辗转反侧。叶寻寻在和鄢玉分手时，曾同我抱怨她失眠症状严重，整夜整夜睡不着觉。那时我很不能理解她怎么会睡不着觉，觉得睡眠应当是同呼吸一样是简单自然而天经地义的事，因此而劝她放宽心，结果她反过来痛斥我怎么可能放宽心，心又不是水龙头想放宽就立刻放宽得了的，我说出这样的话只因为我对她不够关心不够在意，不够体会她焦虑伤痛的心情，再然后我还没有来得及回嘴，她就大声喊了一句"杜绾我要跟你绝交"，转头跑了。

这么想来的话，我跟叶寻寻绝交的次数丝毫不比叶寻寻跟鄢玉分手的次数少。

然而，在与顾衍之离婚后的这些天，我真切体会到了叶寻寻那时所说的对睡眠求而不得。

明明已经困得睁不开眼，却同时大脑飞速运转。无法控制地想着这些天发生的事情，想着各种可能，就算理智上告诉自己怎么想都无济于事，也还是忍不住。我睁着眼如此痛苦了三四个晚上，终于忍不住问鄢玉要了安眠片。当晚吞了一粒后终于睡着，却乱七八糟做了许多的梦，其中最清晰的一个，是在十二年前，眼睁睁看着父亲在地震中救人的场景。

我已经许久没有做过这样的梦，清晰重现了那一天房子是如何摇晃、如何倒塌，透过模糊的毛玻璃窗看到父亲紧皱的眉毛和焦急的脸庞。在梦里清楚地感觉到自己的心脏紧缩痉挛，每一个画面都包含有浓重到化不开的悲伤在里面。最后一个画面定格在房梁倒塌的那一幕，在梦境里真实得能听见声音。我甚至听见自己哭着大喊了一声爸爸，然后猛地醒过来。

脸颊触摸到枕头上的一点儿湿润，随手抹了一把湿漉漉的脸庞。我还有些迷迷糊糊，下意识去摸床的另一边，在摸到空落落的被单时，总算清醒。

这里不是顾宅，也再没有顾衍之。当然也就再没有多年来早已习惯到依赖的温柔安抚。

我花了不短的时间才把这个事实消化完毕，一抬眼已经是上午十点多。一片安眠片的效果这么强悍。我心不在焉地下床去洗漱，骤然感到脚踝一阵剧痛，没能站稳，一下子趔趄跌到地上，然后便听到一声脆响，下一刻脚踝就传来钻心的痛。

我一下子迸出眼泪。

我尝试动了动骨头，发现完全用不上力，身上反倒唰地密布一层冷汗。我在疼得呼吸不畅的状态下，有点儿绝望地意识到，这应该就是鄢玉所说的骨折。他曾切切叮嘱我在骨癌晚期，病人发生病理性骨折的可能性很高，要我最好小心卧床，避免活动。然而事实证明，这种事并不是我想避免就避免得了的。我只不过是下床而已，就眨眼间变成这样。

从小到大没有遭遇过这种疼痛，就像是一把刀子扎在脚踝上，要紧紧咬住手才能避免大哭出声。眼泪却越掉越急，这几天压抑的难过在这一刻借故全数喷涌而出。

一直都有这么一个人，始终将你妥帖安稳地置于他的庇护下，所有的

难题都由他来破解，所有的苦痛都是他先尝。一直这样走过这么多年的时光。每一寸记忆都被他温和地缓缓抚平，像是绸缎水一般的光滑，不带有一丝褶皱。这个人用一种耐心纵容的态度教给你如何享受恭维与奢侈，教给你如何思念和喜欢一个人，却独独没有教过你要怎样忍耐挫折和痛苦。

我实在是觉得再也忍无可忍。

一臂远的地方就是房间电话，我看过去一眼，鬼使神差地伸出手，把熟悉的号码拨出去的时候手指有微微颤抖。很快响起简单的机械声音，一直响了七声，终于接通，传过来的语气有些冷淡和漫不经心："顾衍之，请问哪位？"

我张张口，几乎要说出求救的话。一直以来都把"怎么办"这几个字同顾衍之说得极其轻易，这一次却在哽咽溢出的同一刻下意识咬住手，连呼吸一起压抑住，猛然安静得没有一点儿声音。

我只听到他在那边淡淡的呼吸声，一直沉稳，也一直没有开口。我有些慌乱地想他这么聪明，一定早就猜出这通电话的源头，又想他如果猜了出来，一定会厌烦地当场挂断。可见他并没有猜出。我又有些自欺欺人地想指不定他即使已经猜了出来，也没有打算挂断。这样自我对话了很久，意识终于渐渐回笼，真正发觉我正在做些什么。倘若刚才撑不住说出口，那之前所有的行为无异于功亏一篑。

理智告诉我应该挂断电话，可是又舍不得，私心觉得假如就这样听下去，一直到我死去的那一刻，这中间不管再如何疼痛，我想我也都可以忍受，却知道根本不可能会这样。

我在这边等了很久，想等到顾衍之先挂断。那边却始终有淡淡的呼吸，以及时而翻阅纸张的沙沙声音，一切都这样熟悉。

时间走得那么安静，分针慢慢划过钟表的半个圆圈。我听着那边的清浅呼吸，可以顺着想到他此刻神情平静的样子。我紧紧咬住牙关，疼到满身冷汗，又觉得仿佛根本不怎么痛。直到电话那头传来咚咚的敲门声，很快，叶矜的声音遥遥传进来，很是温婉的语气：“衍之，今天要和王伯伯一起吃中饭的，你没有忘记吧？你可以在去之前陪我去选条项链吗？”

我重重吸了一口气，终于挂断电话。

四十分钟后，我被李相南搬进鄢玉在 T 城的诊所，做完 X 光等一系列的检查后，鄢玉在我的脚踝上打了石膏和固定绷带，开口道：“暂时就这样吧。接下来做任何事都小心一些，最好还是卧床休养。病理性骨折的问题其实不大，之后可能引起的一系列并发症才让人最难忍受。杜绾，我知道癌症病人很多都在等死，也知道你现在已经心无牵挂，实质上跟等死也没什么区别。但我还是建议你考虑考虑，至少也要吃些药，或者直接就手术。你要是还维持这个样子不肯治疗，估计接下来连三个月活头都剩不下。我很少劝病人，这次可真正是在拿一个医生的良心建议你。”

李相南朝着我射过来的目光已经接近哀求，他眼底下两个黑眼圈浓重，衬得眼窝越发深。我直觉就是再次拒绝，可在李相南的眼皮底下，话溜到嘴边又改口：“开药吧。”

鄢玉居高临下地哼了一声，转身离开，不久后拿了一堆药回来。等开完收费单打发李相南去交钱，病房里只剩下我们两个人，他才淡淡地开口：“离婚到现在，感觉还习惯吗？”

我实话实说：“不是很习惯。”

“后悔吗？”

我说：“也不是很后悔。”

他的目光在我脸上逡巡片刻，突然从口袋里摸出一支录音笔，递了过来。

我低头看了看，又抬头看了看。鄢玉的口吻平淡：“顾衍之是我尝试心理催眠控制的第一个人。我录了其中的谈话做医学记录。中间有几个片段被我放进了这里面。你如果想听，可以拿走。”

我抬头望向他。鄢玉沉吟片刻，又说：“我在给顾衍之做催眠的时候，过程很艰难。他意志坚硬，很难动摇，潜意识里一直拒绝接受。不管我怎

么引导，都像是往石头里面渗水，根本就是白费。”

“可是你最后还是成功了，不是吗？”

鄢玉瞥了我一眼，双手抱臂，有些遗憾地说：“要是你把成功单纯定义为顾衍之相信你是出轨了的，那我的确可以说是成功了。虽然顾衍之口口声声说他不信，那也只不过是他口头上不肯承认而已，心里面是早就接受的了。但是，反过来说，要是让我对你杜绾进行催眠，我能做到的可远不止这些。我不但能让你相信顾衍之是出轨了的，我还能让你相信这世上所有的男人都是出轨了的。所以你看，成功这个东西也分级别，要是从这个级别来看，我对顾衍之的催眠就显然还远远不到位啊。”

“……”

回到酒店后，我因为骨折而被李相南勒令躺在床上不得动弹，手里始终紧紧抓着那支录音笔，想打开听，又莫名没有勇气。耳边一遍遍地回响着刚才鄢玉说过的话：“我是觉得你剩下的这几个月会过得挺可怜，又知道你想念顾衍之应该想念得很厉害，才拿他的声音给你当作慰藉。不过这里面其他的听一听可以，最后一段录音你最好还是忽略。”

“为什么？”

“为你好。”鄢玉的回答轻描淡写，“你听了之后会很难过。”

到了晚上，李相南给我喂完药片终于回了他自己的房间。我盯着那支录音笔良久，终于拨开开关。

有一点儿沙沙的背景。鄢玉和顾衍之的谈话过程很平静。开始的话题很广泛，天南海北，包括时政、金融、运动、美食，和其他人的八卦，还有鄢玉自己的私人感情。很久之后，鄢玉才不动声色地提到我的名字：“爱情这东西有很多种。当然，你跟杜绾之间的这一种很好。你喜欢她，她也喜欢你。但你有没有想过，就跟你除了杜绾还有顾氏一样，杜绾平日里关注的重点也未必只有你一个？”

很快听见顾衍之懒散里有些好笑的口气：“鄢玉，你的前半段是对的，后半段基本不成立。对我来说，杜绾比顾氏重要。相等同地，我相信杜绾心里应该也没有什么比我更重要。”

“你确定？”

顾衍之的语气轻松：“我自然很确定。”

他说得这样笃定沉稳。这是在鄢玉刚开始催眠的时候。从那一天到现在虽然只过去了十天，我却觉得像是已经过去了十年。

我犹豫着要不要关掉录音笔，觉得鄢玉把这些录音给我的行为非常错误。尽管他说他已经将其中太让人难受的部分删得差不多，最后一段之所以留着是觉得总要给我个交代结果，我可以自由选择听或者不听。可是这根本不是个选择题。我既然拿到这个东西，必定是无论如何都会忍不住听下去。然后听下去的后果就是清晰地知道什么叫从完整摔成支离破碎。结局已经很让人受不住，现在还要再回味一遍过程，不能说不残酷。

录音笔中的对话还在继续：“可要是我说得对了，你预备怎么办？”

顾衍之简洁道：“你的假设没法成立，就不要指望了。”

鄢玉哼笑一声，没有再纠结下去，顺势转移了话题。他们大概是在一边下棋一边聊天，还可以听到落子的声音。鄢玉的谈话不露山水，听来没有刻意的痕迹。即使我清楚地知道这些对话本来就是实施催眠的过程，也无法分辨出鄢玉具体是从哪里开始着手作伪和操纵。只知道对话的主题大多数集中在顾衍之身上，讲一些他的爱好，和我的相处，以及对一些公事私事的看法理念。偶尔鄢玉会掺杂一句自己的爱情观。他自己可以算是失败的情史，在这次催眠中应当起了不小的作用，我可以清楚觉察到鄢玉每次有些激进的爱情言论都是对顾衍之的试探。

我听着他们的一问一答，宁愿他们一直这样没有提起我。只这样说一说顾衍之的喜好，听一听他低沉优雅的嗓音，对我而言也是一种快乐，然而事实总不能遂人愿。不久之后，鄢玉将话题突然收住，停顿片刻，说：“我

这次回来T城，一直犹豫要不要跟你说件事。”

“什么？”

“几天前杜绾去了A城？”

顾衍之嗯了一声。鄢玉接着平静开口：“我在A城看见她跟李相南在一起逛街，举止挺亲近。”

顾衍之又嗯了一声，语气很随意：“所以呢？”

鄢玉说：“我就是觉得有些奇怪。”

“大概只是碰上了，随便说了几句话。”

“要是只有这么一次，当然没什么大不了。可惜的是半年前我在A城也见过他俩一起。你知道我一般是不往人多的地方跑的，半年里我就跑了两次，两次都看见他们俩在一起。那一回，他俩是抱着爆米花一起看电影。杜绾跟你说起过吗？”

中间有片刻的安静。鄢玉再开口时，有些笑意：“看来是没提起过了。你不是一向都自诩对杜绾了解至深的吗？”

顾衍之慢慢开口，声音低沉：“你跟我讲这些是什么意思？想说杜绾喜欢上了别人？这是不可能发生的事。”

鄢玉说：“我没有这么说。我只是说，你并没有你以为的了解杜绾了解得那么深刻。每个人都是一个个体，加上你们相差十岁，你以为不重要的事，她不一定觉得就不重要。你可能觉得见解不同没什么，她不一定就也会这么想。”

“我一直都尊重她的意见，反过来也是一样。”

“我可以理解你口头上这么说，可你敢说你心里真的没在检讨？”鄢玉说，“你带杜绾看过电影没有？没有吧？小女孩对那种浪漫调调其实都挺推崇的，什么一块儿在公园长椅上坐一坐啊，两个人吃一桶爆米花啊，去电影院看个电影啊，这些杜绾都没跟你说过吗？她居然没跟你说过？可她就算没跟你说过，你身为一个过来人，怎么把这些全忘了？你不需要这些风花雪月，不代表杜绾就不需要，果然初恋就结婚的人就是可怕啊。”

顾衍之淡淡地说：“你当人人都是叶寻寻，会在意这些事。”

实话讲，这些我确实没在意过。生活不可能面面俱到，顾衍之给我的已经是他认为所有的最好。可是从鄢玉口中说出来，却完全变了个模样。

“可是你拿什么把握说明杜绾真就不是叶寻寻呢？你跟杜绾一起生活了这么久，自以为很了解她，可是你怎么能保证你心目中她的样子真正是现在的她，而不是还停留在十年前呢？十年前杜绾的确单纯乖巧，喜欢你喜欢得不行。这一点不可否认。但有时候时间久了会产生习惯，习惯久了会产生错觉。错觉让你以为你是真的了解她，但其实根本不是这样。这就像是一场梦，梦醒了错觉也就会消失。错觉消失之后，喜新厌旧很容易，分开也很容易，你并不能说你们之间没有缝隙。年龄差距，共同话题，一成不变的相处模式，这些全都是。”

“……”

“对了，你平时工作是不是还挺忙？每天能陪杜绾多少时间？你不擅长的正好是李相南拥有的。从这个方面看的话，杜绾喜欢上别人也不是没有可能。”

顾衍之说：“你今天来找我，就是为了跟我说这个？”

鄢玉认真回答：“我只不过是顺便想到了这一层，劝一劝你。”

顾衍之沉默片刻，说出谈话以来最长的一段话：“时间久了之后，喜欢一个人也就成了一种习惯。我喜欢一个女孩子，而这个女孩子给了我这种喜欢最好的回应。对她来说，也是一样。这都是能记得很深的事，不是一句喜新厌旧就轻易瓦解得了。你所说的缝隙，在某种程度上也可以称作是情趣。这就像是治理公司，你不能因为它有漏洞就放弃它，不停把漏洞弥补的过程，才是治理公司的乐趣。婚姻和爱情也是这么个意思。圆满肯定是好的，不圆满，也不算什么问题。鄢玉，你最近的观念挺悲观。”

“不是我悲观，是你一直太乐观。”鄢玉漫不经心地回答，“你当年龄差距跟共同话题很好弥补吗？是迷恋就总会有清醒的一天。尤其是在遇到更合心意的人之后，这种变卦会很快，快到你不可想象。你要是不信，那就等着瞧。”

我一夜未睡，将录音笔中的片段听了大半。不管鄢玉说什么，顾衍之的语气始终平稳。他气定神闲的时候，总是这个样子。我甚至可以想象到他当时的姿态，很可能是两腿交叠，手指搭在扶手上，有些慵懒和闲适的意味在。

鄢玉告诉我，录音笔中的片段大多是那三天里前一天半内的交谈。那时顾衍之还完全没有出现被动摇心智的迹象。而在我听来也的确如此。鄢玉提到的我移情别恋的事在他眼里仿佛只是一个笑话，根本算不得事实。不论鄢玉如何翻来覆去地描述，顾衍之给出的评价始终都是轻描淡写的四个字："这不可能。"

直至我听到倒数第二个片段，最后结尾的时候，仍然是顾衍之淡淡的肯定语气："鄢玉，是你想错了。"

录音笔里还剩下最后一条未读，我盯着看了很久，终于还是打开。

沙沙的背景音里，有两声低哑雀叫，隐约有不同于之前的压抑感。鄢玉温吞开口："你看，之前我说什么来着？杜绾长到现在这个年纪，早已经不是你想象中那么单纯乖巧。她并没有你想象中那么喜欢你，只不过是迷恋。而迷恋这种事，要变心很容易。人都有趋利行为，一旦有了更好的出现在眼前，自然会往前看。所以，她不想要现在的生活了，那就随她。总归她不值得你付出，更不值得你拿任何东西交换，就这么简单。"

我屏住呼吸。

长久地没有回答，让我恍惚以为后面不会再有对答，才听到顾衍之缓缓开口，声音低沉，带有疲惫："你说得对。"

我明明知道鄢玉说这些话全都是因为我的请求。我也做好了鄢玉所说的会很难过的心理准备。可是真正听顾衍之讲出这句话，我还是觉得仿佛有尖锥扎在心口上。喉咙干疼，半晌发不出声音。

李相南插卡进入房间的时候，我还维持大睁着眼仰头望天花板的姿势一动不动。这个样子在他眼中大概有些惊悚，他先是静止了一下，然后猛地扑过来床边，一把攥住我手腕："杜绾？杜绾！杜绾你不要吓我！杜绾你说句话！"

"我说什么？"我看了他一眼，"我不会现在就死掉的，你不要这么害怕。"

李相南的脸色还是煞白，显然惊魂甫定尚未回神。过了半晌才哦了一声，说："我来问问你早饭吃什么，然后再看着你把药吃下去。"

我说："我还不饿。"

他说："不饿也得吃。"

"我不吃你预备怎么办？"

李相南还未回答，没有关严的房间门突然被重重推开，下一刻响起叶寻寻中气十足的愤怒声音："杜绾，你出来给我好好说清楚，为什么会跟顾衍之离婚？"

我刚刚抬起头，叶寻寻已经噔噔噔踏至床前："我找你找了这么些天，我还以为你那天说离婚是闹着玩的，敢情你根本就是当真的！你脑子犯抽了吧，居然做出这样的事，你知不知道你会遭……"话音戛然而止，看了看我打着石膏不能动弹的脚踝，缓缓抬起头来，"你脚怎么了？"

我简单回答："骨折。如你所说，离婚会遭天谴，这就是我遭天谴的后果。"

叶寻寻哑然半晌，盯着我看了半晌，在床边坐下来，完全无视一旁的李相南："为什么离婚？"

我说："不是和你说过，感情不和，觉得腻了。"

叶寻寻说："你觉得我会信？"说着指头一拐，直直戳向一旁的李相南，"你喜欢上这小子了？放着大好一个顾衍之不要你要他？杜绾你蒙我呢？你知不知道叶矜昨天晚上跟着顾衍之去了拍卖宴会，顾衍之帮她拍走的是压轴那串钻石项链？他们两个这几天简直天天都是出双入对，报纸媒体全是他俩，都已经晃花人的眼了，你知不知道？"

我说："所以兰时没帮你拍到那串项链你忌妒了？"

"这跟我有什么关系，你不要试图转移重点！一个月前你还跟顾衍之

蜜里调油让人看着都讨厌，现在你们两个突然都移情别恋，还闹离婚。”叶寻寻盯着我，“你老实告诉我，这其中原因究竟是什么？你要是真喜欢这小子，你在我面前亲他一个试试，我不信你亲得下去。”

我说：“我想不想亲跟你没关系。还有，这个人叫李相南，不叫这小子。以后再这么讲话，叶寻寻我们就绝交。”

叶寻寻微微睁大眼，满脸的不可置信：“你为了李相南要跟我绝交？”

我有些无所谓的语气：“没错，绝交。我没在开玩笑。”

叶寻寻瞪了我半晌，最终起身愤然而去。李相南在一边张了张口，小声说：“你刚才是不是说得有点儿过分了？”

我低头闭了闭眼，抬起头：“我不说得过分一点儿，叶寻寻怎么可能会相信。难道还要真的亲你不成？我才不做呢。”

“……杜绾。”隔了半晌，李相南有些艰难地开口，“我这么勤劳地照顾你，你这话其实有点儿伤人，你知道吗……”

一周之后，毕业答辩。我在李相南的搀扶下踮脚去了答辩的研究室，一路受到众人侧目。答辩之后再过两天，就是我彻底离开 T 城的时间。李相南订了两张机票，告诉我航班起飞的时间是在中午。他说这话的时候手里还托着一小碗药片，我朝着那碗药片定定看了一会儿，垂死挣扎：“不行，我有点儿想吐……”

李相南根本不为所动：“这次肯定不能再让你玩冲下水道的戏码。我看你吃完了扶你去吐。”

“你真的要跟我去大山？”

“我说了，就当去支教。”李相南帮我扶正背后的软垫，说得轻描淡写而又语气坚定，“再者我们现在不是被舆论绑在一起吗。这种情况下你一个人回去大山算什么事呢？”

我琢磨了一会儿，还是开口：“我想去找一趟顾衍之。”

“做什么？”

我认真说：“告个别。”

李相南看了我一会儿："有这个必要吗？"

我说："有。"

我说得这样坚定，李相南便没有再说什么。他除了每天盯着我把药吞下去之外，其余事情一律秉承"你说什么都是对的"这一思想。仔细回想一下的话，这些年来他其实都是这样。这种无限宽谅原则让人觉得没有拘束，但同时又觉得深深对不住。

我这么想，便很快十足诚恳地同李相南说，我觉得我挺对不住你的，他正在桌边折腾果泥，闻言头也不抬来了一句："没什么，反正你最近已经对不住很多人了不是吗？"

我："……"

我在当天傍晚的时候去了顾宅，去之前花了一个下午的时间准备穿戴和精神面貌。李相南说我瘦了不少，我自己也这样认为，因为每件以前合身的衣服现在穿起来都有些宽松。这样一来就不得不去店里重新买了衣服，又在美容院逗留了一阵，因为整个现在看起来很像是霜打的蔬菜，脱下去了一层的水润。直至将脸上化到素淡看不出憔悴的样子，我才从美容院出来。李相南任我折腾，始终默不作声。

我虽然口头上说有必要，但若是真正要我讲出非见顾衍之不可的理由，我却又讲不出来。我只是即将离开 T 城，想到接下来三个月时间里再也见不着这个人，就强烈地想最后见他一次。至于见面的结果是好是坏，他对我是冷淡还是一如往常，皆不在我考虑的范围之内。

并且，我在去之前也不确定顾衍之究竟在不在宅子中。以前这个时候，他总是尽量回家，然而离婚之后，说不定就跟叶矜去了某个宴会聚会或者慈善晚会。我怀揣着这些乱七八糟的心情离顾宅越来越近，心里也跟着不由自主越来越忐忑，远远看到庭院前那棵银杏树，伞形的叶子泛着柔和的温润绿色，在有些闷热的天气里安安静静。等下了出租车，走近看见树下的土地有些干涸，对着地面发怔了一会儿，掏出包里一口未喝的矿泉水，拧了瓶盖浇在树下。最后一滴水堪堪浇完，听到大门有响动，抬起头看到管家那张有些苍老的面孔。

我跟他对视了一会儿。他的目光在我的拐杖上停了停。我说:“胡叔叔，顾衍之在家吗？”

他停顿了一下，说 :“在。”

我说 :“我有东西忘在宅子里要拿走。我能进去一趟吗？”

我脸不红心不跳地找了这么个拙劣借口。他又看了我一会儿:“请稍等。”

五分钟后，我站在顾宅客厅中。不远处沙发上坐着一道修长人影，身边一本杂志，手指随意搭在交叠的腿上，米灰色家居服穿在他身上的感觉格外好看，看过来的目光平静，不动声色。

我尽量把他之前说过的那句“希望以后我们不要再见面”抛到脑后面，清了清嗓子，开口 :“我来拿点儿东西。”

“拿什么？”

我说 :“我的学生证还在书房里，毕业的时候要拿去注销的。”

他看了看我，片刻后低头去翻杂志。我站在那里一时没有动，半开的窗子上有黄昏温柔的影子。顾衍之的睫毛深长而交错，侧面线条行云流水，笼在清淡的光晕里，每一分一毫都是那么地完美。

他没有动，我便看得越发肆无忌惮，想到接下来三个月都要不见不闻，大概眼神里还慢慢带上一点儿贪婪。

周围这样静谧，我的眼睛一眨不眨，想要把他的每一寸都雕琢镶刻进我的脑海里。直到他将杂志漫不经心翻过去一页，有轻轻响动，我才猛然一醒。

我讪讪地抬脚去了书房，明知道学生证在第一格的抽屉里，偏偏弯下腰，从离它最远的地方开始找起，很快地将一本相册揣进了包里，又扫走一个顾衍之的素描本。那个素描本我记得很清楚，里面都是顾衍之闲暇无事时画的我的头像，每一页上还写着绘画的时间。如今被他尘封在最底下的抽屉里,可见若非我打开,将永远不见天日。这样一来还是我搜罗走为好。

我在书房磨蹭了很久，往包袋里搜刮了不少东西，乃至还包括顾衍之常用的一支笔，只不过觉得顾衍之很有可能会发现，最后又不甘心地放下。走出书房是在十分钟之后，我捏着那张蓝色学生证，像个小偷一样心虚。

却发现顾衍之已经撑着额角在沙发上睡着了，呼吸清浅，手搭在膝盖上，压着杂志插页的一角。

有凉风微微吹拂进来，有光和影在他的身上轻轻交错。我在原地停了一会儿，尽量不发出声音地把一边的毯子抱过来，动作轻缓地搭在他身上，却突然被一把握住手腕。

心里一惊，立刻抽手，却被攥得更紧，往对面用力一拽，瘸了一只脚。身体平衡本来就不好，顾衍之这样故意，我很快失去准头，不受控制地扒进对面的怀抱里。

鼻间是一阵再熟悉不过的淡淡清爽味道。我听见他的呼吸，还有他沉稳的心跳。我想不着痕迹地站起来,却被他按住后背,挣扎的效果事倍功半。顾衍之的声音在头顶沉沉响起：“脚怎么了？”

我维持着原状开口道：“前几天下楼梯的时候摔了。”

他沉默了一会儿，说：“今天为什么来？”

“来拿东西。”

“我要听真话。”

“确实是来拿东西啊。”我说，“你是觉得学生证不够重要吗？”

顾衍之淡淡开口：“我确实觉得学生证不怎么重要。”

我说：“可我觉得它挺重要的。”

他不回应，也不放手，就这样保持这个姿势。我开始觉得有些支撑不住，头晕想吐。最近这样的症状偶尔会犯一犯，然而全身上下轮流都不舒服，这只是其中之一，大概是晚期的另一症状，这么想着就连大惊小怪给鄢玉打电话报告都懒得了。只是现在的情景不同。我揪住衣襟的这个人他很特别，特别到此刻给他抱着，那些强行包裹上的若无其事顷刻间土崩瓦解，只想到我已经给这个人添麻烦添了那么多年，为什么不可以再多添一次麻烦。他一直那么包容，他无所不能。

我病得这么痛苦，只想找人哭一哭，为什么一定要坚持，我为什么不可以再软弱一次。眼眶因此而有些发酸，心底一直死死压抑的话骤然奔涌而出：“我有些事要……”

他平静的声音与我一同发出：“李相南对你不好吗？”

我张了张口，刚才的话全部哑在嘴边，莫名地再也说不出口，过了一会儿，说：“叶矜对你好不好呢？”

他的眼神定在我脸上很久，没有讲话。

我说：“我今天来，找学生证确实是一件很重要的事，还有就是，”顿了顿，说下去，“祝你和叶矜幸福。以及，我明天就要和李相南去 A 城了。今天顺便来这里向你道个别。”

这些都是彻头彻尾的假话。

他静默了一会儿，扶在后背上的手慢慢松开。我捡回自己的平衡，试着站起来。听见他缓缓平淡开口：“绾绾，几天不见，你讲话的功底很有进步。”

我迎着他的目光，说：“我希望你以后可以过得好。”这句是真话。

他看了我一会儿，眼睛聚起一片漆黑，低缓回答：“好。”

第二天离开 T 城时，天空一吐这些天的阴霾之气，晴朗灿烂到一塌糊涂。李相南夹着两只行李箱，还拎着一个我，一起登飞机。我以病号的权利轻装上阵，怀中只揣着从顾宅偷出来的厚厚一个素描本和薄薄一本相册。后悔昨天应该多拿走一些才对，这样想着一边把顾衍之的素描本打开。我在第一次发现这个本子的时候，顾衍之曾说过这里面每张图都是他在有点儿想念某个人的时候随手画的。每一次是一张，每张都是同一个人。说这些话的时候，他眼角有点儿笑容。我曾经为此很不争气地偷偷数过页数，当时还没数完身后就传来好笑的声音：“你没发现有些页码右下角是有数字的吗？乘以十就是了。”

我：“……”

顾衍之随性而起的素描更确切一些来说，应当叫作简笔画。因为每张画像都是寥寥几笔。但我每每又都很自恋地觉得他画得很传神。素描本前面的大部分我基本都看过，有些是我自己没有觉察过的样子。比如说小时候睡觉时紧紧扒住枕头不肯松手的姿态。我曾坚称顾衍之这是诽谤，我绝不可能睡成这样，直到后来发觉每次醒来的确都是紧紧扒住顾衍之双手双脚的模样，从此再无言以对。

每一张都能勾缠出一段过去。我一页页翻到后面，发现一张纸上很少见地只在上方画了一双眼睛，却比之前的那些都要来得精致，瞳孔的深深浅浅，睫毛的长短粗细，还有眼尾微微上翘的样子，都清晰准确得宛若真人。最右下角有小字落款时间，仔细回想，正是那天他去酒店找我，说出和好请求的第二天。

我定了定神，往后翻，后面的每一页都没有重复，眼眉鼻唇、耳朵，最后一张是轮廓与头发，每一笔线条勾勒得都像他做任何事，完美得恰到好处。一共六张，六张最后简洁标注着落款时间，是我去大楼找顾衍之的前一天，从这一页后面的纸张就都是空白。

我对着素描本发呆了一会儿，冷不防一只手伸过来，把本子拿过去。翻到眼睛那一张，把空白的地方哗啦一下撕了下来。

我怒声说：“你做什么？”

“你等一下，先看着。”

李相南把前五张绝大部分的空白都扯掉，压在第六张上面，慢慢便显出一张脸的五官来。然后把素描本往我耳朵旁边一竖，正逢空乘小姐收走空杯，微微一偏头，稍稍一停，低声微笑：“这张素描跟这位小姐像极了。乍一看还让人以为是一比一放大的黑白照片呢。”

李相南说：“这些都是顾衍之拿尺子量完照着你画的？”

“你看清楚落款时间。”

他瞥了一眼，接下来沉默了半晌，轻声开口：“实话而客观地说啊，我之前其实一直觉得你是不该做到强迫顾衍之被心理控制这种份上的。”

“但是现在呢？”

李相南认真地说：“我觉得顾衍之能隔空把你分毫不差画到这地步，基本就是跟你一样极端顽固的程度了。你对他做心理控制是对的，真的。”

……

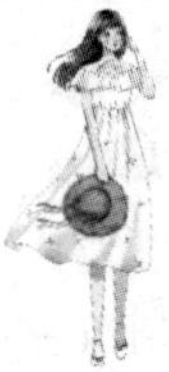

第十二章 / 不治之症

因为骨折的缘故，回去山中的过程比我想象中要稍微麻烦一些。然而隔了一天，终究还是回到山中。燕燕家门前依然是苍翠而充满生机的模样，我拄着拐杖下车的同一时间她扶住我，看了看旁边的李相南，又看了看我，如此循环了两次，说：“怎么回事你这是？”

我看了看天上，缓缓说：“你这句话真是一语道破天机啊。”

晚上和燕燕促膝而谈。这些天所有不能讲的话终于找到突破口，意犹未尽絮叨到后面，已有霞光通过窗帘缝隙挤进房间。燕燕沉吟良久，说：“可是你做完这些以后，没有觉得顾衍之有些地方比较特别吗？”

我睁着茫然的一双眼睛看着她：“啊？”

燕燕翻了个身，看着我：“我也说不出究竟是什么。我只是直觉觉得不太好。顾衍之反反复复这么多次，我觉得他好像最后也不怎么讨厌你。他看着就不像是容易妥协动摇的人，万一以后哪一天觉出哪里不对劲，来找你，到那时候怎么办呢？”

我说：“哎，人家都说癌症晚期的病人身上有股味道。你闻到我身上有吗？”

燕燕说：“没有。你别妄想转移话题啊。”

“这也没什么好转移话题的。我拜托鄢玉，也只是因为时间不多，只能让他帮忙，让顾衍之快速相信我是变心出轨的。如果时间够长，我也不必这样，自己就能让他相信我是变心出轨的。这个事的结果很简单，就是让顾衍之相信我是变心出轨的。他能有什么不对劲呢？鄢玉的故事滴水不漏，我的话又讲得那么狠，他那么骄傲，背叛了他变了心的人，他来找我做什么？”

燕燕定定地看了我一会儿。我摸了摸脸，转移话题：“我现在是不是变得挺丑的了？人家说骨肿瘤这个东西到最后会变成皮包骨头，体重可能不会超过五十斤。”

燕燕叹了口气，坐起身来：“你再躺一会儿，我今天去山上挖些药草，给你炖了吃。”

我说：“不会有什么用的。你不要白费力气了，好吗？”

燕燕说：“外面那些西医才没用。他们就知道打针吃药，怎么比得上我们山中。小孩大人一发烧不管什么就给吃药输液打针，那些东西副作用多了去了，有咱们的‘银子滚鸡蛋’管用吗？说不定你吃吃药草，什么乱七八糟的肿瘤癌症就全没了。你等着，我去上山。”

燕燕对我阻止她的一套说辞恍若不闻，照顾我吃完早饭后，就背着竹筐去了山上。我一个人眯着眼在院子前面晒太阳，远远听见李相南挺认真地在跟小孩子们说教：“泥石流不是山神发怒，它只是一种自然现象。就跟打雷一样，打雷也不是什么雷神在发怒，只是一种云体之间的摩擦放电。相对而言泥石流就是一种比较严重而突然的带着泥沙跟石块一起的山体滑坡的。什么叫山体滑坡？山体滑坡就是山体上一部分岩石土块在重力作用下整体往山下移动的现象。什么叫重力？重力就是地球的吸引力，方向竖直朝下……”

顾衍之以前回山中来，从来没有小孩子敢这样围着他问问题，更不会这样一直缠着问个不停。他的姿态并不清冷，相反嘴角总是带着笑容，却莫名地并不易让人亲近，在小孩子眼中更是一种疏离高远的感觉。连燕燕也曾说顾衍之与我们不是一类人，即使顾衍之从来没有明白表现过所谓两个世界的泾渭分明，可他给人的感觉就是这么鲜明。

我在和顾衍之住在一起之前，也有过这种感觉。之后不知到了什么时候才慢慢将这种感觉消弭掉。后来想通，大概燕燕说得没错。顾衍之跟江燕南他们属于同一类人，外表都罩了一层温柔光晕，实际上却拒人于千里之外。除非真正从心底接纳你，否则你所体会到的温柔表象就的确都是表象，所谓的疏离高远也真正就是他们想与你疏离高远。他们稍微抬一抬手就能颠倒你的人生，可他们极少会插手自己之外的事情。

这样想来的话，我能如愿以偿与顾衍之结婚，享受他曾经无微不至的爱护和纵容，这样的程度简直不可思议。

从重力到为何会有地心引力，李相南终于被一群不按常理出牌的小孩子问到哑口无言。后者终于满意，一脸得意地扬长而去。我在他们路过我面前的时候叫住其中一个："你们怎么没有去上学？"

"一个星期以前老师走了，学校里就没人了啊。"说完就跑开了。

在我上一次回来的时候，镇长和顾衍之坐在一起絮叨了很多事。大都是镇上琐事，我担心顾衍之会厌烦，可他只是安静倾听，一面在桌子底下缓缓摩挲我的手背，眼角眉梢无半丝倦怠之意。镇长提到的其中一个问题便是希望小学的师资。从十年前那场地震开始，这个村镇上再没有人来支教超过两年的时间。大都是一年或者半年就走，有时逢上冬日大雪封山，又没有老师来，孩子们不学习的时间就要长达小半年。接着便又提起我的父亲。这样穷山恶水的地方，父亲曾经一待就是十几年，是真正的不容易。

这些年来我每次回山中来，总能在父亲墓前看到一些祭品摆放，皆是来自这镇上老一辈的村民。杜思成这三个字，在这个村镇上渐渐流传成为一个不大不小的传奇。他们不知道在大山之外，杜思成生前一幅画可以卖到什么价钱，他们只知道有这么一个人，在二十多年前来到山中，教人识字，救人疾病，又最后用生命在地震中救出十几个孩子。在他们的眼里，感恩这个词意义很重。

这些年我每次回山中来，总是能受到许多老人的礼待。与每次都顺便带来捐款和物资的顾衍之无关，只是他们在回报父亲曾经给予的善意和德行。

我总觉得，父亲始终是在无声看着我的。他从不在梦中讲话，却常常出现在梦中，带着安静沉和的笑容。这些年除去骨癌，我遇到的全都是好运气，包括遇见顾衍之，被他喜欢，与他结婚。相较于周围的其他人，我总是顺遂心意，即使有一点儿波折，结局也往往比波折更美好十倍。这么幸福，我总隐隐觉得是源自父亲无形中的庇佑。

我和李相南在到达山中的第三天，开始给镇上的孩子们上课。地点在燕燕院前的空地上，几条板凳，几张四角桌，一块黑板和几根粉笔。我负责小学前三个年级的语文数学，李相南负责小学四五六年级的语数外。这样一天天下来，我和李相南总算基本摆脱了镇上仅有的两个不事生产年轻人的头衔。

一次放学后，一个小女孩跑过来问数学题，问完了没有走，仰着脸望着我：“杜老师。”

“什么？”

“李相南老师和你是什么关系呢？”

“他是我同学，也是今年夏天来山中教你们学知识的老师。”

她说：“这次怎么没有见到顾叔叔和你一起来呢？”

我的动作停了停，然后挺流畅自然地回答：“他有事忙啊。”

她哦了一声，眼睛里疑似散发出一点儿向往的光芒来：“听说你们今年要结婚了，是吗？”

“……”

我一时找不着合适的回答，听到身后李相南的声音：“你杜老师跟顾叔叔早就登记过了，只不过就是还少一个婚礼而已了。什么是登记？登记就是符合法定结婚年纪的一对男女去婚姻登记机关办理登记手续，只有登

记之后，婚姻才具有法律效力。登记跟结婚有什么关系？登记才是男女结婚成为夫妻，只举行婚礼并不能等同于结婚……”

今年的最后一点儿春光，就在山里这种再平淡不过的日子里缓缓度过去。

我每天都要被燕燕塞喂不少草药，以及被李相南塞喂不少西药。这种情况持续了大概半个月，我基本处于了远远看见药汤和药片就想吐的状态。有次艰难吞药片的时候被一个小孩子看到，睁大了眼问我：“杜老师，你得了什么病？”

我啊了一声，说：“不治之症。”

“什么叫不治之症？”

我说得和颜悦色：“就是不用治就能好的病症。”

李相南在一边凉凉说：“杜绾，你别误人子弟啊。”

离开T城已经将近月余，山中进入6月，开始频繁的雨水天气。时常有闪电雷鸣，仿佛能劈裂房屋一般。我的骨痛越发厉害，并且辗转难眠。李相南给鄢玉打电话，后者早已回A城去了，并表示癌症晚期就是这样，当然也有疼痛感突然消失的例子，但那很可能就意味着肿瘤脑转移。鄢玉跟李相南说可以问问我想选哪个，然后李相南就在默不作声中挂断了电话。

李相南的医术在这段时间里突飞猛进，在历经寥寥几次失败后，已经可以用带来的注射器自行给我注射镇痛剂。他的面容上有清晰可辨的焦虑和憔悴，显然每天都在经历和我同样的失眠多梦。只不过原因不同。

这样一来，我觉得我的心态应该比李相南还要平和一些。离开T城后，我反倒可以肆无忌惮地想起顾衍之，偶尔和燕燕分享曾经的甜蜜。山中不能上网，可是我的手机和电脑里存有顾衍之的照片，我还小心保留着鄢玉给我的录音笔中顾衍之的声音。此外还有我在离开T城之前，一篇篇从网络上下载下来的有关顾衍之的采访。

我把这些年发生的事都仔细讲给燕燕听。那些事情，如今却蓦然都变成效果很好的镇痛剂。

其中常常会想起顾衍之第一次来山中的模样。那次镇长给他准备了最好的晚餐和住处，十一岁的我以为那已经能称得上奢侈。直至我去了T城，才看到顾衍之的生活远远比山中那些还要光鲜体面千百倍。那些衣香鬓影、一掷千金、不动声色的富有，举手投足间引发的关注，远非冬天大雪封路、夏天洪流泛滥的偏僻山中可比。T城的一切都像一面毫无瑕疵的镜子，微微转动，便光耀刺眼。那里是顾衍之最娴熟的地方。

后来，我终于真正察觉出这其中的天差地别，跑去问顾衍之在山中的那几天是否会觉得不悦和将就，或者甚至觉得看了笑话，说这话时用的肯定语气。那时我还不及他的肩膀高，仰起脸时可以看到他阳光铺就的深金色弯长的睫毛。他的嘴角有点儿笑容，侧面线条柔和，伸过手来，摸了摸我的头发，温声说：“可那里藏着这么一个美好的小姑娘，不是吗？我半分不吃亏。”

我十几年来一直仰望与依赖的这个人，他可以说出这世上最切中心底的话语，熟知并纵容我每次的别扭和小秘密。他曾教我一点点儿地耐心成长，给过所有我想要的，以及时常意外的惊喜。他的承诺从来兑现。他曾经专注笃定地计较将来，用一种温柔和强势的姿态，打算陪我白头到老。

我多希望这一次他也可以说到做到。

按照鄢玉的计算，我大概还能再活两个月。到了这一步，才发觉之前脚踝骨折忍受那么厚的石膏和绷带其实是多余的。我在一天醒来后发现自己的整条腿都已经基本完全不能动弹，从此以后开始了不得已的半瘫痪生活，这简直太折磨。尤其是李相南包揽了所有的教学活动，我连帮他看作业都不准，每天只能眼睁睁看着太阳升起落下，实在是有些漫长。

如此大概过了两三天，一日傍晚入睡时听见窗外有敲打的急雨声。我在凌晨时候突然被燕燕使劲儿推醒，迷迷糊糊中听见她焦急地喊：“涨洪了，

快起来！泥石流来了！”

我陡然清醒。

遥遥听见外面有高音的喇叭在喊，声线粗嘎急促，是镇长已经有些苍老的声音。房间中黑漆漆一片，我试图去拽床头的开关线，发现已经停电。燕燕打开手电筒的同一时间一个身影扑进来。李相南摸索到床边，匆忙中撞翻一个暖水瓶：“杜绾？杜绾？”

这种时候逃命最重要。李相南将我一把背起，跟着燕燕一起往外面跑。看见不远处一块高地上隐隐有手电筒的亮光，镇长的喇叭声就是从那里传来的。燕燕几步爬上山坡，李相南在她身后跟上，偶尔脚滑一跤，不由自主往下溜了几步。我听见他的呼吸有些急促，可见我现在虽然有些消瘦，但一把骨头还是有些重量的。在这种情形下一个人逃生已经很麻烦，现在李相南还要带着我一个累赘。我想了想，认真地跟他说：“要不你把我放下，自己先上去。反正我也活不多久了，今天跟两个月之后也没什么区别的啊。”

李相南抓着树枝一个用力，最后一步踏上山坡，小跑跟在燕燕身后，半偏过头来：“刚才应该带些清水才对。”又随口补充，“你别说傻话。”

山洪漫过低矮地面，一波连着一波，混浊中夹杂着木棍与泥石。我们聚集到镇长周围的时候，雨还在不停地下，全身湿冷透凉，眼睁睁看着水位越来越高。有房子慢慢被淹没，树木从上游整棵漂下，小孩子在哇哇大哭，大人们神色凝重。镇长的面容苍老而镇定，微微佝偻着背指挥大家紧挨在一起。这里已经是镇上的最高地，面积却不够大，有不少年轻力壮的青年还站在比我们矮上一人高的地方。

在我还很小的时候，曾经见过一次泥石流，只是记忆遥远，已经不甚清晰。唯独记得父亲当年也如现在这些沉默而高大的青年一般，站在低矮的地方，把高处留给老人儿童和女人。我想下去叫父亲上来，母亲紧紧攥着我的手，不准我动一步。所幸那一次雨水停歇算早，镇上只是损毁了许多房子，并无人员失踪与死亡。后来父亲告诉我，他应该站在那里，那是他的责任。

李相南也想下去，被镇长一把拽住，按在原地。燕燕在一旁跟他说：“你是镇上的贵客，你不能下去的。”

我说：“第一次来山里就能赶上泥石流。你会大难不死必有后福的，李相南。”

他看了看我，最后说：“你也一样。”

这话他自己讲得都没有底气，我便也懒得同他辩驳。雨水瓢泼没有停歇的架势，又是这种黑夜仿佛摸不到光明的凌晨时间，很容易让人产生不好的联想。漫长黑暗的等待中，有人比我更焦躁，大声问着镇长：“这雨水要下到什么时候？我们接下来怎么办？”

镇长眯着眼简单答：“等着天亮。”

雨水开始只是没过底下那些青年的脚踝，后来渐渐漫上小腿乃至膝盖。燕燕的丈夫在下面，急得她不停往下面看，眉头蹙得很紧。我因为无法站立，在山坡上蜷成一团，加上李相南蹲下来照顾我，我们两人占了四人的面积。雨水仿佛仍然在无穷无尽地漫上来。耳边尽是风声雨声，我看不见晨曦的迹象。隔了一会儿，我抓住镇长的裤脚，看着他说：“镇长，你让我下去，换两个人上来。”

果然看见镇长皱眉：“胡说什么！”

我语气轻松：“我没胡说啊。底下水都漫过他们小腿了，雨再下八成会把人冲跑的。你看，我得了绝症，反正也没多少活头了。今天又淋了这么多雨，就算没给洪水冲跑，回头也得发烧。我癌症病人嘛，折腾到发烧的程度，也就离死亡是两三天的事了。就算两三天后不死，两个月后也得死。你与其今天让我活下来，不如多让其他人活下来，回头两个人家的青壮年因为我而幸免于难，也算是给我自己积阴德，你回头叫人把我的墓碑放得离我父亲近一点儿就好了。你说呢？”

镇长冷着脸回道："我说不行。"

我说："我父亲要是现在在这里，也会同意我这么做的。你要是不让我下去，那我就自己从这跳进洪水里。"说着就挣扎要动作，被镇长和李相南齐齐按住。李相南哑着嗓音开口："杜绾，你现在在我眼皮底下下去，你要让我怎么办？"

我说："我迟早都要在你眼皮底下死掉。不是今天，就是未来之后的几天，有什么区别呢？跟病死比起来，救人而死不是更有意义吗？"

我终究还是在李相南的眼皮下面下了高地。他阻止不了我，便要同我一起下来，被镇长死死按住。我听见他乱七八糟恳求的话，避开他的目光，一点点儿挪下去。所幸只是瘫痪了一条腿，还有另一条可以移动，很快换上去燕燕的丈夫和另一个年轻人。脚下的地面有些滑，我要很小心才能站稳。却明显知道就算这样，也很快就要站不稳，小腿处淌过的水流比我想象中还要湍急。

我高估了自己的体力，支撑了没有多久，就觉得头晕目眩。天边仍然看不出任何熹光，风雨杂乱地扑在脸上。我在那里摇摇欲坠，大口喘气。如果不是旁边的人握着我的手，恐怕早已一头栽下去。我开始倒数从十到一。已经到了这个地步，数到一的时候无论如何我都松手，不给任何人再添麻烦。

我有些心不在焉地数到了六，然后是五，接着是四。一边想着以这样的方式结束生命，比我料想中要好很多。等待死亡的过程也没有我想象中那么可怖。相反它出奇的平静，就这样时间静止也未尝不好，从此再也不会前行。

我在数到二的时候松了松手指，闭上眼，数到一，然后是零。

我将要松手的那一刹那，忽然隔空听到一阵嗒嗒的马达声。

我睁开眼，循声抬头，黑暗的天空蓦地灯光大作。两架直升机不知何时出现在空中，带着引擎发出的强烈尖锐声音，迅速而沉稳地自远而近。

我听到人群中有人颤抖的欢呼声，机舱门很快被打开，有人沿着飘摇的绳索降下。我隐约看到那个人有些熟悉的修长身形，接着渐渐看清楚他救生衣里面浅色的衬衫和深色的风衣。他越来越近，直至近在眼前，就在我一臂远外，我看见那张沉静从容的面孔上，再熟悉不过的好看眉眼。

那一瞬间，我觉得周围一切都变得通彻而明亮。

下一刻，我被一个怀抱紧紧拥住，力道仿佛像是要嵌进他的骨头，让我呼吸困难。不知多久，早已被打湿的额头上被人印下一个吻。我听见他唤了一声“绾绾”。

我轻轻嗯了一声，带着浓浓的鼻音，眼泪混着雨水一起掉下来。

我缓缓闭上眼，下巴搁在顾衍之的肩膀上，不想再说任何的话，也不愿意再想任何的事。将我紧紧抱住的这个人他这样强大，无所不能。这样沉稳地出现在我面前，就像是从天而降的天神。他可以解决掉任何的事情。我可以不必使出一丝力气，只是这样放松地倚靠在他身上。

意识陷入模糊之前，感到从未有过的安心。

……

我做了一个绵长的梦。

梦里光影幽幽浮动，有人影，有脚步声，有温暖的触感从被握住的手中源源传来，有密密的亲吻不断落在额头和眼睛。有个低沉的声音始终在耳边：“绾绾，你醒一醒。”

这样的感觉太舒适，让人懒洋洋着睁不开眼。我迷糊中听到有低低对话，说什么不可能，说什么总有办法。过了不知多久，我终于醒来，然后环顾四周，恍惚觉得自己仍然是在梦中。

房间中装潢淡雅安静，墙上的挂钟安静地走着。我被松松揽在顾衍之的怀中。他单手支颐，衬衫解开第二粒领扣，另一只手摩挲着我的后背。我可以感受到他的平稳呼吸，还有他的体温，以及淡淡的熟悉的清爽气息。

我眨了眨眼，又眨了眨眼，仍然回不过神，于是重新又闭上眼，很有自知之明地喃喃：“我在做梦。”

手指被捞起，轻轻咬了一口，响起一个漫不经心的声音：“绾绾，你没在做梦。”

我说：“可是你在抱着我睡。”

他说：“抱着你睡，你不喜欢？”

我说：“喜欢是喜欢，可是……”

我的话戛然而止，终于从神游状态中回过神来。我啊了一声，猛地抬头。

顾衍之神色淡然镇定：“口渴吗？想不想喝水？”

我愣愣地点了点头，看着他下床，倒了一杯水，又走回来。顾衍之把杯沿挨在我嘴边，水温正好，看着我把水杯喝到见底，然后他问：“再来一杯？”

我又愣愣摇了摇头，眼睁睁看着他把水杯放在一边，然后重新上床，搂住我腰际，合上眼，有些闭目假寐的意思在。我跟着他一起愣愣闭眼，过了一会儿又把眼睛睁开，还是有些不太敢相信，最后索性坐直身体：“你……”

也不是没有想过如果哪一天事情暴露，顾衍之可能会有的反应。但基本不包括现在他这个模样，像是自然而连贯地与我去 A 城之前的相处模式衔接上，这两个多月发生的种种都被跳过去，像是根本不存在一样。

他睁开眼，有些懒洋洋地在我发间吻了一下：“觉得累不累？”

“……”我瞪着他，半晌吐出一口气，“还好。”

“想起床吗？”

“顾衍之，”我鼓足勇气看向他，“我们已经离婚了，对不对？”

他看着我，说得很平静：“事实上确实是这样。”

“那么，你为什么在这里？”

他说：“这里是 T 城。”

“……”

房间里静默了片刻。

“所以说，”我硬着头皮说，“你全都知道了是不是？否则你不会出现在山里，是不是？”

他说：“我知道了什么呢？”

我突然觉得有些鼻酸：“这里是医院啊，你现在一定知道我得了什么病了，对不对？你一定在心里讨厌着我之前那些自作主张，所以才对我这么冷淡的对不对？你是不是现在觉得我一点儿都不懂事了呢？可是我也不是故意要骗你的啊，我也不想看到你和叶矜在一起的，我忌妒得不得了，可是我想来想去，没有比这更好的办法了。总归我都是要走的，我想让你伤心得少一点儿，可是又不想让你忘了我。你看，我是不是很自私？”

眼泪大颗大颗掉下来，根本就止不住。我在山中一个多月，骨痛难忍，抓破了燕燕家好几条被单，中间没有掉过一次泪。可现在却根本忍不住。

像是在顾衍之面前，我总能轻易卸下所有伪装的坚强。

他微微动了动，俯身过来，亲吻我湿漉漉的眼睫毛，每一下都仿佛有些缠绵的意味在。我说：“你为什么会突然知道这些的呢？鄢玉明明告诉我，他可以瞒你一辈子的。你现在让我特别有挫折感的好不好？而且会让我觉得，都是我一个人的缘故，才浪费了我们之间两个月的时间。我的时间不多了啊，这样整整一半都被白白消耗过去，让我觉得可惜得不得了。如果早就知道你不会被动摇，我一定不会让鄢玉这样做。可是你现在这样突然降临，你让我怎么办才好呢？”

说到后面，话语因为哽咽而模糊不清。顾衍之拿拇指抹掉我眼角的水泽：“这不是自私。我也没有讨厌你。”

我抽噎着说：“那你一定在生我的气。”

“我没有。”

“我才不相信。”

“我没有。”他的眼睛漆黑，像有星子在里面，缓缓的低沉的声音，“我知道这都是因为你爱我。”

他把这三个字轻而易举地说了出来。他都知道，并且笃信不疑，不需要我再多说任何解释的话。

我怔了怔，下一刻扑进他怀中，紧紧抱住他的腰身，大哭出声。

后背被一遍遍摩挲，有温暖的亲吻落在耳侧和脸颊边，顾衍之低声说着哄慰的话。过了良久，眼泪好歹略略止住，听到他说："绾绾，我们不会只还有两个月。凡是难题都可以解决，我来想办法，事情总会有转机。你自己也曾经说过，我是无所不能的，对不对？"

"我什么时候跟你说过你是无所不能的……"我下意识反驳，琢磨了一下，抬起头来，"你偷听我跟李相南的讲话！"

顾衍之神色不变道："李相南自己告诉我的。"

"他怎么可能告诉你，他一点儿都不喜欢你！"

顾衍之轻飘飘哦了一声："是吗？正好我也不喜欢他。"

房间里这么静谧，窗帘透过一层薄薄浅浅的光。我被顾衍之轻柔地抱在怀中，他半撑着额角，眼尾有点儿笑容，一手缓缓抚摸我的后背。不管发生了什么，他都是这样的镇定从容。

我不能否认，我真的很喜欢这样的感觉，恨不得就此时间能静止，或者一起瞬间到白头。只想挨着顾衍之近一点儿，更近一点儿，把他每一个表情和动作，乃至体温都妥帖收藏。有时又希望可以钻进他心底，堂而皇之占据他最紧要的位置。最好牢不可破，高不可攀，我永远都不可以被代替。

我低着头，慢慢攥紧他的衣襟，上身用力，摸索着一点点儿靠近他的脸庞，尽量做到不动声色。然后在最后几公分的时候抬起头，像是抓捕猎物一样，快速而用力地亲上他的嘴唇。

我没有把握好力道，牙齿一下子磕在他的下唇上，很快顾衍之低低"唔"了一声。我怀疑他在皱眉头，可是不想就这么放开，双手搂住他的脖子，试图像他以前亲吻的那样亲回去。然而自己都觉得自己技术层面不够，亲了很久都不得当，既不能撬开他的齿关，更没有勇气拿舌尖挑引扫荡，并且很快就觉得身体虚软无力。终于，我有点儿恼羞成怒地开始往回缩，被他掐住腰肢，一把拎了回去。

被反客为主得很迅速。后脑勺被撑住，有舌尖勾缠进口腔，重重地吮吸，不容置疑。鼻息之间哼出的呻吟有一半被他卷回去。眼前的黑暗让这一切发生得更加清晰。口腔中开始被吮得发疼，直到眼前渐渐有白光，终于被放开，大口喘息。顾衍之的声音里有点儿笑意："喜欢这样？"

我立刻否认："不、不是很喜欢！"

他笑了一声，说："心口不一。"

我被他松垮垮抱住。周围这么安宁，透过窗帘的纱雾一般的阳光在缓慢发酵。隔了一会儿，我小声说："我昏迷了很久吗？"

他说得漫不经心："三天半。"

我沉默了一会儿，有些试探地问："哎，说真的……你究竟是怎么觉察出不对劲的呢？又怎么会知道我遇险的呢？"

他嗯了一声，说："镇上的人们都很好，没有失踪伤亡的报告。李相南已经回了他自己的家，也没有受伤。"

"我觉得你这个回答跟问题不太匹配……"

顾衍之继续说："燕燕也很好。她叫我转告你，要你乖乖配合治疗，不要多想。"

我认真地提醒他："你这个回答还是跟问题不太匹配。"

顾衍之沉默了片刻，终于低缓开口："绾绾，我们在一起这么些年。我总是不能相信，你是不爱我的。"

我张了张口，仰脸看着他，突然不知道该说些什么，只觉得有些眼热，一股脑紧紧地抱住了他。耳后的一绺头发被他的手指卷住，绕了两圈，顾衍之的嘴角带着笑容："睡了这么久，饿不饿？要不要吃点儿东西？"

我哎了一声，半晌，声音从他衣衫里闷闷传出来："不是很饿。"

其实已经觉得有些饿，可是根本不想动，只想就这么抱着他，觉得这才是现在最想做的事。而顾衍之也很配合地没有动。他的手按在我的后背

上，掌心的温度熨帖得恰到好处，搂着我跟他密密相贴。四周重新沉入静谧，连呼吸都清浅得恍若不闻，只有窗子透过的光线在床上慢慢转动。

隔了不知多久，我抬起头来，看着他，认真问道："你是从谁那里知道我去了山中的呢？"

顾衍之说："我还以为你会第一时间问叶矜的事。"

我啊了一声，扭过视线，尽量镇定地说："她的事你想说就说不想说也没关系啊。反正我也不是很在意。"眼尾扫到他变得似笑非笑的表情，梗了梗脖子，终于还是忍不住，低声嚷，"你给她送项链了。你还陪着她去宴会酒会慈善晚会，你还让她离你离得那么、那么近！"

"项链是花的她的钱。宴会酒会慈善晚会加起来一共去过四场，实话说我之前也不清楚怎么叶矜都会在那里，这几天才知道有鄢玉在其中活动的原因。"

我总怀疑顾衍之讲鄢玉这两个字的时候有一些咬牙切齿的语气在，可他眨眼之间就已经将情绪收敛得一干二净，我甚至怀疑刚才只不过是我自己的幻觉。听到他又说："我叫管家送粥来。"说完就要起身。

我抓住他的袖子不想让他离开，眼睛一眨不眨地望着他："你今天不要去公司吗？"

听见他轻描淡写地开口："在你病好之前，我都不去其他地方。一直陪着你。"

我对顾衍之所说的"不去其他地方"带来的后果没有太具体的概念，直到第二天顾衍之的秘书过来病房，抱来厚厚一沓的文件，并且花了一个小时的时间汇报这几天顾衍之未能出席的一系列的会议结果。有些看似事情很急，需要顾衍之亲自并且立即处理，然而他只是嗯了一声，丝毫没有打算理会的意思。过了一会儿，顾衍之出去接电话，秘书看了看我，露出微笑："杜小姐觉得身体好些了没有呢？"

"还好。"我说，"听你刚才讲的那些日期，顾衍之已经很久没有去过公司了吗？”

她想了想，说：“顾董在六天前突然做决定去了A城，很快又让我订从A城飞往成都的机票。到了成都后又立即去了大山里面，结果被暴雨阻住。幸亏顾董设法联系到了直升机调度，到得及时，大家一切安好。”她笑着说，神情很诚恳的模样，“杜小姐安然无恙地经历了地震跟泥石流，这样命大，日后也一定会有大福的。”

我无意为难她，只是觉得她的话有些宽泛，不能不让人有点儿苦笑的意味：“只还剩下两个月，大福会指什么呢？”

她的语气很肯定：“就算是晚期，也有被治好的例子。报纸上都有报道，十几岁的小男孩得了骨癌晚期，也照样活下去了，不是吗？只要心态平和自然，总会有痊愈的那一天。”

我说：“但是鄢玉同时也在两个月前就同我明确说过，即使配合最先进治疗，我也只还剩下四个月可活。”

有些令人沮丧的话其实一直盘亘，只是不想同顾衍之说出口。比如我的性命终将在今年夏天的最后一段光阴里停止。即使顾衍之将这一结论否定得直接而果决，可我仍然很难保有信心。我自然希望能发生奇迹，然而不可否认的是，悲观事实发生的概率是出现奇迹的千万倍。没有人能够做到对这残酷的结局置之不理，即使我信任顾衍之胜过任何人，我信任所有他做过的承诺和说过的话。可是这一次，我只能相信他的话是一种假象的安慰。

区区一个微弱性命，无论如何也敌不过死神锋利镰刀。即使顾衍之无所不能，却也要认命。

然而秘书笑了笑，给我的回答却云淡风轻：“鄢医生吗？既然鄢医生信誓旦旦声称给顾董干预成功的心理控制术已经被证明完全失败，那么他其他地方的医术也就不必被奉为圣旨了，不是吗？”

我：“……”

然后，她抿唇又笑了笑，神情间越发有些天高云淡的意思："杜小姐以后再见着鄢医生，请不要把我说的这话给他知道。"

病房的门被推开，露出顾衍之那张好看的脸庞来，扬了扬眉问："在说什么？今天中午吃清蒸鳜鱼好不好？"

我说："隔壁有个跟我一样病症的小孩子今天中午吃番茄炒蛋。"顿了顿，很诚恳地看向他，"我也吃这个好不好？"

"你什么时候跟隔壁小孩子打过交道？"

"就今天早上啊，你出去的时候。"说着给他举了举手里的手机，"我们还交换了联系方式来着。"

顾衍之看看我，笑了一下："我要是没记错，隔壁那好像是个男生？"

"啊，是男生没错。刚上高一，名字叫瞿画白。"我说，"跟那个革命烈士只差一个字。是不是很好记？"

"很难听。"他走过来，"那个男生好像刚做完手术，你别打扰人家。你们今天早上聊什么了？"

"哦，他说他之前有个女朋友，是个模特，长得比我好看。"

"他在胡说八道。"顾衍之在床沿坐下来，手指搭在被单上，漫不经心道，"这个瞿什么白的眼光有些问题，也难怪他只有前女友，没有现任女朋友。下次他再这么讲，你就说你有个丈夫，能力家世长相都超他成百上千倍。"

"我是这么讲的啊，可是他说他不信。"

"下午你把他叫过来，当面谈。"

我们说着这样不着调的对话，可以看得出顾衍之的秘书在强忍笑意，过了一会儿，她悄无声息地离开。茶几上搁着她留下的一堆文件，顾衍之没有要去翻一翻的意思。我躺在顾衍之的腿上，就中午要吃什么的问题展开讨论，讨论的结果就是叫人把番茄炒蛋和清蒸鳜鱼都送来。

以前我们相处的大多数时光，也都是这样平缓而温和地度过。没有什么大事情，只是一些琐碎小事。叶寻寻有次问我跟顾衍之都能聊些什么，她表示在她眼里顾衍之就是枝高岭之花，完全不能想象这种人每天三遍问别人想吃什么的情形。我当时说顾衍之不是请你过吃饭吗，你应该见过他问过这种话的啊。叶寻寻一脸认真地反问我：“是这样吗？可我后来回想的时候，觉得我那应该就是个幻觉啊。”

我：“……”

顾宅的厨师对粤菜很有一手，做的清蒸鳜鱼味道很好。顾衍之把鱼刺挑到一边，拿筷子一口一口喂我。我努力想咽下去，隔了一会儿发现徒劳。今天早上瞿画白跟我聊天时，还说他早餐和昨天的晚餐都没吃，我当时听了其实很有同感。

癌症晚期的病人基本都脾胃虚弱，食不下咽是很正常的事情。可是骨肿瘤这个东西本来就是营养消耗，不吃只有越来越消瘦下去。鄢玉很早之前就跟我强调过这一点，然而理智是一回事，真正遵照医嘱做起来又是另外一回事。

我心不在焉地吃了两口，觉得再难吞下去，转而奋战鱼汤。过了一会儿鱼汤也不想再喝，但还是咬牙将一碗全喝光。到最后觉得这一系列知难而上的动作简直耗光积攒了这一天的力气，闭上眼靠在床头只想睡觉，隔了一会儿感觉床沿微微下沉，顾衍之掀开被单侧躺在身边，手掌轻轻抚顺我后背。

自我们重逢，他将所有与难过相关联的情绪都掩饰得很好，眼神平静无波，表情不着痕迹，轻描淡写的样子像是我仅仅感冒发烧了而已。可我知道，他并不真的是这样。昨天半夜我因骨痛转醒的时候，只是稍微呼吸急促了几分，就让他一下子睁开眼睛，打开灯的时候我看见他的眼神很清明，像是根本没有睡着。他靠近过来抱住我安抚的时候，我分明看到他眼底清晰可辨的血丝。

我最不希望看到的情况就是这样。

我曾经因为一点儿感冒发热就假装得很痛苦，顺便要求一点儿额外的任性，如果用叶寻寻的话讲，女生这样的造作是天经地义。这是情趣。可

是真正痛苦来临的时候就反过来，不想看到顾衍之跟着担忧。自己既然已经无可避免地疼痛，然后死亡，就不想眼睁睁无能为力地看着另外的人跟着劳神下去。

今天中午，顾衍之去和医生谈话的空当，我在床头的抽屉里翻到了新的病历诊断书，里面很清楚地写着骨癌四期，恶性肿瘤已出现肺转移。顾衍之的秘书说，这世上未必不会有奇迹。但奇迹这个事情，就像是学术上那经常存在于百分之九十九点九九之外的那百分之零点零一。这样的小概率仅仅是为了保证学术上的精确性，并且，奇迹这个词能说出口其实也就意味着，我已经病入膏肓，除去那一点点的奇迹之外，只能等待死亡。

这样的事实不能不说很残忍。

房间中安静了一会儿，我几乎要睡着的时候，听见顾衍之轻声叫我的名字。我应了一声，他停顿片刻，低声开口："后天上午，我们做个放射治疗好不好？"

我很快清醒。

睁开眼，看见他低垂下来的深长睫毛。他又补充道："不会疼。只是可能会觉得有些没有力气。好不好？"

我在今天早晨起床的时候，在浴室里很仔细地看了一遍镜中的自己。眼睛里没有精神，面颊暗淡无光，病号服松垮垮地套在身上，伸手一把就可以满握上臂。

然后就想起几个月前有段时间胃口不错，跟叶寻寻一起倒腾了半个多月的胡吃海喝，结果之后往体重计上一踩，叶寻寻增重四公斤，我反倒掉了一公斤。当时还很得意地跟叶寻寻说我天赋异禀体质，叫她不要太羡慕，如今回忆才明白什么叫草蛇灰线。凡事总会有预兆。

从那时到现在，癌症晚期的效果呈指数速度凸显。

我沉默了一会儿。房间里的挂钟一下一下摇动。顾衍之始终等我回答。过了片刻，我终于低声开口：“听说放疗的时候脸上会画很多红杠。”

他温声回答：“那是以前，现在没有了。”

我又沉默了一会儿，说：“做化疗，可以啊。可是……”

“可是？”

我掐了掐手心，抬起头来:“等我做完化疗以后，你能不能不要看呢？”

他很仔细地看着我的表情，半晌，声音越发低柔：“担心自己会变得不好看？”

被他一语道破的后果就是泪水陡然夺眶而出。

“我现在已经变得不好看了啊，我不能否认这个事实。等放疗之后一定还会有化疗,还有各种各样的治疗。我会变得越来越没有精神,越来越丑。不管以后怎么样，我都不希望你看到我这样。所以，你能不能不要看呢？”

他挨过来，紧紧抱住我，亲吻我的额头，一下下抚摸我后背，喃喃说一些安慰的话。半晌终于平静下来，听见他低沉的嗓音：“不要胡思乱想，不要想这么多。”

我唉了一声，抓住他的手，低低吸了口气。听他又说：“要不要讲个故事听？”

这些天他总是这样，会在睡前讲一些故事，内容大致和我认识的人有关，皆是内幕秘辛，其中包含新闻媒体掘地三尺也想不到的那些真正缘故。所有种种都这么被他若无其事地讲了出来，声线微微低沉，仿佛能滴出水来的轻柔。

我起初想着放疗的事，并没有什么睡意，隔了不知多久，眼皮却真的慢慢变沉，听着他的嗓音仿佛越来越遥远，只有规律轻拍在后背的手很近。

我又恍惚梦到了父亲。

这一次梦境前所未有的清晰。可以看清楚周围的布景，他穿的衣服，

他的每一寸面容，乃至他眼角的细碎纹路。我仿佛还是十多年前的那个身量，围在他身边时够不到他肩膀。我甚至在梦中可以很清楚地触摸到他的手指，有些凉意。我在梦里喊他：“爸爸，你和我讲一讲话好吗？”

我喊了两遍，他的嘴唇动了动，却终究没有说话。

这些年每次去山中扫墓，皆是给父亲母亲一起。然而我梦到父亲的次数要远远多于母亲。也许和幼年与父亲更亲近有关，也许是别的原因。然而我还能记得，幼时被他驮在肩膀上四处跑，我幼稚地张开双臂，企图拢住风的样子。这一幕也曾出现在梦中。可是每次与记忆无关的时候我梦到他，他总是不会开口讲话，这次也是一样。不同的是，以往我可以看到他模糊的笑容，这一次他眼神清晰，没有笑意，只是沉默地看着我，隐隐带着担忧的意味。

我将他的手越抓越紧，有些赌气的意味，隔了一会儿开口：“你不讲话，我就不放你走。”

他仿佛叹了口气，伸出手，像是小时候那样，摸了摸我的发顶，眼神温柔，带着鼓励，却仍然不讲话。这样做的时候他的身影开始在梦里变得模糊，我心里越来越急，眼泪都快掉下来：“你不要走好不好？爸爸，我很害怕。你可不可以和我讲，这次我还能不能活下去呢？我真的把我的福气都提前用光了吗？我不想离开这里，爸爸，我不想走，可不可以？”

我攥住他手指的力道越来越用力，却还是不能阻止他的身影从模糊到消失，终于只剩下我一个。我四处转圈寻找，怎样都找不到，心里难过到极点，浑身一震，终于醒来。

病后连做噩梦都不如以前自由。我大口呼吸了几下，就觉得头晕想吐。房间里只有我一个人，隔壁套间的门没有关严，有压低的对话窸窣传来。

我分辨了片刻，听出那是顾衍之和兰时。凝神听了一会儿，兰时开口：“听说这两天你在联系西部捐款的事？顾衍之突然广散家财，就为给爱人换条活路。这种带点儿迷信的消息要是曝光，你就又给整个T城新闻业提供了半月的口粮。”

“你的消息总是挺灵通。”

兰时淡淡笑了一声：“我听说国外最近研制出某个抑制肿瘤的新方法，有可能的话不妨尝试一下。”

片刻的对话空白后，顾衍之才开口，声音微微低哑：“我在想这些是不是都由我自己造成的。算命的那些不是说过，八字特殊的人会克制周围的人。对于我来说，双亲早逝，杜绾还这么小，待在我身边只有这些年，就突然遇上这种病。这都是不应该发生的事。”

兰时说：“不要多想，有要我帮忙的地方尽管提就是。”

又过了一会儿，他们的交谈结束。

我在顾衍之回来病房之前闭上眼，装作仍在睡着，感觉到他半弯下腰，视线在我的脸上逡巡一圈，隔了一会儿，突然笑了一声，几根手指勾在我的下巴上：“还想装睡到什么时候？”

我睁开一半眼皮，先看到的是他嘴角的一点儿笑容，眉眼间轻描淡写，仍然是那种若无其事的态度。视线往下动了动，便看见他半挽起袖管，浅色衬衫上解开两粒领扣，这样半弯下身的样子，便可以瞅见他下颌的模样美好，以及延伸至脖颈以下的隐隐行云流水般的线条。

以前很少能浏览到像这样的美景，我看得有点儿目不转睛，片刻后掩饰性地一声咳嗽：“哎，刚才是有人来了吗？”

顾衍之随口嗯了一声，一边将我托起后背扶在床头：“兰时。”说这话的时候离我很近，然后直起身，动作有些缓慢。

我不由自主地上半身靠过去，眼神继续溜向他衣服里面，一边说：“你们都讲什么了？”

他不以为意说：“叶寻寻最近出门散心，兰时一个人闺中寂寞而已。”

“……”

我眼睁睁地看着他直起身后，离我有一条手臂的距离。我不死心靠得更近一点儿，上半身几乎探出床沿，然后微微用力合身一扑，眼看就可以

完美扑到他身上，却乍然被他后退小半步，一边说："想找什么？"

我完全没料到会出现这种情况，啊了一声，身体开始不受控制地向地上沉去，感觉自己像是个沙包，就要重重摔到床下，忍不住紧紧闭上眼。却在同一时间感觉到速度的停止，上半身被人严丝合缝地搂住，紧密并且牢固。

耳边有顾衍之带着点儿笑容的声音："小色鬼。"

我顿时恼羞成怒："明明是你故意的！"

他慢吞吞嗯了一声："很久没逗弄你了，有些怀念。"

"……"

CHUN FENG RU RUO NI WEI XIAO

第十三章 / 再见爱如

兰时的到访拉动了病房里来往脚步的频率。次日上午来探望我的人走马观花一样一波又一波，有些我以前根本没有见过，也没有印象，这些都被顾衍之拦在了病房外。还有一些，诸如江燕南这种人，踏进病房时的表情跟往日没有什么不同，神态泰然自若，语气轻松无波：“哎，我听说 A 城王医生都让你给弄来了，你本事越来越大了嘛。”

顾衍之正在喂我吃苹果，眼皮不抬道：“你连个果篮都不带，还好意思来？”

“那东西有损我英俊伟岸的风度跟仪态。”江燕南轻飘飘说完，转头看向我，笑着说，“今天杜绾看着心情挺好。”

我说：“我天天心情都挺好的。”

“这样最好。这个不管得什么病呢，心情都要保持好，这一点比吃多少药都管用。尤其你看你身边还有个姓顾的。虽然他只是你前夫，你俩现在并没什么关系，但要是你在难过的时候往他肩膀上咬两口，我觉得他心里也挺乐意的，你说呢？”

顾衍之平静地说：“说得跟你没离过婚一样。”

江燕南说：“可我现在又复婚了。你觉着高兴吗？”

顾衍之说：“我真替尊夫人感到悲哀啊。”

我：“……”

我一直想找个跟江燕南单独相处的机会，问一问他鄢玉现在的状况。终于，瞅准了顾衍之中途被医生叫出去的空当，然而我还没有提鄢玉的名字，江燕南已经悠悠开口：“鄢玉没死，还活蹦乱跳地在 A 城呢，你不用操心他的事。”

“……”我说，“我没想问他啊，我就是想说今天天气真好啊。”

江燕南露齿一笑：“T 城最近每天天气都挺好。你既然不想问，我就不讲了。顾衍之说不定哪天会告诉你的，我多余操心这些干吗。走了啊。”

说完，他就要迈脚，我在他身后哎了一声，看他没回应，又提高音调哎了一声。江燕南终于止步，回过头来：“顾衍之去 A 城找鄢玉，找着之后当天去成都。据说这两人在诊所碰面的时候确实差点儿打起来。不过鄢玉看见顾衍之第一眼就知道捂不住了，认罪态度还算可以，加上顾衍之找你心急，鄢玉又第一时间提供了你的方位，这才让他逃过一劫。否则哪能这么容易就一笔勾销？”

“……”

“不过话说回来，杜绾小同学，我还是挺佩服你的勇气。生病这么大个事都能从始至终一声不吭，自己毅然决然决定了，然后弄个离婚跑到天涯海角，你这种大无畏的精神和行为若被外面那些不知道内情的人知道了，会显得顾衍之特别不值得信任，你知道吗？”

“……”

“不过话又说回来，”他略有感慨，“有生之年能看见顾衍之丢一次面子，也算是不容易啊。”

十一点左右李相南过来的时候，我正在和顾衍之下跳棋。在旁人眼里，大概我俩此刻的姿势很有些奇特：我在桌子前正襟危坐，两只眼睛全神贯注盯在那些棋子上面，顾衍之右手捏了本书在手里，一边翻书一边漫不经心等我下棋，往往都是翻三页书再回来，正好赶上他走棋。我对他居高不下的智商已经习惯，猛然听见李相南的声音反倒给吓了一跳：“喂，你怎么能这样藐视别人的智商啊？”

李相南手里拎着左右两只果篮，横向的长度加起来差不多和纵向一样宽。顾衍之回头看了一眼，显然也注意到这个现象，淡淡道：“你把江燕南的那份也给拎来了？”

我没忍住笑出来一声。顾衍之把书放到一边，抬脚离开房间。

李相南把果篮放下，回头看了一眼，又转回来，欲言又止道：“他今天怎么这么好讲话？”

我犹豫了一下，还是实话实说：“他的潜台词应该是，这是看在我麻烦了你这么久的份上，勉强让你见最后一面。”

“……”

李相南看了我一会儿，慢慢开口：“你没给我添麻烦的。我只是想让你过得好。不管有没有我参与，你只要能过得平安幸福，就是最好的结果了。”

他说这话的时候语气很平静。我本来想着他要是说出什么煽情的话来，我就给他全拿冷笑话挡回去。可他这样一来，让我准备的托词就全都说不出口，张了张嘴，半晌讲不出话。听到他又说：“那天洪水过来，大家都平安，有一大部分是顾衍之带去那两架直升机的功劳。后来还有媒体撰稿来着，说什么直升机冒险救人，众人团结一心之类。”

我点点头。他又说：“不过听说镇上损失不小，鸡鸭还有牛等等被冲走的不少，还有各家院子里种的那些东西。燕燕家的也没有幸免。”

我又点点头。

李相南安静了一会儿，说：“算了，其实这些事你听不听都无所谓。重要的那些顾衍之大概早就跟你说过了，我再说一遍，你听了会烦的。”

他用这种口气聊天，终于让我觉得不对劲：“你怎么了？”

李相南又安静了一会儿，然后说：“前两天你还昏迷没醒的时候，顾衍之叫人跟李家签了一笔单子，合同的数额不小，对我们家来说很有利。我知道他这是什么意思。所以从此以后你也不用觉得亏欠之类。”

我说：“你不用说得这么刻意疏离，我知道你本身是个什么样的人。”

他半边嘴角翘起，笑了一下，仰头看了看天花板，又看了看窗子外面，最后把目光转回来，慢慢开口：“我这次来，其实是想跟你说，这也许确实就是近期我们最后一次见面了啊，杜绾。下个星期我就要被公派去英国了，要在五年后读完博士再回来，也或者不会再回来。这个事情是早就说好了的，本来是觉着不想去了，现在想想，反正除了学习，好像也没有其他别的事可以做了。那就还是去好了。”

房子里静默了片刻。我说："挺好的。你应该这样。"

他嗯了一声，搭着眉毛不再讲话，自己交握双手沉默了半晌，站起来告辞。李相南走了几步，又停下来，转过身，跟我说得认真："杜绾，外面人都说你很坚强，你在我面前的时候也的确很坚强，可我觉得事实并不应该是这样。你遇到癌症这种事，不可能不会害怕，只不过你是觉得除了顾衍之可以分享你的悲喜情绪之外，其他人都没有资格担当，是不是？你其实是个挺骄傲利落的姑娘。"

我再一次被他说得哑口无言。李相南头也不回地走到门口，突然又停下，转过身来，有点儿咬着牙根地开口："哎，我不得不说，顾衍之除了那张脸长得过得去之外，其他地方真是可恶得一无是处啊。"

"……"

我在第二天上午做了放疗。从此以后开始了接受各种马不停蹄治疗的生活。我努力忽视各种不适，努力像江燕南说的那样，让心情真正变得好一些，以及配合各种治疗手段和医嘱、化疗、放疗，以及新兴的生物免疫疗法。不停地被专家讨论病情、抽血、局部照射，以及吞咽大把药片，这样的光景有些难熬，但仍然还是挨过去半个多月。半月后病情没有出现太大好转，但幸运的是，也没有出现什么加重迹象。

到了这个地步，就不能贪求更多，我已经对这样的结果觉得满意。

顾衍之一如既往的平静，我不知道他在我注意不到的地方耗费了多少心力，他不会主动告诉我这些背后的事。我只知道这些天他的睡眠远远少于我的，并且可以清晰地看到他清瘦下去。

我终于在一天晚上的时候，跟顾衍之明确提到了死亡的话题。

这是我们这些天一直在试图回避的事，我小心翼翼地假装骨癌四期只是个小病症，只不过是中间过程稍微折腾了一下，到头来必定会好起来一样。像是奇迹比死亡更容易发生。可谁都知道，事实没这么容易。

我琢磨了很久，连放疗的时候都在想，要怎么把这个问题说出口，才能显得没那么触目惊心。然而这个问题本身就如尖刃，再怎样掩饰，也不能挡住它直戳进人心窝里：“顾衍之，假如，我只是说假如，我真的在一个多月后死掉了，你要怎么办呢？”

他轻轻揉捏我手腕的动作僵了一下，片刻后，才低声开口：“没有假如这回事。”

“可是你明知道，我说的并不是假如。奇迹跟死亡，这么简单的概率大小问题，你不会不清楚。我们总要面对事实。”我停了停，努力让语气变得轻松，“其实，时间是可以愈合一切的啊。你可能现在觉得很伤痛，可是就这样慢慢走下去，到了许多年之后，你就会觉得，这些旧事也没有什么的啊。你可以过得很好。我希望你可以是这样。”

腰际蓦地一紧，他的力道很大，声音低沉：“可我办不到这样，绾绾。我跟你说过，假如发生葬礼，我会陪着你。我也跟你说过，不管到什么时候，我总不可以让你吃亏。我不可能让你一个人。”

“可我希望你能活下去。我之前做了那么多事，都只是为了让你不要这样做啊。我可以自己一个人，没有问题。”我的声音有些不稳，努力掩饰的情绪越来越堵不住，“我一直的愿望就是希望你可以在这个世上活得尽可能久一点儿，你可不可以想一想，我怎么可能想让你陪着我一起呢？”

他有片刻没有讲话。我仰起脸望着他，眼神里满满带着恳求，迫切想听到他一句承诺。又过了片刻，听到他低声说：“既然不能这样，那就好好陪着我一起活下去。”

他这话讲得实在霸道。我急得有些想哭：“可是我怎么可以管得了死神的事，你这样真的……”

话没有说完嘴唇已经被封住，温软的触感，在齿关轻轻辗转，绵远长久的感觉。不知隔了多长时间才被稍稍放开。我听见顾衍之淡淡的声音，再笃定不过的口吻：“没有可是，绾绾，你不属于死神，你只能属于我，就这么简单。”

那天之后，我们没有再提起过这个话题。天气慢慢转过七月，进入八月，这是一年里生命最旺盛的时节。医院里的美人蕉次第盛放，火红艳丽，每一瓣都开得很好。我在一次免疫细胞回输人体后，明明身体各项指标没有太大变化，骨痛却突然在一夜之间消失掉，精神困乏的现象也不见，甚至连食欲都变得很好。

这种久违的身体轻松的感觉让人无暇想到其他的事，我在骨折尚未痊愈的情况下就想跳下床，结果被顾衍之拦腰捞起塞回被单里。我仰起脸，很认真地试图挣扎：“我觉得身体好很多了，今天很想看一看外面院子里的花，不可以吗？”

他居高临下地看了我一会儿，俯身下来，在我额头上落下一个轻吻，缓缓说：“绾绾，今天我们出院回家，好不好？”

他的动作很轻柔，语调低软，像是有绒羽刷过一般。这个样子的对待仿佛我是娇弱无力的初生婴孩儿。我这样想着，刚才活蹦乱跳的劲头不由自主地消失，跟着也有点儿虚弱无力的样子，声音很轻地跟他开口：“好啊。”

我没有问他突然决定出院的原因，只是相信他总有缘由。就像是这些天他每天递来大把药片，或者带我去抽血化验，以及输液或放射等等治疗的时候，我都没有问过他，这些对于病症具体的作用。

到了现在这个时候，我甚至觉得，我已经不再很相信这些东西。我只是相信顾衍之而已。

我相信他做了最好的努力。我在前来会诊的医师里见到过蓝眼的白人，也见到过操着浓重粤语口音的南方人，我还从护士那里听说在那天清晨六点，我昏迷着被从西部送回 T 城的时候，这座全市最顶尖的医院各大主任医师匆匆齐聚，针对我的情况不吃不喝整整会诊了十个小时。

这些顾衍之都没有同我讲过。在这些天里，我们很少会谈及病痛方面的事。大多都是一些笑话和趣事。顾衍之从未主动提起过这方面的话题，更不要讲死亡这两个字眼。只有偶尔去面见医生的时候，我听到顾衍之和医生的交谈，他的语速快而清晰，讲的都是病症方面的专业术语或缩写字母，我才能隐约知晓，他了解我的病症，甚至远远超过我自己。

一直以来，顾衍之做过许多的事，我都只可以看到冰山一角。就像如果没有兰时，我不会知道他捐助过慈善，更不可能知晓他捐助慈善的原因，也不会知晓他联系国外专家，请来顶尖的医师。以前他做那些翻手为云覆手为雨的事，每次被问及，他都只轻描淡写。如今外面有关顾衍之的报道连篇累牍，会诊轮番马不停蹄，可是在这个病房里，仍然是云淡风轻。

叶寻寻曾经批判顾衍之这是独断专行，我却相信这都是处于顾衍之充分了解我性格的前提下。他知道对于我来说，最合适这样做。

鉴于出院，我终于可以脱掉病号服，换上自己的衣服。镜子里的面颊今天出奇红润，终于没有了这些天来那种苍白的感觉。进入车子里的时候，我想了想，跟他说：“哎，突然很想吃城东那家的意大利面，可以吗？”

一个小时后，我们从城西拐到城东，车子缓缓停在那家意式餐厅前。

其实这些天被放化疗折腾下来，胃口已经基本被毁到聊胜于无。即使今天状态很好，胃口却仍然如故，只吃了几口就放下餐具。大多数时间还是在跟顾衍之聊天。落地窗外的街道整洁安静，没有几个行人。抬头望时天青云淡，阳光在空气里活泼翻滚。我和顾衍之并排挨着坐，说着没什么逻辑的话题。中间若无其事地去抓他的手指，很快被他反手握住。然后挠了挠他的掌心，被他攥得更紧。再熟悉不过的小动作，再熟悉不过的萦绕气息，再熟悉不过的身边人。

我说：“哎，一直没有问过你，你有时候会不会觉得我话很多呢？”

他说：“要听实话还是假话？”

我说：“实话。”

他说：“实话说，是有点儿。”

“……”我盯着他望了一会儿，又说，“那你是不是有时候还会觉得我

很幼稚呢？”

“这次要听实话还是假话？”

我斩钉截铁说：“假话。”

他单手撑着下巴,有点儿好笑意味地瞧着我,侧面的模样很好看。我说：“不管实话还是假话，你难道不知道其实别人问这种问题的时候，其实只是想听一些好听的话吗？”

他说：“绾绾，我遇到的最幸运的一件事，就是十一年前在山里找到了你。这世上没有人比你更合适我，就像你说话，不管是多是少，其实没有关系，我都喜欢听，这就很好。幼稚不幼稚，也是一样。”

我说：“你这说的是假话吗？”

他说：“是。”

我觉得此刻我一定满脸的失望：“真的吗？”

他漫不经心道：“假的。”

“……”

我们一直在餐厅流连到下午才回顾宅。然后一路被顾衍之抱上二楼，一起看了一场电影，再往外望的时候天边已经有霞光流转，被他抱回卧室的时候听见他随口问：“晚上想做什么？”

我搂住他的脖子，看着他，说：“你。”

“……”

他低下眼来，看了看我，一边将我放在床上，嘴角露出一点儿笑容：“可以，我们先下楼吃点儿东西。”

我仍然搂住他的脖子不肯松手，两条腿试着盘上他的腰身，这有一些耗费力气，却还是可以做到，一边手臂勾着他用力，试图让他弯下腰，然后小声开口：“哎，可是，现在就想要了，怎么办？”

我说这话的时候声音有点儿发软，不太敢去看他此刻的表情。听见他低笑了一声，话尾里带着一点儿缠人的意味，足以撩拨在心尖上。身体在慢慢往下倒,一直到后背挨上床单。面前是他深黑的眼睛,有很明显的笑意,话音伴随亲吻落在嘴角：“这样的话，为夫就笑纳了。”

他用手指挑开我睡袍系带的时候，我有些胡乱地去扯他上衣的领扣，被他抓住手指，在每根手指的缝隙里亲吻。这迅速得让人发软。我看见他眼底乌沉深邃，带着分明的隐忍意味。两手两脚一起用力，紧紧贴住面前他的身体。双手攀在他的后背上，然后屈起手指，轻轻勾挠了几下。

我听见他很快变得不稳的气息。下巴被不轻不重咬了一口，听见他克制的声音：“绾绾，你不用挑逗，我就已经很受不了了。”

我咽了咽有些紧张的喉咙，小声说：“就是希望你能更受不了一点儿啊。”

下一刻，亲吻铺天盖地一样地落下来，带着吮吸吻咬，仿佛要一口一口咽下去的错觉。我觉得有些喘不过气，除此之外更多的是想迎合上去，却不知道除了更紧地抱住他之外，还能有什么更好的办法。

他亲吻得很霸道，后面的动作却足够温柔。我被他抱在怀里，他一边低声哄慰，一边轻柔逗弄。可以察觉到他的仔细和小心。窗外有夕阳渐渐落下去，猛然亮了一下，很快整张天空都陷进沉暗里，又是一天的光景即将结束。今天明明什么气氛都很好，连此刻也是一样。我却还是忍不住有些想哭，一抬眼看见不远处柜子上的相框上映射出现在我的表情，眉心微微皱起，有些茫然无措的模样。

我虽然开始没有意识到，经过一天的沉淀，也好歹能后知后觉地察觉出，这世上不会有毫无理由的痊愈，我现在这样，并不是真的发生了奇迹。

“回光返照”四个字，用在这一刻才是恰到好处。

最后停歇下来的时候，我已经迷迷糊糊有些发困，连被他抱去洗澡也不记得，迷蒙中听见顾衍之柔声开口：“绾绾，张嘴。”

我下意识听从他的话，感觉他把温热正好的白粥喂进来。我勉强吞下

去几口，只觉得喉咙哽住，再也咽不下去。以往他总是会耐心劝我再吃几口，这一次却没有强求，片刻离开后，又很快回来。一如既往将我从床里面捞过来，面对面地搂在怀里。我勉强睁开半只眼皮，还未看清楚他的脸庞,就很快又合上。过了片刻,我觉得他揽住我腰身的力道比往日大了许多，忍不住动了动，他稍微松开一些，然而下巴抵在我头顶，整个怀抱还是拢得滴水不漏的效果，比往日都要紧密，几乎要嵌进去。我隐隐觉得他有些不同寻常，可他的声音还是很平静："乖，睡吧。"

我做了一个很长的梦。

在梦里独自一人走了一段长长的路，前方隐约有亮光，却无论如何到不了那尽头。也并不知道为什么要走这一段路，周围很冷，又空无一人。渐渐感觉身体变冷，脚步也越来越沉重，终于看到那束光线越来越近，隐隐有父亲的面容在后面。他的脸上有些微笑，朝着我遥遥伸出双臂。

我喊了一声"爸爸"，这一次他竟然缓缓开了口，嗯了一声。

恍惚有许多小时候的记忆涌过来，潮水一样要把人淹没。我听到他又开口，带着空荡荡的回响："小绾，来。"

我小跑过去，想要去拉他的手，眼看就要够到，耳边却恍惚响起顾衍之的声音。我从未听过他这样唤我的名字，有些微微颤抖，每一个音调里都饱含浓郁到满溢出来的悲痛。

我硬生生止住脚步，抬起头来望向父亲。他的面容在耀眼的光线后面，隐约还是十多年前的模样，黑发黑眸，眼神温和，静静立在那里，耐心地等着我走过去。

隔了良久，我说："爸爸，我就要死了，对不对？"

他看看我，仍是有些微笑的样子："想和我走吗？"

我下意识往前迈了一步，忽然觉得脸上有些湿漉漉，伸手一摸，是满脸的水泽。可我分明没有掉眼泪。再抬起头的时候，父亲的身影正慢慢变得模糊，我立即去抓，却差了一步。正要往前再踏一步，忽然整个人被紧紧抱住。我浑身一震，终于醒来。

入目是顾衍之微微闭起的眼睛，唇色几乎与脸庞一样苍白。我整个人都被他紧紧抱住，十指亦交缠，一分不得动弹，还是前一晚入睡时的姿态。我终于知晓脸上的水泽是从哪里来的，顾衍之的面色平静，可是他眼角分明有泪水渗下来。

胸中突然像窒息一样痛，我张了张口，尝试着唤他：“顾衍之？”

腰上的手臂蓦地一紧，他缓缓睁眼，目光定在我脸上很久，才低声开口：“绾绾。”

他的声音带着沙哑，深长的睫毛低了低，再抬起来的时候已经将所有情绪又重新掩住，古井无波。可是我分明感到他的手在微微颤抖，我更加紧地握住他，发觉他比我更冰冷。

我有些轻松地补充道：“你看，我还好好的，对不对？”

将这几个字说完，我只觉得极度疲惫。可还是努力凑出一个笑容给他看，停顿了一下，又缓慢靠近过去，在他的唇上亲了一下，发觉他的嘴唇也是冰冷的。

我不知道刚才在睡梦里，于他而言发生了什么。他一直都那么镇定从容，从未有过半分失态的模样。可方才他的眼角分明有湿意。

他在落泪。我真不想看到他这个模样。

却又不知说些什么才能安慰到他。房间里半晌的静寂沉默。接着，听见他若无其事地开口：“刚才做了梦？”

我嗯了一声：“而且是梦见了你呢。”

“梦见我什么？”

我顿了顿，说：“梦见你叫我的名字啊，让我回来，一遍遍的。”

他没有讲话。我又说：“你看，你真的是无所不能的。我真的回来了，对不对？”

隔了片刻，他终于笑了笑。我们十指交缠，听见他低声说：“是啊，我是无所不能的。”

有人说，人在倒数时间迎接死亡的时候，会突然顿悟，会变得豁达。尘世间诸多留恋不舍，欢笑泪水，在那一刻都显得无足轻重，甚至连死亡都不惧怕。我却做不到这样。也许是因为执念太深，又或者是其他原因，不管如何说服自己，终究还是不想放手。

父亲曾经与我偶尔提起，他在选择去深山支教之前，在寺庙里修行的生活。晨起早课，诵经，敲钟，一日一日的参佛。他说那时他物我两忘，不曾觉得清苦。我问他既然这样，为什么会转念来到山中，那时他摸着我的头，笑着同我说，是因为他与尘世执念太深，缘分未尽。

假如这一生可以因为执念太深，而真的缘分未尽，也未尝不是一件天大好事。然而命运总有不尽如人意的地方。父亲在我年幼时曾向我许诺，他会庇佑我，一直到我不需要为止。可是他在我十岁的时候便与世长辞。我十岁那年坐在山岗上他的墓碑前，曾经一度心灰意懒地想，也许是他对子女的执念无法敌得过死神的召唤。

可是从另一方面，这些年来，我又仿佛真的始终受到父亲庇佑。虽然幼年失怙，却得到镇长和村民的额外照应，又在次年遇见顾衍之，被他带引离开大山，来到 T 城。从此之后的十一年，一直顺遂平安。

这其中每一个变化，都与父亲有千丝万缕的关联。“杜思成”这三个字，像是一道强大的护身符，我所熟悉的每一个人，连同顾衍之，皆与父亲有着关联。这样的感觉很安心,仿佛他一直在无形中照拂着我。尽管离开，却又无处不在。

我在清醒之后的不久，很快又被送去了医院。所谓的苟延残息，用在此刻我的身上，大约很合适。印象里，顾衍之从始至终都在攥着我的手，我却连回应他的力气都没有，也再说不出话来。身上被连接了数个医疗器械，有仪器发出的嘀嘀声音。我听见隔着门板有医生聚在一起激烈讨论，每一句话都透着不确定的可能，绝望大于生机。从来没有这样清晰地感觉过死亡的临近，几乎可以听见死神破风赶来的声音。

兰时也赶来医院，同顾衍之安慰说：“杜绾现在还活着，这就是希望。什么是奇迹，抓住哪怕零点一的希望，无论如何不松手，就可以发生奇迹。”

良久才听见顾衍之的声音，平淡得不同寻常：“要是能代替，我倒是挺愿意这些事转移到我身上。”

兰时沉默了一会儿，说：“杜绾要求鄢玉对你心理控制，你没觉得有什么怨恨吗？”

“没什么值得怨恨的。”感觉一只手轻轻抚在我的额头上，顾衍之的声音低沉回缓，“要是换成我，我也会这样做。”

这个世上有一个人，他这样通透，我无须讲话，他已经都懂。

我在恍惚昏迷中，眼皮发涩，脑海中则走马观花一般，有许多以前的事情掠过。

想起大学下课之后，他依我要求等在校门口。看见我后远远朝着我伸出手臂，笑着将我裹进怀里。以及他曾经手把手教我玩桌球，却在纠正我握杆姿势的时候有些心不在焉，到后来突然被他一把掐腰抱起，搁在台球桌上。

还有很久之前，初次约会时的忐忑，虽然只是一次烛光晚餐，我却为此纠结了很久，在衣帽间发呆了一个小时也不知该穿哪件衣服。最后还是顾衍之敲门进来。

我还记得那时他的模样，穿着米灰色的上衣，衬得面如冠玉，手指莹润修长。他随手指点了一件连衣裙，等我换完，他突然从手心里掉出一串项链，把我拉到镜子前面，替我戴上。

那时他的笑容很好看，只是嘴角的一点微微上翘，就叫人觉得心里发软。感觉他亲吻我的发顶，声音低低轻柔：“很漂亮。”

诸如此类等等，都是一些零星小事，可是衬着他好看的眉眼，仿佛连记忆里的光线都是明亮耀眼，每一处都清晰得犹如昨日。

有这么一个人，他一直在你身边陪伴；他可以轻松解决你的所有难题；他把你的每一个细节都妥帖安放；他总是有一点儿小捉弄，却足以依赖和信任；在你面前，他始终笑容温柔，从容沉静。

他对其他人都漫不经心，他把你一人捧在心上，他是你一个人的阿拉丁神灯。

我恰恰拥有这样一个人。他给我从十一岁到二十二岁的所有喜怒哀乐。在我被确诊为骨癌之前的每一天，我都拥有这样明晰可辨的幸福。

遇上顾衍之，已经花光我这一生中最好的运气。

我已经难能睁开眼，只隐隐约约听到有顾衍之同我讲话的声音。也许他并没有停歇，可听在我这里，就有些低微，并且时断时续。不知过了多久，终于听见完整的一句："昨天回到家的时候你睡着了，就没有闹醒你。后来就也忘了告诉你，前些时间你不在家的时候，我在院子前面那棵银杏树旁边种了一棵石榴树。秘书说那是甜的石榴。听说，依照山里的传统，它寓意着多子多福，对不对？"

我想给他纠正，种石榴树是以前母亲那边羌族出嫁时候才有的传统，并不是山里所有的人都这样，却发不出任何声音。只能听他继续缓慢地说下去，声音沙哑，有些费力的意味："管家给你熬了鱼汤，晚上的时候会送过来。绾绾，你要在那个时候之前醒来。"顿了顿，又缓缓低沉重复了一遍，"绾绾，我请求你，你要像今天早晨那样，朝着我张开眼，醒过来。"

我很希望自己能睁开眼，看一看他此刻的模样，或者伸手抱住他，小声告诉他我其实很好，然而我什么都做不到。

过了不知多久，听见他自己又讲下去："你可以醒过来的，对不对？昨天在你睡着的时候，我跟上天打过商量，同他说，这世上有个叫杜绾的孩子，她的母亲是中国西部的羌族人，一生勤勉劳作，美丽善良。她的父亲是杜思成，在T城是个传奇人物，却在二十多岁的时候去了深山的村镇，在那里一待十几年，做过许多好事，最后因为救别人的孩子而长眠地下。这个叫杜绾的女孩子她故去的父母爱她很深，不忍她这么早离开世间。而她自己平时又乖巧懂事，漂亮可爱，假如上天还有怜悯之心，就请这一次放过她，让她再尽量看一眼这个世间。我那时跟他说，如果他答应，就让你的手动一动。然后我看见你在睡梦里，下一刻你抓了抓我的衣袖。”

他嗓音又低又缓，沙哑得不像话，和往日大不相同：“所以，绾绾，你总是可以醒过来。”

我被他说得很想哭，感觉他亲吻我的额头、鼻尖和脸颊，每一寸都轻得仿佛蝴蝶振翅一样。听到他说：“等你病好，我们回去山里，给父母扫墓。感谢他们的庇佑，这一次要好好地感谢。你说好不好？”

他说到后面，声音有微微不稳，已经不能压抑住。我觉得心脏像是被豁了一道深口一样的苦痛，不能自已。

我有多希望这只是一场梦，什么都没有发生，包括癌症。我喜欢的这个人，他的眉眼间还是镇定从容，不紧不缓的模样，举手投足间漫不经心。他的手心有温暖正好的温度，唇边的笑容依然好看得一塌糊涂。

我不想看他费尽心神到这地步。

意识沉入昏迷，恍惚中被转移，被抢救，有忙碌的脚步声，有对话，身体有将近麻木的疼痛。渐渐不能觉察到四周，连被顾衍之紧紧握住的知觉都停滞。我隐约知晓这是最后的一滴性命，或者死去，或者发生那祈望已久的奇迹。

觉得整个身体都被束缚着，几近窒息的难受，夹杂着隐隐被抽离的疼痛。我很努力地在挣扎，很努力地想要活着，不可以死去。我给自己发出这样的命令，协调身体所有可以听从的器官，拼尽全力想动一动。眼前却渐渐有白光，迷蒙蒙的一片，笼着一层雾纱一样。我以为会再次看到父亲，心情不知如何形容的复杂，张了张嘴，低声喊了一句：“爸爸。”

他却没有出现在视线里。我提高声调，又喊一遍，仍然没有看到爸爸

的身影。这个地方并不熟悉，虽然有光线，却很冷。我试着往前走了一步，终于听见回应，温和地阻止我继续前行：“小绾，别再走，停下来。”

我循声回头，没有身影。

“爸爸，我看不见你。”

父亲的声音又响起，却只是空荡荡地浮在四周，寻不到源头和任何踪迹：“小绾，以后要努力活下去。要过得好，知足跟快乐。”

我张了张口，只这么几个字，却莫名觉得这些话像是再也见不到时的嘱托，莫名地恐慌，喊了一声“爸爸”，却没有再被回应。我又连着喊了好几声，却都只是一片静寂，再也翻不出一丝的声音。

像是过了地老天荒那样久的时间，眼前的白光一点点儿消失，直至彻底的静寂。身体渐渐有些疲惫的感觉，带着清晰可辨的疼痛。最后是意识缓慢回笼，声音渐渐从遥远到邻近，听见仪器嘀嘀的规律声音，以及窗外清脆欢快的鸟鸣声。

被单下被攥住的手指下意识动了动，立刻被攥得更紧，紧到有些发疼。

却同时可以让人确认，这不是梦。

又过了很久，终于积攒出一些力气，我缓缓睁开眼睛。

入目一双熟悉的眉眼，有深长睫毛，明亮眼睛，眼神温柔沉静，嘴角带着一点儿笑容。

这个人。

我动了动有些干涸的嘴唇，用了最大的力气说：“听说，醒过来就会有鱼汤喝的，对不对？”

—正文完—

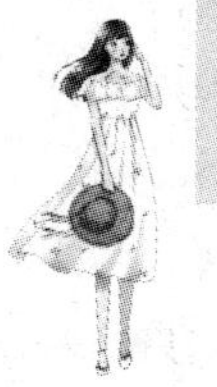

番外一 / 别怕我在

手术醒来后的一个半月，我病愈出院。

然而，按照顾衍之与主治医师的说辞，我所谓的病愈，只不过是我自己安慰自己的一个名词罢了。在主治医师的眼里，尽管癌肿瘤已经消失得干干净净，然而只要癌症的五年期限未过，就意味着我并没有被治愈。而在顾衍之的眼里，大概就算五年期限过去，我也还是没有被治愈，所谓的五年生存率在他眼里不够稳妥，也许换成十年还差不多。

他这样谨慎，就让我有些暗自痛苦。比如手术转醒后不久，我被医生摘下氧气罩的那一刻，重新呼吸到真正自然空气的感觉不能再美妙了，仿佛整个人就是只被春风哗啦一下送到天上的风筝，正想着快乐而自由地飘荡一下，却很快被顾衍之残忍地拽回了地上。他手里端着一杯水，另一只手里是花花绿绿的各色药片，穿一身再好看不过的米色衣服，显得身形挺拔修长，沉静而温和地同我说：“绾绾，过来，先把这些药片吃掉。”

我：“……”

然而，尽管每天要吞掉大把药片，要接受定期复查体检，身体恢复缓慢而磨人，仍然活着的感觉，还是十分美妙。

我还可以呼吸到这座城市的空气，看见头顶上温暖明净的阳光，触摸到水珠的清爽冰凉以及这个世界上我最喜欢的这个人。我感受得到他的体温，他的心跳，还有他嘴角延展出的一点儿淡淡笑意。

这些于旁人而言，都是太轻松的事。于我而言，却分量很重。出院的当天，我同顾衍之认真地说：“我现在想啊，上天好像的确是有些仁慈的呢。这世上这么小的概率事件，居然可以发生在我的身上，这种奇迹到现在还有点儿不敢相信，你说呢？”

他握住我放在他大腿上的手，眼尾带着笑容：“你就是这么感谢上天的？”

我面不改色地想把手抽回来，反而被他攥得更紧。车窗外有缓缓划过的树木，车子里安静而平和，我用了更大的力道，还是没有成功。最后终于无可奈何，有些恼羞成怒地扭过头：“就、就摸一摸又怎么啦！难道你不能摸吗！平日里你偷偷摸摸摸回来的时候我也没有讲什么啊！”

他笑着说：“什么叫我偷偷摸摸，我都是很光明正大摸的好吗？”

“……”

出院后的一个月，我们去了民政局。负责办理手续的工作人员审视我们片刻，缓缓地说：“你不是杜……”

我咽了咽喉咙，双手把户口本递过去，镇定地说：“啊。”

他一边接过来，一边说：“怎么又来了？”

“您这不是明知故问吗？这里是结婚登记处，我们当然是来登记结婚的啊。”

“我当然知道你们是来结婚的。”他笑了笑，说，“我问的是，你们当初怎么会离婚的？”

我：“……”

我默默看向一旁的顾衍之，后者把我的手抓过去，握住捏了两捏，然后淡淡回答：“意外事故。”

我：“……”

对面的工作人员说：“这话笼统得……我怎么记得报纸上不是这么说的呢？不是说是因为夫妻感情不和吗？”

我说：“你这工作人员怎么这么八卦啊？”

八卦的工作人员又笑了笑，啪地往结婚证上盖了两个公章，递回来的时候问：“以后意外事故还会再发生吗？”

我瞅了一眼顾衍之，转过头来镇定地说：“就算发生了也不会再离婚了。”

手背被不轻不重一捏，顾衍之含笑说：“这种意外事故以后不会再发生。”

顾衍之同我商议，将婚礼的日期定在来年的 5 月。夏天的暑气在 T 城彻底消散，并且一点一滴地渗入到 11 月份的深秋时节。这个时期的北方总是萧条又美丽，每一天清晨往外望，都可以看到地面铺满了北方所特有的金黄质感。然而顾衍之说这个季节的北方不利于休养，提议去南方具有热带季风气候的海边度假一段时间再回来。我说那公司的事情怎么办，他的回答是：“有什么关系？”

我迟疑了一下，说：“真的没有关系吗？可是你的秘书今天早上不是还一脸匆匆地跑家里来找你了吗？”

他捏一把我的手心，将我拉到他的腿上坐下，笑着说：“可是她后来回公司的时候，表情不是已经很平静了？这就说明确实没有什么大事。”

我总是觉得，对于我生病期间的一些事情，顾衍之是瞒着我的。

比如，在我住院的那段时间，顾氏财务出现重大纰漏，数位高管在医院病房外对顾衍之围追堵截，而顾衍之始终置之不理。这是 T 城媒体前些时间报道得极为热闹的一件事。再比如后来不久，顾氏一位高管又被曝出间谍丑闻，被迫离职，那段时间秘书来家里找顾衍之找得极勤，顾衍之只肯见了她一次，并且只回答了一句话：“按照制度程序来办。”

这些事情他都没有跟我说起过，只偶然从管家嘴中得到过只言片语的透露，我才得以知道过去几个月除去我生病之外，顾衍之还有其余事务。然而他始终轻描淡写。我在后来一次晚宴上，趁着顾衍之去接电话的空当，就这些问题向前来搭话的江燕南询问，后者笑了笑，问我：“你怎么不去问顾衍之？”

“我问过了。”

“那他怎么跟你说的？”

“他只是说没什么大事。”

“那就确实不算什么大事。”江燕南说得漫不经心，“你不妨这样想，就算发生的是奇迹，也得有一些代价做铺垫是不是？有折损才会有收获，

这是天经地义的事，否则怎么能轻易拿到上天的福气？顾衍之既然自己都不在意，你也就不用太在意了。”

“可是，公司的事情会好转吗？”

他微微一挑眉，带着点儿笑容的回答仍然再简单不过：“以你家顾衍之的英明神武，这还有什么好怀疑的？”

他这样讲，我就再也问不出别的话。江燕南叉了一块苹果塞进嘴里，一面岔开话题问：“新生之后的感觉怎么样？”

我说：“其实还好，就是已经出院这么多天，可是每天还是要吃三次那些药的感觉很痛苦。不知道你能不能体会得到，有些药片就算它是甜的，但一天三顿吃上好几个月，它也就跟苦的没什么区别了。所以现在每回吃药的时候，其实都显得顾衍之有点儿讨厌的啊。”

我的话音刚刚落下，就听到身后不远处一个低沉的声音：“说谁讨厌来着？再说一遍？”

我：“……”

等江燕南离开，顾衍之说：“家里烤箱好像坏了，明天我们去一下商场？”

我“嗯”了一声，一眨不眨地盯着他。直到把顾衍之盯得也转过脸来看我：“怎么了？”

我说：“衍衍。”

顾衍之的动作僵了僵，勺子里的果肉块差点儿跌出去，镇定了一下，转过头来：“叫我什么？”

我说：“哎，我刚才听江燕南说，你小时候的小名就叫这个，是吗？”

他否认得很迅速：“不是。”

“说实话我不是很信你……”

“是吗？”顾衍之只停顿了一秒钟，很快又在脸上显现出笑容，“江燕南的小名叫燕燕，他难道没有顺便也告诉你吗？”

我说：“你一定又在骗我对不对，江燕南的小名怎么会叫燕燕呢，再怎样也应该是叫南南的好吗？”

“理论上说是这样没错。”顾衍之云淡风轻地道，“可是当时小区里还有个邻居家的小孩叫习进南，而且生得比江燕南要早几个月，所以他就只能叫燕燕了。”

“……”

我还是觉得不太可信，然而不容思考，顾衍之又问：“江燕南还跟你说什么了？”

“你真的想知道吗？”

他很肯定地说：“没错。”

我清了清嗓子，做了个捏袖扣的动作，然后微微偏头，眼皮微低，继而压低声音，模仿着顾衍之往日的语调，缓缓说：“衍衍，江燕南说你对别人不屑一顾的时候，就是这么个样子。”

顾衍之：“……”

接着，我低下身，虚虚地做了个双腿交叠在一起坐着的动作，一只手搭在上面，一面拿眼角扫人。我说：“江燕南还说，一般你有点儿害羞的时候呢，就是这么个样子。”

顾衍之：“……”

他默然地看了我片刻，然后朝着我迈了一步。我跟着往后退了一步。然后他又迈一步，我又退一步。如此三番，直到退无可退，被顾衍之逼在餐桌边，看见他眼角微微挑起的模样。我有些语无伦次：“你你……你想做什么，这里是公共场合，公共场合！你不要乱来！”

他低声说：“你猜我想做什么？猜对了有奖励。”

“我才不猜！”

他还要讲话，有人正好端着酒杯过来搭讪。顾衍之一边露出点儿笑容，一边稍稍偏过头来，眼尾微挑，唇边低低吐出几个字：“回去收拾你。”

生活就在这些小事里慢慢恢复成以前的样子，没有太大波澜。一起去一场晚宴，一起看一部电影，一起喝同一碗汤，一起修剪花枝，一起去超市采

买日用品。家里的日常用品向来都是顾衍之拖我一起去超市采买，基本是两周一次，不曾假手他人。而每一次去超市，顾衍之总能招致一众目光。有一次我跟他说："哎，你有没有发现周围好多女生都在看你呢？"

"没觉得。"他随口说完，低头翻了翻小推车，"卫生巾好像还没有买，家里是不是没有了？"

"……"

只是有时我会隐隐觉得，顾衍之似乎还没有从我近乎死而复生的奇迹中回过神来。

这具体表现在，有时半夜渴了醒来，会发觉床头点了盏孤弱小灯。光线昏暗，基本难以影响睡眠，却可以凭此看到身边顾衍之的模样。好几次我醒来，都看到他侧卧在身边，却没有睡着，反而单手支颐，睁着眼，目光落在我脸上，包含着某些深邃而复杂的情感。

起初我没有在意，只是蒙眬着问他为什么还不睡，而他的回答总是夜里喝多了茶缺乏困意。等顾衍之把茶水喝多了大概五六次，终于让我琢磨出一些不同寻常。一次又碰到这样的事，我等他把灯重新关上，直截了当地问他："你是不是还在担心我，有一天会不在了？"

他的动作停顿了一下，否认："没有。"

我把他的话自动跳过去，在黑暗里摸到他的后背，安抚性拍了两下。

他有些哭笑不得的意味："你要做什么？"

"安慰你呀。"我说，"你不要觉得被我拆穿会没面子啊，其实这没有什么，承认了也没有关系。"

他笑了一声，没有讲话，把我的手捞回来，一寸寸指骨被他在掌心揉捏。我又说："而且，你看，你一直无所不能，这当然很好。但是偶尔无所不能的人流露出一点儿脆弱的时候，也是显得很有人情味道的。"

他说："谁告诉你这些的？"

"电视电影里都这么讲的啊。"

他哦了一声，说："那些都是骗人的。"

“……”

隔了很久，终于听到他再度开口：“我有时是有一点儿害怕，会想到那天晚上你在我怀里，怎么叫你也不肯睁眼，那种感觉很冰冷，就像是……”

我紧紧抱住他，打断他的话：“已经都过去了啊，我就在这里。医生在我出院的时候不是说了吗？这世界上没有比我更幸运的人了，我会一直陪你走下去的，一定会这样的，就一直待在你身边啊，待到哪天你觉得我烦了为止。”

他沉默了一会儿，说：“烦倒是不会，就是觉得……”

“觉得什么？”

我感觉有只手顺着腿窝慢慢往上游移，带来簌簌战栗的感觉。我立刻有些气息不稳：“喂，你、你想做什么？”

下巴被咬了一口，他声音微哑低沉：“你说我要做什么？”

“可是上次你问的时候，医生不是说至少要下次复检之后再看吗……”

“所以，”他的声音慢条斯理，“今天晚上只是摸一摸。”

“……”

“你不喜欢？”

“……”我舔了舔嘴唇，艰难地说，“我们不是在说正经事吗？”

“这也是正经事中的一件。”

“……”

T 城从深秋步入初冬，当进入 12 月份，傍晚的气温降到零度以下的时候，顾衍之带我去了常年气候温暖的 S 城。

来到 S 城的第二天，我们于夜晚时分去海边捉蟹。海岸狭长，潮水一下下亲吻脚踝。顾衍之穿一身白衣，挽起裤腿，光脚踩在海水里，指挥我打开手电筒照向海水，很快便有螃蟹笨拙而快速地越过礁石爬来。不过很短时间，他已经把带去的两只袋子装满。

来时的路上两双脚印，回去的时候减少了一半。我趴在顾衍之背上，来自海岸的光线长长拽出两道长长交叠的影子。我的两只手各提一只袋子，

跟顾衍之讨论这些螃蟹的吃法。他说清蒸，我说红烧，他说可以考虑一半清蒸一半红烧，我说只想全都红烧，并且威胁敢清蒸就把两袋螃蟹全部丢回海里。话音刚落就觉得两只捞住腿窝的手臂松了松，我吓得立刻搂紧顾衍之的脖子，然后两只袋子随之掉在了沙滩上。

眼睁睁看着螃蟹钻出袋子满地乱跑，我："……"

顾衍之："……"

我们在S城待了清净平和的两个半月。这么长的时间，足以看完这座城市当季最好的风景，尝遍这座城市最好的美食。然而我喜欢的这个人，我认识他十一年，至今仍然有一副让我百听不厌的低沉嗓音，他举手投足依然沉稳从容得令人迷恋。

只不过英明神武如顾衍之，也有重感冒的那一天。回T城的半个月后，一日清晨起床，顾衍之起初只是有些鼻塞，到了晚上又添了咳嗽，还有些许低烧，吞了药片后他半昏半沉歪在床头翻杂志。印象里，我似乎这么多年都极少见到顾衍之生病的模样，以至于如今看见他病恹恹的样子，第一反应就是不厚道地觉得有些新鲜。

到了晚上睡觉时，我从浴室出来，主卧里已经不见顾衍之的身影。我走到走廊里发现隔壁客房的门没有关严，轻轻推开，昏暗光线下，不远处的床上隐约有一个人影。

三分钟后，顾衍之说："绾绾，回主卧睡。"

我说："不想回。"

他说："你身体还不够好，晚上一起睡，病毒性感冒很容易传染给你。"

我说："可是我冷。"

他说："晚上睡觉盖紧被子。"

"那如果踢被子了怎么办？"

"这么多年你都没这个坏习惯。"

"说不定今天晚上就有了，怎么办？"

"……"

我说：“我觉得我需要人体的温暖。”

“……”

我又补充道：“而且我预感今天晚上我还会做噩梦。”

“……”

顾衍之彻底沉默。我把抱来的枕头放在床头，拉开他被单一角，迅速钻进去，在黑暗里摸索到他的腰身，然后双手一搂，紧紧贴上去。很明显感觉到顾衍之僵了僵，我说：“哎，反正已经这么近了，再近一点儿也没什么关系了，对不对？”

他有些鼻音地开口：“胡闹。”

有窗外花枝的影子，透过月光薄薄地挂在墙上。我摸到他掌心，仍然有些烫热感，说：“你觉得冷吗？明天去看一下医生吧？”

他将我背后的被子掖得更紧一些，一面说：“不去。”

我说：“那，你现在困吗？”

听见他有些笑意在里面：“困了你想怎样？不困你想怎样？”

“困了就睡觉啊，不困的话，”我停了停，有些若无其事，“我讲个故事哄你睡觉，好不好？就像你当初哄我的那样。”

他的笑意更浓了一些：“你想讲什么故事？”

“教给你怎么挖山中的天麻，怎么样？”

“不是很想听这个，怎么办？”

“那教给你怎么挖山中的灵芝好吗？”

“……”

时间就这样一点点儿漫不经心地流逝，仿佛只是眨眼工夫，便到了暮春时节。院角的蔷薇花次第盛放，还有不到一个月的时间，就要举行婚礼。我和顾衍之在这个时间照例回山中扫墓。父亲和母亲的坟墓在去年那场泥石流中幸免于难，我们上山时，种在墓旁的松树依然郁郁葱葱，已经长成一人高的模样。

眨眼已经过去这么多年。

顾衍之穿一身黑衣黑裤，站在墓前的样子很是肃穆。我将花束放在墓碑前，再直起身时看见墓碑上父亲的照片，才恍然发觉，我已经很久没有在梦中看到过父亲。

我甚至惶恐地发觉，如果不是墓碑上照片的提醒，我已经不怎么记得父亲的音容笑貌，甚至连他的脸庞轮廓都一并变得模糊与浅淡。

这是没有想过可能会发生的事。多年前，我最初在顾宅定居下来的时候，顾衍之曾经将父亲还在T城时拍摄的照片洗好，放在书房桌案最醒目的地方。而坦白来说，尽管当时感激于顾衍之的仔细，但我其实并不是很在意那张照片摆放的位置。因为始终对父亲的模样历历在目。我甚至自信地认为，我有把握把父亲的模样记到我自己老去。

直至这次扫完墓回T城，直扑书房看到照片，才最终认命，我的确在将父亲逐渐遗忘。我不再清楚记得他的样子，连想起他的动作和做过的事也有些费力。

这样的感觉很惶恐，直至有一天被顾衍之看出端倪。我们本来是一起坐在沙发上讨论婚礼当天的宾客名单，冷不丁他开口问：“最近很想念父亲？”

我哑然了，一会儿低声说：“被你看出来了？”

他笑了一下：“跟我说一说？”

我把担忧跟顾衍之讲了讲，他只嗯了一声，指尖绕着我一绺头发，语气则是一贯的沉稳：“也许只是多年心愿了结，安心离开了也说不定。”

“可是……”

“几个月前，有个漂亮的女孩子躺在病床上，气息微弱，不肯醒过来，我曾经在冥冥之中跟她的父亲做了个商量。”顾衍之低沉开口，“我跟他说，他可以从我这里拿走任何东西，只要他肯把这个女孩子还给我。只要他帮这个忙，我可以向他保证，这个女孩子的后半生就由我来接管，我相信我能够照看得很好，无须他再担心。他答应了。”

我张了张口，小声说：“你又在骗人。”

他的脸上有一点儿微笑，掌心在我后背缓缓摩挲，并不再讲话。隔了一会儿，我忍不住问：“这个真的是真的吗？你怎么会知道他答应了的？”

他低下头来看我，感觉他的指腹划过我眼睑，动作轻柔，听到他安抚的低缓语气：“不管是不是真的，现在你都在这里。所以，有时候也可以勉强相信，对不对？”

我僵硬片刻，突然之间有些哽咽，说不出话来，过了一会儿，颤抖着声音问：“其实没有这么简单，对不对？你只告诉了我一点点事实，我生病的时候，你在我不知道的地方耗费了很大的心血，对不对？”

他眼角有一点儿笑容，轻轻地说：“你不是说过，我是无所不能的，嗯？”

我狠狠点头，终于忍不住抱住他的腰身，失声大哭。

你可曾相信这世界上有幸福？

你可曾相信这世界上有奇迹？

你是否相信，假如你很爱很爱，也许有一天，真的可以创造独属于你的奇迹？

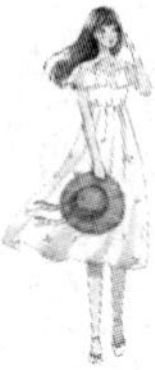

番外二 / 吾家有女

夜里三点多，他突然醒过来，手下意识往旁边一摸，摸到一点儿柔软的发梢，接着是杜绾的后脑勺。手掌里的温度不是错觉，可他仍然心跳过速，直到听见怀里人平稳的呼吸，才总算微微安下心来。

距离杜绾的最后一次手术，时间已经过去两年多。可他夜里入睡，仍然时常会这样突然醒来。以为掩饰得很好，不会被发觉，直至有天一起看电视，一只手慢吞吞蹭过来，盖住他的手背，拍了拍。若无其事想收回去的时候，被他不动声色地回握住，说：“做什么？”

她停了一下，“哎”了一声，整个人突然滚进他怀里，紧紧抱住他。他以为她又是撒娇，顺手摸了摸后脑勺作为回礼，冷不防听到她说：“我会一直好好活着的，你别担心啊。”

他只沉默了片刻，说：“你哪里看到我担心？我没有担心。”

她低声嘀咕了一句“好像晚上失眠的人不是你一样”，以为他没听见，然后又提高音量说：“我就安慰你一下嘛。你看你都不配合的。总之，你在哪里我就在哪里。我肯定会一直活下去，好好陪着你的。”停了停又大着胆子补充，“乖啊。”

他看着她的后脑勺，手指抚在她后颈上，简直想要毫无顾忌地亲下去，最后还是克制住，只将她揽得很紧密，故意压低声音说：“你再把最后两个字说一遍试试看？”

长年的厮守就是有这样的好处，彼此熟稔对方一点一滴的波动。从小习惯，到情绪的变化，甚至自己没有太在意，对方已经察觉。这样的生活太好，好到越是享有，就越不想放手。

而他多幸运，紧紧抓住的人，到底没有跟着死神离去。

十多年前的那个暮春时节，他去山中参观希望小学，本意仅是为体谅刚刚做完手术的父亲，即便如此，代为前行，也还是遭到多人劝阻。他的秘书同他说：“顾老现在因病住院，您代为管理顾氏，如今有很多事要忙，前前后后时间根本排不开。要不我代您去一趟？就为一所希望小学的典礼，来回折腾至少一周，您投入的时间成本太大了，实话说很不值得。”

他说：“既然已经答应，就应该去一趟。”

“答应这件事是当时王秘失误……”

他温和反问：“结果已经是这样，过程很重要？”

“那里弊车驽马的，而且去年地震，现在百废待兴，您去了可能很不适应。”

他笑着说：“你本科学语文的，讲话成语都一套套的？”

秘书一本正经：“报告领导，我小学初中高中当了十二年语文课代表。”

到底还是去了一趟。沿途峭壁盘旋，树木丛生。期间有整整一日不见人踪。从T城到山中，花费将近三天时间。到了镇上，也果然如想象中一样贫寒。镇长操着不甚流利的普通话接待他，话尾带着山里人特有的口音，紧紧握着他的手表达感谢。

山中人的淳朴程度，远非他在T城的那个社交圈子可以相比。有家长带着小孩特地来感谢他的慷慨，镇长杀了家中刚刚开始产蛋的土鸡为他做菜。这个地方的人懂得知恩和回报,让他觉得来这里一趟很值得。吃完午饭，便是参观小学，入暮时分才回镇长家中。实话来说，那个时候，他未想这山真会和他再有更多关联。更不可能想到这之后的许多年，每一年的暮春时节，他都会重回山中。

那一天傍晚暮色四合，远山后晚霞重重叠叠，与T城自有不同。他眯着眼打量，向镇长夸奖这山中景色的漂亮。近处有小孩子嬉笑打闹，他们

小心路过，想着不应打扰孩子们的活动，未料还是有个小女孩一头扎入他怀中。

有的时候，命运有多可恨，就有多可爱。

他下意识抱住，顺便摸到小女孩脑后柔顺漂亮的头发。看她穿一件吊带花裙，带着一点儿自信笑容将眼罩一把抓下，看到一双乌黑明亮的眼睛。他微微一怔，然后，看到她整张脸在一瞬间涨到通红，足以媲美当晚他见过的最美的晚霞。

他已经多年没有遇到过这样好玩的笑话，只觉得新鲜。更新鲜的是，小姑娘在镇长威逼下跟他道歉时，竟讲出一口糯糯软软又字正腔圆的普通话。

多年后，江燕南在一次打球中调侃地问他，为何一向性情凉薄的他肯费力带杜绾回T城，之后更是领养在身边，直至看护她长大。他的第一个回答是：“她是杜思成的女儿，我不能在知道这个事实后还放手不管。”

江燕南斜眼睨他：“我觉得这只是一部分原因。”

他的第二个回答是：“你不觉得杜绾比其他女孩子领养起来都更懂事省心吗？”

“可再懂事省心，也不是你领养的原因哪。你不是一个人独居惯了吗？”

他的第三个回答是：“但是有个小姑娘待在身边也不错，挺好玩。”

“没了？”

他挑眉反问：“还能有什么？”

周围人大都对他的这一行为感到惊讶。他自己也不是没有想过这个问题，却连自己都找不到答案。只知道，那年暮春时分，他牵着杜绾的手第一次踏上T城，看她抬眼望向远处街道的车水马龙，那一瞬间，他的潜意识里仿佛已经存了一丝想要陪着她长大的念头。甚至于，在杜程琛放弃杜绾监护人权利的那一刻，他甚至是欣然悦纳的。

在那之前，他一直习惯独处。可是有这么一个傲慢又害羞，朝气蓬勃。又勇往直前的小姑娘站在面前的时候，他又觉得，如果一个屋檐下能有两个人一起生活，似乎也不错。

他教会杜绾品味这世上最美好的一类东西——华服、珠宝，和与之匹配的傲慢与矜持。私心觉得她应当不紧不慢,无所顾忌地长大。同时又觉得，这么一个活泼可爱的小姑娘，她理应拥有一切。

他给她最好的生活。此外，为她补习数学、语文、英语，一个单词一个单词地纠正发音。秘书担心他可能厌烦，提出要找家庭教师代课，被他未加思索地拒绝。他并不觉得跟杜绾相处是在浪费时间。每一次补课的时候，杜绾都习惯双手交叠搭在桌子上，看着他的眼神专注而认真，英语讲得和普通话一样，带着微微的软糯腔调，可以让人联想到被剥开蛋壳的白嫩鸡蛋。

他还纵容她生出一些小孩子的天真想法，少有惩罚，多是纵容，还有偶尔的调侃。比如，她装作心口痛让管家帮她逃课的时候，他就坐在一楼客厅的沙发里，交叠着双腿，翻着杂志等她出来。听到楼上叮叮咚咚一通收拾，然后就看到她提着裙子从楼上冲了下来，溜出一道水红色弧线。

然后，看着她在看到他的一瞬间生生止住脚步，瞳孔微微放大，下一刻带着一种恼羞成怒的表情跟他对峙。

他不动声色地说：“要出门？”

她僵硬了一会儿，强作镇定的样子透出一股可爱意味来：“啊。”

他说：“跟谁？”

“……”

“去哪里？”

“……”

“打算几点回来？”

“……”

“不过，今天不是星期三吗？”

"……"

她疑似咬了咬牙，然后一口气嚷道："你不是出差吗？怎么提前回来了，我就逃课了怎样？我要跟叶寻寻一起出去玩怎样，不行吗？"

他轻飘飘地道："可以啊，要我送你一程吗？"

"……"

"还是你想自己打车去？"

"……"

他扫了一眼她身上没有一只口袋的连衣裙："打车的话带零钱了吗？"

"……"

他看她当场脸红到耳根的样子，觉得有些趣味。他一向对小孩子缺乏亲近感，但是对于杜绾，这种感觉罕见地油然而生。并且，他很早就摸清楚了应该怎么对付她，包括什么时候适合逗她，以及在她奓毛的时候应该怎么办，还有如果她情绪低落，又该怎么安抚。

他看着她一点点儿长高，长到十四五岁年纪的时候，已经出落得骨骼舒展，五官精致，眼睛黑白分明。那一日发小聚餐，江燕南稍微喝得多了一些，咬着杯沿打趣："杜绾，你看你衍之哥哥这些年一门心思照顾你，导致二十四岁的老男人初恋还没交代，而且你现在还是未成年，这么看他还得继续一门心思照顾你至少五六年，到时候你哥哥就三十岁了，这么大年纪肯定都没人要了，你就看在知恩图报的份上，以后直接嫁给他好不好？"

然后，他看到杜绾瞬间涨红的面颊和闪躲的眼神，然后嘴硬地反驳："谁、谁要嫁给他啊！我才不要嫁给他呢！"

他知晓杜绾的心思，几乎与杜绾产生这样的心思是在同一时候。

江燕南常嘲讽他情商极高，这样的后果就是很容易把别人哄骗得团团转，别人指不定还在感恩戴德。放在感情问题上，那就是习惯性地拒人于千里之外，最擅长把自己不喜欢偏偏又扑上来示爱的人统统弄到方圆五十公里以外隔离起来。他对这样的恭维话敬谢不敏，江燕南偏偏还要再多一句嘴：“我是做梦都希望能看见未来你老婆能把你哄骗得团团转啊。”

他按下免提键：“苏璆，进来送客。”

然而江燕南说得半点儿没错。他对待告白的人，向来的流程确实都是先拒绝，接着再不往来。只不过，他已经照顾杜绾这么多年，因此，这样的流程无论如何都要打破。更何况，他甚至觉得，等杜绾到了二十岁，如果还保持这样的态度不改变，那么，他就把她娶了也不错。

他只是担心，青春期女孩的热度只有三分。他比她大十岁，总有一天她会意识到这一点，发现这世上有比他更相合的人。

可是他却慢慢发觉，于他自己，在这个世界上，可能再也找不到比杜绾更适合他的人了。

有人说，他令杜绾的人生脱胎换骨。他却认为，这样的效果应该说是相互的才对。他一贯比同龄人沉稳成熟，同时又感情淡薄，疏于经营。他向来将人际关系中的表面应付与内心在意分得十分清楚。不止江燕南，连叶矜也曾指责他温柔得令人心暖，同时又太冷静，这么多年回忆下来，竟然都找不出他失控的时候。

有天他的秘书曾经趁他心情好的时候，大着胆子同他说道：“顾总，您知道现在整个公司的女性都在羡慕杜绾杜小姐吗？”

“怎么说？”

秘书认真回答：“我们都一致认为，您在我们面前的时候就像位不食人间烟火的神仙，也就在杜绾面前的时候，您才像是个正常的凡人。”

“……”

从杜绾十八岁到二十岁，他一度觉得，他会这样跟杜绾一直到老。

这么多年沉淀下来，他慢慢揣摩出，她在意他的感情不亚于他。许多次假装睡着的时候，都能感觉到她大着胆子摸上来。她会在以为他没有注

意的情况下偷偷看他，以及在他工作太长时间的时候跑来书房陪他。以及每次他抱着她，一寸寸亲吻上去的时候，都可以看到她颤抖得像蝴蝶羽翼一般的眼睫毛，和微微发红的脸颊。

难以找到理由证明她会不喜欢他，除了鄢玉告诉的她的那些事，和她自己认真跟他重复确认的那一句：顾衍之，我们离婚，我已经喜欢上了别人。

离婚后的一个月内，他都一直面色冷峻到旁人不敢近身，连江燕南跟他开玩笑都要看他脸色。后来被江燕南拖去酒吧，他只要了一杯白水，握在手里一言不发。倒是江燕南点了杯伏特加，瞥了他一眼，笑着说："离了一个月，还没释然？看你很是精神不佳啊，最近失眠啦？"

他说："有些地方想不清楚，并且，越来越觉得……"

"觉得什么？"

他抬起眼皮来："觉得离婚离得太草率，杜绾有些事在有意隐瞒。"

"怎么说？"

他微微一摇头，将白水放回桌几上："只是感觉。"

当天晚上他睡得很晚，又睡得很浅，中途做了梦。

梦里仿佛有杜绾细声细气叫他哥哥的声音，她这样喊他大都是两种时候：一是撒娇，另外则是遇到麻烦惊慌失措。第二种很少遇到，可他在梦里分明听到她有哭声。

他听见她说："哥哥，我脚踝好痛，你救我。"

那哭声很轻微，却让他陡然清醒。

墙上的钟表堪堪指着凌晨四点，他却再也没有睡着，一动不动地思索到天亮，觉得离婚的真正原因渐渐解开，却透着隐隐的更深的恐慌。

室外响起当天第一声清脆的鸟鸣声，他拿起手机给鄢玉打电话。

电话接通的那一瞬，他摩挲着无名指上始终不曾摘下的钻戒，冷声道："鄢玉，你跟杜绾究竟瞒了我什么？"

他晚上揽着杜绾看电影，中途将这些回忆想得出神，没提防有两根手指拽住他的衣襟：“你在想什么？”

他顺便捉住她手心，放到嘴边亲了亲：“想你。”

看着她眼神有点儿飘，偏偏又忍不住问：“……想我什么？”

“想你这几个月，怎么能更平安地把小孩子生下来。”

基本都能料想到她后面的反应。于是，他不怀好意地一直看着她，果然看到脸颊一点点儿变红，最后猛地扎进他怀里，闷闷“哎”了一声。

他轻轻拍她后背，声音里有点儿笑意：“这回总算是撒娇？”

“……”

腿窝被她恼羞成怒狠狠一踢，他笑说：“困不困，抱你回房睡觉？”

过了一会儿，听到她小声说：“可是我现在变沉了啊。”

他亲了亲她的头发，哄她：“我知道。”

宅中的西府海棠正含苞待放，花蕾红艳，似胭脂点点。他抱她上楼时，嗅到一丝香甜味道。

这一刻，这个世界足够温柔美好。

CHUN FENG BU RUO NI WEI XIAO

番外三 / 靠近你

这天清早，杜小姐洗漱完毕在餐厅坐下后，和顾先生进行了一番谈话。

如今已是他们相处的第十四个年头。这样久的陪伴，从小到大，如果同他人讲起两人的情感路程，就算每年一件小事，也可以讲上许久。更何况还经历过生死别离。两人的关系多年如一日地亲密，且越发融洽，许多时候只需一个眼神与笑容，就已彼此意会。

这样的不生嫌隙，让江燕南等单身人士甚是看不过去。一次聚会上他指出他们之间虽然和睦，但缺乏激情，所以应该创造激情。顾衍之于是问该怎样创造激情。江燕南想也不想说，你俩也吵吵架嘛。

结果当场被顾衍之灌得烂醉如泥。

杜绾倒是觉得这个问题值得进一步商榷。只不过可以放一放，她今天还有其他正经事要谈。

只是说出来需要一点勇气，因此她眼神飘忽了一会儿。顾衍之顺手把抹好果酱的切片放到她的碟盘里："是有什么事想和我说？"

她哎了一声，有点吞吐："是有一点事……"

他低声说："什么？"

"你说，"她抓住他的袖子，还是小声说出来，"我如果去找份工作，你会不会同意啊？"

他的动作有了停顿。

自从毕业后，她一直都是赋闲在家的状态。

最开始自然是因为养病，后来则是家中添了新成员，让她分神。这些年他严格遵照医嘱，避免她心情不佳，避免她太过劳累、事无巨细地操心，多年如一日。就连怀孕，其实也是她磨了许久，他才肯答应。又在孕前做了许久准备，孕中更是小心翼翼，后来小孩顺利降生，他也没有放下心来，反而越发亲力亲为。尤其是在她产后，他一个月没有去公司，事事以她为中心，甚至小孩都被自动降为第二位，又担心她会劳累，两位月嫂更是一连请到现在。

不过这几年她虽然待在家中，也没有彻底闲着。病愈之后她学着做了几次饭，虽然离满汉全席还有些距离，但应付一两个上门做客的朋友已经绰绰有余。兰时有次携叶寻寻来访，吃过她做的松鼠鳜鱼，称赞她很有厨艺天分。叶寻寻那样挑剔的饕餮者，也给了肯定意见。后来她又试着学习围棋，但顾衍之认为这种活动思虑太重，她不忍他担忧，便没有坚持，转而学了画画。

其实小的时候顾衍之曾提出过请家庭教师教她油画，可那时她先忙于学习，后又忙于远离他，最终没有成行。病愈后她有了时间，试着提笔绘画，未料居然学得很顺利，进步颇快。

她便又想起故去的父亲。虽然自病重后转醒，她再也没有梦到过他。可她依然每年定期去山中扫墓，同他说一说话。

她见他半晌不语，思忖是否又引起他的担忧。

毕竟工作朝九晚五，劳累强度是否会超出她身体负荷，是他一直以来最为在意的问题。虽然这几年她的身体已经好转，没有出现过任何复发的迹象，连感冒也少有，但曾经的病危通知单毕竟历历在目，难以烟消云散。

她理解这样的感受，又想到那时的他曾经连续几天几夜不曾合眼，心中便越发柔软，从而也会自觉留心他考虑的问题。她甚至想过，如果他因为担心，而不希望她去工作，那么就算了，总归这也不是一件顶大的事。

叶寻寻之前说她这样的想法与行为简直可以用随意来描述。可她想，那些真的都不是紧要的事。历经生死之后，又有什么比得上当今的幸福更珍贵呢。

她说：“我只是个提议啊，你如果觉得不合适，就只当我随口一说好了。”

他说：“先说说你想做什么？”

“叶寻寻最近在琢磨辞职，她一旦辞职，就空出一个高校文职的名额。

她说如果我想去，她可以向学校举荐。我觉得还可以，你如果觉得也可以的话，我就去面试一下。”

他“嗯”了一声：“可以先去试一试。”

杜绾惊奇地看了他一眼，不由自主说了出来：“你今天有点特别……”

“哪里特别了？”

“要是以往，你不会这么爽快就同意吧……”

“是会担心。”他轻轻抹去她嘴角的一点碎屑，又说，“可是你开心也很重要。如果你喜欢，不如就去试试看。”

当天杜绾约了叶寻寻喝下午茶。

叶寻寻如今尚在杜绾的母校做文职工作，辞职信还没递交上去。自从嫁给兰时，她的生活重心发生了一丝转变，但总体仍然独立、骄傲，并且自信。幼时的病症延续到现在，让她依然身娇体弱，时不时发烧感冒，即便兰时寻遍医生也没能改变这样的状况，可于她自身而言，并不觉得有什么问题。

她的新叶氏语录里开篇一句话便是：“我活着，便是为了燃烧。”

之所以是“新语录”，是因为在结婚的前一夜，她将多年累积的厚厚几本语录，连同对鄢玉的感情，全部付之一炬。

结婚后不久，她剪掉长发，眼中依然明亮高傲。除去高校的工作之外，还写书出版，做演讲，在自己的事业里勇敢果决，冲锋陷阵。仿佛婚前一夜的痛哭不止不曾发生过一样。

据说今年的叶家春节家族聚会上，有长辈在饭桌上劝叶寻寻尽早备孕生子。她冷冷回敬：“我自己的事，自己规划，不需要外人插嘴。”直说得对方变了脸色。有人见势不妙，转而委婉劝说兰时，未料他的回复与叶寻寻步调一致：“不急。”

他们已经结婚几年，却仍有人认为他们的感情平淡，远未达到伉俪情深的地步。可如果真的感情平淡，杜绾默默地想，叶寻寻又怎么会在聊天的时候张口闭口全是兰时？

尽管有关他的全是抱怨，比如抱怨兰时管她太多，吃饭穿衣做事，每一件每一样都要操一操心，总认为她缺乏照顾自己的能力。而且管的时候还要拐弯抹角，表面上只是脾气温和地提一提建议，但两人夫妻做得久了，她考虑到总要给他几分面子，于是十件事里总有五六件要让一让步。却没想到从此一让深似海，事到如今，他连她早上出门，包里的那瓶防晒喷雾快用完了，需要换一瓶的事都要提醒一下了。

叶寻寻：“我看他平时工作也不清闲，每天就不能少理我一下吗？天天盯着我防晒喷雾有没有用完很不讲道理的好吗？”

杜绾：“那你把喷雾换了吗？”

叶寻寻噎了一下：“我这么追求完美，当然换了啊。但和他没关系好吗？好了，不说这个了，讲讲工作。”

工作其实相对来说没多少好讲。朝九晚五制，每年寒暑两个长假。平日里工作也不忙碌，只是需要认真仔细。而叶寻寻辞职的原因只在于希望能全身心地投入到写书中去。

杜绾听完，表示可以去面试。

叶寻寻显然吃惊：“顾衍之他平时连你掉一根头发丝都舍不得，居然肯放你出来干活？”

杜绾早已过了上午的惊异，淡然点头：“啊。”

叶寻寻立刻摸出手机：“那趁他还没有改主意，我这就联系学校说一说，让他们尽快安排你面试。”

打完电话两人去逛了会儿街，不久之后叶寻寻打了个电话，说了两句挂掉。杜绾听得出对方是兰时，也许叶寻寻自己并未察觉，她如今与他讲话的口吻，与刚结婚的当年稍有风吹草动就要针锋相对的样子已经很不一样。

逛得累了，在一处茶饮店歇脚。不久之后，落地窗外，一辆流线型的车子缓缓停下，兰时打开车门走下来。

他四处打量，很快便寻找到她们靠窗的方向。尽管戴着墨镜，嘴角却淡淡露出一个笑容来。

叶寻寻没有动。一直等到他走进来，将她方才买的衣服拎过去，她才站起来：“走了。先让兰时送你回家。”

兰时夫妇送她到家，又顺便上门拜访了片刻。叶寻寻去观赏他们家的花园，兰时则去寻顾衍之。后者正在给顾钧莛小朋友洗澡，浴室里坐在小板凳上的漂亮小家伙安安静静乖乖巧巧，毫无平时阿姨给洗澡时的折腾与胡闹。兰时观察了一会儿，讨教育儿方法。

顾衍之似笑非笑："方法可以说，不过你这几年能用得着？"

兰时也笑了笑，语气笃定，反倒如同闲谈一般："可以的。"

晚饭后杜绾向顾衍之说了说叶寻寻的工作详情，还没有说完，便接到一通电话。来自学校，通知她次日带着简历过去面试。挂断电话后，他探身过来，摸了摸她的头发，又亲了亲，低声安慰："放轻松，不要怕。"

从最开始的山中相识，到心悦、步入婚姻，到现在，他待她的习惯从未改变。依然习惯抚摸她的头发，用轻描淡写的语气安慰她不要怕。而他的语言仿佛真的具有魔力，只要他这样说，她就可以慢慢静下心来，仿佛这世上真的没有难事可以为难住他。

只是毕竟历经绝症，她已经知晓他其实心中也会担惊受怕。担心她会复发,会生病,会离去。幸而她早已学会不再单方面享受他无微不至的呵护，也会反手握住他的手，紧紧抓住。

她说:"我不害怕。你也不要紧张啊,没关系的,我就在这里,一直都在。"

他的嘴角弯出一点笑容，将她揽进怀里，轻声说："好。"

晚上她还是有些不放心，在书房将简历改了又改，直到顾衍之出现，赶她睡觉。早睡是他一直以来督促的事情之一，如同她的定期体检，与他的定期捐赠一样。媒体争相报道他一直以来的慷慨捐赠，只有他自己知晓，他不过是对天意有所请求罢了。

她终于关了电脑，被他抱回卧室。她捉住他的袖子，小声要求："那你也要一起睡。"

他柔声应："好。"说完熄灯，一起入眠。

第二日的面试意外顺利。

只过了一天，便通知杜绾下周一前去报到。于是在仅剩的几天里便很忙，要购置通勤装，向叶寻寻询问工作注意事项，办公室的人际关系等等。

到了周一，她有些忐忑地去签合同，又去办公室报到，未料工作环境比她想象的更好。上级和善，而同事大都是脾气相合的同龄人，气氛轻松，办公时也不乏玩笑。

她朝九晚五的第一天十分顺利。

紧接着第一个月也十分顺利。

她与同事们渐渐相熟，工作也逐渐顺心上手。下班回家后顾衍之不会特别问询她的工作情况，但两人白天依然保持着固定的两次通话，就和她在家时一样，他打来电话问她是否忙碌，有无好好吃饭。

她在发薪水的当天请同事们吃小蛋糕，由此花掉大半的实习薪水，上缴一半工资的原计划不得不因此打乱。回到家中，她向他诚恳地承认了错误，他嗯了一声：“没关系。但是，只给同事买了小礼物吗？”

她把背后藏着的最后一盒小蛋糕亮出来，笑眯眯地说：“当然还有你的一份啊。”

由此幸免于难，虽然最后小蛋糕是全进了她的肚子。

直到又过了半个月。

那天上午她因为要去医院做定期复检，请了半天假，下午才匆匆赶去学校。大抵同事以为她一天都不在，她在换衣室换衣服的时候便听到有人提她的名字。

一人说：“你知道杜绾那个小姑娘的来头不？”

“不大清楚。只听说她老公是姓顾还是什么。”

“我也是前两天刚听说的，就是姓顾，你往大里猜，全市最有名的姓顾的那位公子，就是她老公。你之前不是还说咱们吴书记很有魄力，一夜之间把办公室里那几个眼高于顶的关系户全给弄走了吗？虽然吴书记人是很好，但这顶帽子得安在杜绾她老公身上，吴书记没那能力。而且一边清人一边还往学校里捐了一笔款，用的是杜绾的名义。据说这么做就一个目的，纯粹是想让老婆工作顺心。你没注意到下至刘主任上至吴书记，人人都对杜绾和和气气的吗？要我说，我怎么没有碰上这样的好老公，唉，真是羡慕死了……”

当天夜里杜绾有些失眠。

两人同床共枕，多年来早已亲密无间，又这样彼此熟悉，导致偶尔的失眠也可以让枕边人分辨得分明。比如前几年她做完手术后那段时间，可以清晰知晓他其实多日夜不能寐，虽然白天他若无其事，乃至偶有笑意，可实际她因为桌角或者其他撞出的小块淤青，都可以轻易让他感到不安。

在外界眼中，“顾衍之”这三个字象征着许多名词，睿智、财富、慷慨与业界风向。可他的软肋向来与那些无关，只有她而已。

杜绾翻过第三个身的时候，被他从身后揽住。他的下巴搁在她头顶上，吻了吻发心，低低地劝慰：“怎么不睡？不开心？”

她摇了摇头，随后翻过身来，紧紧抱住他。过了一会儿，他的胸前渐渐潮湿一片。

他要开灯，她不许，便收回手，只回抱过去。他一边轻轻拍她的背，没有催问缘由，动作亦规律温柔，让她终于开口，微弱地说：“我不去工作了好不好？”

他的回答很简单：“好。”片刻后才又低低地说，“有没有原因想和我说一说呢？”

她又是摇头。又过了一会儿，泪水陡然掉落，急促而温热地滴在他手背上，大颗大颗。她的哽咽声明显：“我的每一个想法，都要你花费很多心思和精力。可我不想这样，我也想让你安心啊。我对工作也没有那么多执念的，失去不失去的区别也没有那么大。可是我想陪着你，这个最重要。我陪着你，一直陪下去，好不好？”

黑暗中她看不分明他的神情，只感觉他的亲吻落下来，从额头，眼窝，鼻尖，最后停在唇齿之间，缠绵而辗转。良久，他捧住她的脸，低低地、微哑地说：“一直陪下去，你说的，要做到，嗯？”

她重重点头，泪水夺眶而出。

图书在版编目（CIP）数据

春风不若你微笑 / 折火一夏著. —石家庄：花山文艺出版社，2015.2（2019.10重印）

ISBN 978-7-5511-2246-7

Ⅰ. ①春… Ⅱ. ①折… Ⅲ. ①长篇小说－中国－当代 Ⅳ. ①I247.5

中国版本图书馆CIP数据核字(2015)第045464号

书　　名： 春风不若你微笑

著　　者： 折火一夏

策划统筹： 张采鑫

特约编辑： 欧雅婷

责任编辑： 郝卫国

责任校对： 齐　欣

封面设计： 刘　艳

内文设计： 西　楼

美术编辑： 许宝坤

出版发行： 花山文艺出版社（邮政编码：050061）

（河北省石家庄市友谊北大街330号）

销售热线： 0311-88643221/29/35/26

传　　真： 0311-88643225

印　　刷： 长沙鸿发印务实业有限公司

经　　销： 新华书店

开　　本： 889×1194　1/32

印　　张： 9.625

字　　数： 285千字

版　　次： 2015年2月第1版

2019年10月第2次印刷

书　　号： ISBN 978-7-5511-2246-7

定　　价： 36.80元
